KB176497

# 이병주의 현실 인식과 소설적 재현

# 이병주의 현실 인식과 소설적 재현

정미진

역락

처음 읽은 이병주는 『행복어사전』이었다. 무엇을 해야 할지 헤매고 있는 나에게 누군가가 가장 '이병주다운' 소설일 것이라며 조언삼아 권해준 책이었다. 그리고 『행복어사전』을 시작으로 5년 가까운 시간을 이병주만 읽었다. 이병주의 소설과 에세이에는 '기록자'라는 평가에 값하듯 자신이 살아냈던 삶과 문학에 대한 성찰과 실천이 오롯이 담겨 있었다. 근대사의 질곡을 온몸으로 겪었던 이병주이기에 자신의 경험을 기록하는 것 자체가 이미 하나의 '역사'가 될 수 있었고, 증언자로서의 '소설' 쓰기에 집중한 탓에 역사가 말해 줄 수 없는 사람들의 내밀한 삶과 진실은 더욱 생생하게 '기록'될 수 있었다. 때문에 이병주의 작품을 읽으며 지나온 시대의 무게를 적잖이 실감했으며, 읽은 책의 목록이 늘어갈수록 시대나 역사의 문제를 외면한 채 먹고 사는 현실에 급급하며 살았던 부끄러움의 부피는 더욱 커져만 갔다. 그리고 할 수 없어도 하고 싶다는 욕심이 생겼다.

이 책은 2017년 제출했던 학위논문 「이병주 소설 연구」를 다듬은 것이다. 처음 이병주에 관한 글을 쓸 때는 특정한 문제의식에 골몰하기보다는 내가 읽고, 내 눈에 들어왔던 이병주에 관한 것으로 시작했다.

그러나 소설과 에세이, 칼럼들을 읽고 이병주 관련 연구 논문을 보면서 한 가지 의문에 사로잡혔다. 이병주가 인식한 현실과 그것의 소설적 재현에 관한 문제였다. 이병주의 소설은 방대한 양을 자랑하지만 작품은 이분법적으로 구분되어 읽히는 경향이 있었으며, 한쪽은 걸작으로 또 한쪽은 태작으로 평가받았다. 물론 한 작가의 작품이 동일한 가치와 수준을 가질

리는 없지만 그 둘 사이의 거리가 너무 멀고 또 확고해 보였다. 이병주가 어떤 각오와 태도로 소설 창작에 임했는지, 그것이 상이한 의도와 목적으로 구분될 수 있는 것인지 확인하고 싶었다. 그리고 이병주의 더 많은 소설을 읽으면서 그 구분이 잘못됐다는 확신이 생겼고 그것을 글로 설명하고자 했다.

이병주는 내가 나고 자란 고향 마을과 가까운 곳에서 태어났다. 이병주를 공부하면서 그의 고향 북천을 지날 때마다 이 길을 지났을 이병주의 모습을 상상해 보곤 했다. 그래서인지 글을 쓰다가 해결되지 않는 문제에 부딪치면 그곳 '북천'의 경관이 머릿속에 떠올랐다.

내가 했던 고민들이 모두 글로 설명되고 해결되지는 못했다. 부끄럽지만 나는 성급했고 아직 덜 여물었다. 아쉽지만 시간이 남아있다는 말 뒤로 부끄러움을 숨겨놓아야겠다.

이 글은 많은 분들의 고생과 염려로 완성될 수 있었다. 함께 시간을 견뎌주었던 가족들에게 고마움을 전한다. 정영훈 선생님, 장만호 선생님, 유재천 선생님, 장시광 선생님, 이수형 선생님이 심사를 맡아 얼기설기인 글을, 글처럼 보이게 해주셨다. 외래교수실 식구들, 인문공동체 <문득>은 나의 휴식이었다.

더불어 앞서 이병주를 연구했던 많은 분들의 결과물이 나에게는 길잡이가 되었기에 그분들께도 머리 숙여 감사를 표하고 싶다.

2018년 2월
정미진

| 차례 |


머리말  5


# Ⅰ. 서론  9

# Ⅱ. 경험적 현실과 사실의 재현  31

# Ⅲ. 원한의 인식과 '정감'의 기록  99

# I. 서론

## 1. 연구사 검토와 문제 제기

나림 이병주는 1921년 3월 16일 경남 하동군 북천에서 출생하였으며, 진주공립농업학교에 입학하였으나 퇴학당하고 일본 메이지대학 전문부 문과 문예과에서 수학하고 졸업한다. 졸업 후 1944년 1월 일본 학병으로 중국 쑤저우에 배치되었다가 해방을 맞이하고 해방 이후 진주농림중학교 교사, 진주농과대학 교수, 해인대학 강사 등을 역임하고, 1954년 하동군 제3대 민의원 선거에 출마하지만 낙선한 바 있다. 해인대학 교수 시절 부산일보에 소설 「내일 없는 그날」을 연재했으며, 부산 『국제신보』 상임논설위원 및 주필로 활동한다. 그러던 중 1961년 혁명재판 당시 논설 「조국의 부재」, 「통일에 민족역량을 총집결하자」가 문제가 되어 징역 10년형을 선고받고 2년 7개월 간 복역 후 출소한다. 1965년 『세대』에 중편 「소설·알렉산드리아」를 발표하면서 본격적인 소설가의 길로 들어선 이후 『관부연락선』(『월간중앙』, 1968.4.~1970.3.)과 『지리산』(『세대』, 1972.9.~1977.8.) 등과 같이 역사적 현실을 세밀하게 다룬 작품뿐 아니라 세태를 대중적 필치로 그려낸 작품들도 꾸준히 발표하였으며 80여 편에 이르는 소설을 남겼다.

이병주는 '한국의 발자크'라 불릴 정도로 많은 작품을 창작하였으며, 또한 다양한 장르의 글쓰기를 통해 생에 대한 자신의 인식을 꾸준히 드러냈다. 특히 그의 소설은 자신이 직접 겪었던 한국 근현대사의 굵직한 사건에 대한 기록[1]으로서의 의미를 가지는 한편 그가 본격적으로 소설을 창작했던 1970~1980년대의 현실 문제와도 밀접한 관련이 있다. 그런 까닭에 이병주의 소설은 소설을 통해 재현하고자 하는 현실의 양태에 따라 이병주 자신의 사적인 체험이자 한국의 근현대사와 맞닿아 있는 역사 기록적 서사와 당대의 실상을 다루면서도 사실보다는 허구성이 강조된 대중적 서사로 묶는 것이 일반적이다.[2] 이병주의 첫 소설은 1957년 『부산일보』에 연재된 「내일 없는 그날」이지만 그 스스로는 1965년 발표한 「소설·알렉산드리아」를 처녀작으로 꼽는다. 이후 단편 「매화나무의 인과」(1966.), 「마술사」(1968.)와 함께 「관부연락선」(1968.4.~1970.3.)을 연재한다. 아울러 1968년 7월부터 1969년 1월까지 『경남매일신문』에 「돌아보지 말라」를 연재했고, 1968년에 시작한 「관부연락선」의 연재 종료를 즈음하여

---

1) 이재선은 이병주에 대해 "역사의 지평 또는 행간에 대한 독특한 문학적 시각과 상상력을 갖추고 있는 작가"라고 평가한다. 또 "해박하고 폭넓은 지식체계와 범상스럽지 않은 체험에 바탕을 두고 기존 소설의 형식한계를 해체하면서 역사와 인간의 상호 얽힘의 관계를 밝혀내는 역사적 경험을 기록하는 史家이자 회고의 증언적인 해설자"(『현대한국소설사』, 민음사, 1991. 173쪽)로 이병주를 명명한다. 또한 김윤식·정호웅은 분단·이산 소설 작가로 이병주를 규정하는데 특히 이병주의 소설 「지리산」을 과거를 객관적으로 복권하려는 시도로 읽고 김원일의 작품들이나 이문열의 「영웅시대」(1984)와 동일선상에 둔다. 그러나 이병주의 역사허무주의와 영웅주의 때문에 과거 복원의 객관성 유지에는 실패하지만 지식인들의 이념 선택 과정과 빨치산 투쟁을 처음으로 다루었다는 점이 유의미하다고 평가한다.(『현대소설사』, 문학동네, 2000. 485쪽)
2) 이병주 소설은 다루고 있는 현실의 양태에 따라 역사적 진실을 추구하는 소설(「소설·알렉산드리아」, 『관부연락선』, 『지리산』, 『그해 5월』 등)과 대중소설(『낙엽』, 『비창』, 『여인의 백야』, 『서울버마재비』 등)로 구분할 수 있다. 이러한 구분은 대부분의 연구자들이 의견을 같이 하는 것으로 보인다. 앞선 이광훈(「역사와 기록과 문학」, 『역사의 그늘, 문학의 길』, 한길사 2008.)의 논의를 시작으로 이후 김종회,(「근대사의 격랑을 읽는 문학의 시각」, 위의 책) 손혜숙(「이병주 대중소설의 갈등 연구」, 『한민족문화연구』 26, 한민족문화학회, 2008.)의 논의를 참고할 수 있다.

1970년 1월에는 「背信의 江」 연재를 시작하고, 「背信의 江」 연재 중에 「望鄉」(1970.5.)과 「虛像과 장미」(1970.5.) 또한 연재에 들어간다. 그 이후에도 이병주는 한국의 근현대사를 가로지르는 자신의 체험을 소재로 하는 소설을 연재하는 동시에 당대 현실을 고스란히 반영하는 소설 역시 지속적으로 창작한다. 이병주가 통속성이 강한 대중소설을 줄기차게 발표한 것은 남재희의 지적처럼 이병주의 낭비벽이 일정 정도 작용했을지 모른다.[3] 그러나 소설가로서 본격적인 활동을 시작하는 1970년부터 대중소설을 창작하기 시작했다는 것은 대중소설을 통해서도 다루고 싶은 그 '무엇'이 있었음을 짐작하게 한다.

한 작가에 대한 당대의 관심을 살펴볼 수 있는 근거에는 여러 가지가 있겠지만 소설이 여러 매체로 전환되었다는 사실을 통해서도 확인할 수 있을 것이다. 아래 표에서 확인할 수 있듯 이병주 소설의 매체 전환은 빈번하게 이루어진 것으로 확인되며, 더 나아가 단행본의 판매 실적도 높아 당대 베스트셀러목록에서 그의 소설을 심심치 않게 찾아 볼 수 있다.

| | 작품 | 제작형태 | 제작 | 연출/극본 | 상영/방영 |
|---|---|---|---|---|---|
| 영화 | 내일 없는 그날 | 멜로드라마 | 아카데미영화사 | 민경식/최도선 | 1959 |
| | 망명의 늪 | 문예 | 태창흥업 | 김수용/김지헌 | 1978 |
| | 삐에로와 국화 | 반공 | 태창흥업 | 김수용/송길한 | 1982 |
| | 비창 | 멜로드라마 | 풍정흥업 | 유영진/이희우 | 1987 |
| 드라마 | 관부연락선 | 주말연속극 | TBC | 최지민/김영수 | 1972.11.4.~1973.2.3. |
| | 쥘부채 | 문예극장 | KBS | 이종하/박병우 | 1980.3.14. |
| | 종점(망향) | 주말극 | MBC | 정문수/이희우 | 1980.3.29.~1980.8.31. |
| | 변명 | 3.1절 특집 | MBC | 유길촌/이희우 | 1980.3.1. |
| | 누가 백조를 쏘았는가(정학준) | TV문학관 | KBS | 장기오/정하연 | 1983.4.16. |

---

3) 남재희는 이병주에 내해 회고하는 글에서 이병주에게 낭비벽이 있고, 그 낭비벽 때문에 덜 다듬어진 원고를 썼을 것이라 밝힌다. '문학사에 길이 남을 작품을 쓰라.'는 남재희의 충고를 수긍한 이병주의 태도는 그것을 인정하고 있는 것처럼 보이기도 한다.(남재희, 『남재희가 만난 통 큰 사람들』, 리더하우스, 2014. 60~66쪽.)

| | | | | | |
|---|---|---|---|---|---|
| | 백로선생 | TV문학관 | KBS | 맹만재/이희우 | 1984.2.11. |
| | 천망(매화나무의 인과) | TV문학관 | KBS | 김재현/김하림 | 1984.2.18. |
| | 쥘부채 | TV문학관 | KBS | 홍성률/박병우 | 1984.4.14. |
| | 예낭풍물지 | TV문학관 | KBS | 맹만재/고성의 | 1984.5.5. |
| | 망명의 늪 | TV문학관 | KBS | | 1984.7.28. |
| | 그 테러리스트를 위한 만사 | TV문학관 | KBS | 장기오/김문엽 | 1985.4.27. |
| | 변명 | TV문학관 | KBS | 김재순/박구홍 | 1985.7.6. |
| | *달빛이 무서워 | TV문학관 | KBS | 맹만재/고성의 | 1985.8.16. |
| | 환화(우아한 집념) | 베스트셀러 극장 | MBC | 장수봉/ | 1986.5.25. |
| | 산하 | 월화드라마 (8부작) | MBC | 김지일/정하연 | 1987.7.6.~1987.7.28. |
| | 저 은하의 내 별이 | TV문학관 | KBS | 임학송/이국자 | 1987.8.8. |
| | 황금의 탑 | 수목드라마 | KBS | 문영진/박병우 | 1988.3.2.~1988.7.28. |
| | 지리산 | 특집극 | KBS | 김충길/김원석 | 1989.5.29.~1989.6.7. |
| | 바람과 구름과 비 | 월화드라마 | KBS | 전세권/윤혁민 | 1989.10.9.~1990.3.17. |
| | 행복어사전 | 월화드라마 | MBC | 신호균/이윤택 | 1991.7.8.~1991.8.27. |
| | 벽(거년의 곡) | TV문예극장 | KBS | 윤흥식/이홍구 | 1991.7.14. |
| 기 | 낙엽 | 연극 | 배우극장 | 차범석 | 1976.6.26.~1976.6.30. |
| 타 | 산하 | 라디오소설 | 동아방송 | 정하연 극본 | 1978.5.1.~ |

분명 이병주는 당대 독서 대중의 큰 관심 안에 자리한 작가였음에도 불구하고 지금까지 이병주에 대한 연구는 적극적으로 이루어지지 않았다.4) 특히 이병주가 생존했을 당시에는 단평 정도의 논의만 있었을 뿐이

---

4) 이에 대해 김종회(「근대사의 격랑을 읽는 문학의 시각」, 앞의 책, 105~106쪽)는 현대사회의 애정문제를 다룬 소설들에서 지나치게 대중적인 성격을 부각시킨 나머지 문학작품이 지켜야할 기본적인 양식의 수위를 무너뜨렸고, 그러한 부정적인 경향이 다른 부분의 납득할 만한 성과를 중화시켰기 때문이라 분석한다. 강심호(「이병주 소설 연구」, 『관악어문연구』 27, 서울대학교 국어국문학과, 2002. 188쪽)는 한일관계에 대한 이병주의 독특한 시각과 그가 보인 철저한 반공주의적 태도가 비평가들이나 연구자들에게 선입견을 부과했을 것이라 짐작하며, 작가가 노골적으로 드러내는 공산당 혹은 공산주의에 대한 비판으로 인해 연구자들에게 반공이데올로기에 편승한 관제작가라는 인상을 부여했을 것이라 설명한다. 또, 안경환(「이병주와 그의 시대」, 『2009 이병주 하동 국제 문학제 자료집』, 이병주기념사업회, 2009. 36쪽)은 그의 작품이 가지는 성과가 고르지 않으며, 정식 등단 절차 없이 문단에 데뷔해 줄곧 독자적인 노선을 지켜온 그가 동일한 작품을 제목만 바꿔 다른 지면에 연재한다거나, 동일 작품을 제목만 바꿔 재출간하기도 하고, 작

었다가 2005년 이병주기념사업회의 출범과 2006년 이병주 소설 전집 출간을 기점으로 이병주에 대한 연구는 질적·양적으로 조금씩 팽창하기 시작하였다.

초기 이병주 소설에 대한 논평들에서는 역사를 재료로 하여 사실 기록의 문학을 추구한다는 긍정적인 평가와 소설적 미학에 대한 고민이 미진하거나 그 의식이 지나치게 관념적, 혹은 모순적이라는 비판을 동시에 발견할 수 있다. 이병주의 문학이 청산문학이라는 점에서 강점이 있지만 그 내부에 모순과 분열이 내포되어 있다고 지적5)하거나, 작가가 직접 체험한 사실을 재료로 시대를 증언하는 데에서 이병주의 문학이 갖는 의미를 찾기도 하며6), 이병주의 소설을 '기록으로서의 문학'과 '세태소설'로 분류하여 이병주가 소설을 통해 다루는 것은 역사가 기록하지 않은 인간사와 그 속의 패자들이며 그것이 이병주 소설의 의의7)라고 평가하기도 한다.

한편 이병주 연구사에서 큰 족적을 남긴 김윤식8)은 이병주의 처녀작이 『내일 없는 그날』임을 밝혔고, 유고작 『별이 차가운 밤이면』을 발굴했다. 그리고 그 전까지 이병주의 약력 속에 당연하게 포함되어 있던 '와세다대학 불문과 수학 중 학병9) 동원'이 사실과 다르다는 점을 확인하였다. 특

---

품의 일부를 따로 떼어내 중복으로 간행하는 등 일반적인 출판 윤리나 전통과는 별개의 활동을 꾸려온 때문이라고 보았다.

5) 이보영, 「역사적 상황과 윤리—이병주론」, 『현대문학』, 1977.2~3.

6) 송재영, 「이병주론—시대증언의 문학」, 『현대문학의 옹호』, 문학과 지성사, 1979.

7) 이광훈, 「역사와 기록과 문학과……」, 『한국현대문학전집48』, 삼성출판사, 1979.

8) 김윤식, 「작가 이병주의 작품세계—자유주의 지식인의 사상적 흐름을 대변한 거인 이병주를 애도하며」, 『문학사상』, 1992.5./「『위신을 위한 투쟁』에서 「혁명적 열정」에로 이른 과정—이병주 문학 3부작론」, 『2007 이병주하동국제문학제』, 이병주기념사업회, 2007./『이병주와 지리산』, 국학자료원, 2010./『한일 학병세대의 빛과 어둠』, 소명출판, 2012./『이병주 연구』, 국학자료원, 2015.

9) 일제가 전쟁수행을 위해 일본인의 학병을 동원한 것은 1943년이었고, 조선인 자원입대를 허용한 것이 1938년 4월, 조선인 학병 입영을 각의에서 결정한 것은 1943년 10월이었다. 국내외의 사범계 및 이과계를 제한 문과계 내학, 전문, 고등학교 재학 중의 조선인 학생에 징집영장을 발급한 것은 같은 해 11월 8일, 그 중 총 4,385명이 일제히 입대한 시기는

히 김윤식은 이병주의 소설 쓰기를 '학병세대의 글쓰기'[10]로 규정하고 그
것이 이병주 문학이 가지는 의의라고 설명한다. 동일한 맥락에서 강심호
역시 이병주의 소설에 학병세대의 내면의식이 '에뜨랑제'로서의 허무주의
로 드러나고 있다고 보았다. 그러한 허무주의는 학병세대의 원죄의식에
서 비롯되었으며, 이병주는 소설을 통해 그것을 변명하고자 한다는 것이
다. 또한 이정석은 이병주를 "학병세대의 작가"이며, 일본 유학 중 서구의
합리주의의 영향권 아래에 있던 교양주의의 영향을 받았다고 설명한다.
그러나 한편으로는 자유주의자인 이병주의 작품 속에서 국가주의의 편린
들이 드러나기도 한다고 보았다. 정호웅은 이병주의 소설과 수필 중 학병
문제를 다루고 있는 작품을 중심으로 학병 체험의 양상과 의미를 다루었
다. 학병 문제를 다루고 있는 이병주의 소설은 여러 측면에서 볼 때 동어
반복에서 벗어나지 못한다는 한계를 가지지만, 우리 문학사가 다루지 않
은 부분에 대해 깊이 있게 파고들었다는 측면에서 의의를 가진다고 평가
했다. 추선진은 이병주의 미완성 유고작 『별이 차가운 밤이면』에서의 학
병체험은 내셔널리즘의 대안으로서 자기 찾기를 모색하지만 결국 실천하
지 못하는 나약한 개인에 대한 비판과 학병세대로서의 반성을 드러내고
있다고 보았다. 이병주 소설의 전반에 두드러지게 나타나는 학병체험과
학병세대로서의 인식을 밝히는 것은 이병주 소설 세계의 특질을 밝히는
주요한 키워드로서 의미를 가진다 하겠다.

　발표된 이병주의 소설이 80여 편에 달하지만 이병주 소설에 대한 연구

---

1944년 1월 20일이었다.(김윤식, 『한일 학병세대의 빛과 어둠』, 앞의 책, 41쪽)
10) 강심호, 앞의 글, 2002.
　　이정석, 「학병세대 작가 이병주를 통해 본 탈식민의 과제」, 『한중인문학연구』 33, 한중
　　인문학회, 2011.
　　정호웅, 「이병주 문학과 학병 체험」, 『한중인문학연구』 41, 한중인문학회, 2013.
　　추선진, 「이병주의 『별이 차가운 밤이면』에 나타난 전쟁 체험과 내셔널리티」, 『국제어
　　문』 60, 국제어문학회, 2014.

가『지리산』,『관부연락선』과「소설・알렉산드리아」를 중심으로 한 몇몇 소설에 집중되는 경향을 보인다는 것은 많은 연구자들에게 한계로 지적되고 있다.

특히 이병주의 대표작인『지리산』에 대한 연구는 지속적으로 이루어져 이병주 연구에서 적지 않은 비중을 차지한다.[11] 송하섭의 경우『지리산』을 분석하여 '체험'이 이병주 소설의 창조 기반이며, 그것을 바탕으로 한 "현실인식은 밑바탕에 인간옹호라는 일종의 인본주의적인 물결이 흐르고 있"는데 이것이야말로 이병주 문학의 특질이라고 분석하고 있다. 임헌영은 "소설로써도 감히 해결할 수 없는 인생과 역사의 함수관계를 부족하나마 그저 이야기로 남긴다는 자세가 바로 작가 이병주 문학의 한 출발점이 된다."면서 이병주 소설의 재미를 "역사의 격동기를 가장 현장적으로 접근하면서 살아온 생생한 관찰을 바탕으로 삼았기 때문"이라고 설명한다. 정호웅은 역사소설이 많이 창작되었던 1970년대 여타 역사소설과 동일한 위치에『지리산』을 두고, 이병주 창작방법론의 핵심을 "기록과 증언", "구체적 현실의 개념화"라고 설명한다. 이들은『지리산』이라는 개별 작품을

---

11) 임헌영, 「현대소설과 이념문제―이병주의『지리산』론」, 『민족의 상황과 문학사상』, 한길사, 1986.
　　정호웅, 「지리산론」, 문학사와 비평연구회 편, 『1970년대 문학연구』, 예하, 1994.
　　정찬영, 「역사적 사실과 문학적 진실―『지리산』론」, 문창어문학회, 『문창어문논집』 36, 1999.12.
　　김복순, 「'지식인 빨치산' 계보와『지리산』」, 명지대학교 사설 인문과학연구소, 『인문과학연구논집』 22, 2000.12.
　　송하섭, 「사회 의식의 소설적 반영―이병주론」, 『허구의 단상』, 단국대학교출판부, 2001.
　　이형기, 「지각 작가의 다섯 가지 기둥―이병주의 문학」, 『나림 이병주 선생 10주기 기념 추모선집』, 나림이병주선생기념사업회, 2002.
　　이동재, 「분단시대의 휴머니즘과 문학론」, 『현대소설연구』 24, 현대소설연구학회, 2004.
　　빅중걸, 「빌릭스벨고세의 이병주의『지리산』론」, 『현대문학이론연구』 29, 현대문학이론학회, 2006.
　　최현주, 「국가로망스로서의 이병주의『지리산』」, 『현대문학이론연구』 55, 현대문학이론학회, 2013.

통해 이병주 문학의 특질을 읽어내고 있으며, 이것은 현재에도 이병주 문학을 논하는 자리에서 빠지지 않는 논의의 핵심으로 인정받고 있다.

한편 『지리산』을 각각 증언소설, 실록소설로 규정하며 읽어내는 경우도 있었다. 정찬영의 경우 『지리산』을 "사회와 역사의 진실을 담아내려는 방법"적 측면에서 증언소설이라고 보았으며, 그런 관점에서 한국 근현대사의 비극을 상징적으로 보여주는 '빨치산' 문제를 기록과 증언의 수용을 통해 여실하게 보여주고 있다는 점에서 의의를 가진다고 말한다. 한편 박중렬은 『지리산』을 실록소설로 보고 논의를 진행한다. 실록형식을 통해 역사를 복원하고자 하였으며, 그 중심에는 작가로서의 책무와 자신의 회환, 정직성이 자리하고 있다고 보았다.

문경화[12]는 대하소설 『지리산』의 인물과 공간, 서술전략과 『지리산』이 수용하고 있는 수기들과의 영향관계 및 그 효과를 고찰하고 있다. 다양한 인물들의 생각을 편지와 신문 보도 등 다양한 담론의 활용을 통해 드러내고 있으며, 문답체를 활용하여 흑백논리를 지양함을 보이고 있다고 분석한다. 또한 잊혀진 역사인 '빨치산'을 균형 잡힌 시각으로 다루기 위해 여러 수기를 활용했다고 설명한다.

이병주 소설 중 대표작으로 손꼽히는 『관부연락선』의 경우 우리 문학사에서 적극적으로 논의되지 않았던 1940년대를 세밀하게 다루고 있다는 것 자체로 큰 의미를 갖는다는 평가가 지배적이다.[13] 이런 평가를 기반으로 곽상인[14]은 『관부연락선』에 대한 논의가 '역사의 기록'이라는 측면에

---

12) 문경화, 「이병주의 『지리산』 연구」, 서강대학교 석사학위논문, 2010.
13) 이형기, 「이병주론—소설 『관부연락선』과 40년대 현대사의 재조명」, 권영민 엮음, 『한국현대 작가 연구』, 문학사상사, 1991.
　　김외곤, 「격동기 지식인의 초상 이병주의 『관부연락선』」, 『소설과사상』, 1995.9.
　　정호웅, 「해방 전후 지식인의 행로와 그 의미」, 『현대소설연구』 24, 한국현대소설학회, 2004.
14) 곽상인, 「이병주의 『관부연락선』에 나타난 인물의 내면의식 고찰」, 『인문연구』 60, 영

서만 이루어진다는 문제제기에서 출발하여 내재적 관점에서 『관부연락선』
의 핵심인물인 유태림에 대한 분석을 시도하고 있다. 유태림은 지주의 자
식이라는 근원적 태생으로 인해 중간자 의식을 가지게 되었고, 이것이 굿
보이 콤플렉스와 원죄의식으로 이어졌다는 것이다. 그리고 그러한 유태
림의 의식은 이원화된 세계를 중재하고자 하는 언어 사용으로 나타난다
고 설명한다. 또한 조갑상[15]은 서술방법, 구조, 시공간, 주제 등 다양한
관점에서 『관부연락선』을 분석하고, "작가의 굴곡진 체험이 종합화된 최
초의 작품"이며 "현대사를 소설에 수용하는 한 방법을 보여준 작품"으로
평가하였다. 문학사에서 그 가치를 인정받고 있는 작품인 동시에 여러 방
향에서 다루어진 덕분에 『관부연락선』에 대해서는 내재적 연구까지도 면
밀하게 이루어지고 있음을 확인할 수 있다. 『관부연락선』에 대한 논의는
최근에도 다양한 관점에서 계속 진행되고 있다.[16]

이 외에도 이병주의 초기 중·단편에 관한 연구 역시 이병주를 소설가
로 입신하게 한 「소설·알렉산드리아」를 대상으로 하는 연구[17]가 다수를
차지했다. 여기에 전집 간행에 발맞춘 단평[18]들과 몇몇 논문[19]이 더 있는

남대학교 인문과학연구소, 2010.

15) 조갑상, 「이병주의 <관부연락선> 연구」, 『현대소설연구』 11, 한국현대소설학회, 1999.

16) 최현주, 「『관부연락선』의 탈식민성 연구」, 『배달말』 48, 배달말학회, 2011.
   김종회, 「이병주 문학의 역사의식 고찰」, 『한국문학논총』 57, 한국문학회, 2011.
   김성환, 「식민지를 가로지르는 1960년대 글쓰기의 한 양식」, 『한국현대문학연구』 46,
   현대문학회, 2015.

17) 이재선, 『현대한국소설사』, 민음사, 1991.
   김병로, 「다성적 서사담론에 나타나는 현실인식의 확장성 연구」, 『한국언어문학』 36,
   한국언어문학회, 1996.
   김종회, 「이병주의 「소설·알렉산드리아」 고찰」, 『비교한국학』 16, 국제비교한국학회, 2008.
   이정석, 「이병주 소설의 역사성과 탈역사성」, 『한국문학이론과 비평』 15, 한국문학이
   론과비평학회, 2011.

18) 김인환, 「천재들의 합창」, 『그 테러리스트를 위한 만사』, 한길사, 2006.
   이광훈, 「행간에 묻힌 해방공간의 조명」, 『산하』, 한길사, 2006.
   임헌영, 「기전체 수법으로 접근한 박정희 정권 18년사」, 『그해 5월』, 한길사, 2006.
   정호웅, 「망명의 사상」, 『마술사』, 한길사, 2006.

데, 최근에 이르러서는 연구자들의 관심이 확장되고 있는 추세이다.

또한 학위논문을 통해서 이병주의 작품 세계를 아우르려는 시도들이 이루어졌다. 박병탁[20]은 『관부연락선』, 『지리산』, 『산하』를 역사소설로 상정하여 분석하였고, 용정훈[21]은 이병주 소설에 나타난 계몽주의적 성향에 비판적으로 접근한 논문에서 이병주 소설의 계몽주의는 서구편향과 자기도취, 권력지향, 식민사관 등의 특성을 그대로 보여주어 역사인식과 현실대응의 태도에 부정적인 영향을 미치고 있다고 주장한다.

음영철[22]은 이병주 소설의 주체가 정치·사회적 억압을 경험하고 있으며 이에 대한 대응이 다양한 방식으로 나타나고 있음에 주목하여 이병주 소설에 나타난 주체성을 정신분석비평의 방법, 특히 라깡의 주체 개념으

조남현, 「이데올로그 비판과 담론확대 그리고 주체성」, 『소설·알렉산드리아』, 한길사, 2006.
19) 이재복, 「딜레탕티즘의 유희로서의 문학—이병주의 중·단편 소설을 중심으로」, 나림 이병주 선생 13주기 추모식 및 문학강연회 강연, 2005.
고인환, 「이병주 중·단편 소설에 나타난 서사적 자의식 연구」, 『국제어문』 48, 2010.
음영철, 「이병주 소설의 대중성 연구」, 『겨레어문학』 47, 겨레어문학회, 2011.
이호규, 「이병주 초기 소설의 자유주의적 성격 연구」, 『현대문학의 연구』 45, 한국문학연구학회, 2011.
황호덕, 「끝나지 않는 전쟁의 산하, 끝낼 수 없는 겹쳐 읽기」, 『사이間SAI』 10, 국제한국문학문화학회, 2011.
추선진, 「이병주 소설에 나타난 법에 대한 성찰 연구」, 『한민족문화연구』 43, 한민족문화학회, 2013.
음영철, 「이병주 중·단편소설에 나타난 포함과 배제의 정치성」, 『한민족문화연구』 40, 한민족문화학회, 2013.
이광호, 「이병주 소설에 나타난 테러리즘의 문제」, 『어문연구』 41, 한국어문교육연구회, 2013.
김경민, 「이병주 소설의 법의식 연구」, 『현대문학이론연구』 58, 현대문학이론연구학회, 2014.
노현주, 「Force/Justice로서의 법, '법 앞에서' 분열하는 서사」, 『현대문학연구』 43, 한국현대문학회, 2014.
노현주, 「남성중심서사의 정치적 무의식」, 『국제한인문학연구』 14, 국제한인문학회, 2014.
전해림, 「이병주 소설에 나타난 남성 육체 인식」, 『인문학연구』 50, 인문과학연구소, 2014.
민병욱, 「이병주의 희곡 텍스트 「유맹」 연구」, 『한국문학논총』 70, 한국문학회, 2015.
20) 박병탁, 「이병주 역사소설의 유형과 의미 연구」, 경희대학교 석사학위논문, 2014.
21) 용정훈, 「이병주론」, 중앙대학교 석사학위논문, 2001.
22) 음영철, 「이병주 소설의 주체성 연구」, 건국대학교 박사학위논문, 2011.

로 분석하고 있다. 그 결과 이병주 소설의 주체를 예속적 주체와 환상적 주체, 윤리적 주체로 나누어 설명한다.

노현주[23]는 이병주의 문학세계가 정치의식의 서사화와 뉴저널리즘, 비평적 대중성을 키워드로 하고 있다고 보고 이병주가 소설을 통해 보여주는 정치의식에 주목하여 논의를 진행하였다. 그는 이병주가 정치의식과 사회에 대한 비평의식을 대중적인 서사와 결합함으로써 대중의 수용도를 높였다고 분석하는데 이는 이병주가 안토니오 그람시의 '타협적 균형(compromise equilibrium)'의 서사전략을 활용하고 있기 때문이라고 설명한다.

추선진[24]은 이병주가 소설이라는 허구의 양식을 빌려 현실에 대응하고자 하며 소설을 통해 소설과 현실, 허구와 사실, 소설과 역사의 틀을 허무는 작업을 진행했다고 주장한다. 그리고 이에 의해 이병주 소설이 기존 소설과는 다른 형식적 새로움을 가지게 되었다는 것이다. 이병주 소설에서 현실이 허구로 들어오는 방법을 시기별로 분석하여 이병주 문학이 전통적인 소설 양식의 파괴, 현실 대항적 문학장의 생성, 역사적 트라우마의 회복과 같은 의의를 가지게 되었다고 평가한다.

기존의 연구사에서 논의의 핵심으로 자리해오던 역사 소재 소설이라는 한정된 텍스트에서 벗어나 대중소설까지 연구의 대상으로 삼음으로써 이병주 연구의 범위를 확장시켰다는 측면에서 손혜숙[25]의 논의는 주목할 만하다. 손혜숙은 이병주의 대중소설 대부분에서 자본주의가 조장해 놓은 물신주의가 갈등의 원인으로 작용하고 있으며, 사회적 윤리의식이나 도덕성이 붕괴되면서 갈등이 심화되고, 이병주가 설정한 '악'을 응징하는

---

23) 노현주, 「이병주 소설의 정치의식과 대중성 연구」, 경희대학교 박사학위논문, 2012.
24) 추선진, 「이병주 소설 연구」, 경희대학교 박사학위논문, 2012.
25) 손혜숙, 「이병주 대중소설의 갈등구조 연구」, 『한민족문화연구』 26, 2008./「이병주 소설의 역사서술 전략 연구」, 『비평문학』 52, 한국비평문학회, 2014./「이병주 소설에 나타난 시대 풍속」, 『한국문학논총』 70, 한국문학회, 2015.

것으로 갈등이 해소되는 양상을 보인다고 설명한다. 그리고 이런 권선징악적인 도식성이 독자의 흥미를 유발하는 한편 시대 현실에 대한 인식과 개선의 필요성을 고취시키고 있다고 평가한다. 또, 1970년대를 배경으로 하는『여로의 끝』,『운명의 덫』, 「서울은 천국」에서 공간과 공간을 잇는 이동수단이 자본주의 사회가 가지고 있는 병리적 징후를 드러내는 매개로서의 의미를 가지는데, 이것이 이병주가 인식한 시대의 단면이라는 것이다.

특히 손혜숙[26]은 학위 논문을 통해 '역사인식'이라는 키워드로 이병주 소설의 전반을 다루고 있다. 잘 알려진 작품을 포함하여 30여 편에 달하는 소설뿐만 아니라 이병주의 칼럼 및 에세이도 대상으로 하면서 이병주의 문학 세계를 전체적으로 조망하려는 시도가 돋보인다. 그는 이병주 소설을 관통하는 키워드인 역사에 관해 설명하기 위해 역사와 기억을 상보적 관계로 인지하는 아스만의 이론을 원용하고 있다. 그리고 이병주 소설이 이병주 자신의 역사체험을 기반으로 하지만 전면화시키는 것이 '사실'인가 '픽션'인가에 따라 양분되고, 이에 의해 현실이 역사로 구축된다고 설명한다. 또한 이 과정을 통해 이병주의 역사인식과 현실인식이 관계를 맺게 되었고, 이것이 이병주가 세계를 보는 인식 방법인 동시에 소설을 쓰는 방식이라고 결론짓고 있다.

이병주에 대한 논의는 대상이나 관점의 측면에서 점진적으로 다양화되는 추세를 보이고 있지만 대부분의 논의가 역사의 기록이라는 점에서 이병주 소설의 의의를 찾을 수 있다는 데 초점을 두어 이를 조명하거나 비판하고 있으며, 연구의 대상도 역사를 전면화한 소설에 집중되고 있다. 물론 역사적 사건의 소설화는 이병주의 소설이 가지는 큰 특징 중 하나라는 점을 부정하기는 어렵다. 그러나 이병주의 소설을 역사의 기록이라

---

26) 손혜숙, 「이병주 소설의 '역사인식' 연구」, 중앙대학교 박사학위논문, 2011.

는 측면에서 설명하려는 기존의 연구는 역사적 사건과는 별개로 당대의 문제를 다루고 있는 대다수의 소설을 배제하는 결과를 가져온 것이 사실이다. 이러한 문제의식을 바탕으로 하여 이 글에서는 이병주 소설이 일관된 소설적 방법론을 통해 창작되었다는 관점에서 이병주의 소설에 드러나는 현실 인식의 양상과 그에 따른 소설적 재현 방법을 살피고자 한다. 이는 이병주 소설 창작의 토대를 이루는 이병주의 현실 인식과 그에 따른 창작 방법론을 전반적으로 점검하기 위한 방법인 동시에 내용과 형식을 구분하지 않고 이병주 소설의 전체적인 특징을 조망하려는 시도의 일환이기도 하다. 그러나 소설에 드러나는 작가의 현실 인식을 다룬다고 할 때 작가가 인식하는 현실의 양태를 명확하게 경계 지을 수 없음은 자명하다. 따라서 이 글에서 다루는 현실 인식과 그에 따른 소설적 재현 방법에 대한 문제는 이병주 소설의 전반에 녹아 있는 공통항에 대한 설명이기도 하다는 점을 밝혀두고자 한다.

## 2. 연구의 시각 및 방법

이병주는 6·25를 겪으면서 '역사란 과연 믿을 수 있는 것인가' 하는 의문에 사로잡혔다고 한다. 만약 역사가 믿을 수 있는 것이라면 아무 죄도 없이 억울하게 죽은 사람들에게는 어떠한 형태로든지 보상이 있어야 할 것이라는 점과 반대로 역사가 믿지 못할 것으로 되었을 때 민족의 원한을 풀 방법이 없다는 점에 주목한 것이다.[27] 물론 이병주는 역사가 기록 자체로서 교훈과 의미를 가졌음[28]을 인정하고 있지만 그 스스로는 역사가 아닌 소설 형식으로 한국 근대사를 형상화했고, 넉분에 우도 역사를 기곡하는

27) 이병주, 「6·25가 남긴 이기주의」, 『생각을 가다듬고』, 정암, 1985. 171쪽.
28) 위의 글.

'史家로서의 소설가'라는 평가를 받아 왔다. "소설가는 진실이 진실 그대로 통할 수 없다는 사정을 알고 있기 때문에 소설가가 된 것"[29]이라는 이병주의 설명에서 이병주가 소설을 통해 역사를 기록하려고 한 이유가 드러난다. 이병주는 역사를 '믿을 수 없는 것'이라고 결론 내렸던 것이다.

사실 이병주가 소설을 통해 다루고자 했던 것은 역사 그 자체라기보다는 역사라는 거대 담론에서 배제된 '또 다른 역사'이다. 이는 "역사는 산맥을 기록하고 나의 문학은 골짜기를 기록한다."는 이병주 자신의 아포리즘을 통해서 더욱 선명하게 드러난다. 역사에서 배제되었던, 그래서 역사라는 이름 아래 묻힐 수밖에 없었던 수많은 개개인의 삶을 기록하는 것이 바로 이병주가 소설 담론을 통해 구현하고자 했던 것이다. 중설 혹은 대설의 판 위에서는 불가능했던 개인의 내밀한 삶을 소설을 통해 복원하고자 하는 것[30]이 이병주의 소설적 목표라고 했을 때, 문학으로서 소설이 가지고 있는 특수성이 이병주에게 창작의 지반으로 작용했음을 짐작할수 있다.

이병주가 가진 이런 문제의식은 발자크와도 관련지어 생각해 볼 수 있다. 이병주는 "나의 문학에의 동경은 알퐁스 도데의 「마지막 수업」에서 비롯되었고, 문학에의 개안(開眼)은 발자크의 「절대의 탐구」를 통해서였고, 문학의 마력에 사로잡힌 것은 도스토예프스키의 「죄와 벌」에 의해서였다"[31]라고 술회한 바 있다. 또한 대학의 문학과에 다니던 시절 책상 앞에

---

29) 이병주, 「프롤로그」, 『나의 문학적 紀行』, 서당, 1988. 16쪽.
30) 송재영은 "이병주에게 소설이란 허구이기 전에 실재라는 점이다. 그의 소설에 허구가 있다면 그것은 실재를 드러내보이기 위한 수단으로서의 허구일 뿐이지, 허구를 위한 허구는 아니다. 생각건대 그의 소설관은 소설은 역사적이어야 된다는 전제하에서 한 개인이 체험한 역사적·사회적 현실성을 다 기술하기도 부족한 짧은 생애에 어찌 허구를 개입시킬 여유가 있겠느냐는 논리일 것이다."라고 밝히며, 기록으로서의 소설이라는 측면에서 이병주의 소설을 평가한다. 이병주의 소설은 근본적으로 사실에 근거하고, 허구 역시 실재를 위한 수단으로 작용한다는 것이다.(「이병주론―시대 증언의 문학」, 『역사의 그늘, 문학의 길』, 한길사, 2008. 61쪽)

"나폴레옹 앞엔 알프스가 있고, 내 앞엔 발자크가 있다"고 써 붙이고 "발자크를 넘어서지 못하면 소설가가 될 필요가 없다"[32]는 생각을 했다고 고백하기도 한다. 평소 좋아하는 작가로 발자크를 꼽았던 만큼[33] 이병주는 발자크 문학의 영향권 아래에 있다고 할 수 있을 것이다.

발자크(Honorée de Blazac, 1799~1850)는 『인간희극』(1829~1850)을 통해 19세기 프랑스를 총체적으로 형상화하고자 했으며, 의도대로 그는 당대 프랑스를 세밀하게 그려내고 있다는 평가를 받고 있다.[34] 발자크는 현재를 역사적으로 파악했고, 역사로서의 현재의 형상화를 주창[35]했기에 『인간희극』으로 대표되는 발자크의 소설은 도시와 시골의 생활뿐 아니라 상업과 은행, 기업의 세계, 예술과 문학의 세계, 가족 내의 사생활, 지위와 음모로 가득 찬 공공생활과 정치까지도 빠짐없이 묘사한다. 소설에 등장하는 사회의 계층 역시 창녀, 소시민, 돈으로 귀족이 된 사람, 전통적 귀족 등 하층에서 상층까지 다양하다. 발자크가 관찰한 것은 프랑스혁명 후에 변화를 겪는 프랑스 사회이며, 전제왕정의 몰락, 사회계층의 시민화, 돈의 의미, 가족 내의 구조 변화 등 사회 전반의 세세한 모습들이다.[36] 한 시대를 망라하여 기록하고자 한 발자크는 당대를 살아가는 사람들의 일상

---

31) 이병주, 「나의 문학적 초상(肖像)」, 『그 테러리스트를 위한 만사』, 홍성사, 1983.
32) 이와 관련하여 남재희는 "발자크는 지독한 낭비벽이 있었으며, 부인이라 할 수 있는 동거녀가 차례로 3명이었고 그밖에 많은 애인이 있었다. 주로 심야에 집필했으며 사업에 손대었다 실패도 한다. 이회에 출마했으나 낙선했다. 나림은 그가 그토록 닮으려 했던 발자크와 우선 외형상은 거의 모두 그대로 닮을 수 있었다."(남재희, 앞의 책, 63~64쪽)며, 이병주가 발자크에게 영향을 받았음을 우회적으로 드러내기도 하였다.
33) "좋아하는 인물들과 작가들은요?" "링컨, 드골, 네루 이런 인물들과 작가로서 도스토예프스키, 톨스토이, 발작, 사르트르를 좋아해."(송우혜, 「이병주가 본 이후락」, 『마당』, 1984.11. 63쪽)
34) 조흥식, 「발자크의 생애와 문학에 대하여」, 『고리오 영감/절대의 탐구』, 농서문와사, 2012.
35) 임성래, 「역사소설」, 『대중문학의 이해』, 예림기획, 1999. 176~177쪽.
36) Christiane Zschirnt, 조우호 역, 『책: 사람이 읽어야 할 모든 것』, 도서출판 들녘, 2003. 62~66쪽.

낱낱을 관찰하였고, 그 관찰의 결과를 소설의 형태로 옮기고자 했기 때문에 그에게는 '리얼리즘'이라는 수식어가 따라다녔다. 여기에서 발자크식의 리얼리즘은 "최대의 그럴듯함"과 "현실에의 충실성"이라는 가장 일반적이고 단순한 의미의 리얼리즘을 나타내지만[37] 관찰 그 자체에 의존하기보다는 작가의 사고와 감정이입을 통해 독특하게 고안된 것이기도 하다.[38]

그리고 발자크의 이런 태도는 루카치에 의해 높이 평가된다. 루카치에 따르면 우리의 세계는 이제 무한히 커졌고, 이로 인해 세계가 주는 선물과 위험이 동시에 풍부해졌으며 그 결과 인간의 삶을 떠받치고 있는 긍정적 의미, 즉 총체성이 파괴되었다.[39] 총체성이 파괴된 세계에서 "소설은 삶의 외연적 총체성이 더 이상 분명하게 주어져 있지 않고 의미의 삶 내재성이 문제가 되어버린, 그렇지만 총체성에의 의향은 갖고 있는 시대의 서사시"로, "숨겨진 삶의 총체성을 형상화를 통해 드러내고 구축하려"[40]는 장르이다. 루카치 식으로 말할 경우 발자크는 "다름 아닌 소설이라는 형식을 통해, 자신과 세상의 괴리를 넘어서려는 야심, 삶의 총체성을 움켜쥐려는 야심을 가장 충실하게 밀고 나간 작가"[41]라는 평가가 가능해진다.[42] 즉 발자크의 목표는 총체적인 삶을 그리는 것이 아니라 소설을 통해 삶을 총체화하는 것에 있다는 것이다.

---

37) 심은진, 「Balzac의 욕망과 해체의 글쓰기」, 이화여대 박사논문, 1997. 1쪽.
38) Arnold Hauser, 백낙청·염무웅 역, 『문학과 예술의 사회사 4』, 창비, 2016. 84쪽.
39) Georg Lukacs, 김경식 역, 『소설의 이론』, 문예출판사, 2007. 34쪽.
40) 위의 책, 62쪽.
41) 이철의, 「역사에서 소설로: 발자크를 읽는 하나의 관점」, 서울대학교 박사학위논문, 2000. 3쪽.
42) 루카치는 그의 저서 『발자크와 프랑스 리얼리즘』에서 리얼리즘은 작가로 하여금 전형과 총체성의 개념 제시를 통해 역사 발전의 주역이 되게 하는 창작방법론이며, 그런 의미에서 발자크를 '위대한 리얼리스트'라고 평가한다.(유기환, 「『발자크와 프랑스 리얼리즘』에 나타난 루카치의 자연주의 비판 연구」, 『프랑스어문교육』 42, 한국프랑스어문교육학회, 2013. 135~136쪽).

인간의 삶을 사실적으로 재현하고자 하는 이병주의 관심은 일본 유학 경험과도 관련이 있을 것으로 보인다. 자전적 소설로 알려져 있는 『관부연락선』에서 유태림의 입을 빌린 이병주는 "미키는 아직까지는 명치 이래의 계몽적 교양적 선상에서 일하고 있고 고바야시는 일약 문화적인 국면 속에서 화려하게 활약하고 있다고 할 수 있다. 그러나 고바야시의 활약은 미키와 같은 계몽적 교양적 노력을 꾸준히 하고 있는 존재를 전제로 해야만 결실이 있다고 생각한다. 그러니 그들의 우열을 말할 단계도 아니고 황차 이자택일을 할 성질도 아니며 꼭 같이 선생으로 모셔야 할 사람"43)으로 결론 내린다. "미키는 노선을 정하고 착실하게 광맥을 찾아나가고 고바야시는 진실이 있다고 생각한 곳이면 아무 곳이든 파헤친다"는 것이다. 이를 근거로 김윤식은 이병주의 "학병체험 속엔 미키의 '교양적・계몽적'인 것과 고바야시의 레토릭이 들끓고 있"44)다고 설명한다.

특히 이병주가 일본 유학 중 수학한 메이지대학 전문부 문예과 교수로 역임한 바 있던 고바야시 히데오45)가 이병주에게 미친 영향은 쉽게 간과할 수 없는 부분이라 짐작된다.46) 고바야시 히데오는 「역사와 문학」47)에서 사람들은 역사가 반복되지 않기 때문에 과거를 아쉬워한다고 기술한

---

43) 이병주, 『관부연락선』 1, 한길사, 2006. 240쪽.
44) 김윤식, 『한일 학병세대의 빛과 어둠』, 소명출판, 2012. 123~126쪽.
45) 고바야시 히데오(小林秀雄, 1902~1983). 일본의 평론가. 도쿄 출생. 1925년 도쿄 대학 불문과에 입학, 1930년 『아실과 새끼 거북』을 비롯한 독창적인 문예 시평을 『분게이순쇼』지에 발표하여 프롤레타리아 문학의 '개념(槪念)에 의한 기만(欺瞞)'을 비판했다. 1938년 『분게이순쇼(文藝春秋)』의 특파원으로 중국에 갔으며, 이 무렵 『의혹疑惑』(1939)・『이데올로기 문제』(1939)・『올림피아』(1940) 등 사회・문화 시평을 발표했다. 패전 후의 속성 <민주주의>와 절연을 선언했다. 이해 6월 『신일본문학(新日本文學)』이 그를 전쟁 범죄인으로 지명하자 그는 문학보다 오히려 음악・회화・철학으로 관심을 돌려 『나의 인생관』(1949)・『고흐의 편지』(1952)・『근대 회화(1954~1958)』 등을 발표하였다.(『인명사전』, 민중서관, 2002.)
46) 이병주는 한 인터뷰에서도 "명치대 문예과에서 고바야시 히데오 교수에게 배웠"(송우혜, 「이병주가 본 이후락」, 『마당』, 1984.11. 61쪽)다고 직접 밝히기도 했다.
47) 「歷史と文學」, 『개조』, 1941.3~4.

다. 역사란 인과관계의 사슬이 아니라 "인류의 거대한 원한"이며 따라서 역사가 가지는 의미는 사건 자체가 아니라 그 사건의 위력을 느끼는 사람들로부터 나오기 때문에 그들이 느끼는 힘이야말로 기억해야 할 사건이라는 것이다.[48] 고바야시 히데오에 따르면 "일상의 경험들이야말로 진정한 역사를 구성하는 것이며 역사적 현실이 일반적으로 누락하고 있는 것"이고, "일상생활은 그것을 살아가는 자들에 의해 의미를 공급받는 경험의 장"으로, "역사적 서사가 사건의 이유 규명에만 몰두하다 망각해 버리고 만 기억의 저장소"[49]로서 의미를 갖는다고 보았다. 역사라는 거대한 물줄기에 집중하느라 정작 그 역사의 주인공인 인간 존재와 그들의 삶에 대해서는 망각하게 된다는 것이다. 이런 측면에서 '고바야시 히데오는 진실이 있다고 생각한 곳이면 아무 곳이든 파헤친다'라는 유태림(『관부연락선』)의 평가처럼 고바야시 히데오는 삶의 진실을 추구하고, 그가 말하는 삶의 진실이란 삶의 어떤 특별한 국면에 놓여 있는 것이 아니기 때문에 삶의 진실이 묻혀 있는 곳으로서 일상은 중요시 될 수밖에 없다.

이병주가 사적 체험에 의존하여 과거의 역사적 사건을 기록하는 것 역시 동일한 맥락일 것이다. 고바야시 히데오가 지적한 것처럼 역사를 객관적·구체적 용어를 통해 설명해 낸다고 하더라도 거기에는 원한, 즉 삶이 누락되어 있기 때문에 진정한 의미를 갖지 못한다. 역사라는 사건의 당사자로서 가지는 '원한'과 '진심'이 사건을 보다 사실적으로 재현하게 하는 가능성으로 작용할 것이며,[50] 그런 맥락에서 이병주가 역사적 사건의 한가운데에서 자신이 '경험한 것'[51]으로서 삶을 다루는 방식을 선택한 것은

---

48) 고바야시 히데오, 유은경 역, 「역사와 문학」, 『고바야시 히데오 평론집―문학이란 무엇인가』, 小花, 2003. 188~191쪽.

49) Harry Hrrootunian, 윤영실·서정은 역, 『역사의 요동』, 휴머니스트, 2006. 294쪽.

50) Oka Mari, 김병구 역, 『기억서사』, 소명출판, 2004. 83쪽.

51) 고바야시 히데오는 일본의 극우 작가 미시마 유키오의 할복 자살 사건과 관련하여 감상을 묻는 기자에게 "말할 것도 없이 저널리즘이 도저히 놓치지 않을 큰 사건이지만

지극히 자연스러운 것일 수 있다.

인간의 삶을 중심으로 그것을 파헤치려는 이병주의 인식은 에세이를 통해 분명하게 드러난다. 「文學과 哲學의 영원한 主題」[52]에서 이병주는 "허실이라고 할 때의 허는 시정되고 지양되어야 하는 도덕적(道德的)인 명사(名詞)에 포함되는 말이 아니고 진실을 개현(開顯)하는데 필요한 모티브로서 인생의 실상(實相)을 밝히는 실존적인 어휘"이며, '허상(虛像)과 실상(實相)'이 문학과 철학의 영원한 주제라고 말한다. 여기에서 허상은 현상 혹은 형식이고, 실상은 내용 혹은 실체를 의미하는 것으로 사건의 실체로서 실상을 밝히기 위해서는 현상으로 드러나는 허상에 기댈 수밖에 없다는 것이다. 이때 "독특한 원근법에 의해 거시와 미시 사이로 유연하게 시점을 이동"[53]할 수 있는 문학이야말로 그 무엇보다 인간의 실상을 기록하기에 적합한 담론 양식이라는 것이 이병주의 입장이다.

그런 의미에서 이병주는 문학을 '사상의 예술'이라 칭하는데, 여기서 사상이란 작품 속에 담긴 사상의 내용만을 지칭하는 것이 아니고 그 전달 방식까지 포함한다.[54]

> 문학은 원리적 노력과 추상적 작용으로썬 현실을 일반론적으로 감당하
> 지 못한다고 보고 '케이스 바이 케이스'로 사상(事象)을 파악하려고 한다.
> 어느 작가는 큰 그물로, 어느 작가는 작은 그물을 쳐서 진실의 편편을 건져

---

저널리즘은 아무래도 다룰 수 없는 무언가 매우 고독한 것이 이 사건의 본질 속에 있"
다라고 대답한다. 그리고 이에 대해 김윤식은 솔직함, 즉 사건을 있는 그대로 보는 것
이 고바야시 히데오의 문학적 입장이라고 설명한다. 김윤식이 보기에 고바야시 히데오
는 "자기의 경험으로 환원되지 않는 어떤 사상도 믿지 않"았다는 것이다.(김윤식, 『내
가 읽고 만난 일본』, 그린비, 2012. 106~107쪽).
52) 이병주, 『사랑을 爲한 獨白』, 회현사, 1979. 199~202쪽.
53) 이병주, 김윤식·김종회 편, 「이병주 문학론」, 『문학을 위한 변명』, 바이북스, 2010.
120쪽.
54) 이병주, 「문학이란 무엇인가」, 위의 책, 125쪽.

올리려는 것이다. 인류의 슬픔을 말하는 대신 어버이를 잃은 소녀의 눈물에
착목(着目)하고, 여성 일반을 논하기에 앞서 미망인의 고독을 드라마틱하게
묘사하는 등의 작업으로 된다.[55]

그리고 이병주는 인간의 실상을 파악하기 위한 방편으로 세밀하게 기
록하고 묘사하기에 적합한 미시적인 방식을 선택한 것으로 보인다. 그 선
택은 거시적인 방식으로 인간의 삶을 뒤좇을 경우 그것은 추상적인 것이
될 수밖에 없고, 막연한 일반론으로는 삶의 실상을 온전히 드러낼 수 없다
는 인식을 바탕으로 한다. 인간은 "희노애락에 집착하고, 색욕(色慾), 물욕
(物慾)에 사로잡혀 있"기 때문에 "인간의 번뇌를 번뇌 그대로 긍정"하고 번
뇌 속에서 인간의 실상을 파헤쳐야 한다는 것이다.[56] 그렇기에 문학은 초
월적인 세계나 삶을 다루는 것이 아니라 욕망의 삶 자체를 기록하는 것이
어야 하고, 따라서 이병주는 욕망하는 인간의 삶을 기록한 역사와, 다양한
삶의 집합소인 사회의 문제를 소설에서 주요하게 다루고 있다.

> 휴머니즘이라고 하는 것은 센티멘탈에 그쳐서는 안 되는 것이고 反人間
> 的인 것에 대해서는 어디까지나 철두철미하게 싸워야 하는 휴머니즘이라야
> 합니다. 그래서 반인간적인 조건이나 상황, 제약에 대해서는 누구보다도 강
> 한 투사가 될 수 있는 사상이라야 옳은 사상이지 않겠느냐 하는 것을 저는
> 제 소설에서 나타내려고 하고 있습니다.[57]

무엇보다 이병주 소설에서 근간이 되는 것은 '휴머니즘'[58]이다. 요컨대 이

55) 위의 글, 132~133쪽.
56) 이병주, 「문학의 이념과 방향」, 『생각을 가다듬고』, 앞의 책, 237쪽.
57) 남재희·이병주, 앞의 글, 244쪽.
58) 소설가 이동재(앞의 글, 346쪽)는 『지리산』에 드러난 이병주의 휴머니즘을 "인간의 생
    명과 가치, 창조력을 긍정하고 보다 풍부한 것으로 하기 위해서 이것을 위협하고 압박
    하여 왜곡하는 모든 비인간적이고 반인간적인 힘과 싸우는 것"이 아니라, "현실추수적
    이고 자기보존적이며 기회주의적인 방관자적 휴머니즘"이라 설명하면서 이것이 시대

병주의 소설 창작은 '휴머니즘을 바탕으로, 인간의 실상을 파헤친다'는 목적
아래 행해졌음을 알 수 있다. 설령 그것이 비참하거나 추악한 것이라도 그
자체의 생동감을 기록하는 것이 중요하다는 것이 이병주의 문학적 인식이다.

　이러한 이병주의 문학적 인식은 소설의 내용과 형식을 통해서 일관되게
구현되고 있다. 소설은 근본적으로 현실을 재현하는 글쓰기 양식이다. 그
러나 글쓰기의 주체인 작가가 인식하는 현실이 소설을 통해 형상화된다
고 할 때, 작가는 자신이 인식한 사실을 사실 그대로 옮기는 것이 아니라
자신의 욕망 혹은 의도에 따라 변형하고 왜곡한다. 설령 그것이 자신의
경험에 근거한 역사적 사실이라 하더라도 서사 대상의 선택에서부터 선
택한 현실을 언어로 형상화하는 과정59)을 거치면서 사실과 사실을 바탕
으로 구축된 서사 사이에는 불가피한 간극이 발생한다. 또 한편으로는 작
가 자신의 의도에 따라 서사적 형식을 통어하고 재현의 대상을 재구성하
여 독자에게 전달하기도 한다. 다시 말해 소설은 작가의 어떠한 욕망을
내포하고 있으며, 이 욕망은 서사를 구성하고 서술하는 과정 전체에서 드
러나게 된다. 그렇다고 하더라도 서사를 구성하는 요소들이 작가의 의도
혹은 욕망과 직결된다고 단언하기는 어렵다. 작가가 자신의 의도에 따라
텍스트의 재료와 그 재료가 전달되는 조건을 조직화해도 이 과정을 거치
는 동안 의도와는 관계없는 무의식적인 것 역시 필연적으로 개입하기 때
문이다.60) 뿐만 아니라 소설이 가지고 있는 형식적 요소들이 결합하여 만
들어진 의미가 독자에게 이해되는 방식 역시 고려될 수밖에 없을 것이다.

　이병주의 소설적 목표가 인간의 실상을 생동감 있게 기록하는 것에 있다

---

적인 한계이자 역사의식의 한계라고 지적한다. 그러나 반인간적인 상황에 의해 희생당
할 수밖에 없었던 무력한 개인의 기록을 통해 인간적인 상황을 보여주는 역설적인 방
식의 휴머니즘이 바로 이병주식의 휴머니즘일 것이다. 그리고 그것을 효과적으로 형상
화하기 위해 미시적인 방식을 선택한 것으로 보인다.

59) 염무웅, 「리얼리즘」, 『문예사조사』, 민음사, 1997. 109쪽.
60) Wolfgang Iser, 차봉희 편저, 『독자반응비평』, 고려원, 1993. 40쪽.

고 할 때 그것이 소설로 형상화되는 방식을 설명하기 위해서는 이병주가 인식한 현실이 재현되는 양상을 따져봐야 할 것이며, 그 다음에 그것이 어떠한 소설적 방법론을 바탕으로 구체화되고 있는지에 대해 설명해야 할 것이다.

이를 위해 Ⅱ장에서는 이병주의 소설이 그 자신의 경험에서 출발한다는 점에 주목할 것이다. 이병주의 경험은 과거의 경우 역사적 사건으로, 현재의 경우 일상의 문제로 나타나는데 그렇다고 해도 이것이 각기 다른 의미나 무게를 가지는 것은 아니다. 오히려 이병주는 자신이 경험하고 인식한 현실을 가급적이면 사실에 가깝게 재현하고자 했다고 보는 것이 옳을 것이다. 그 같은 인식이 서사적 구성 방식을 통해서도 동일하게 유지된다는 점에 주목하여 이병주의 소설에 나타나고 있는 사실의 재현을 위한 서사적 시도를 다룰 것이다.

Ⅲ장의 핵심은 이병주가 사실적 재현으로도 설명할 수 없는 결여를 분명하게 인식하고 그것을 극복하기 위한 시도를 하고 있다는 것이다. 이병주는 소설에서 과거의 상흔이 원한을 만들고 그러한 원한이 현재에까지 영향을 미친다는 점을 강조한다. 그래서 기록자로서의 소설쓰기를 지향하면서도 운명에 의해 작동되는 인간의 삶과 삶의 과정에서 생기는 원한을 사실적으로 재현하기 위해서는 정감으로 기록해야 한다고 주장하는 것이다. Ⅲ장에서는 이러한 이병주의 주장이 소설에서 드러나는 방식과 그 의미를 살피고자 한다.

한편 이병주는 개개인이 가지고 있는 원한이 반인간적인 상황에서 연유하는 것이라 인식하고 있다. 이를 바탕으로 Ⅳ장에서는 이병주가 인식한 현실이 주로 지식인 인물을 통해 형상화되고 있다고 보고 이병주의 소설에 드러나는 지식인 인물의 유형을 다룰 것이다. 또한 사실을 사실 그대로 말할 수조차 없는 폭압적인 현실에 대응하기 위한 방편으로 선택한 우회적 글쓰기 방식에 대해서도 살펴보고자 한다.

# Ⅱ. 경험적 현실과 사실의 재현

## 1. 역사의 체험과 기득권의 일상

### 1) 개인적 체험과 역사의 관계

세간에 이병주의 등단작은 1965년 7월 『세대』에 발표한 「소설·알렉산드리아」라고 알려져 있지만 사실 이병주의 소설쓰기는 1957년 8월 『부산일보』에 「내일 없는 그날」을 연재하면서 시작된다. 이에 대해 그는 자신의 소설 쓰기가 다소 우발적으로 시작된 것이라 술회한다.

> 이것은 1953년 그러니까 내가 32세 때 마산에 있는 지금의 경남대학에서 교수로 근무하고 있을 무렵 부산일보에 연재했던 소설이다. 한 편의 단편소설도 써보지 않았었고 습작을 해본 경험도 없는 어학교수가 대뜸 장편의 신문 연재소설을 쓰게 되었다는덴 그럴 만한 사정이 있었다.
> 당시 부산일보의 논설위원은 후일 문화방송 사장을 지내다가 필화사건으로 일시 옥고를 치르게 된 황용주군이었고 편집국장은 이상우 씨였는데 어느 날 부산에 간 김에 그분들과 술자리를 갖게 되어 그 좌석에서 이런 얘기가 나왔다.
> "연재소설은 주로 서울에 살고 있는 작가들에게 의뢰하고 있다. 그린데 서울의 작기들이 지방신문이라고 해서 깔보는 탓인지 마음먹고 소설을 쓰는 것 같지가 않다. 그럴 바에야 현지의 작가들에게 부탁하고 싶지만 적당

한 사람이 없다. 그런 사정이니 이군 자네가 한번 써 보면 어떻겠는가."

두 분의 권유가 너무도 집요한데다 술에 취한 어리벙벙한 기분으로 '좋다, 한 번 해보자'고 승낙해 버렸다. 술에서 깨고 나니 하룻강아지 범 무서운 줄 모른다는 속담이 상기되었을 정도로 후회가 되었지만, 장부 일언 중 천금이란 객기도 없지 않았다.[61]

그의 소설 쓰기가 특정한 신념이나 연습 없이 갑작스레 시작되었음이 확인되는 부분이다. 실제로 「내일 없는 그날」의 단행본 출간 이후 소설가로서 이병주의 행보는 「소설·알렉산드리아」를 발표한 1965년 이전까지는 뚜렷하지 않다. 여기에는 다양한 이유가 있을 테지만 확인 가능한 바 데뷔작이라 할 수 있는 「내일 없는 그날」이 소설가로서의 신념이나 태도를 확립하지 않은 상황에서 급작스레 이루어진 탓이라 짐작할 수 있을 것이다.[62] 그는 문이당에서 1989년 재발행된 『내일 없는 그날』의 머리말에서 이 작품을 창작하던 당시 자신의 소설 쓰기에 대해 부정한다.

그러나 나는 이것이 소설다운 소설이었다고는 생각해보지 않았고, 황차(況且) 문학이라고 자부한 적도 없다. 되려 부끄러운 재료를 만들었을 뿐이라는 뉘우침만 남았다.

그러다가 내 자신이 신문사의 논설위원, 주필, 편집국장이 되어 대설·중설 따위의 논설을 쓰기에 바빠 소설을 쓸 겨를도 없었거니와 그럴 의사도 없었다.

내가 다시 소설을 쓰게 된 것은 뜻하지 않는 일로 영어의 몸이 되고 신문사를 그만두게 되어 실업자로 사회에 표랑하면서부터다. 이 소설이 발

---

61) 이병주, 『내일 없는 그날』, 문이당, 1989. 9쪽.(연재 종료 이후 1959년 국제신보사에서 동명의 단행본이 출간되기도 하나 이 글은 문이당 간행본을 대상으로 한다.)

62) 이병주가 어떠한 등단 절차도 없이 『부산일보』에 소설을 연재할 수 있었던 것은 세 살이라는 나이 차에도 불구하고 "학병으로 함께 전장에 배속된 경험"과 신문사 주필을 한 경험, 프랑스 문학에 대한 동경 등 유사점이 많은 절친한 친구이자 형인 황용주의 주선이 있었기 때문이다.(김윤식, 「황용주의 학병세대-이병주≠황용주」, 『2014 이병주 문학 학술세미나 발표집』, 이병주기념사업회, 2014. 9~19쪽)

표된 지 10여 년 후에 비로소 나는 어줍잖으나마 소설가로 입신하게 된
것이다.[63]

『내일 없는 그날』은 그 자신이 평한 대로 '통속'적이고 '신파'적인 요
소가 다분하다. 소설을 창작하는 자가 응당 가져야 할 작가의식을 가질
여력도 없이 술자리에서 가벼이 한 약속에 이끌린 채, 대중을 사로잡아야
하는 신문 연재소설을 쓴 탓일 것이다. 그러나 『내일 없는 그날』에서 다
루고 있는 현실의 무게감이나 이후 이병주의 소설과의 관련성을 고려해
볼 때 손쉽게 통속소설로 치부할 수 없는 요소가 포함되어 있다. 『내일
없는 그날』은 만 2년의 형기를 채우고 출옥한 형수를 중심으로 형수를
살리기 위해 정절을 잃고 떠난 아내 경숙, 자신의 욕정과 욕심을 채우는
일에 골몰하는 출세지향적 인물 윤철, 윤철에 대한 복수를 감행하는 형수
의 동생 혜영의 서사가 핵을 이룬다. 여기에 이병주 소설의 원형이라 할
수 있는 학병세대 익수와 유정이 등장한다. 익수는 형수의 형으로 학병으
로 동원되었다가 이데올로기의 대립 사이에서 죽임을 당하고, 유정은 현
직 대학교수이자 익수의 친구로 학병에 동원되나 살아 돌아온다. 그렇지
만 유정은 학병이라는 절망적 상황에서 온전히 벗어나지 못한 인물이기
도 하다. 서사의 핵심은 이병주의 체험과 일치하지 않지만 주변 인물들을
통해 자신이 겪었던 시대의 비극과 그 사이에서 방황하며 혼란을 감당해
야 했던 젊은 이병주 자신의 삶을 일정 부분 '기록'하려고 시도했던 것이
라 생각해 볼 수 있다.[64]

그러나 이병주가 본격적인 소설가로 나선 것은 그가 감옥 체험을 한

---

63) 이병주, 앞의 글, 10쪽.
64) 이병주의 처녀작인 『내일 없는 그날』에 관한 보다 확장된 논의는 추선진(「이병주 소설
　　의 원형으로서의 『내일 없는 그날』」, 『인문학연구』 21, 경희대학교인문학연구원,
　　2012.)의 글을 참고할 수 있다.

이후의 일이다. 1961년 국제신문 편집주간 및 주필로 활동하던 그는 5·16 직후에 쓴 두 편의 논설[65]이 문제가 되어 2년 7개월간 옥고를 치르게 된다. 여기서 그는 사마천이라는 인물을 접하고, 사마천의 글쓰기 태도에 적지 않은 영향을 받은 것으로 보인다.[66]

> 27년 전 사마천은 남성을 잘린 남자의 몰골로서 20년의 세월을 들여『史記』130권을 저술했다. 그땐 편리한 전등도 만년필도 종이도 없었다. 어두운 호롱불 밑에 端坐하여 대를 쪼개 엷게 다듬은 竹簡에다 毛筆로써 한자씩 한 자씩 새겨 넣듯 써야만 했다. 그런 식으로 사마천은『사기』130권을 二부 만들어 一부는 官中에 헌납하고 一부는 泰山에 수장했다.
> 오늘날 우리가 손쉽게 입수해서 읽을 수 있는『史記』는 그 二부 가운데의 하나가 연연 二천년을 살아남아 활자가 된 것이다.
> 竹簡에 한자씩 새겨 넣고 있는 사마천의 모습을 상상하고 그 심정을 추측하면 실로 처절하다고도 할 수 있는 기록자의 태도와 각오에 부딪친다. 현실의 독자와는 상관도 않고 아득한 후대의 독자를 대상으로 심혈을 기울인 그 각오와 노력은 인간을 넘는 박력이라고 아니할 수 없다. 나는『史記』의 역사적 또는 문학적 가치 이상으로 그 태도와 각오에 경복하고 도도한 활자의 大海에 漂流하고 있는 지경이면서도 글을 쓰는 태도와 그 각오에 있어서 사마천을 배워야 한다고 생각한다. 생각하면 오늘 날 우리는 너무나 쉽게 글을 쓰고 있는 것이다.[67]

위의 인용문에서 보듯 사마천의『사기』를 통해 기록으로서의 문학이라는 이병주의 문학에 대한 태도가 보다 명확하게 확립되어갔음을 알 수

---

65) 「조국의 부재」,『새벽』, 1960.12./「통일에 민족역량을 총집결하자」,『국제신보』연두사, 1961.1.1.
66) "나는『사기』를 1961년 5월 말경 부산 영도경찰서의 유치장에서 읽기 시작했다. 성환혁씨가 준 한문 원서는 학력이 모자라 읽을 수가 없었기 때문에 오다케 후미오, 오다케 다케오 양인의 번역서로 읽었다. 일역의 마지막 부분을 읽은 것은 경남 경찰국의 유치장에서였다."(이병주,『이병주의 동서양 고전탐사 2』, 생각의 나무, 2002. 138쪽).
67) 이병주,『白紙의 誘惑』, 남강출판사, 1973. 65쪽.

있다. 소설가가 가져야 할 태도는 삶을 기록하는 것이고 그것은 처절하리
만치 강한 신념을 가져야 가능한 것이기도 하다. 이런 의미에서 보자면
이병주에게 있어 개인적 체험을 다루는 것은 일제 말기, 모순적이며 치욕
스럽기까지 한 학병 체험과 6·25 전쟁 중 겪은 이데올로기의 대립 문제,
독재 정권에서의 언론 혹은 개인에 대한 억압의 역사를 기록하는 것에
다름 아니다. 이것은 비단 개인의 문제에 국한되는 것이 아니라 사회와
시대의 문제이기도 했으며, 이것이 이병주 문학이 갖는 의미이자 가치라
는 의견이 지배적이다.[68] 이병주는 사마천이 『사기』를 기록할 때의 심정
과 각오로 소설 창작에 임했으며, 이러한 그의 태도는 소설 창작 내내 유
지되고 반복되었다 하겠다. 학병 체험과 감옥 체험 등 질곡의 시대에 개
인이 겪을 수 있는 고통을 모두 겪은 이병주는 감옥에서 만난 사마천을
통해 문학에 대한 인식을 보다 굳건히 확립했던 것이다.

출소 직후 이병주가 발표한 「소설·알렉산드리아」는 평단과 독자의 호
평을 이끌어냈고, 이후 이병주는 본격적으로 소설 창작에 매진한다.[69]

이병주가 자신의 과거 경험을 소설을 통해 기록한다고 할 때, 무엇보다
주요하게 작용하는 것은 기억이다. 기억이란 현재에 의해 포착된 과거 사
실인 동시에 그에 대한 생각이며 현재에 살아 있는 과거이자[70] 과거에

---

68) 『역사의 그늘, 문학의 길』(한길사, 2008.)에 수록된 이광훈, 「역사와 기록의 문학」/송재
영, 「시대 증언의 문학」/이보영, 「역사적 상황과 윤리」/김종회, 「근대사의 격랑을 읽는
문학의 시각」/송하섭, 「사회의식의 소설적 반영」/정찬영, 「역사적 사실과 문학적 진실」
등의 글을 참고할 수 있다.

69) 사실 이병주는 「소설·알렉산드리아」 발표 이후 신문사를 그만두고 사업에 뛰어든다.
"신문사를 그만둔 것요?" "65년에 「소설·알렉산드리아」를 써내고 나니 그 다음으
로 자꾸 주문이 들어오잖아, 주문이! 그러니 난 습작 시대란 게 전혀 없는 거라. 그 후
로 지금까지 계속 주문 생산을 한 거야." "소설 주문에 밀려서 신문사 그만두신 거예
요?" "아니지. 1966년까지 신문사에 있었는데, 사업을 하려고 그만둔 거라. 사업하면서
도 소설 주문이 들어오면 자꾸 써 주었지."(송우혜, 「이병주가 본 이후락」, 『마당』,
1984.11. 63쪽).

70) 박상준, 「문학사와 문학의 기억과 망각」, 『호모 메모리스』, 책세상, 2014. 111쪽.

대한 현재적 설명[71]이다. 따라서 과거를 기억한다고 할 때 거기에는 필연적으로 현재가 개입할 수밖에 없다. 기억하는 주체는 시간의 흐름에 따라 과거의 일을 자연스럽게 왜곡하고 망각할 뿐더러 현재 처해 있는 상황이나 욕망은 객관적인 기억을 불가능하게 한다. 때문에 기억을 통해 재구성된 과거를 소설을 통해 만난다고 할 때, 그것은 과거 그 자체가 아니라 과거의 재현물일 뿐이다. 엄밀한 의미에서 과거는 그 자체로 기억될 수도 없고 기억되지도 않는다.

그렇다면 기억한다는 것이 의미하는 것은 무엇인가. 과거의 사건에 대해 기억하고 그 기억을 재구성하는 것은 현재의 자신의 위상을 확인하려는 노력이라고 할 수 있다. 역사적 과거가 분명 실재했다 하더라도 현재의 관점에서 그 실재성은 사라지고 없다. 그럼에도 인간은 과거를 실재라고 말하고 싶어한다. 리쾨르에 따르면 역사적 과거의 실재성은 증언, 기록, 목격담 등의 흔적과 개인의 기억 속에 살아 있다.[72] 이 '흔적'은 현재에 남아 있는 과거의 편린이며, 이것은 개개인마다에 각기 다른 형태로 남겨져 있다. 이병주는 기억을 통해 과거의 실재성을 복원하고자 했고 그 방편으로 소설을 선택한 것이라 할 수 있다.

그렇다면 무엇이 이병주로 하여금 '기억'하게 했을까. 이병주는 『虛像과 장미』[73]에 대해 "어두운 역사의 하늘을 한때 찬란하게 수놓은 광망(光芒)"이었던 '4·19'가 10년이라는 세월이 지남에 따라 "빛 바래진 전설처럼 되어 망각(忘却)의 늪에 빠져들 예조(豫兆)를 보이기 시작"하는 사실에 대한 안타까움과 '4·19의 만사(輓詞)를 써서 그때 희생된 젊은 사자들을 진혼(鎭

---

71) Paul Ricoeur, 김한식·이경래 역, 『시간과 이야기 1』, 문학과지성사, 1999. 426쪽.
72) Karl Simms, 김창환 역, 『해석의 영혼 폴 리쾨르』, 앨피, 2009. 179쪽.
73) 『경향신문』, 1970.5.1.~1971.2.28. 이후 범우사(1979)에서 동명의 단행본이 출간되고, 1990년에 서당 출판사에서 『그대를 위한 종소리』라는 바뀐 제목으로 다시 출판된다. 이 글은 범우사판을 대상으로 한다.

魂)'"74)하고자 하는 뜻에서 쓴 작품이라 설명한다.

> 가파른 길을 걸어 올라온 전 호는 그 개나리꽃 앞에서 걸음을 멈췄다.
> 왼쪽 허벅다리의, 10년 전에 유착한 상처가 새큰하며 무딘 통증이 되살
> 아났다. 이어 가슴이 뻐근해졌다. 이렇게 옛날의 상처가 새큰한 것은 기쁜
> 일이거나, 슬픈 일이거나, 어떤 충격적인 감정만 일면 전 호에게 나타나는
> 생리적 반응이었다.
> 금년 들어 처음으로 개나리꽃을 보았다는 감동만은 아니었다. 개나리가
> 필 무렵이 되어 개나리꽃을 보면 생생하게 뇌리에 펼쳐지는 역사가 전 호
> 에겐 있었다. 바로 어제 있었던 일처럼 생각이 되지만 아득히 10년이란 세
> 월의 저편에 있었던 일이다.(『虛像과 장미』, 11쪽)75)

위의 인용문에서 전 호는 흐드러지게 핀 개나리꽃을 보자 왼쪽 허벅다
리에 난 상처의 통증이 되살아나고 가슴이 뻐근해져 옴을 느낀다. 상처의
저편에 있는 것은 "10년 전 4월 19일"이다. 전 호가 경무대 앞에서 왼쪽
허벅다리에 총탄을 맞았고 의식을 회복한 곳은 병원이었다. 눈을 들어보
니 한아름 개나리꽃이 화병에 꽂혀 있었는데 개나리꽃의 "샛노란 빛깔은
유리창을 통한 태양의 광휘와 더불어 너무나 신선한 놀람이었다."(12쪽)
길가에 우연히 핀 꽃이 전 호에게는 지난 과거를 호명하는 기제로 작용
한 것이다. 오카마리76)에 따르면 기억은 주체에 의해 능동적으로 이루어
지는 것처럼 서술되지만 프루스트의 『잃어버린 시간을 찾아서』에서 마들
렌이 '나'의 과거를 호출하는 것과 같이, 기억은—혹은 기억이 매개하는
사건은—'나'의 의사와는 관계없이 나에게 찾아온다. 여기에서 주체는 '나'

---

74) 이병주, 『그대를 위한 종소리』, 서당, 1990. 작가의 말.
75) 소설 작품을 인용할 경우 인용문의 끝에 작품명과 페이지만을 명기하고, 동일 작품을
　　반복 인용할 경우 필요 여부에 따라 페이시만 표시한다. 작품의 출치는 최초 언급된 부
　　분에서 주석 처리하여 밝히고, 소설이 아닌 여타 텍스트를 인용할 경우는 주석으로 출
　　처를 표시한다. 또한 인용문 내의 모든 강조체는 글쓴이의 것임을 미리 밝혀둔다.
76) Oka Mari, 앞의 책, 53쪽.

가 아니라 바로 '기억'이다. 그리고 '기억'이 이와 같이 갑자기 도래하는 것에 대해 '나'는 철저하게 무력하며 수동적이게 된다. 바꾸어 말하면 '기억'이란 때때로 나에게는 통제 불가능한 것으로, 나의 의사와는 관계없이 나의 신체에 습격해 오는 것이기도 하다는 점이다. 사건 역시 기억 속에서 여전히 생생하게 현재를 살아간다. 따라서 기억의 회귀란 필연적·근원적으로 폭력성을 내포한다. 오카마리가 말하는 기억은 주체에 의해 능동적으로 행해지는 것이 아니라 '도래하는 기억', 즉 내재해 있는 상처가 외부적인 요인과 결합하여 '불쑥' 재생되는 것이다.

이병주가 소설을 쓰게 된 이유 중 하나로 이 '도래하는 기억'을 꼽을 수 있을 것이다.

> 이병주는 오른손의 가운데 손가락이 한 토막 끊겨져 나간 손가락 병신(?)이다.
> 그 손가락이 언제 잘라져 나갔는지에 대해선 이론이 분분하여 자세히는 알 수 없으나 그가 감옥에 있을 때라고 하는 설과, 일제시대 때 저항의 한 표식이라고 하는 설 등이 그 중 유력한 것으로 알려져 있다.
> 그러나 누구도 본인에게 그 손가락에 대한 얘기를 확인한 바가 없으니 그 어느 것도 정설(定說)이 아닐 수도 있다.[77]

인용문에서 보듯 이병주는 오른손 가운데 손가락 한 마디가 잘려나갔다고 한다. 자신 스스로 손가락이 잘린 시기와 이유를 직접 밝히거나 잘려진 손가락에 대해 언급한 것을 확인할 수는 없지만 정범준[78]은 이병주

---

77) 「작가 연구-이병주의 신화」, 『소설문학』, 1981.3.
78) "이병주는 "학병시절 같은 부대, 같은 중대에 있던 정박교군이 속립성 폐결핵으로 소주 육군 병원에서 죽었다. 그때 나는 손을 다쳐 그 병원에 입원해 있었던 사정으로 그의 임종을 지켜보게 되었다"(『보건세계』, 1988.10. 3쪽)고 회고한 적이 있다. '관부연락선'의 관련 서술은 "경남 울산 출신의 정군(鄭君)이 속립성 결핵으로 소주 육군병원에서 숨겼다"는 것인데 이 일은 1945년 1월 1일 유태림의 보초 근무, 이 해 3월 신병 전입 사이에 서술되어 있다. 그렇다면 그의 손가락이 절단된 것도 이 사이의 일인 것으로

의 손가락 절단 시기를 '1945년 초'일 것으로 짐작한다. 1945년 초엽은 우리나라가 해방되기 직전이고 이병주가 소주에서 학병으로 있던 시절이다. 이 추측이 사실이라면 이병주의 잘려진 손가락 한 마디는 이병주로 하여금 학병 시절을 떠올리게 하는 매개로 작용한다고 할 수 있다. 『盧像과 장미』의 전 호가 그런 것처럼 상처는 불현듯 기억을 불러오고, 그 기억으로 이병주는 과거의 삶을 끊임없이 돌이켜야 했을 것이다. 이것은 비단 신체에 가해진 물리적 상흔에만 해당되는 것이 아님은 물론이다. "생리적 기쁨인 8·15", "절망으로 온 6·25", "감격의 4·19", "공포의 5·16" 등 "역사의 고빗길에서마다 당한 사람"[79]인 이병주에게 눈에 보이지 않는 내상은 이병주의 의사와는 전혀 관계없이 그 사건을 상기하게끔 만드는 것이다.

단편소설 「8월의 사상」[80)]에서 과거의 기억에 대한 이병주의 인식은 보다 명확하게 드러난다. 「8월의 사상」의 '나'는 "8월 15일이 올 때마다 '단연코'라는 강세어를 접두하고 "앞으론 술을 마시지 않겠다."고 다짐"(264쪽)한다. "8월 15일에 해방이 되었으니 술을 끊고 갱생의 길을 걷는 출발의 날로선 부족함이 없"기 때문으로 "민족이 일제의 사실에서 해방된 날, 나는 술의 유혹에서 해방되었다고 하면 자타를 납득시킬 수 있을 뿐 아니라 일기장에 써넣어도 당당한 문장"이 될 수 있으리라 스스로를 설득하는 것이다. 그러나 '나'는 번번이 이 다짐을 지키지 못한다. '8월 15일'은 우리나라가 길고 어두운 일본 제국주의의 그늘에서 해방된 날인 동시에 '나'에게는 37년 전 일본의 학병으로 강제 징발되었던 과거의 기억을 불러오는 동인으로 작용하기 때문이다.

---

추정할 수 있다.(정범준, 『작가의 탄생-나림 이병주 서인의 신화를 찾아서』, 실그게슴, 2009, 368쪽)

79) 송우혜, 앞의 글, 57쪽.

80) 『한국문학』, 1980.11. 이 글은 한길사 전집에 있는 것을 대상으로 한다.

내가 중국 소주에 있었을 때의, 그 2년간은 연령적으로도 내 청춘의 절정기였다. 그 절정기에 나의 청춘은 철저하게 이지러졌다. 일제 용병에게 어떤 청춘이 허용되었을까. 용병은 곧 노예와 마찬가지이다. 노예에게 어떤 청춘이 허용되었을까. 용병은 곧 노예와 마찬가지이다. 노예에게 어떤 청춘이 허용되었을까. 육체의 고통은 차라리 참을 수가 있다. 세월이 흐르면 흘러간 물처럼 흔적이 없어지기 때문이다. 그러나 정신이 받은 상흔은 아물지 않는다. 우선 그런 환경을 받아들인 데 대해 스스로를 용서할 수 없기 때문이다. 그런데 일제 용병의 나날엔 육체적 정신적인 고통이 병행해서 작동하고 있었다. 일제 때 수인(囚人)들은 고통 속에서도 스스로를 일제의 적으로 정립할 수는 있었다. 그런데 일제의 용병들은 일제의 적으로서도, 동지로서도 어느 편으로도 정립할 수가 없었다. 강제의 성격을 띤 것이라곤 하지만 일제에게 팔렸다는 의식을 말쑥이 지워버릴 수 없었으니 말이다.

눈물을 흘리기도 하고 흘리지 않기도 하면서 나는 소주에서 얼마나 울었을까. 누구를 위해 누구를 죽이려고 이 총을 들고 있느냐는 양심의 아픔이 어느 정도였을까. 모른다. 분명히 말할 수 있는 것은 내가 흘린 눈물이 부족했다는 것과 더한 아픔을 느꼈어야 했을 것인데, 하는 뉘우침이다.

(「8월의 사상」, 276쪽)

앞서 언급한 바와 같이 이병주의 소설 전반에서 학병 경험이 미치는 파장은 실로 엄청나다. 대부분의 소설에서 주요인물 혹은 주변인물이 학병에 동원된 경험이 있는 것으로 설정되고, 학병으로서의 경험은 과거의 일시적인 사건으로 끝나는 것이 아니라 치유할 수 없는 정신적 외상으로 나타난다. '나'는 청춘의 절정기를 중국 소주에서 일제 용병으로 고통스럽게 보낼 수밖에 없었다. 노예와 같은 상태에서 보낸 2년은 아물지 않는 정신적 상흔을 남겼고, 그 정신적 상흔은 현재의 '나'로 하여금 '죄의식'을 가지게 하였다. 이 죄의식으로 말미암아 현재의 '나'는 과거의 '나'가 흘린 눈물이 부족했고, 더한 아픔을 느꼈어야 했다, 라고 뉘우치는 것이다. 우리나라는 기나긴 시련을 보내고 해방을 맞이하였으며 그러고도 37

넌이라는 시간이 지났지만 일본의 '노예'로 보낸 '나'의 기억은 '나'의 내부에 도사리고 있다가 '8월 15일'과 같은 계기로 인해 '불쑥' 죄의식으로 엄습하는 것이다. 그래서 '나'는 "시간이 해결한다는 말이 있다. 그러나 나는 이것이 뭔가 잘못된 인식이 아닌가 한다. 시간은 해결하는 것이 아니라 파괴하는 것이다. 말하자면 시간은 대립된 문제를 해결해주는 것이 아니라 대립자를 파괴해버림으로써 문제 자체를 없애버리는 것이다"(280쪽)라는 글을 쓰게 되고, 그래서 매년 8월 15일은 "단주일이 되기는커녕 대폭주일"(284쪽)이 되고 만다.

그래서 이병주는 끊임없이 자신이 경험했던 과거, 특히 자신에게 지우기 어려운 기억을 남긴 학병 시기의 사건을 소설화한다. 학병세대의 서사라고 일컬어지는 『관부연락선』뿐만 아니라 친일 인사의 딸과 독립운동가의 아들의 사랑이라는 설정을 일제시대와 한국전쟁 등 한국근대사와 연결시켜 보여주고 있는 소설 『꽃의 이름을 물었더니』[81]에서도 일제 말기 학병과 관련된 내용은 면밀하게 다루어진다.

> "제가 지원하지 않으면 할아버지가 큰 곤욕을 치를 것 같습니다."
> "네 뜻이 지원하는 데 있지 않다면 그로서 결정이 난 일이다. 내 걱정일랑 말아라."
> "……"
> "나는 칠십이다. 세상 살 만큼은 살았다. 나 때문에 네 인생을 망칠 수는 없다. 이 험한 세상에 좋은 아들, 손주 거느리고 난 호사스럽게 살았다. 나도 너희들을 위해 뭔가 해보자꾸나. 그러니 나의 일은 내게 맡기고 넌 너의 소신대로 살아라."
> "그러나 할아버지가 당할 곤욕이 눈에 뻔한데……"
> "네 이놈."
> 나직하나마 엄하게 박진사는 꾸짖었다.

---

81) 『꽃의 이름을 물었더니』, 심지, 1985. (『새시대』, 1979.9.9.~1979.10.28.)

"할애비의 곤욕을 풀기 위해서 애비에게 총질을 할 참이냐?"
태열이 아찔했다.
도의적 일반론적으로 일본의 병정이 될 수는 없다고 생각하고 있었지만
일본의 병정이 되는 것이 아버지에게 총질을 하는 행동으로 된다는 것을
미처 생각지 못했던 것이다.(『꽃의 이름을 물었더니』, 163~164쪽)

박태열과 백정선이 계속 이별의 상황에 놓일 수밖에 없는 원인으로 학
병제의 실시가 놓인다. 학병 동원령이 내려지자[82] 동경에서 유학 중이던
박태열은 백정선을 데리고 귀국하지만 관부연락선에서 내리자마자 일본
경찰에 의해 연행된다. 조부의 동의가 없으면 학병 지원서에 도장을 찍을
수 없다고 강하게 주장하는 박태열을 설득하기 위해 일본 경찰은 박태열
의 조부와 대면시킨다. 그 자리에서 자신의 안위를 걱정해 학병 지원서에
도장을 찍으려는 손자 박태열에게 조부는 "할애비의 곤욕을 풀기 위해서
애비에게 총질을 할 참이냐"라고 엄하게 꾸짖는다. 박태열의 아버지인 박
치우가 만주에서 독립운동을 하고 있었던 것이다. 학병의 문제는 단순히
적국의 군사가 되어 적국의 이익을 위해 몸을 바쳐 싸워야 한다는 것 이
상의 의미를 가진다. 『꽃의 이름을 물었더니』를 통해 제시되고 있는 이
딜레마가 곧 학병세대 전체가 감당해야 했던 현실임은 두말할 필요가 없

---

82) 소설에서는 학병제 시행과 관련한 사회적 분위기에 대해 "1943년 10월. 각 전선(各戰
線)에 걸쳐 패색(敗色)이 짙게 되자 일본 정부는 학도동원령(學徒動員令)을 내렸다. 지금
까진 전문학교 생도와 대학생에겐 징병연기(徵兵延期)의 특전이 부여되어 있었던 것인
데 그 특전을 폐지하고 학업 중도에서 학생들을 전쟁터로 내몰게 된 것이다.(…)한국인
학생에게도 군(軍)에 복무할 수 있는 기회를 준다는 조처가 취해졌다. 이른바 학도지원
병제도의 신설이었다. 내세운 명분은 그럴듯했다. 내선인(內鮮人)을 일시동인(一視同仁)
하는 천황의 각별한 은혜로서 한국인 학생에게도 대일본제국의 군인이 될 수 있는 특
전을 베풀겠다는 얘기였으니 말이다. 그리고 어디까지나 지원병이란 명목을 내걸었다.
그러나 실상은 혹독한 강요였다. 민족의 지도자로 알려진 이광수, 최남선 같은 인사들
을 동원하여 교언영색(巧言令色)으로 유혹하기도 하는 한편 만일 지원병에 응하지 않으
면 뒷일이 좋지 못할 것이란 협박을 하기도 했다. 심지어는 사소한 이유를 트집잡아
부형들을 감금해놓고 효심이 있는 놈이면 지원할 것이다, 지원하면 풀어주겠다, 하는
약삭빠르고 비겁한 수법을 쓰기도 했다."(153~154쪽)라고 상세하게 기술하고 있다.

을 것이다.83) 더군다나 학병으로 징집되어 복무한 것으로 제시되는 인물들은 더 큰 딜레마에 빠지게 되고 급기야는 '학병'이라는 '과거'의 체험에서 놓여나지 못하게 된다.84)

이병주가 자신의 체험을 기록하는 데 집중한 까닭은 자신의 체험을 기술하는 일이 바로 우리의 삶이자 살아 있는 역사 그 자체라는 인식 때문일 것이다. 대개 문학작품들은 다양한 방식으로 비문학적 현실과 연관을 맺고 있다. 작가와 독자를 통해, 작품의 내용과 주제를 통해, 특히 항상 현실과의 분명한 관계를 이끌어내기 위해 낯선 관점 속에 일상의 현실을 보여줌으로써 연관을 맺는다. 과거와 과거의 의미들은 문학의 주제가 되고 그럼으로써 문학적 논쟁의 대상이 된다.85) 문학이 부여받은 새로운 기

---

83) 중편 「白鷺先生」(『한국문학』, 1983.11.)에서도 학병 동원령을 피해 산으로 숨어든 청년들의 모습을 상세히 다룬다. 신병준은 학병을 피해 국내로 들어와 치악산에 숨어들었다가 백로선생을 만나 백로선생의 보살핌을 받으며 동굴에서 몸을 피하게 된다. 거기에는 이미 공산주의자 민경호와 기독교 신자 윤창순이 몸을 숨기고 있었다. 각각 사상과 종교에 경도된 이들은 극도로 사이가 좋지 않았고 급기야는 치열하게 몸싸움을 벌이게 되고, 이를 말리던 신병준이 크게 다치는 일이 발생한다. 덕분에 백로선생은 같이 동굴에 기거하며 산을 개간하여 농사를 짓기도 한다. 민경호와 윤창순이 화해를 하자 백로선생은 떠나고 그곳에서 셋은 해방을 맞이한다. 이후 들은 바에 따르면 백로선생의 정체는 지장암 스님인 것으로 밝혀지고 프랑스와 독일에 유학하고 학위를 받은 지식인이었다. 불교에 관한 깊은 식견을 가졌지만 난세에 도망을 다녀야 하는 젊은이들을 보살피고자 산에서 생활했던 것이다. 그로부터 5년 후, 6·25 전쟁 당시 신병준은 부산의 피난지에서 백로선생과 재회한다. 그리고 이후 민경호가 윤창순을 돕다가 쫓기는 신세가 되어 동굴에 와 몸을 숨겼지만 둘은 그곳에서 총을 맞고 죽게 된다. 「白鷺先生」 역시 학병 문제를 다루는 이병주 소설의 연장선상에 놓인 작품이자, 맹목적인 사상의 강요에 대한 거부 등 이병주 소설의 주제 의식이 잘 드러나는 작품이다.
84) 학병세대로서 이병주의 글쓰기에 대한 논의는 앞선 연구사를 통해 확인할 수 있다. 김윤식(『이병주와 지리산』, 국학자료원, 2010.)은 이병주에게 학병체험이 "이병주 글쓰기의 원체험이자 원죄와도 흡사한 것"(108쪽)이라고 설명하며, 평론 「학병세대 글쓰기의 유형과 범주: 이병주의 놓인 자리」(『한국문학』 32, 2006.)에서 『관부연락선』, 『지리산』, 『별이 차가운 밤이면』을 이른바 '학병세대 글쓰기 3부작'으로 규정한다. 그리고 이 학병체험이 이병주로 하여금 '노예의 사상'과 '회색의 사상'의 근원으로 작용하고 있다고 설명한다.
85) Horst Steinmetz, 서정일 역, 『문학과 역사』, 예림기획, 2000. 9~10쪽.

능 중 하나가 "역사의 기록으로서, 문화사와 정신사, 또는 더 넓은 의미에
서의 정치사와 사회사를 밝혀주는 데 기여"[86]하는 것이라는 호르스트 슈
타인메츠의 설명처럼 이병주의 소설에서 이병주의 체험으로 재구성된 과
거 역사적 사건들을 통해 우리는 지난 과거를 영위했던 사람들의 구체적
인 삶을 들여다볼 수 있을 뿐만 아니라 그 내밀한 속내까지 가늠할 수 있
게 된다. 그리고 그것이 역사가 말해주지 못하는 과거의 면면임은 두말할
필요가 없다.

즉, 이병주가 자신의 개인적 체험을 서사의 전면에 내세운다 하더라도
이병주가 다루려고 하는 것은 개인적인 차원에 국한된 것은 아니다. 『그
해 5월』[87]의 경우 '이주필'이라는 인물을 등장시켜 필화 사건으로 투옥된
자신의 경험을 그대로 옮겨 놓을 뿐만 아니라 문제가 되었던 자신의 논
설 두 편의 전문을 여러 페이지에 걸쳐 수록하고 있으며, 혁명재판[88]이라
는 명목으로 억울한 누명을 쓴 실재 인물들의 공소장과 함께 이병주 자
신의 공소장도 가감 없이 옮긴다. 5·16과 관련된 기록으로 불려도 어색함
이 없을 정도의 자료를 '소설'의 형태로 제시한 것이다. 그러나 억울한 수
감 생활―「소설·알렉산드리아」에서 이병주는 "무슨 죄인지도 모르고 벌

---

86) 위의 책, 94쪽.

87) 1982.9.~1988.8. 『신동아』 연재. 이 글은 한길사에서 간행된 것을 대상으로 한다.

88) 5·16 이후 국가재건비상조치법에 따라 이루어진 특별군사재판. 자유당과 민주당 치하
의 부정·부패 및 5·16 전후의 반혁명사건을 총괄적으로 입건처리하기 위해 1961년 7
월 12일 혁명재판소와 혁명검찰부를 개설한 뒤, 290일간에 걸쳐 1천여 회의 공판을 열
고 총 250건을 처리, 62년 5월 10일 재판을 끝냈다. 재판소장 최영규(崔英圭) 소장 이하
43명의 심판관과 검찰부장 박창암(朴蒼岩) 대령 이하 31명의 검찰관이 동원되었으며,
3·15부정선거, 특수반국가행위, 반혁명행위, 부정축재 및 밀수, 공무상 독직, 정치폭력
배 등의 사건에 관련된 697명이 입건되었다.
이 재판으로 3·15부정선거 지휘자 최인규(崔仁圭), 경무대 앞 발포책임자 곽영주(郭永
周), 정치폭력배 이정재(李丁載)·임화수(林和秀)·신정식(申廷植), 사회당 조직부장 최
백근(崔百根), <민족일보> 사장 조용수(趙鏞壽), 특수밀수범 한필국(韓弼國) 등은 사형을
언도받아 형이 집행되었다.(한국사사전편찬회, 『한국근현대사사전』, 가람기획, 2005.)

만 받는 것처럼 따분한 처지란 없다. 그런데 이제야 나는 나의 죄를 찾았
다."(23쪽)라고 써 사법적으로 죄가 없음에도 불구하고 영어의 몸이 될 수
밖에 없었던 자신의 처지를 드러낸다―이라는 주관적인 경험을 1인칭 서
술자인 '나'가 아닌 '이 주필'이라는 인물의 이야기 형태로 독자에게 전달
함으로써 경험을 객관화시킨다. 허구성을 본질적 속성으로 하는 소설 장
르를 통해 오히려 사실을 전달하는 우회적인 방식을 선택한 것은 이병주
가 경험을 기록하는 목적과 관련을 맺는다.

① "나는 앞으로 어떻게 될지 모르니 세월이 흘러가는 내용을 소상하게
적어두게. 먼 훗날에라도 이 시간의 의미를 알아야 할 것이 아닌가. 언젠간
자네가 역사의 증인이 되어주어야 할지 모르네. 아니 그렇게 자처해야 하
네. 억울하게 죽은 사람들은 그러한 증인의 기억, 또는 기록을 통해서만이
살 수밖에 없어."(『그해 5월』 1, 137쪽)

② 많은 선구자, 숱한 애국자들이 신앙처럼 하고 있던 역사의 심판이란
것이 과연 어떤 수속을 겪어 이루어질 것인가. 그야말로 후세 사가(史家)들
의 명찰(明察)에 기대할 밖엔 도리가 없다.

그러나 그 날을 기다리고만 있을 수 없는 것이 기록자의 심정이다. 그 심
정이 또한 하나의 사람을 작가로 만드는 것이다. 하지만 기록자가, 작가가
오만해서도 안 된다는 것을 알고 있다. 다시 말해 역사를 선취(先取)할 순
없다. 그런 까닭에 나는 이 기록에서 「현대사」를 시도하려는 것은 아니다.
하나의 생신(生身)이 보고, 느끼고, 겪은 이른바 「제3공화국」의 작태(作態)를
기록할 뿐이다. 「제3공화국」의 작태가 역사로서 일단 정착하기 위해 백년
이 걸린다고 치고 그때는 이미 박제(剝製)가 되어버릴 사료(史料)에 그 시대
를 몸소 겪은 인간의 감정색채를 보탤 수 있었으면 하는 것이 「그해 5월」
에 거는 내 최고의 희원(希願)이다.[89]

---

89) 『그해 5월』1, 기린원, 1984. 3~4쪽.

인용글 ①에서 보듯 수감된 '이주필'은 서술자인 '나'에게 위와 같이 당부하는데, 이로써 이병주 자신의 문학적 소명을 강조하는 것이다. "역사의 증인"이 필요하다는 것, "증인의 기록"을 통해서만 억울함이 사라질 수 있다는 인식. 그러한 인식은 이론적인 측면에서 발생한 것이 아니라 체험에 근거한 것이므로 더욱 처절한 것이 된다. 이병주는 평소 "한(恨)이 많아 쓰고, 한이 많아 소설가가 됐다고 입버릇처럼 말해왔다"[90]고 한다. 그런 탓에 이병주는 인용글 ②에서처럼 자신이 소설을 통해 이루고자 하는 것이 "역사의 선취"가 아님을 명확히 밝힌다. 이병주는 "하나의 생신(生身)이 보고, 느끼고, 겪은" 사실을 전달하되 사실 그 자체에 초점을 두는 것이 아닌 '인간'을 중심으로 '기록'하기 위해 '소설'을 선택했고, 소설 형식의 기록을 통해 역사에 희생당해야 했던 사람들의 한을 해소하고 싶어한 것임을 알 수 있다. 그러나 『그해 5월』이 다루고 있는 사건이 근과거의 일인 탓에 감정보다는 사실 그대로의 기록에 치중하고 있음을 밝힌다. 대신 자신의 자료를 바탕으로 훗날 "인간의 감정색채를 보낼 수 있었으면 하는" 바람으로 '기록'하고 있음을 분명히 하고 있다.

이병주가 소설을 통해 다루고자 하는 현실은 단편소설 「내 마음은 돌이 아니다」[91]의 서술자인 '나'에 의해 더욱 확연히 드러난다. '나라가 살고 많이 사람이 살기 위해 노정필 같은 인간이 다발 다발로 역사의 수레바퀴에 깔려 죽'어야 하는 현실을 살았던 이병주는 '역사라는 수레바퀴에 깔려 죽을 수밖에 없었던' 사람들의 삶을 기억해야 한다고 생각했다. 그리고 "스스로의 건망증과 민족의 건망증을 방지하기 위해"[92] 끊임없이 보고, 듣고, 느낀 것을 소설이라는 형태로 기록하기 시작했던 것이다. 즉

---

90) 정범준, 앞의 책, 280쪽.
91) 『내 마음은 돌이 아니다』, 서당, 1992.(『한국문학』, 1975.10.)
92) 이병주, 「8월의 사상」, 앞의 책, 272쪽.

이병주는 자신의 과거 경험을 세밀하게 기록하는 것이 인간의 실상에 근접한 것이라는 인식을 가졌던 듯하다. 또한 개인적 경험의 기록이 사적인 것에 머무르는 것이 아니라 공적 역사에 대한 기록이 될 수 있음을 분명히 자각하고 있다. 그렇기에 이병주는 자신이 경험을 통해 인식한 과거—역사적 사건—의 실상을 가급적이면 사실에 가깝게 재현하고자 했던 것이다.

### 2) 기득권의 일상과 욕망의 문제

이병주는 「내일 없는 그날」을 재출간하는 지면을 빌려 "통속성과 신파성엔 얼굴을 붉히지 않을 수 없으나" "6·25직후의 생생한 세태(世態)가 그런대로 편편이 리얼하게 묘사되어 있"고 치졸하나마 인생에 대한 관조(觀照)가 슬픈 빛깔로 나타나 있다"93)고 자신의 작품을 평가한 바 있다. 이는 이병주가 엄숙성과 숭고성만으로 문학의 가치를 가늠하지 않음을 보여주는 부분이다. 즉 문학은 "생생한 세태"의 '리얼한 묘사', "인생에 대한 관조"를 통해서도 그 가치를 가질 수 있다는 것이 이병주의 문학적 인식이며, 이는 소설을 통해 인생의 실상을 파헤치고자 하는 이병주의 소설적 목표와도 일맥상통한다.

하지만 앞에서 언급했다시피 우리 문학사에서 '동시대의 세태가 리얼하게 묘사'된 이병주의 소설들은 통속적 대중소설로 분류되었고 이병주가 이루어놓은 여타의 문학적 성취를 인정하는 것까지 주저하게 만든 것이 사실이다. 문학사에서 대중소설은 상업적 목적을 달성하기 위해 대중의 말초적인 흥미를 충족하는 것만을 염두에 둔 소설이라는 측면에서 다소 부정적으로 인식되어 왔다. 그렇지만 대중소설의 역할을 단지 대중적 욕망의 해소와 충족에 한정하는 것이 정당한지 되물을 필요가 있다. 에르

---

93) 『내일 없는 그날』, 앞의 책, 머리말.

네스트 만델94)은 대중소설의 하위 장르인 범죄소설이 사회상의 변화를 충분히 반영하는 동시에 사회의 변화와 변혁에도 일정 부분 영향을 미쳤다고 주장한다. 즉 범죄소설이 대중의 욕망을 해소하는 과정에서 얻을 수 있는 쾌감으로 문학의 효용을 한정한 형태로 등장한 것이 아니라, 사회상의 적나라한 반영태로 등장하게 되었다는 것이다. 만델의 주장을 빌리면 산업화와 도시화가 빠른 속도로 진행되고, 자본이 삶의 가장 중요한 요소로 떠오르던 시기를 배경으로 하는 이병주의 소설은 말초적인 흥미를 자극하는 통속적인 소재를 선택해 독자에게 자극과 쾌감을 선사하려는 단일한 목적으로 창작된 것이 아니다. 오히려 자본주의 사회의 도래와 함께 나타나게 된 시대의 부조리와 자본주의 현실의 병폐를 반영하는 것이 된다. 요컨대 산업화·도시화 시대를 다루는 소설이 다소 통속적으로 읽히는 것은 이병주의 창작 의도가 그러한 때문이 아니라 현실 깊이 통속성이 침윤해 있었기 때문이라고 말하는 것이 보다 적절할 것이다.

1970년대 한국 대중소설에서 주요 소재로 부각되었던 것은 안토니오 그람시가 '서발턴(Subaltern)'이라고 이름하였던 하위주체들이었으며 이들은 호스티스와 노동자, 도시 빈민 등이다. 이들이 소설의 주인공으로 빈번하게 등장할 수밖에 없었던 이유는 1960년대 이후 산업화와 도시화의 영향권에서 오히려 중심권역 바깥으로 밀려나야했던 계층이 늘었고, 그들이 경제적·사회적 지위 상승의 욕망을 가진 대중을 대표할 뿐만 아니라 밑바닥 삶을 살던 이들이 삶을 살아내는 과정에서 부딪히는 문제들이 독서대중에게 동질감을 안기기 때문이다. 다시 말해 대중의 욕망을 가장 적극적인 형태로 투영할 수 있고, 주어진 삶을 극복하고 욕망의 성취를 이루어냈을 때의 성공을 더 부각시키기에 적합한 주인공으로 낙점된 것이 바로 하위주체이다.

---

94) Eenest Mandel, 이동연 역, 『즐거운 살인, 범죄소설의 사회사』, 이후, 2001.

　　그러나 이와 다르게 이병주의 소설이 주로 초점화하고 있는 것은 금력 혹은 권력을 가진 기득권층의 삶과 그 실상이다. 장편소설 『'그'를 버린 女人』[95]은 '그'라고 지칭되는 박정희 전(前) 대통령의 여인을 서사의 전면에 내세움으로써 쉽게 접하기 어려운 최고권력자의 삶을 파헤친다.[96] 신문기자인 신영길은 우연히 알게 된 카페 해당화를 통해 양해란, 양수정과 인연을 맺게 된다. 어렵게 자란 양해란이 서울로 올라와 기동혁의 꼬임에 빠져 몸을 팔아야 하고 능욕당하는 것을 지켜보다 관여하는 과정에서 연인이 된 것이다. 그리고 이들을 통해 카페 해당화의 마담 한수정의 과거 이야기를 듣게 되는데, 한수정은 '그'라고 지칭되는 현직 대통령 박정희와 과거 동거 경험이 있었다. 결혼식도 하지 않고 동거 생활을 한 이유는 "그에겐 이미 결혼한 여자가 있었고 아이도 하나 있었"(상, 300쪽)기 때문이다. 소설 속의 '그'는 "매일 밤 한수정의 몸을 요구하는데 술에 만취되

---

95) 『매일경제신문』에서 1988년 3월부터 1990년 3월까지 총622회 연재되었으며, 연재 종료 직후 서당출판사에서 단행본으로 간행된다. 이 글은 단행본을 대상으로 한다. 『경향신문』(1990.4.13.)에서는 이병주의 『그를 버린 여인』에 대해 "중견작가 이병주 씨가 최근 박정희를 버린 여자를 주인공으로 한 소설을 펴내 관심을 모으고 있다. 그려낸 이씨의 이번 소설의 제목은 '그를 버린 여인'(도서출판 서당 刊) 권력자(박정희)가 잠시 사랑하다 버렸던 여인에 대해 관심을 모았던 기존의 여느 얘기와는 달리 오히려 절대적 권력자를 무참히 버린 여자의 얘기란 것이 이 소설의 흥미를 더해주고 있다.
작가 이병주 씨는 현재 서울 어딘가에 살고 있다는 박정희의 옛 여인이 고백을 토대로 이 소설을 구성했다고 밝히고 제목 그대로 박정희를 버린, 죽이려까지 한 한 여인의 삶을 집요하게 파헤치고 있다. (…) 아무튼 이씨의 이번 소설 '그를 버린 여인'은 권력의 뒤안길에 가려진 한 여인의 일생을 통해 인간 박정희의 알려지지 않은 얘기와 성격을 분석해냈다는 점에서, 그것도 그와 각별했던 작가의 눈으로 비춰졌다는 점에서 일반의 관심을 모으고 있다."고 보도한 바 있다.

96) 공식적인 혼인 관계에 있지는 않았지만 세간에 박정희의 두 번째 여자라고 알려진 여인은 이현란이라는 인물로 박정희와 약혼식을 하고 3년 동거 생활을 했다. 그러나 평소 '빨갱이'를 극도로 싫어했던 이현란이 박정희가 공산주의자라는 사실을 알게 되고, 이 과정에서 박정희에게 이미 부인이 있고 그 사이에 딸과 실 낳 딸이 있다는 사실까지 알게 되어 큰 배신감을 느끼게 된다. 이후 박정희의 좋지 않은 행실이 문제가 되어 결국 이현란은 집을 뛰쳐나오고 둘의 관계는 끝이 난다.(조갑제, 『내 무덤에 침을 뱉어라』 2, 조선일보사, 1988.)

어 기능이 마비되었을 땐 상상할 수도 없는 불결한 짓을 강요하는 기학
적(嗜虐的)인 성향"(상, 306쪽)을 가졌고, "자기보다 나은 사람은 용납하지
않"고, "자기보다 상위(上位)에 있는 사람은 모조리 헐뜯었다". 그러나 "자
기 앞에서 굽신거리는 사람에겐 한량없이 관대"하여 "아무리 나쁜 짓을
해도 용서"하고, "자기를 배신하지 않는 한 감싸"(307쪽)주는, 열등감과 인
정욕구에 사로잡힌 인물97)로 그려진다. 그리고 자신과의 성관계를 거부
하는 한수정에게 서슴없이 주먹을 날리는 폭력적이고 비인간적인 성향의
인물로 묘사되기도 한다. 갈수록 심해지는 '그'에 대한 실망과 괴로움으로
한수정은 '그'와의 관계를 정리하게 된다. '그'가 쿠데타를 일으키고 정권
강화를 꾀하는 동안 국내 정세가 한층 더 혼란한 가운데 한수정은 대통
령 암살을 추진하던 여수반란사건의 희생자의 자손들을 도왔다는 이유로
끌려갔다가 김재규의 도움으로 풀려나고 한수정이 풀려난 다음 날 궁정
동 사건이 일어나 '그'의 시대도 막을 내린다.

　돈, 권력, 섹스가 인간이 가진 욕망을 가장 여실하게 보여주는 것이라
면, 『'그'를 버린 여인』은 대중에게는 알려지지 않았던 최고권력자의 숨
겨진 성격과 섹스 스캔들을 중심으로 1960~1970년대 시대 상황과 역사
뒤편의 이야기를 보여주고 있다. 여기에서 핵심이 되는 것은 '전 대통령
과 그의 여자'라는 호기심을 자극하는 소재이다. '그'와 한수정의 관계는
'르포라이터'의 심정으로 기록한다는 신문 기자 신영길에 의해 전달되고,
신영길을 통해 한 시대를 군림했던 대통령에 대한 평가는 "기회를 보는
덴 기민하고 선수를 치는 덴 번개 같고 목적을 위해선 수단방법을 가리
지 않는 소질이 벌써부터 갖추어져 있"(1권, 299~300쪽)는 것으로 나타난다.
이것은 "그"로 인해 억압의 세월을 보낼 수밖에 없었던 대중이 듣고 싶어
하는 전 대통령에 대한 부정적 수사의 일종일 것임은 두말할 필요가 없

---

97) Alfred Adler, 라영균 역, 『인간이해』, 일빛, 2009. 73~93쪽.

어 보인다.

『그해 5월』에도 '선글라스'로 명명되는 박정희 전 대통령과 '미선'이라는 마담의 정사 장면이 꽤나 자세하게 기술되어 있다. 여기에서도 "선글라스는 뻔뻔스럽고 거북하기조차 했던 미선의 태도가 다시없이 부드럽고 상냥하게 변한 데 대해 적이 만족했다. 그것도 권력이 안겨준 은총이거니 싶어 자족한 웃음이 얼굴에 번졌다."(2권, 359쪽)와 같이 권력의 맛에 취한 호색한의 면모를 강조하는 등 부정적으로 다뤄지고 있다.

이 외에도 「어느 낙일」[98]에 등장하는 군인 '곽희정' 역시 여러모로 박정희 전 대통령과 오버랩된다. 좋은 집안의 딸이었던 유계순은 차인석의 친구이자 유계순의 사촌인 송달협의 부탁을 받고 찾아간 군인 곽희정에 의해 겁탈을 당하고 인생을 송두리째 빼앗긴다. 곽희정은 온갖 악행을 저지르는 인물이었고 차인석은 그에 대한 복수심으로 곽희정의 악행을 폭로하려다 오히려 감옥 신세까지 지게 된다. 이후에도 차인석은 생의 대부분을 곽희정에 대한 복수로만 살아왔지만 실행해 옮기지 못하고, 도리어 다른 이의 복수심에 의해 윤계순이 죽고 이후 곽희정 역시 원한에 사무친 사람에 의해 살해당한다.

특히 당대를 재현하는 이병주의 소설에서 자본주의 사회의 최상층을 차지한 재벌[99]은 주요한 소재로 비판의 대상이 되고 있다. 일반적으로 재벌은 기업 운영으로 막대한 부를 축적한 경우를 말한다. 급격한 경제 발전과 함께 이루어진 산업화와 도시화는 자본에 대한 사람들의 관심을 증폭시켰고, 각종 일간지와 주간지들은 부의 축적에 관한 정보를 실어나르

---

98) 『동서문학』, 1986.4.
99) '재벌'이라는 용어는 일본에서 만들어져 일본에서 사용되어오던 것을 차용한 것으로 사용 시기는 분명하지 않다. 재벌을 흔히 여러 기업이 집단화되어 있고, 경영이 가족 중심으로 이루어지며, 규모가 비대하다는 특성을 갖는다.(최정표, 「한국재벌 흥망사」, 『경제발전연구』 15, 한국경제발전학회, 2009. 235~236쪽 참고)

며 그 욕망에 화답했다.100) 그리고 "남의 부러움을 살 만큼의 돈"을 번 사람을 내세우는 이른바 '기업소설'이 등장하기 시작한다. 『매일경제』 신문에서는 유현종의 『불만의 도시』(1968)와 홍성원의 『중역탄생』(1977), 조문진의 『재벌의 문』(1979), 이병주의 『황백의 문』, 『서울버마재비』, 『무지개사냥』을 기업소설로 소개한다. 그리고 이병주의 입을 통해 일본이나 미국등 자본주의가 발달한 나라의 경우 소설에서 기업을 긍정적인 입장에서다루고 있을 뿐만 아니라 기업소설이 하나의 장르로 자리잡았다고 설명한다. 반면 우리나라의 경우 기업소설이 기업소설의 이름을 빌려 유한계급의 방탕한 생활을 주로 다룸으로써 통속적 속성을 강조하고 있어 소설의 의미를 흐리고 있다고 비판한다.

> 유현종 씨와 이병주 씨 등 소설가들은 소설의 계도적기능과 우리의 기업 현실에 비추어 기업소설의 역할이 클 때라고 전제하고 비록 소설 속에서라도 우리의 기업 현실을 건전하게 헤쳐나가는 영웅적 기업가가 탄생되어야 한다고 말한다.101)

도시화·산업화의 빠른 진행과 함께 최고의 가치로 자리매김하게 된 자본과, 철저한 자본주의 논리하에 경제적 성취를 위해 매진하는 기업에 대한 이병주의 관심은 꾸준히 이어진다.102) 이를 통해 이병주는 자본주의 사회에서 주변부로 밀려나야했던 하층민의 삶을 다루기보다는 돈이 최고

---

100) 김성환, 「『선데이서울』과 유신 시대의 대중」, 『1970 박정희 모더니즘』, 천년의 상상, 2015. 254쪽.
101) 『매일경제』, 1983.2.23. "기업소설-그 가능성을 타진한다"
102) 이병주는 1984년 10월부터 한국재경사에서 발행하는 월간지 『재경춘추』에 '기업소설'이라는 타이틀을 달고 「藥과 毒」이라는 소설을 연재한다. 임기택이라는 소년이 건실한 사업가로 성장해 가는 과정을 그리려 한 것으로 보인다. 『매일경제』의 기사를 통해 밝힌 것처럼 "우리의 기업 현실을 건전하게 헤쳐나가는 영웅적 기업가"를 창조하려는 포부에서 기획되었을 것으로 짐작되지만 어떤 이유에서인지 연재는 6회(1985년 3월)에 그친다.

의 권력이 되는 자본주의 사회의 핵심부를 살고 있는 기득권층의 삶을 다루려한 것이라는 판단이 가능하다. 실제로 단편을 주로 창작하던 초기를 지나 이병주는 꾸준하게 신문과 잡지 등의 지면에 소설을 발표하는데, 이때 동시대를 배경으로 하는 소설의 주인공은 대개 금권력의 최상층을 살아가는 인물 내지는 금권력에 대한 욕망을 가진 인물이며, 이들의 삶은 다소 부정정적인 형태로 그려진다.

비교적 초기 작품이라 할 수 있는 『배신의 강』[103]에서 이병주는 소설가 성유정을 통해 "해방 직후 적산(敵産)을 둘러싸고 치열한 쟁탈전이 벌어졌던 것 아니오? 부산에 있어서의 그 부의 주인이란 결론을 내릴 수도 있잖겠어? 그 상황을 몇몇 가공인물을 등장시켜서 분석해 보고 싶은 거지요. 가공인물을 등장시킨다고 해도 전연 사실과 동떨어질 수는 없거든." (상권, 22쪽)이라고 『배신의 강』의 핵심 서사를 직접 밝히고 있다. 『배신의 강』의 주요 소재가 되고 있는 우창물산은 일제시대 일본인 밑에서 일한 대가로 김현서와 윤노인이 받은 재산을 도명섭이 가로챈 회사이다.

이외에도 이병주의 소설에서 재벌기업을 일으킨 1세대들은 비리와 범죄에 연루되어 있는 것으로 나타난다. 『언제나 그 은하를』[104]에서 강세창은 친구의 광산 회사를 독차지하여 부를 일구고, 『황백의 문』[105]에서 모철주는 친구의 회사를 가로채기 위해 친구는 물론 자신의 아들까지 죽게 만든다. 또한 『그들의 향연』[106]에서 대기업인 이동산업은 회사의 이익을 위해 중소기업의 발명품을 교묘하게 가로채 끝내 중소기업을 사장시킨다. 또한 「서울은 천국」[107]에서는 고리대금업으로 금력을 획득하여 그것을

---

103) 『배신의 강』, 범우사, 1979.(『부산일보』, 1970.1.1.~1970.12.30.)
104) 『언제나 그 은하를』, 백제, 1978.(『주간여성』, 1972.1.5.~1972.2.27.)
105) 1979.9.~1982.8. 『신동아』 연재. 이후 1981년과 1983년 동아일보사에서 단행본이 반간되었고, 1988년 기린원에서 다시 『황금의 탑』으로 제목을 바꿔 재출간된다. 이 글은 동아일보사 간행본을 대상으로 한다.
106) 『그들의 饗宴』, 기린원, 1988.(『한국문학』, 1986.7.~1987.10.)

최상의 가치로 여기며 사는 남자의 일상을 세밀하게 그리고 있다. 이렇듯 이병주의 소설에서 재벌은 '자본주의 사회를 배경으로 금력을 획득하기 위해 부당한 방법을 행사하는 악'[108]을 상징한다는 손혜숙의 논의는 일견 타당하다 할 수 있으며, 이들에는 이병주 자신이 사업하던 시절의 경험과 그 과정에서의 울분 역시 많은 부분 반영되어 있는 것으로 보인다.

> ① "처음엔 폴리에틸렌 공장을 했지(후훗). 외국 책들을 읽다 보니까, 그게 앞으로 제일 유망하다고 본 거지. 보긴 잘 봤었지. 서울 용두동에 공장을 차려서 잘 나가다가 1년 만에 파산했는데, 그게 대기업 때문이었어. 대재벌에서 스파이가 와서 본 모양이야. 그들도 기계 발주해서 차려 놓고 이쪽 단가 반값으로 제품을 싹 푼 거야. 이제까지 주문하던 사람들이 돌연 주문을 싹 끊기에 알아보니 그런 사정이더군. 하루 아침에 망했지."[109]

> ② 설병훈과 염세일이 화제로 하고 있는 것은 용두동에 있는 폴리에틸렌 재생공장이다. 그 공장이 세일실업의 기획실 직원의 눈에 포착된 것은 2개월 전, 염세일이 관심을 갖게 된 것은 한달 전의 일이다.
> 동두천, 파주 등지의 미군부대에서 폐품으로 쏟아져나온 비닐 봉지, 기실은 폴리에틸렌 봉지를 세탁하고 말려서 압축기에 넣으면 폴리에틸렌 재생 원료가 되는데, 그것으로 병마개 같은 걸 만들 수도 있고, 동선을 섞어 케이블을 만들기도 하고, 압축기를 통해 폴리에틸렌 포장지를 재생하기도 한다. 용두동에 있는 것은 그런 공장이었는데 살펴본 결과 영세하나마 수지를 맞추고 있다는 것이 확인됐다. 동시에 그와 유사한 소공장이 서울안에만도 2백여 군데가 된다는 사실도 알았다.(『서울버마재비』上, 20쪽)

인용문 ①에서 보듯 이병주는 폴리에틸렌 사업에 뛰어든 경험이 있었고 그 과정에서 재벌기업에 의해 파산을 겪게 된다. 그리고 자신의 실패

---

107) 「서울은 천국」, 태창문화사, 1980.(『한국문학』, 1979.3.)
108) 손혜숙, 앞의 글, 211~212쪽.
109) 위의 글, 61쪽.

는 다시 「망명의 늪」110), 『무지개 사냥』111), 『그들의 향연』으로 고스란히
옮겨졌다. 특히 인용문 ②의 『서울버마재비』112)는 세일실업의 사장인 설
병훈이라는 기업가의 일상을 중심으로 재벌기업의 정경유착과 대기업의
중소기업 아이템 가로채기, 사채 문제 등이 구체화되고 있다. 설병훈은 L
의장의 힘을 빌려 비료 사업권을 따내기 위해 막대한 빚을 떠안게 되고,
그 와중에 아내의 외도 사실을 알게 된다. 이에 병을 얻게 된 설병훈은
간신히 죽음의 고비를 넘기게 되고, 노여사는 내연남 강노수와 짜고 위자
료를 얻을 궁리를 하지만 강노수와의 관계가 탄로나 맨몸으로 집에서 나
온다. 결국 노여사는 여관에서 쥐약을 먹고 자살하고, 노여사의 죽음을
알게 된 설병훈의 아들 설양규가 강노수를 살해한다. 정치인과 결탁하여
사업을 확장하던 설병훈의 세일실업 역시 이승만 정권의 퇴진과 여러 가
지 정황의 변화로 큰 어려움을 겪고 설병훈 역시 이내 죽음을 맞게 된다.
설병훈이 이끌던 세일실업은 사위들을 중심으로 재기하기 위해 노력하는
모습을 보여주는 것으로 『서울버마재비』는 끝이 난다.

『서울버마재비』에서 재벌기업의 실상이란 온전히 부정적으로 제시되
고 있음을 알 수 있다. 막대한 부를 가졌지만 그것은 정당한 방법으로 이
루어진 것이 아니며, 그들의 일상이라는 것 역시 타인을 불신하고 서로에
게 무관심하며 오직 자신의 욕망을 확인하고 충족시키는 것에만 몰두하
는 것으로 그려진다. 이렇듯 불법적 자본의 흐름과 재벌기업이 부를 축적
해 나가는 방식의 비윤리성 등을 중심으로 하는 이병주의 기득권층에 대
한 비판적 시각은 '불륜'을 통해서도 확인할 수 있다.

---

110) 『한국문학』, 1976.9.
111) 「무지개 연구」라는 제목으로 『동아일보』에 1982년 4월 1일부터 1983년 7월 30일까
지 연재되었다. 이후 1985년 문지사에서 『무지개 사냥』, 1993년 기성개지상에서 『타
인의 숲』으로 제목을 바꿔 단행본으로 간행되었다. 이 글은 1985년 문지사 간행본을
대상으로 한다.
112) 『서울버마재비』, 집현전, 1880.(「그림 속의 승자」, 『서울신문』, 1975.6.~1976.7.)

『서울버마재비』에서 재벌기업의 총수인 설병훈의 일상은 송매리라는 젊은 여성과의 불륜을 중심으로 그려진다. 이는 설병훈의 아내인 노여사 역시 마찬가지이다. 노여사는 딸 미숙의 피아노 선생이었던 강노수와 육체적 관계를 맺는 한편 애욕에 사로잡혀 그에게 집착한다. 반면 강노수는 노여사를 사랑의 대상으로 여기는 것이 아니라 돈을 얻어낼 목적으로 관계를 유지한다.

이와 유사하게 『배신의 강』에서 불륜은 복수를 위한 수단으로 활용된다. 『배신의 강』의 주요 서사는 앞서 언급한 바와 같이 일제시대 적산으로 부를 축적한 기업인들과 이 과정에서 희생당한 사람들의 2세들이 과거 부모가 감당했던 희생에 대해 복수를 하는 것이다. 도명섭의 배신으로 우창물산을 빼앗긴 아버지에 대한 복수를 하기 위해 최용문은 우창물산의 핵심부서인 기획실에 입사한다. 그러나 일개 사원으로 대재벌에 타격을 줄 수 있는 방법을 찾는 것이 쉽지 않다는 사실을 확인하고 실망한다. 그때 최용문은 "감아올린 머리칼이 몇가닥 기름이 오른 달걀색 목덜미에 흐트러져 있는 것이 선정적(煽情的)"(上, 75쪽)인 도창숙을 발견하게 된다. 원래 변변한 직업도 없이 타고난 춤 솜씨와 외모로 여자의 환심을 사 생계를 이어가던 최용문은 "이 여자를 낚아채는 거다."라는 결심을 하고, 곧 어렵지 않게 도창숙을 꾀어내는 데 성공한다.

도창숙은 전형적인 유한계급의 부인으로 자신의 생각대로 일이 이루어지지 않는 것을 참지 못하며, 그것을 해소하기 위해 사치를 일삼는다. 남편을 따라 일본에 가려는 계획이 무산되자 명동의 양장점에 들어가 "원피스, 투피스, 코트, 드레스 등, 무려 열 종류도 넘는 옷을 주문하고 한뭉음의 돈을 선금으로 내놓"는가 하면 회사의 직원인 최용문을 따라 카바레를 출입하는 등 문란한 시간을 보낸다.[113] 그러다 파렴치한 자신의 과거

---

113) "'부녀자'는 주로 사치 풍조, 허영, 춤바람 등을 유발하는 주요 집단으로 간주되었다.

가 발각되어 궁지에 몰린 최용문이 도창숙에게 수면제를 탄 술을 먹이는 바람에 호텔방에 끌려가 겁탈을 당한다. 여기에서 도창숙은 정신을 잃은 상태지만 "섹스에 민감한 창숙의 육체는 의식 이전의 상태에 있으면서도 육체만의 반응은 여실히 보였다. 가느다란 신음소릴 내기도 했다. 모든 의식은 잠들고 있어도 섹스로서의 의식만은 살아 움직이는 것 같"(上, 184쪽)은 모습으로 묘사되고, 겁탈 사실을 알고 최용문을 향해 재떨이를 집어 던지는 등 정결성의 훼손에 분노하던 도창숙은 점차 최용문이 제공하는 육체적 향락에 걷잡을 수 없이 빠져들어 급기야 정사(情事)를 위해 자식까지 내팽개치는 지경에 이르게 된다.

최용문의 의도대로 최용문과 도창숙의 불륜 관계는 『배신의 강』의 핵심 서사인 금력에 대한 욕망과 배신, 그리고 그를 토대로 재산을 축적한 재벌기업의 과거를 청산하는 계기로 작용한다. 아내 도창숙의 불륜 사실을 알게 된 박철구가 우창물산의 비리, 장인인 도명섭의 과거 악행에 대해서도 알게 되어 급기야 도명섭과 도창숙을 응징하기 위해 도명섭의 재산 모두를 자신의 명의로 바꾸고 아내 도창숙을 간통 혐의로 고소하기 때문이다. 또한 배신에 대한 복수를 위해 비도덕적 방법을 선택했던 최용문은 자신마저 나락으로 떨어져 결국 거리의 여자와 함께 동반 자살하는 것으로 생을 마감한다.

『배신의 강』의 핵심 내용은 일제시대 적산을 둘러싼 금력에 대한 인간의 욕망과 최용문과 도창숙의 불륜 관계에 나타나는 애욕이다. 따라서 적

---

학생층의 경우 연령에 따라 통제의 성격이나 유형이 구별되었다면, 여성들의 경우에는 경제적인 차이에 따라 통제의 성격이나 유형이 구별되었다. 즉 '유한계급 부인'들의 경우에는 주로 사치와 허영이 문제시되어서, 카바레 출입이나 비밀 모임, 성적인 문란 행위 능이 주변 문제로 부각되었나."(편명이, 『유리끼 혁명』, 해세상, 2013, 327쪽) 1970년대 '부녀자'의 문란한 생활은 사회적 이슈로 국가적 통제의 대상이 되었음을 확인할 수 있다. 이병주의 소설에 드러나는 '유한계급 부인의 불륜'이라는 소재 역시 시대상의 반영이라 할 수 있다.

지 않은 부분 최용문과 도창숙의 정사 장면을 세심하게 다루고 있으며, 도창숙의 심리적 변화를 육체의 반응을 통해 드러내고 있다. 이는 도창숙이 가지고 있는 탐욕스러울 만치 집요한 육체적 욕망을 표현하는 한편 재벌기업 회장의 외동딸이자 사장의 아내로 높은 자존심을 보이던 도창숙이 간통 혐의로 징역을 살고 이혼을 당해 혼자 쓸쓸히 서울로 향하는 결말의 원인이 '애욕'임을 보여준다. 한 인간이 쾌락적 욕망에 사로잡혀 도의를 저버릴 때 얻게 되는 파국이 도명섭과 도창숙을 통해 그려지고 있는 것이다.

한편 「서울은 천국」에서 고리대금으로 막대한 부를 쌓아 호의호식하며 사는 인물인 민중환은 대학교수인 친구를 만나서도 "문화인이란 기생충(寄生蟲)"(29쪽)이라고 여기고, 세상 모든 것을 금전으로 환산하면서 사는 "철저하게 계산적(計算的)"(43쪽)인 인물이다. 그는 다른 여자를 만나 육체 관계를 맺으면서도 끊임없이 금전 관계를 계산하고, 불륜 관계가 탄로 나는 것이 두려워 주기적으로 여자를 바꾼다. 습관처럼 불륜을 저지르는 인물이지만 별다른 죄의식을 갖지 않고 "내 집만은 천국이라야 한다"(43쪽)는 신념 아래 "집 안에선 언제나 상냥한 남편, 인자한 아버지"(42쪽)를 자처한다. 뿐만 아니라 아내인 송여사에게 일수놀이를 시켜 자신의 불륜에 의심할 여지조차 주지 않으려 한다. 그러나 민중환의 희망과는 달리 송여사는 선동식이라는 젊은 남자와의 정사에 빠져 있다. 송여사는 "너무나 단조롭고 평범하게 살아 온 20년 동안의 가정생활에 대한 반발, 다시 말하면 자기 자신에게 대한 반항"과 "너무나 자신 만만한 남편에 대한 보복"(79쪽)의 심정이었으나 젊은 남자와의 정사에 "완전히 매혹"되어 일수 사업의 밑천까지 바닥을 보이게 된다. 거기다 1억 원을 요구하는 선동식을 위해 그녀는 일수장부를 조작하기까지 한다. 이런 송여사의 마음과는 다르게 선동식은 조직적이고 전문적으로 유부녀를 꾀어내어 돈을 갈취하는 인물로, 그는 송여사와의 관계에 혐오를 느끼고 있을 따름이다. 결국 민중환이 천국이어야 한다고 고집하던 가정의 평화는 무참히 깨어지고 '민중환의 천국' 역시 무너져내리고 만다.

민중환은 자본주의 사회의 속성을 잘 이용하여 부를 쌓아 행복을 영위하는 인물이다. 그러나 민중환의 행복은 민중환과 송여사가 각각 육체적 쾌락에 굴종하면서 파국으로 치닫게 되는 것이다.

흥미로운 것은 이병주의 소설에서 불륜이 결코 부정적인 형태로만 제시되지는 않는다는 사실이다. 『낙엽』114)의 경우 모든 갈등의 핵심에 육체적 욕망과 그에 따른 성관계가 놓이고 이는 곧장 불륜으로 이어진다. 『낙엽』은 달동네 옹덕동 18번지를 배경으로 하는데, 여기에서 여성 인물들은 무능한 남성 인물을 대신해 생활 전선에 뛰어드는 것으로 설정된다. 옹덕동 18번지의 남성인물들은 전직 교원, 전직 미국 유학생, 전직 신문사 논설위원 등 하나같이 사회의 상층부에 자리했었지만 현재는 하나같이 뚜렷한 직업도 없이 아내에게 생계를 의지하고 있는 패배자로 그려진다. 특징적인 것은 『낙엽』의 남성 인물이 경제적 능력이 없는 인물일 경우 성 능력도 결여된 것으로 제시된다는 점이다. 따라서 여성 인물은 남편을 대신해 성적 만족을 주는 대상을 찾아 떠난다. '나' 안두상은 교원과 필공을 거쳐 팔 년째 취직을 준비하는 인물로 아내의 바느질에 의탁해 생계를 잇는 인물이다. 처음 안두상의 아내는 "여보, 신경 쓰실 필요는 없어요. 무리를 해서까지 취직할 생각은 마세요. 아이들두 없구 단 두 식군데 굶어죽기야 하겠어요? 제 혼자 힘으로 살아갈 수 있어요. 조금씩이나마 저금도 하구요."라며 "다정스럽게 속삭이며" 안두상을 위로하는데, 이는 "부부끼리의 작업"이 가능한 때의 말이다.

그러나 성적 욕구가 해소되지 않는 현재 안두상을 대하는 아내는 "찬

114) 『낙엽』, 태창문화사, 1978.(『한국문학』, 1974.1.~1975.12.)

물을 튀길 정도로 쌀쌀하다". 바라던 안두상의 취직이 이루어졌지만(안두상의 거짓말이지만 아내는 추후에 알게 된다.) 이래저래 무능하기만 한 남편을 견디기 힘들었던 안두상의 아내는 "팔자를 고치기 위해" 안두상을 떠난다. 결국 여성 인물인 아내가 남성 인물에게 기대하는 것은 가장으로서의 경제적 책무보다 성적 욕망의 충족이었던 것임을 알 수 있다. 이는 극단적인 형태로 제시되기도 하는데, '나'는 구멍가게 안주인의 불륜 사실과 옛 직장 동료의 불륜 사실을 목격하여 그를 빌미로 돈을 얻는가 하면, 양호기의 처는 다른 남자와의 부정한 관계로 인해 남편까지 죽게 만들고, 신거운의 아내는 여러모로 무능한 남편 대신 같은 집의 세입자인 박열기와 떠난다.

이처럼 『낙엽』의 전체 서사에서 중추적인 역할을 담당하는 것은 성적 불만족과 그로 인한 불륜이다. 즉 여성 인물의 성적 욕망이 전체 서사를 추동하는 주요 요인으로 작용하는 것이다. 그러나 서사를 종횡하는 불륜의 주인공들에게서 죄의식을 발견하기는 쉽지 않다. 자신의 불륜 사실을 들킨 양호기의 처가 두려워하는 것은 불륜 사실이 발각되는 것이고, 자신의 남편이 자신의 내연남에 의해 죽임을 당했지만 그 죽음에 대한 대가로 자신이 처벌을 받게 될까 전전긍긍할 뿐이다. 메리 엄마는 남편인 박열기가 떠나버리자 카바레에 다시 취직하고, 모두철의 아내 노씨는 남편을 두고 양공주 노릇을 하며 몇 개월에 한 번씩 집에 오는가 하면 급기야 자신이 사귀고 있는 흑인 미군을 집으로 데려와 그에게 모두철을 오빠라 소개하기도 한다.

이들이 죄의식을 가지지 않는 것에 대해서는 같은 집에 세들어 사는 이웃인 신거운의 아내와 새로운 가정을 꾸린 박열기의 말을 통해 설명된다.

"나라에는 때와 사정에 따라선 혁명이 필요하듯이 개인의 생활에도 혁명
은 필요한 거요. 스스로의 이기주의를 조절해 가며 사는 게 도덕이긴 하지
만 이기주의에 발언권을 주어야 할 경우도 있는 거요. 적어도 사람에겐 **행
복에의 의지만**은 있어야 한다고 나는 생각해요."

"남을 희생시키고도 행복할 수 있을까요?"

"그러니까 시련이죠. 나는 전부냐 낫싱이냐 하는 데 걸어본 거요. 희생을
당하는 자는 자기는 결코 희생될 수 없다고 버텨볼 수도 있겠죠. 그때 그
사람을 나는 죽일지도 모르죠. 나는 죽어도 어쩔 수 없다고 다짐을 했소.
질투나 복수의 감정, 또 자존심을 깎았다는 감정이 얼마나 두려운 것인가는
형무소에 있어 본 내가 누구보다도 잘 알고 있소. 나는 그 질투의 칼, 복수
의 권총에 맞아죽을 각오를 한 거요. 말하자면 그런 위험을 걸고 지금의 마
누라를 선택한 거요. 내 마누라도 마찬가지죠, 죽느냐 사느냐 걸어본 거
죠."(『낙엽』, 163쪽)

박열기는 '행복에의 의지'라는 말로 자신의 불륜을 정당화한다. 일반적
으로 개인은 도덕률에 따라 자신의 생활을 조절해 가면서 살지만 진정
중요한 상황에 직면했을 때, 도덕에 앞서는 것은 바로 개인의 행복이라는
논리이다. 즉 『낙엽』의 인물들에게서 죄의식을 발견할 수 없는 것은 기본
적인 욕망조차 충족되지 않는 불행한 일상을 개척하기 위해 혁명을 하고,
그 혁명은 "질투의 칼, 복수의 권총에 맞아죽을 각오"(163쪽)로 시도된 것
이기 때문이다. 행복을 쟁취하기 위해 죽음을 걸고 투쟁한 결과로 얻은
것이 자신의 사랑이기에 박열기는 죄의식을 가지지 않을 수 있다. 그리고
이것이 작가 이병주의 인식임은 『낙엽』의 결말을 통해서 확인된다. 이웃
에게 아내를 잃은 신거운과 신거운의 아내와 불륜을 저질러 재혼한 박열
기가 신거운의 소박한 재혼 자리에서 화해를 이루는 장면이 그것이다. 또
한 "행복에의 의지"를 가지고 노력한 결과로 옹덕동 18번지에서 궁색한
삶을 살아가던 인물들은 각기 자신만의 삶을 찾아 새로이 시작하게 되는
데, 이들이 이른바 "낙엽이 꽃잎으로 화하는 기적"(303쪽)과 같은 순간을

맞을 수 있었던 것은 도덕률에 얽매어 삶을 이어가기보다는 혁명이라 부를 수 있을 만큼 절실하게 노력한 덕분이며, 이런 측면에서 보자면 『낙엽』에서 제시되는 불륜이란 '행복에의 의지'의 실천적 국면인 것이다.

간통은 애정의 문제이다. 아무리 무소부능한 법률이라도 애정의 문제에까지 간섭할 수는 없다. 또 순풍양속을 해한다고 하나 그건 백일하에 노출되는 경우인데 이러한 죄 규정이 있기 때문에 법정으로 문제가 번져 대중의 시청(視聽) 앞에 놓이게 된다. 뿐만 아니라 배신을 당했다는 마음의 고통은 자기 스스로 견디고 소화시켜야 하는 것인데 간통죄라는 것이 있기 때문에 복수 심리에 불을 붙여 추태를 대중 앞에 나타내게 된다. 그렇게 해서라도 간통이란 사실이 없어지면 다행이겠지만 이 세상에 남녀가 살고 있는 이상, 모두가 이상적인 결혼을 할 수 없는 이상 간통의 사실을 막을 길이 없는 것이다.

간통의 문제는 이를 인간의 사상황(私狀況)으로 돌려 각자가 처리하도록 하고 공적으론 취급하지 않는 것이 현명하다. 선진 문화국에서 간통죄를 없앤 것은 그들의 도덕 관념이 우리보다 희박한 때문도 아니고 결혼의 진실한 의미를 파악하지 못한 탓으로도 아니다. 간통의 동기가 법률 따위론 다룰 수 없는 인간 심부(深部)의 문제라는 점을 이해하고 있기 때문이라고 해야 옳을 것이다.

하여간 간통죄라는 죄 규정을 그냥 두는 것은 나라의 위신을 위해서나, 그 법률이 목적으로 한 바로 그 목적, 순풍양속을 위해서도 결코 유리하지 못하다.[115]

위의 인용문에서도 알 수 있는 이병주는 간통을 "애정 문제"라 못박으

---

115) 이병주, 『사랑받는 이브의 背像』, 문학예술사, 1977. 53~54쪽.
　　『낙엽』에서도 이병주는 박열기를 통해 간통 문제에 대해 동일한 입장을 밝힌다.("그러나 장난으로 하는 간통은 안되지. 사랑이 있어야 되는 거요. 이 세상에 사랑보다 더한 게 어딨겠소. 사랑도 없으면서 그저 장난으로 서로의 가정을 파괴하는 행동은 좋지 않지만 진실한 사랑이 있다면 도덕이 뭐라고 하고 법률이 뭐라고 하더라도 용납할 수 있는 일이라고 나는 믿소."(56쪽))

며, 애정 문제를 법률로 규정하는 것은 부당하다는 의견을 피력하고 있다. 간통의 문제가 노출되어 추태를 만드는 것은 간통을 범죄라고 규정지어 놓은 때문이며, 간통법이 배신을 당한 마음의 고통을 복수 심리로 쉽게 옮겨갈 수 있게 가교 역할을 하기 때문이다. 즉 이병주가 생각하는 간통은 "법률 따위론 다룰 수 없는 인간 심부의 문제"이기에 법제로 제재하는 등 공적 영역에서 다룰 문제가 아닌 것이다.

불륜과 간통이 개인적인 차원의 문제이며, 인간의 행복과 관련이 있다면 인정해야 한다는 이병주의 입장은 『경남매일신보』에 연재된 소설 『돌아보지 말라』[116]를 통해서도 드러난다. 초기작인 『돌아보지 말라』는 절박한 상황에 놓인 두 남녀의 사랑을 다루고 있다. '나'는 폐병에 걸린 아내를 치료하기 위해 마산에 있는 요양 병원에 입원시킨다. 아내의 문병을 위해 정기적으로 요양원을 찾아야 했던 '나'는 같은 처지의 방근숙을 만나게 된다. 둘은 어느덧 서로에게 호감을 느끼게 되고 그것은 이내 호감을 넘어선 사랑으로 발전한다. 서로에 대한 사랑을 확인하고 육체적 관계를 맺은 다음 날, 방근숙은 자신의 사랑을 남편에게 고백하고 이혼하겠다고 선언한다. 그러나 '나'는 심각한 병을 앓고 있는 사람의 남편이었기에 도의적이고 윤리적인 문제와 눈앞의 사랑 사이에서 번민한다.

> "최선을 다해 지금 병원에 있는 분들의 병이 낫도록 노력합시다. 그래서 병이 나아 퇴원하면 그때 고백하고 용서를 빌며 이혼을 청합시다. 설혹 병을 완쾌시킬 수 없더라도 우리가 최선을 다했다는 점만으로도 우리의 결합은 떳떳하게 될 것이 아닙니까? 지금 섣불리 고백했다간 병자를 죽이는 결

---

116) 『돌아보지 말라』, 나남, 2014.(『경남매일신문』, 1968.7.2.~1969.1.22.) 「돌아보지 말라」는 1978년 2월부터 1979년 10월까지 『밀물』이라는 잡지에 「인간의 회원」이라는 제목으로 다시 연재된다.(1980년 동명의 단행본 출간) 등장인물의 이름과 세부 내용 및 결말이 축소되어 나타나지만 주요 사건 및 몇몇 설정이 유사하여 별개의 작품으로 보기 어렵다.

과가 되지 않겠어요? 그렇게 되면, 그렇게 되면!"

"그렇게 되면 어떻게 된다는 거죠?"

방근숙의 눈이 싸늘하게 빛났다.

"우리는 병자들을 위해 희생만 해야 하나요?"

"그런 게 아니고 그들을 완쾌시켜만 놓으면 우리는 떳떳하게 결합할 수 있는 겁니다."

"그럼 지금 우리의 결합이 떳떳하지 않다는 말씀입니까?"

나는 방근숙의 날카로운 말에 적이 당황했다. 그녀는 말을 이었다.

"저는 각오했습니다. **사람은 스스로의 행복을 위해서 살아야 한다**고. 선생님은 어떻게 생각하실지 모르지만 저는 평생 최대의 결심을 한 것입니다. 저는 제 정성을 모두 선생님께 바칠 생각을 했습니다. 그렇다고 해서 선생님도 그와 같이 하라고 요구하지는 않습니다. 저는 제가 진심으로 사랑할 수 있는 사람을 위해서 살 작정을 했습니다. 그게 나쁜 생각입니까? 그 생각으로 된 결합이 떳떳하지 못한 결합입니까?"

(『돌아보지 말라』, 219~220쪽)

'나'와 방근숙의 사랑은 사회 제도 내에서 용인되기 어려운 지점에 놓여 있다. 그러나 생을 장담할 수 없는 중한 환자의 아내와 남편이라는 설정은 이들의 사랑에서 이중적인 의미를 발견하게 한다. 즉 아픈 아내와 남편을 배우자로 두었기에 한 쪽의 일방적인 희생으로 유지되는 관계의 굴레에서 벗어나 새로이 사랑에 빠졌다는 사실은 이들의 사랑을 납득할 만한 것으로 만드는 반면, 아픈 아내와 남편에 대해 배우자로서의 책임을 다하지 못했다는 비난에 불륜을 저질렀다는 비난까지 덧씌워질 수 있는 것이다. 그리고 이를 걱정하고 있는 '나'에 대해 방근숙은 "사람은 스스로의 행복을 위해 살아야 한다."는 말로 항변한다. 그들의 사랑이 사회 제도나 윤리에 어긋나는 것이라 하더라도 무엇보다 중요한 것이 자신의 행복이라 생각했기 때문이다. 그렇지만 이중의 비난에 대한 우려와 윤리적 책임에서 스스로 벗어나기 위해 '나'는 각각의 배우자가 건강해지고 난 뒤로 결합을 미루자고 제안한다.

그러던 중 방근숙의 남편이 요양원을 나갔다가 주검으로 발견되고, '나'의 아내 역시 나와 방근숙의 관계를 눈치채고 자신에 대한 남편의 사랑이 식었음을 직감하여 자살한다. 아내의 죽음으로 실의에 빠진 채 방근숙과 '나'는 1년 후를 기약하고, 교원노조로 적극적으로 활동하던 '나'는 방근숙과 만나기로 약속한 날 5·16의 영향으로 체포되어 복역하게 된다. 복역 중 방근숙의 편지를 받은 '나'가 방근숙의 변치 않은 사랑을 확인하고 감형으로 출옥한 뒤에 우여곡절 끝에 방근숙과 재회하여 결혼하는 것으로 소설은 끝이 난다. 불륜으로 시작된 두 사람의 사랑이 긴 세월을 돌아 그 결실을 맺게 되는 것이다. 이 사랑의 정당성은 "우리는 우리의 사랑을, 우리의 정성, 우리의 노력으로 싸워 얻은 것이에요. 누구에게도 부끄럽지 않고 누구에게도 자랑스러운 사랑이에요."(368쪽)라는 방근숙의 말로 설명되며, 이는 『낙엽』에 드러나는 '행복에의 의지'와 동일한 맥락으로 읽힌다.

이렇듯 이병주는 불륜이 사회적·도덕적 책무를 저버리는 어긋난 사랑의 양태라 하더라도 그것이 자신의 행복을 추구하는 태도와 혁명과 같은 결단에 의한 것이라면 '이해'될 가능성을 가지지만, 오로지 육체적 욕망의 배출구로서 불순한 의도를 내포한다면 용인될 수 없음을 드러내고 있는 것이다.

그리고 『서울버마재비』의 '自序'에서 이병주가 불륜의 문제에 집중한 이유를 찾을 수 있다.

> 慾望이란 人生의 動力源이며 삶의 불씨이다. 그러므로 모든 人生의 모습은 그가 품은 그 욕망의 무게와 빛깔에 따라서 결정되어진다고 보아 틀림이 없을 것이다. 마치 바다의 진주조개가 오랜 忍苦의 세월을 견뎌 영롱한 寶石을 다듬어내듯 가슴속에 몰래 품은 少年시절의 꿈을 백발에 이르러 아

름답게 승화, 성취하는 이가 있는가 하면, 제 몸보다 무거운 野慾의 덩어리
를 단숨에 꼬나들려고 용을 쓰다 마침내는 그 무게에 짓눌려 죽는 이도 우
리는 허다하게 볼 수가 있다. 요컨대 人間의 욕망과 人生의 成敗는 不可分
의 관계라는 것만은 眞理인 것 같다.

　　그러나 따지고 보면 그것도 어디까지나 하나의 말, 觀念의 修辭일 뿐이
라는 것이, 그렇다면 과연 人生의 成敗란 무엇이며 그 判定基準이 어디 있
는 것이냐고 되묻는다면 대답이 궁해질 수밖에 없다. 그 질문엔 누구도 한
마디로 대답할 수 없는 人生의 大問題가 담겨 있으니까.

　　나는 다만 이 小說에서 나름대로 자신의 成功的인 生을 위하여, 또 욕망
의 성취를 위하여 「버마재비」(螳螂·용맹한 肉食곤충)처럼 탐욕스럽게 몸을
내던지며 덤빈 몇몇 사람들의 哀歡과 喜悲의 전말을 관찰하고 그려봄으로
써 독자 여러분과 더불어 우리들의 人生에 관한 그 大問題의 언저리를 散策
해보려는 것이다.117)

위의 인용에서 보듯 이병주가 소설을 통해 근본적으로 다루고자 했던
것이 '욕망'의 문제임을 알 수 있다. 욕망에 의해 인간 삶의 성패가 달라
지기 때문에 욕망은 "인생의 대문제"가 아닐 수 없으며, 이것을 "산책"하
듯 다루려하는 것이 이병주 자신의 의도라고 밝힌다. 욕망은 어떤 특별한
국면이나 역사적 사건 속에서 발현되는 것이 아니라 인생 전체에서 크나
큰 영향력을 발휘한다. 그리고 누구나 '욕망'하지만 그 욕망이 생을 추동
하는 원료일 수도, 한 인간을 파멸로 이끄는 사자(使者)일 수도 있음을 소
설을 통해 보여주고자 했다는 것이다. 즉 스스로 욕망을 이끄는 주체가
되지 못하고 욕망에 잠식당하여 배신과 음모를 획책하기까지 한다면 비
극을 면하기 어렵게 된다.118) 따라서 이병주는 욕망의 색깔이 어떠하든

---

117) 이병주, 『서울버마재비』 自序, 앞의 책.
118) 『코스모스 時帖』(어문각, 1980.) 역시 욕망에 잠식당한 인간이 가져오는 비극을 다루
　　고 있다. 소설은 소설이 이 나름의 집에 곱게 치장한 한 여성이 찾아오는 것으로 시작
　　된다. 충청도 C시, 의사인 아버지 밑에서 유복하게 자란 원경숙은 학교의 온 기대를
　　가지고 E여대 영문과 입시에 도전하지만 우연히 마주친 주재철에 대한 사랑에 눈이

간에 배신과 음모에 의해 얻어낸 성공은 비참한 최후를 맞게 되고, 배신과 음모에 의해 희생당할 수밖에 없었던 약자가 결국에는 승리하게 된다는 결말로 소설을 매듭짓는 경우가 많다. 이는 이병주가 인생 전반에 내재한 욕망의 문제를 설명하는 방식인 동시에 그가 생각한 인생의 진실이기도 하다.

이병주가 인식하는 산업화 시대는 "부패가 유행처럼 되어 있는 사회"[119]로 요약될 수 있으며 그것은 금력과 권력을 가진 이들의 일상을 촘촘하게 제시하는 방식으로 드러난다. 이는 그 자신이 중심권역에서 속해 있는 까닭에 소외된 계층의 일상보다는 금권력을 가진 기득권층의 일상과 밀접했기 때문이다. 이병주 자신이 뛰어들었던 경제 시장의 현실, 사업가로서 금력의 획득을 위해 매진했지만 좌절할 수밖에 없었던 체험이 주요하게 작용하고 있음을 부인하기는 어려워보인다. 재벌에 의해 희생당할 수밖에 없는 중소상공인의 현실과 자신의 사리사욕을 채우기 위해서는 도덕적 양심까지 저버리는 재벌기업의 행태, 여기에 권력의 중심부에 있었던 전 대통령의 뒷이야기까지를 서사의 한가운데에 끌고 와서 개발 독재 시대 상층부의 행태를 조밀하게 파헤치고 있다. 이것이 곧 인간

---

멀어 시험지에 이름도 쓰지 않은 채 나온다. 합격자 명단에서 자신의 이름을 발견하지만 동명이인이었음을 확인한다. 이미 온 가족과 학교에 합격 사실이 알려졌기에 그들을 실망시키고 치욕스런 상황에 빠질 것이 두려웠던 원경숙(다알리아)은 자신과 같은 이름을 가진 원경숙(코스모스)을 찾아간다. 사정을 들은 코스모스는 다알리아의 가짜 대학생 노릇을 돕게 된다. 다시금 우연히 주채철을 만난 다알리아는 사랑에 빠지게 되지만 고향 학교의 영어교사였던 민영일이 다알리아에게 결혼을 요청하고, 거절하면 거짓을 폭로하겠다고 협박한다. 두 사내 사이를 왔다갔다하던 다알리아는 결국 코스모스를 사랑하게 된 주채철에게 버림받는다. 동시에 코스모스가 주채철의 끈질긴 구애를 거절해 왔고 주채철이 다알리아의 모든 상황을 알고 있었다는 사실까지 알게 된다. 이에 질투와 분노에 휩싸인 다알리아는 코스모스를 찌르려한다. 이 사건으로 다알리아는 정신병원에 실려고 코스모스는 그곳에서 유하을 간다. 주채철은 다알리아에게 거액의 돈을 남기고 사라졌다. 나림은 눈이 오는 날이면 정신병원에서 자신을 만나러 온 다알리아 원경숙을 떠올린다.
119) 『행복어사전』 4, 한길사, 2006. 220쪽.

이 가진 욕망의 문제이며 이것이 또한 인생의 실상이기도 하다.

이병주의 소설에서 과거와 현재는 사뭇 다른 방식으로 재현되고 있는 것처럼 보인다. 그러나 이것이 이병주의 소설적 관심이 소재에 따라 분리되고 있음을 증명하는 것은 아니다. 오히려 사회의 변화와 이병주의 소설 작법을 관련지어 생각하는 것이 더 타당해 보인다. 집단과 개인이 조화를 이루던 시기의 리얼리즘은 개인의 소소한 일상을 충실히 묘사하는 것만으로도 '사회상의 효과적인 반영'의 의미를 획득할 수 있었다. 그러나 사회는 빠른 속도로 변화하고 변화의 폭 역시 점차 좁아지고 있으며, 특히 무엇인가를 쉽게 규정할 수 없는 혼종적인 시대를 맞이하게 된다. 때문에 더 이상 개개인의 일상은 보편적이고 일반적인 의미로 받아들여질 수 없게 되었다.[120] 이는 달리 말하면 「소설·알렉산드리아」와 『관부연락선』, 『지리산』에서 다루고 있는 사건은 우리 민족 전체의 일상을 뒤흔드는 것이기에 한 인물의 삶을 충실하게 좇는 것이 시대가 안고 있는 사회적 문제에 대한 기록이 될 수 있는 여지를 가지지만, 산업화와 도시화 시대를 배경으로 하는 『배신의 강』, 『무지개사냥』, 『서울버마재비』 등이 당대를 살고 있는 인물의 삶의 궤적을 충실히 좇아간다 하더라도 그것은 시대가 지닌 일반적 문제가 아닌 개인의 문제로 한정되어 읽히게 된다. 즉 이병주의 소설 쓰기는 자신이 경험한 인생의 실상을 면밀하게 기록하려는 일관된 목표 아래 이루어지고 있다 할 수 있다. 다만 이병주가 다루고 있는 시대의 양태에 따라 한 개인의 인생이 보편적이고 일반적인 형태로 받아들여져 사회의 문제로 인식되는가 하는 질문에 대한 답변이 달라질 뿐이다. 한국 소설사가 주목한 것은 반복적으로 재생되는 일상의 영역이 아니라 일상을 뒤흔드는 역사적 사건이었으며, 따라서 상대적으로 당대의 일상을 다루는 소설의 경우 그 의미가 일상적인 것으로 축소되어 논의의

---

120) 염무웅, 「풍속소설은 가능한가-현대소설의 與件과 리얼리즘」, 『세대』, 1965.9. 267~270쪽.

대상에서 배제되었다고 보는 것도 무리는 아닐 것이다.[121]


## 2. 사실적 재현을 위한 서사 구성

### 1) 인물 재등장과 현실의 총체화 전략

이병주는 소설에서 자신의 경험과 경험을 통해 인식한 현실의 문제에 천착해 왔으며, 그것을 가급적이면 사실에 가깝게 기록하고자 하는 의도를 확실하고 분명하게 드러낸다. 허구적인 소설을 통해 사실을 기록하려는 이병주의 의도는 여러 가지 소설적 방법을 통해 구현된다.

이병주의 소설에서는 동일인으로 설정되어 여러 작품 속에 반복적으로 등장하는 인물을 찾아볼 수 있는데 성유정과 이동식, 노정필, 그리고 이병주 그 자신이다. 이병주는 소설가 자신인 채로 '이병주', '나림', '나'의 형태로 등장하는데, 자신과 친분이 있던 유명 배우의 실제 실종 사건을 다룬 추리소설 『未完의 劇』[122] 같은 경우와 몇몇의 단편을 제외하고는 서사에서 중추적인 역할을 담당하지는 않는다. 그러나 동일한 인물을 여러 소설에 걸쳐 반복적으로 등장시키는 데에는 이병주가 그것을 통해 성취하고자 하는 바가 있을 것임이 자명하다. 여러 작품에 같은 인물이 등장하는 것은 발자크의 『인간희극』에서 이미 시도된 바 있다. 『인간희극』을 통해 19세기 프랑스를 총체화하려는 야망을 가지고 있었던 발자크는 '인물 재등장 기법'을 통해 서로 관련을 가진 여러 작품이 단일 소설로서의 독립성을 유지하면서도 다른 작품과 어우러져 하나의 유기적인 전체

---

121) 아우어바흐의 지적에서 볼 수 있듯 서구 고전주의에서부터 "일상적 실제적 현실은 오
     고기 낮기니 증간 스타일이 영여 기에서만, 다시 만하여, 괴상하고 우슙고 즉각 만하
     고 가볍고 생생하고 우아한 오락으로서만 문학적 공간을 허락받을 수 있는 것이었
     나."(Erich Auerbach, 김우창·유종호 역, 『미메시스』, 민음사, 2012. 727~728쪽.)
122) 소설문학사, 1982.(『중앙일보』, 1981.3.2.~1982.3.31.)

를 만드는 효과를 내려고 했던 것으로 보인다.123)124) 그렇다면 이병주의
여러 소설에서 반복적으로 등장하는 인물은 어떤 형태로 등장하며 그와
같은 시도가 내포하는 의미는 무엇일까.

　먼저 노정필은 『지리산』125)과 「겨울밤」126), 「내 마음은 돌이 아니다」
에 걸쳐 등장한다. 『지리산』에서 노정필은 함양군127)의 인민위원장으로
공산당에서 핵심적인 역할을 맡고 있는 것으로 제시되는데, 노정필의 사
연은 서대문형무소에 수감된 적이 있는 「겨울밤」의 '나'에 의해 보다 상
세하게 전달된다.

　　① 노상필의 형 노정필은 일제시대부터 사상가로 인근에 이름이 높이 나
　　있었다. 그가 어디론가 자취를 감추어버렸기 때문에 그 이름은 신비롭기도
　　했다. 어떤 사람은 금강산에 들어가서 신선수양을 하고 있을 것이라고 하

---

123) 조홍식, 「발자크의 생애와 문학에 대하여」, 『고리오 영감/절대의 탐구』, 동서문화사,
　　2012. 532쪽.
124) 발자크는 <고리오>영감에서 35명을 다시 등장시킨 이후부터 인물 재현은 여러 소설
　　에서 더욱 두드러지고 있다. 50명 이상의 인물들이 다시 나타나는 소설을 들어보면
　　다음과 같다. <고미술 진열실>에서 50명, <뉘생상 가게>에서 50명, <여자 낚시꾼>
　　에서 62명, <베아트릭스>에서 66명, <소시민들>에서 67명, <사촌형 퐁스>에서 70
　　명, <사무원들>에서 85명, <사촌누이 베트>에서 86명, <세자르 비로토>에서 104명,
　　<잃어버린 환상>에서 116명이나 된다. 심지어 <창녀의 영광과 비참>에서 자그만치
　　155명에 이르고 있다. 그는 이 기법을 평생 즐겨 사용한다. 『인간희극』에 등장하는
　　인물은 대개 2,000여명이 된다. 그 가운데에서 460명이 75편의 작품들에서 다시 등장
　　하고 있다.(박영근, 「발자크의 몇 가지 창작기법과 시대정신에 대한 연구」, 『인문학연
　　구』 26, 1997.(2장 1절 인물재현법))
125) 1972년 9월부터 1977년 8월까지 『세대』에 60회 연재되었다. 이후 세운문화사에서
　　1978년 단행본 1권과 2권이 발간되고, 장학사에서 1981년 전8권이 간행된 바 있으며,
　　1985년 기린원에서 전7권으로 완간된다. 이 글에서는 2006년 한길사에서 발행된 이
　　병주 전집을 대상으로 한다.(『지리산』 전7권)
126) 『문학사상』, 1974.2. 이글은 전집에 수록되어 있는 것을 대상으로 한다.
127) 『지리산』에서는 하준규의 고향이 함양으로 설정되어 있고, 노정필은 하준규와 함께
　　하준규의 고향에서 각각 인민위원장과 치안대장을 하는 것으로 되어 있다. 그러나
　　「겨울밤」에는 'H군'으로만 표현된다. 「겨울밤」에서는 지리산이라는 공간적 배경이
　　중요하게 작용하지 않은 탓에 상세한 지명을 제시하지 않은 것이라 짐작된다.

고, 어떤 사람은 중국으로 가서 독립군을 지휘하고 있을 것이라고 했다. 그
런데 해방이 되고 박태영이 서울로 올라올 무렵까지만 해도 노정필은 고향
에 나타나지 않았었다. 그러니

"언제 어디서 돌아오셨습니까?"

하고 박태영이 묻지 않을 수 없었다.

"작년 연말에 돌아오신 모양이오. 엉뚱하게도 일본 북해도 탄광에 있었
대요."

수천석꾼의 아들이 탄광에 있었다니 믿어지지 않는 얘기다.

(『지리산』 4, 179~180쪽)

② "그 사람 만석꾼의 아들인데 어디 본심으로 그런 짓을 했겠나. 뒤집
어씌워진 거겠지. 좋게 되도록 해봐!"

이 서장이 이렇게 말하자 담당 형사는

"아닙니다. 이 사람은 일제 때부터 사상운동을 한 사람이고 해방 직후
에도 인민위원장을 한 사람입니다. 그 후 어디엔가 종적을 감추었다가 나
타난 사람인데 결코 피동적이 아니라 능동적으로 빨갱이들과 협력한 사람
입니다."(「겨울밤」, 261쪽)

③ "하군, 공산당원이 몇이나 될까, 전국적으로?"

"흔하게 백만 당원이라고 하지 않습니까?"

"실없는 소리."

나직하게 말해놓고

"조선공산당은 자멸하기로 결의한 모양이구먼."

하고 다시 침묵에 빠졌다.

(…)

"승리할 가망 없는 싸움을 할 수야 없지 않은가. 공산당이 과격하게 나
오면 민중의 지지를 잃게 돼. 일제시대에 경험 안 해봤나? 일제시대에 독립
운동자를 잡아낸 사람은 일본놈이 아니고 조선 사람이 아니었던가. 조선놈
은 잡아주고, 일본놈은 처벌하고, 그런 식으로 36년이 지난 걸세. 이번엔 민
중이 공산당 잡는 일을 하게 되었어. 두고 보렴."

하고 한숨을 쉬었다.(『지리산』 4, 333~334쪽)

인용글 ①에서 볼 수 있는 노정필은 이름난 만석꾼의 장남으로 평탄하게 살 수도 있었지만 개인적인 부귀나 영달을 위해 살지는 않은 것처럼 보인다. 일제시대에 독립을 위해 사상가로 활동을 하다 돌연 자취를 감추었는데, 이후 밝혀진 바에 따르면 노정필은 그 사이 일본 북해도 탄광에서 노동자로 지냈다. 해방 직후에도 지역의 인민위원장을 할 정도로 공산당원으로 적극적인 활동을 해나가지만 「겨울밤」의 서술자인 '나'가 생각하는 것처럼 노정필은 "경화된 마르크스주의자"(278쪽)가 아니다. 노정필은 "마르크스주의의 과오 같은 것을 증명해 보이려고 하는" '나'에게 "나와 마르크스주의와는 아무런 관계도 없"고, "내가 이해한 마르크스주의는 꼭같은 물인데도 젖소가 먹으면 젖이 되고 독사가 먹으면 독이 된다는 이치일 뿐이"(285쪽)라고 싸늘하게 말한다. 이는 "이태백이 마신 술은 시가 되어도 잡배가 마신 술은 오줌이 될 뿐이란 사실"(「8월의 사상」, 260쪽)처럼 그저 운명에 의해 흘러갈 뿐 거기에 어떤 필연이 작용하지 않음을 의미하는 것이기도 하다. 노정필이 이데올로기에 경도되어 이데올로기를 앞세우는 인물이 아니라는 사실은 『지리산』의 일부인 인용글 ③에서도 동일하게 드러난다. 지역 내 경찰서 및 관공서를 접수하라는 공산당의 지령에 노정필은 우려를 표명하는데, 노정필이 걱정한 것은 공산당의 과격이 민중을 해쳐 민중의 지지를 잃게 되는 것이다. 노정필에게 민중의 지지를 잃은 공산당은 의미가 없는 것이기 때문이다. 노정필은 이데올로기로서 마르크스주의를 위해 공산당으로 활동한 것이 아니라 정치를 통해 혼란한 정국을 개혁할 수 있을 것이라는 기대[128]로 공산당에서 활동했다. 그러나 결국 노정필의 우려는 현실이 되고 만다. 노정필은 자신이 인민위

---

128) "그런데 곰곰히 생각해보니 이 선생의 생각이 옳아요. 정치에 지나친 기대를 가져선 안 되는 것 같아요. 사람은 제각기 노력해서 나름대로의 생활을 꾸려나가야 한다는 걸 알았소"(「내 마음은 돌이 아니다」, 앞의 책, 338쪽)

원장으로 있던 함양의 공산당 소요와 관련하여 '6·25 특별조치법 위반'으로 영어의 신세가 되고 남한에서 조선공산당은 자멸하게 된다.

개혁에 대한 기대로 공산주의에 투신했던 노정필은 그로 인해 동생을 잃고 이데올로기에 대한 환멸로 스스로 입을 닫는다. 때문에 노정필을 봤던 순간 '나'가 본 것은 신념에 의해 살아온 사람이 가질 수 있는 강직함이 아니라 "지옥을 보아버린 눈, 절대적인 운명의 벽 앞에 다물어버린 입!"(254쪽)이다. "노정필은 무기형에서 감형된 이십 년의 형기를 꼬박 채우고 이 년 전에 출옥"(247쪽)한 이후 '나'와 만난다.

'나'는 노정필에게 직접 쓴 소설 「알렉산드리아」를 건넨다. 소설을 읽은 노정필은 기록자로서의 작가가 되려는 각오로 소설을 쓴다는 '나'에게 기록이 아닌 시인이 쓴 시 같다며 비판한다.

> 그는 나의 『알렉산드리아』를 읽고 싸늘한 분노를 느꼈던 것이 분명했다. 육신의 동생을 사형장에서 잃은 사람, 그 자신이 죽음의 고빗길을 몇 차례 겪고 이십 년의 감옥살이를 한 사람의 눈으로 보았을 때, 나의 작품은 잔재주를 부리기 위해선 신성모독까지를 삼가지 않는 가장 저열하고 가장 비굴하고 가장 추악한 심성을 증거물처럼 보였을 것이다.(「겨울밤」, 286쪽)

동생을 사형장에서 잃은 노정필은 동생을 죽게 만든 폭압적인 사회에 절망해 출소 후에도 스스로를 가두어 "돌"이 된다. 그리고 소설 「알렉산드리아」에서 사형폐지론을 들먹인 '나'에게 사형폐지를 위해 무엇을 했느냐고 묻는다. 노정필은 목격자이자 기록자를 자처하면서도 철저하고 세밀한 기록을 위해 노력하지도 않을 뿐더러 실천력 역시 결여된 '나'에게 기록자가 아닌 "황제"가 되고 싶은 것이 아니냐며 차갑게 묻는다. 그런 노정필의 말은 "나의 조작된 센티멘털리즘에 대한 화살"이 되어 자신이 쓴 소설을 '저열하고 비굴하고 추악한 심성의 증거물'이라고 비판하게 하게 한나.

「내 마음은 돌이 아니다」에서 '나'는 자신이 쓴 소설 「알렉산드리아」
를 보고 냉소했던 「겨울밤」의 노정필을 다시 만나러 간다. 「내 마음은 돌
이 아니다」에서의 노정필은 '나'로 인해 세상과 조금씩 타협하는 듯 보인
다. "돌"이 되기를 자처했던 노정필이 추석이라고 성묘를 할 정도로 현실
에 대한 냉소와 환멸은 약화되었지만 사회 제도에 대한 불신은 여전히
남아 있었다. 그러한 불신 역시 목공소 일을 시작하며 사회 친화적으로
바뀌어, 도리어 자신을 "학대"하게 될 사회안전법에 대해서도 "난 어떤
법률이건 순종할 작정"이며, "철저하게 나라에 충성할 작정"이라는 것으
로 급선회하게 된다. 그러나 1975년 7월 19일 사회안전법이 통과된 직후
다시 노정필을 찾아갔을 때 그는 이미 "갈 곳"으로 가버린 후였다. 울음
을 터뜨리는 노정필의 부인에게 인사도 제대로 건네지 못하고 돌아나온
'나'는 "나라가 살고 많은 사람이 살자면 노정필 같은 인간이야 다발 다
발로 역사의 수레바퀴에 깔려 죽어도 소리 한 번 내지 못한들 어쩔 수 없
는 일"이라는 자조 어린 생각을 하며 살아남기 위해 '신고용지'를 받고자
파출소를 향해 걷는다.

「겨울밤」과 「내 마음은 돌이 아니다」의 서술자인 '나'는 소설가 이병
주 자신이라고 할 수 있다. 그리고 이병주는 노정필을 통해 자기 자신은
모순되고 모진 세상에서 어떻게 해서든 살아남았지만, 20년을 형무소에
서 보내고 출소한 후에도 "돌부처"처럼 스스로를 가두다가 이제 사회에
순응하며 살겠다는 노정필이 다시 사회에 의해 격리되고 억압받게 되는
현실을 '기록'하고 있는 것이다. 세 편의 소설을 통해 노정필이 역사라는
수레바퀴에서 희생당해야 했던 무력한 개인을 표상하는 인물임을 알 수
있다. 지주의 아들로 태어나 나라의 독립을 위해 헌신적으로 투쟁했던 인
물이지만, 사상 문제로 인해 형무소 생활을 할 수밖에 없는 것이 시대의
흐름이었던 것이다. 체제와 제도의 기틀을 마련하기 위해서 사상을 빌미

로 개인의 삶을 억압했던 폭압적인 현실에서 희생당했던 노정필은 필연적
으로 체제를 불신할 수밖에 없었다. 그런데 더욱 아이러니한 것은 노정필
이 체제 속으로 들어가려고 한 순간, 다시 새로운 법제에 의해 희생된다는
사실이다. 이것은 합리적이고 인과적인 방식으로 설명되기 어려운 것이며,
"만석꾼의 아들 노정필은 이십 년의 감옥살이를 견디어냈는데 소작인의
아들 이씨는 이 년의 옥살이도 이겨내지 못했다"(264쪽)는 것과 동일한 삶
의 아이러니이기도 하다. 온당하지 못한 현실, 불합리한 일들이 비일비재
한 현실의 사건들을 설명하기 위해 이병주는 '운명'에 기대게 된다.

또한 이병주의 소설에서 '성유정'은 소설로는 첫 작품인 『내일 없는 그
날』을 시작으로 『배신의 강』, 「망명의 늪」[129], 『歷城의 風, 華山의 月』[130],
「빈영출」[131], 『그해 5월』에 반복적으로 등장한다.

> ① 유정은 형수보다 두 살 위인 서른다섯이었다. 친형 익수와 친구였던
> 관계로 형수는 유정을 형님이라고 불렀다.
> "늙을만도 하잖아? 남의 나이를 열 살이나 먹었는데."
> 유정이 입버릇처럼 말하는 남의 나이란 일제말기 대학 중도에 학병(學兵)
> 으로 끌려간 유정의 세대를 인생 25년이라고 했기 때문이다.
> (『내일 없는 그날』, 33쪽)

> ② "진희씨, 인사를 하지. 이분은 성유정(成裕正)선생님이다. 이름쯤은 들
> 은 적이 있겠지. 소설가 성유정 선생……"(『배신의 강』 上, 18쪽)

> ③ 일제 때는 천황폐하로부터 금시계를 받은 최우등의 학생, 해방 후의
> 혼란기엔 혼자 혼란하지 않은 온건한 지식인, 六·二五땐 인민군이 그 동리에

---

129) 시음출판사, 1976.(『한국문학』, 1976.9.)
130) 신기원사, 1980.(이후 1992년 출판사 서당에서, 2016년 바이북스에서 『세우지 않은 비
　　명』이란 이름으로 재출간되었다.)
131) 바이북스, 2009.(『현대문학』, 1982.2.)

쏘를 팠는데도 만석군인 그 집만은 대문 한 번 두드려 보는 법 없이 지나쳐 버린 집의 아들, 자유당 때도 민주당 때도 공화당 지금에도 티끌 하나 책잡혀보지 안은 대학교수, 내게 三백만원의 돈을 떼어 먹혔는데도 싫은 소리 한 마디 없는 관대한 선배! 삼천리 강산이 와들와들 떨고, 三천만의 국민이 악착 같은데 이러한 인간이 관연 사람인지 괴물인지 알 수 없는 일 아닌가.

(「망명의 늪」, 315~316쪽)

④ 첫째의 예가 일제 말기 학병으로 나갔을 때다. (…)

둘째의 예는 6·25동란중 정치보위부에 붙들렸을 때이다. C시를 점령한 북괴군은 천주교 교회당에 정치보위부의 본거를 차려두고 유치장으로선 2층을 사용했다. (…)

세번째의 예는 5·16혁명 직후 필화사건으로 붙들렸을 때이다. 처음 Y경찰서의 유치장에 수감되었는데 거기엔 이미 교원노조에 관계했다고 해서 십수명의 교사들이 수감되어 있었다.

(『歷城의 風, 華山의 月』, 53~54쪽)

⑤ 성유정의 고향은 지리산이 남쪽으로 뻗은 지맥 가운데 이루어진 조그마한 분지, 하북면(河北面)이라고 불리는 곳이다. 인구는 7,8천. 한마디로 말해 특색이란 전연 없는, 그저 평범하기만 한 산촌이다.(「빈영출」, 52쪽)

학도병으로 갔던 성유정이 돌아온 것은 해방 이듬해의 봄이다. 그저 무사 귀국을 축하해서 인근 마을의 친구들이 유정의 사랑에 모여든 적이 있었다.

(「빈영출」, 60쪽)

⑥ 전화를 끊고 멍청해 있는데 전화벨이 울렸다. 성유정 씨의 전화였다. 성유정 씨는 나와 이 주필의 선배이다. 우리는 그의 각별한 총애를 받고 있었다.

(『그해 5월』 1, 70쪽)

인용글 ①에서 성유정은 중심인물인 형수의 형 익수의 학병 동기이자 친구이며 현직 대학교수이다. 인용글 ②는 『배신의 강』의 일부로 여기에서 성유정에 대한 자세한 정보는 제시되지 않는다. 다만 소설가로 등장해

일제시대 적산을 둘러싼 소설 <배신의 강> 집필을 위해 아들 성윤기를
데리고 취재 차 부산으로 내려오는 것으로 설정, 신문기자 정도현과 함께
우창물산과 적산에 관해 조사를 한다. 인용글 ③은 「망명의 늪」의 서술자
인 '나'가 시대의 질곡을 피해 "완전 무결한 인격체"로 평온하게 지내고
있는 성유정에 대해 반발을 느끼는 부분이다. 여기에서 성유정은 부유한
가정에서 자라 일본 유학을 했고, 이데올로기 대립으로 한반도가 들썩이
던 시절에도 자신의 품격을 잃지 않고 현재에 이르는 것으로 설명된다.
대학교수로 여유 있게 살면서 곤경에 처한 후배를 따뜻하게 품어줄 정도
의 휴머니즘을 간직한 인물인 것이다. 인용글 ④는 중편 『歷城의 風, 華山
의 月』이다. 『歷城의 風, 華山의 月』은 액자 구성을 취하는데, 안 이야기
는 작가 성유정이 1인칭 '나'로 등장하여 59세의 나이로 간암 선고를 받
고 죽음에 이르기까지가 수기 형태로 제시되고 있으며, 바깥 이야기에서
는 또 다른 1인칭 서술자인 '나'가 성유정의 수기를 전달하고 성유정의
죽음을 설명한다. 인용된 글 ⑤는 단편 「빈영출」로 여기에서 성유정은 빈
영출의 친구로 서사의 핵심에 놓인다. 마지막 인용글 『그해 5월』에서 성
유정은 서술자인 '나'와 군사 쿠데타 이후 필화사건에 연루되어 수감 중
인 이주필의 선배로 등장한다.

각 작품에서 성유정은 일제시대 학병을 경험했고, 학병 시절에 대한 트
라우마를 가진 지식인이며, 대학교수 혹은 신문사 주필이라는 직업을 가
진 것으로 설정된다. 『歷城의 風, 華山의 月』을 제외하고는 서사를 이끌기
보다는 사건을 관망하여 전달하는 관찰자 혹은 사건에 대해 비평하는 논
평자, 중심인물의 조력자이자 조언자로 역할을 한다.

성유정이 가지고 있는 가장 큰 특징은 중립적 태도이다.[132] 『내일 없는

---

132) 『내일 없는 그날』에 나타나는 성유성이라는 인물의 특징에 대해서는 추선진외 「이병
    주 소설의 원형으로서의 『내일 없는 그날』」(앞의 글, 278~282쪽)을 참고할 수 있다.

그날』에서 성유정은 "감정적으로 소련을 미워"하는 박치열과 "미국을 싫어"하는 안익수와 함께 학병시절을 보낸다. 성유정은 서로 적대되는 사상을 가진 두 사람 사이에서 부득이 '중립'을 취할 수밖에 없었으며, "거기서 저대로의 진실을 찾으려고 애쓸 밖엔 별다른 도리가 없었다"고 밝힌다. 박치열과 안익수라는 개인을 통해 보여주는 사상적 대립은 기실 해방 후 한반도를 둘러싼 이데올로기 갈등 상황이기도 하다. 학병생활을 겪으며 중립의 사상을 몸에 익힌 성유정은 해방 후 숨 막히는 국내 정세 속에서 자연스럽게 중도를 선택한 것이라고 볼 수 있다. 대신 박치열과 안익수의 우정, 사상적 대립, 안익수의 죽음과 관련하여 "그 경위를 소상하게 기록"(81쪽)하고자 하는 의지를 가진 인물로 등장한다.

> ① "선생님은 어떤 체제가 가장 좋다고 생각합니까."
> 하는 누군가의 질문이 있었다.
> "나는 체제를 신용하지 않는다. 그런 때문에 어떤 체제가 좋다는 말을 할 수가 없다."
> 나는 겨우 이렇게 말했다.(『歷城의 風, 華山의 月』, 69~70쪽)
> 성유정은 재(才)도 있고 능(能)도 있는 인물이다. 그러나 그는 충전한 의미에 있어서의 문학자가 되지 못하고 일개 딜레탕트로서 끝났다. 그 딜레탕트의 늪 속에서 혹시나 연꽃이 피어날 수도 있지 않을까 하는 것이 나의 기대였고 그를 아는 모든 사람들의 기대였지만 그 기대는 그의 운명(殞命)과 더불어 무로 돌아가고 말았다. 그러나 그건 성군 스스로가 책임을 질 일이지 우리가 애석해할 까닭은 없다. 그는 넘치는 재능을 가지고 있었지만 그것을 받들어 꽃피우고 결실 시킬 수 있는 강한 의지가 결여되어 있었기 때문이다.(『歷城의 風, 華山의 月』, 140쪽)

---

추선진은 성유정이 가지고 있는 중립적 태도는 "삶을 총체적으로 파악하고자 하는 '신'이 되기 위한 시도"이며, "자신의 불행이 자신만의 것이 아닌 당시 시대를 살아가는 모든 사람들의 것이었기에 이를 극복할 수 있는 방법을 찾기 위해 중립적인 입장을 취하고 있는 것이다"라고 설명한다.

② 결론만 말하지. 6개월 동안 경찰서 유치장에서 썩고 나니 인생관이 180도로 달라지더만. 나는 결코 나라를 위해서, 민족을 위해서 일할 자질도 의지도 없다는 것을 확신했지. 뿐만 아니라 나 아닌 어느 누구를 위해서도, 아니 어떤 사상과 주의를 위하는 따위의 일은 할 수 없다는 것을 깨달았어. 오직 나를 위해, 나만을 위해 살 수밖에 없다고 다짐한 거라.

(…)

그때부터다. 나는 정치나 사상, 심지어는 나라의 독립 문제까지도 관심에 두지 않기로 했어. 그래서 이런 딜레탕트가 생겨난 거다. 한 송이 국화꽃을 피우기 위해 이렇게 저렇게 했다는데 어쭙잖은 딜레탕트가 있기 위해서 6 개월 동안의 유치장 생활과 50여 회에 걸친 고문이 있었다, 이 말이다.

(『그해 5월』2, 176~177쪽)

『내일 없는 그날』에서 성유정이 보이는 중립적인 태도는 『歷城의 風, 華山의 月』과 『그해 5월』에서 역시 동일하게 유지된다. 『歷城의 風, 華山의 月』의 성유정은 앞선 인용글 ④에서 보듯 일제시대에는 학병에 동원되었고, 6·25전쟁 중에는 북한군에게 끌려가 고초를 겪었으며, 군사정부 시절에는 필화사건에 연루되어 수감생활을 해야 했다.[133) 인용글 ①에서 보듯 성유정은 "체제를 신용하지" 않는 인물이다. 이미 쿠데타로 정권을 잡은 파키스탄의 하크 장군과 파키스탄의 재건을 위해 애를 썼지만 하크에 의해 형장의 이슬로 사라진 총리 '부토'를 통해, 악명 높은 아돌프 히틀러를 통해 "제도(制度)라는 것이 아무런 의무도 갖지 못한다는 것"(68쪽)을 깨달은 탓이다. 인용글 ②에 해당하는 『그해 5월』의 성유정 역시 다르지 않다. 일제시대에 일본 경찰에 의해 유치장 신세를 지고, 그 과정에서 받은 모진 고문은 성유정으로 하여금 사상이나 주의에 대한 불신을 키웠

---

133) 구시하나시끼 『歷城의 風, 華山의 月』의 이런 설정은 이병주의 개인사와 일치한다. 뿐만 아니라 성유정이 죽은 해는 1980년 1월, 성유정이 60세 되는 해이며, 이를 통해 알수 있는 것은 한국식 나이로 성유정이 1921년생이라는 껌이다. 이병주가 태어난 것은 1921년이다.

고 국가나 민족을 위해 헌신하는 것 자체를 불가능하게 했다.

이처럼 이병주의 소설에서 성유정은 특정 이데올로기에 경도되거나 사상의 문제에 연루되지 않으려는 자유주의적인 면모를 가진 인물로 드러난다. 동시에 주의나 사상, 그리고 그를 바탕으로 이루어진 체제와 제도에 대한 거부는 성유정으로 하여금 '딜레탕트'134)를 자처하게 만들었다고 할 수 있다.

또한 『지리산』135)과 『산하』에는 '이동식'이라는 인물이 반복 등장하는데, 『지리산』에서 이동식은 남성주인공 박태영이 재학 중인 경성대학136)의 철학과 교수이다.137) 박태영보다 불과 네 살 많은 것으로 설정되는데 공산당원인 박태영의 눈에 이동식은 "물에 물탄 듯, 술에 술탄 듯한 교수"이며, "좌(左)도 아니고 우(右)도 아니고, 그렇다고 해서 절충파도 아닌, 전형적인 강당철학파(講堂哲學派)"(『지리산』 6권, 9쪽)이다. 그럼에도 불구하고 "자기의 전문에 충실한 사람"인 탓에 철저한 공산주의자인 박태영도 이동식을 인정하

---

134) 『지리산』의 하영근을 통해 설명된 딜레탕트는 "전문(專門)이 없이 그저 잡박한 지식만 주워 모으는 사람, 생산성 없는 지식의 소유자, 눈만 높고 능력이 따라가지 못하는 얼간이, 도락(道樂)으로 학문이나 예술의 언저리를 빙빙 도는 사람, 말하자면 따분한 존재"(1권, 97쪽)이다. 그러나 이병주 자신은 딜레탕트를 부정적으로 인식하지 않는다. 이병주의 소설에 등장하는 회색의 지식인들은 대부분 딜레탕트이기도 하다.

135) 『지리산』에서 이동식이 등장하는 부분은 한길사판 기준 6권 「허망한 정열」의 첫머리이다. 그런데 이는 「허망한 정열」이라는 단편 형태로 1981년 11월 『한국문학』에 별도로 발표된 바가 있다. 이 글은 『지리산』을 대상으로 한다.

136) 1923년 일본 정부에 의해 '경성제국대학'으로 개교한다. 해방 후인 1946년 미군정에 의해 교명은 '경성대학'으로 바뀌고, 1946년 9월 국립 서울대학교에 통합된다. 박태영이 경성대학에 합격한 것은 1946년 여름으로 설정되었다.

137) 여기에서 시간 기술의 오류가 발생하고 있음이 확인된다. 『지리산』에서 박태영과 이동식이 같이 소풍을 간 때는 1948년 8월 20일, "남한에 단정이 수립되어 대한민국이 선포된 지 닷새째가 되는 날"이며, 그 이전에 이미 이동식은 서울대학교 철학과 교수였다. 그러나 『산하』에서 이동식은 "9월 신학기부터 서울대학교로 가기로 확정을 보고, 그 준비를 서둘렀다. 결혼은 10월쯤으로 예정했다. 8월 3일은 김구 선생 암살범 안두희의 제1회 공판이 있는 날이다."(5권, 122쪽) 김구 선생이 암살되고 공판이 열린 것은 1949년이다.

지 않을 수 없다. 정치에 무관심한 태도로 일관하는 이동식에게 박태영은 "정치에 무관심하다는 것, 그 자체가 반동"이라고 따지기도 하지만 이동식은 "혁명도 물론 중요하지만 솔방울 하나를 잘 그리는 것도 못지 않게 중요하다"고 대답함으로써 자신의 학문에 대한 위치와 정당성을 설명한다.

이데올로기로 인해 분열된 남북한의 미래에 대해 토론하는 박태영과 김경주를 보고 이동식은 "역사는 인간이 만드는데도 인간의 힘으로는 어떻게 할 수 없는 것이 아닐까? 그러니 관조는 하되 비판하지 말고, 분석은 하되 조급한 예언은 피해야 한다. 전쟁이 나면 죽을 수밖에 없다고 단념하면 그만이지, 미래를 이렇게 저렇게 헤아려서 무슨 보람이 있겠는가?"(6권, 35쪽)라고 되물으며 그것을 "무력의 인식"이라고 자조한다. 줄곧 허무주의적인 색채를 드러내며 좀처럼 흥분하는 일이 없던 이동식은 함께 학병 시절을 보낸 김경주와 학병 시절에 대해 회고를 하면서는 일본 군대에 대한 맹렬한 비난을 감추지 않는다. 그리고 "카이로 선언이 발표된 것이 우리에게 학병 소동이 있었던 무렵"으로 뒤에 그 사실을 알고는 "께름"했다고 말한다. "우리에게 독립을 주겠다는 나라를 상대로 총을 들었"(6권, 32쪽)다는 역설적인 상황의 주인공이 된 사실에 대한 적의와 그 시절 겪었던 치욕스러운 상황에 대한 분노를 내비친 것이다. 또한 "교실에서 아무리 야유 섞인 질문, 또는 반발을 해도 언제나 미소를 지워버리지 않던 이동식"이지만 자신에게 어떤 주의나 사상을 강요하는 일에 대해서는 "분격"한다. 때문에 철학자인 자신에게 마르크스주의의 우월함을 강요하는 듯한 박태영의 태도에 "어떤 사상도 나는 반대 안 한다. 다만 추종을 안 할 뿐이다"(6권, 54쪽)라며 분노를 직접 드러내는 것이다.

『산하』138)에서 이동식은 보다 많은 자리를 차지한다. 『산하』의 이동식은 서울대학교 철학과에 재학 중인 학생부터 서울대학교 철학과의 교수

---

138) 한길사, 2006.(『신동아』, 1974.1.~1979.8.)

로 재직하며 해방과 6·25, 이승만 정권의 부침을 전달하고 그 정권 아래
에서 함께 부침하는 이종문을 관찰하고 논평하는 인물로 서사에서 중요
한 역할을 맡고 있다. 『산하』의 이동식 역시 학병에 소집된 것으로 설정
되는데, 이는 "일본 군대에 끌려가서 2년 동안을 머물러 있었"(7권, 32쪽)다
는 대목에서 확인할 수 있다. 『지리산』에서와 마찬가지로 『산하』에서도
이동식은 철저한 허무주의자로 등장한다.

> "허망 아닌 게 뭐가 있습니까? 신앙뿐만이 아니라 모든 이데올로기가 전
> 부 허망이라고 나는 생각합니다. 도덕도 허망, 과학도 허망, 그럴 바에야 조
> 그마하나마 사랑이라도 가꾸기 위해서 그 방향의 허망만이라도 허망이 아
> 닌 것처럼 꾸며야죠."
> "듣고 보니 이형은 철저한 허무주의자입니다, 그려."
> "사랑만이라도 가꾸고 싶다고 했으니 허무주의자라고도 할 수 없지요."
> (『산하』 2, 280쪽)

> "나는 우익도 아니고 좌익도 아니지만 그러니까 한 가지 신념만은 가꾸
> 려고 했죠. 그건 휴머니스트로서 일관하겠다는 거였습니다. 우익도 휴머니
> 스트의 입장에서 비판하고, 좌익도 휴머니스트의 입장에서 비판하고…….
> 누가 뭐라고 한들 휴머니스트로서의 심판관 노릇을 하겠다는 거죠. 그러자
> 면 내 자신의 행동이 휴머니스트가 되어야 하지 않습니까. 그렇게 노력할
> 작정이었죠. 구체적으로 말하면 딱한 친구를 힘 있는 대로 돕는 것, 우익의
> 친구든 좌익의 친구든 최선을 다해 돕는 것이 휴머니스트로서 할 짓이 아
> 닙니까.(『산하』 2, 308쪽)

위의 인용문에서 보는 것처럼 이동식은 "신앙뿐만이 아니라 모든 이데
올로기가 전부 허망"하다고 생각하는데, 그런 이동식을 로푸심은 허무주
의자라 규정한다. 『지리산』에서 이동식이 공산주의자 박태영을 상대로
격분한 데에는 그 나름의 이유가 있었던 것이다. 식민지 국민으로 일본

제국주의의 군인으로 싸워야 했던 학병을 겪어내고 해방을 맞고도 이데 올로기 대립으로 안정을 찾지 못하는 국내 상황을 바라보며 철학도인 이 동식은 자연스럽게 이데올로기로서는 해답을 찾을 수 없다는 결론에 이 르게 된다. 그렇기에 이동식이 "자기 스스로 철학을 가꾸어야겠다고 마음 먹고 그것이 좌익의 방향으로 가든 우익의 방향으로 가든 성실하게 자기 내부에서 답안을 내야겠다고 생각했다. 그러기 위해서라도 현실의 정치 바람엔 휩쓸리지 말아야 하는 것이다"(『산하』2권, 73쪽)라는 결론을 내리고, 철저한 휴머니스트의 자세로 일관하겠다는 결심에 도달하게 된다. 한편 이데올로기나 사상에 대한 거부는 사랑하는 여인인 송남희와 종교 문제 로 인해 결혼에 난항을 겪는 과정에서도 강하게 드러난다.[139]

　살펴본 것처럼 성유정과 이동식은 작가 이병주의 분신이라 할 수 있을 만한 동일성을 가진 채 등장한다. 소설가나 신문사의 주필이라는 직업과 자유주의와 휴머니즘으로 일관하는 사상적 측면, 일제 말기의 학병으로 대표되는 과거의 사건들은 이병주 그 자신의 경험과 흡사한 것이다. 이병 주가 많은 소설에 성유정, 이동식과 같은 인물을 반복적으로 등장시킨 것 은 비단 이병주 자신이 인식하고 있는 것을 독자에게 곧바로 전달하기 위해서라기보다는 역사적 사건의 당사자를 통해 사건을 말하게 함으로써 사실성을 강조하기 위한 것이라고 보는 것이 더 적확할 것이다. 사건에 지나치게 깊이 침윤된 인물일 경우 자칫 감정적으로 흐르게 될 우려가 있으므로 사태를 객관적으로 설명해 낼 수 있는 인물을 선택할 필요가 있었고, 그렇게 탄생된 것이 성유정과 이동식인 것이다. 이들이 가지고 있는 허무주의와 자유주의적인 면모는 특정 이데올로기에 편중되지 않은 이병주 자신의 현실 인식의 반영인 동시에 실제의 사건을 효과적으로 재 현하기 위한 하나의 전략으로 작용하게 된다.

---

139) 이에 대해서는 4장에서 구체적으로 다룰 예정이다.

이외에도 『지오콘다의 微笑』140)와 『思想의 빛과 그늘』141)에는 각각 이한림이라는 교수가 등장하고, 여기에는 또 『행복어사전』에서 서재필의 조카였던 서형식이 대학생으로 재등장한다. 특히 『思想의 빛과 그늘』에서는 스톡홀름에서 유학중인 서재필이 조카인 서형식에게 '마르크스에 대한 심판'이라는 주제의 「로잔느 심포지움」 속기록을 보내주는 것으로 설정된다. 또한 이병주의 분신으로 읽을 수 있는 '소설가 Y' 역시 『행복어사전』, 『무지개사냥』, 「삐에로와 국화」에 반복 등장한다. 프레더릭 조스라는 전직 신문 기자는 『그해 5월』과 『산하』에 각각 등장하여 국내 정세에 대한 객관적 시각을 보여주는 역할을 하고 있다. 뿐만 아니라 『낙엽』과 「그 테러리스트를 위한 輓詞」에서 경산선생은 독립인사로 주위의 존경을 받는 동네의 어른으로 반복 등장하여 주위의 인물을 보살피는 '어른'의 역할을 한다.

앞서 밝힌 바처럼 동일한 인물이 여러 작품에 반복적으로 등장하는 것은 발자크의 직접적인 영향인 것으로 보인다. 인물 재등장 기법과 관련하여 발자크는 『이브의 딸』(1839) 서문에서 아래와 같이 말한 바 있다.142)

> "사회도 마찬가지다. 당신은 10년 전부터 보지 못했던 한 남자를 살롱에서 우연히 만나게 될 것이다. (…) 그 세계(사회)에서 단 하나의 집단에만 속한 사람은 아무도 없다. 모든 것은 모자이크 된 것이다."
>
> "Dans les *Etudes de Moeurs* sont les individualités typisées, dans les *Etudes philosophiques* sont les types individualisés. Ainsi, partout, j'aurai donné la vie au type en l'individualisant, à l'individu en le typisant."

---

140) 신기원사, 1985.
141) 신기원사, 1986.
142) 인물재등장 기법에 관한 내용은 한경희의 「발자크의 인물 묘사에 나타나는 사실주의적 기법」(『불어불문학연구』 35, 한국불어불문학회, 1997. 330~331쪽)을 참고하였다.

소설이 인물을 중심으로 서사를 꾸린다고 할 때 소설이 끝남과 동시에 인물 역시 사라지게 되지만 인물 재등장 기법을 통해 독자는 다른 소설에서 다시 그를 발견하게 된다. 쉽게 말해 소설이 끝났다고 해서 그 인물들의 삶이 완전히 끝나는 것이 아니라 그저 독자의 시선에서 일시적으로 벗어날 따름이다. 때문에 독자는 상상 속의 인물이라고 믿었던 대상을 다른 국면에서 계속해서 다시 만나게 된다. 이는 소설에서나 가능한 허구적인 일이 아니라 지극히 사실적인 삶의 표현이다. 삶의 한 영역에서 마주쳤던 어떤 인물을 전혀 다른 공간에서 다른 모습으로 다시 마주하는 경험은 드문 것이 아니다. 삶은 완결되지 않은 상태로 열려 있고 지속되는 것이지만 소설은 어떤 방식으로든 결말지어져야 한다. 따라서 소설을 통해 현실의 삶을 재현한다고 했을 때 불가피하게 발생하는 한계를 극복하기 위한 하나의 방편으로 인물 재등장 기법이 의미를 가지게 된다. 한 개인이 가지고 있는 성격이라고 하는 것은 삶의 어느 한 국면을 통해 드러나는 것이 아니다. 때문에 소설을 통해 개인이 가지고 있는 성격을 총체적으로 구현하고자 하는 시도로 인물 재등장 기법을 선택한 것이며, 앞서 살펴본 바와 같이 이병주의 소설에 반복적으로 등장하고 있는 이동식과 성유정, 노정필과 같은 인물들이 가지는 성격의 특질은 그 인물들이 등장하는 소설 전체를 살폈을 때 비로소 완성된다. 요컨대 한 편의 소설에서 단편적·개별적으로 드러날 수밖에 없는 인물의 특정적인 면모를 여러 편에 걸쳐 다시 보여줌으로써 지속되는 삶에 비해 일회적인 소설이 가지는 한계를 극복하고, 있는 그대로의 세계를 사실적으로 재현하고자 한 것이다. 그리고 인물의 재등장을 통해 각각의 소설은 유기적인 관련을 가지게 된다.

이런 시도는 『관부연락선』과 『지리산』에서 박태영과 유태림의 만남에서도 찾아볼 수 있다. 『관부연락선』의 유태림은 혼란한 시대에 환멸을 느끼고 '해인사'로 찾아 든다. 유태림이 사라진 후 '나'가 찾아갔을 때 해인 사에서 유태림이 기거하던 방의 풍경은 아래와 같다.

> "유태림이 묵고 있었던 곳은 대웅전을 정면으로 보고 바른편으로 자리 잡은 관음전의 동쪽 끝방이었다. 아직 겨를이 없어 치우지 못했다는 변명과 함께 관음전의 사동이 열어보이는 태림의 방엔 토족(土足)의 흔적이 그냥 남아 있었고 몇 권의 책이 산란해 있었다. 그 책 가운데『불교성전』이란 것 은 있는 것이 당연하다고 보았지만『라틴어 문법』책이 끼어 있는 데는 가 슴을 찌르는 감회가 있었다."(『관부연락선』 2, 345쪽)

한편,『지리산』에서 빨치산이 된 박태영은 보급투쟁을 위해 합천 해인 사를 습격하는데 이때 '이나림'이라는 선배를 만난다.

> "박태영은 '관음전'이라고 씌어진 건물로 들어갔는데, 어느 방에 들어섰 을 때 가슴이 뜨끔했다. 벽 쪽에 꽤 많은 책이 쌓여 있고, 책상 위에 흐트러 져 있는 책들 가운데 라틴어 사전이 보여서였다.
> '이 방 주인이 누굴까?'
> 하고 그 라틴어 사전을 주워 들었다. 이름이 있었다. 이나림이었다.
> (『지리산』6, 331쪽)

> 중학교 시절 태영의 2년 선배였다. 수재로 알려졌던 사람이다.
> '이 사람이 웬일로……?'(『지리산』 6, 331~332쪽)

물론『관부연락선』의 유태림은 빨치산에 의해 끌려가 지리산에서 실종 되지만,『지리산』의 나림은 박태영에 의해 생명을 구한다. 그러나 각각의 소설에서 묘사하고 있는 방의 풍경이 거의 흡사하다는 것을 통해 이병주 는 그 방의 주인을 동일한 인물로 설정했음을 알 수 있다. 이것은 이병주 가 소설을 쓸 때 자신의 경험에 의존하는 경향 때문에 동일한 경험을 양

쪽의 소설에서 모두 사용한 것으로 철저하지 못하다는 비판에서 놓여나기 어렵다. 그러나 달리 말하면 유태림과 같은 청년을 지리산으로 끌고 갈 수밖에 없었던 박태영과 같은 빨치산의 운명에 대한 이병주 나름의 설명이라는 측면에서 이해가 가능하다. 또 한편, 이는 동일한 시대를 살았던 개개인의 삶을 사실적으로 재현하기 위한 것이며 각기 다른 소설의 인물들을 또 다른 소설에서 조우하게 하여 개별적 삶을 총체적으로 제시하려는 이병주의 기획이라는 해석 역시 가능하게 한다.

## 2) 액자 구성을 통한 사실과 허구의 거리 조절

이병주의 많은 소설이 '액자 구성'을 취하고 있다.143) 바깥 이야기와 안 이야기로 구분되는 이중적 서사 구성을 가진 소설을 액자소설이라 하며, 액자소설은 하나의 이야기 안에 다른 이야기가 끼어 있는 '삽입'과 두 이야기가 교대로 나오면서 평행으로 진행되는 '병렬' 구성으로 구분된다.144) 이병주의 단편소설은 바깥 이야기가 안 이야기를 감싸는 삽입 형태인 경우가 많지만, 역사적 상황을 다루는 장편소설의 경우 서사의 층위는 다소 복잡한 양상을 띤다. 이는 이병주가 다루고 있는 기억 및 현실의 문제와 관련지어 볼 수 있을 듯하다. 바깥 이야기의 서술자가 안 이야기를 기록

---

143) 액자 구성은 소설 구성의 두드러진 방식의 하나로 하나의 이야기 속에 다른 이야기가 포함된 경우를 말한다. 이러한 소설 형식은 이야기 밖에 또 다른 서술자의 시점을 배치함으로써, 전지적 소설 방식에서 탈피하여 다각적으로 이야기를 전개할 수 있는 이점을 안고 있다.(한용환, 『소설학사전』, 문예출판사, 2004. 309쪽)

144) 액자소설은 바깥 이야기와 안 이야기 사이에 종속 관계가 성립되고 안 이야기가 다수일 경우 안 이야기 사이에 대등관계가 성립된다. 액자소설의 바깥 이야기와 속 이야기의 종속 관계는 형식적인 관점에 의한 것이며 안 이야기가 형식적으로 바깥 이야기에 종속되어 있더라더라도도 실제에 있어서는 안 이야기가 대체로 더 중요하고 비중이 크다. 만약 바깥 이야기의 비중이 높아져 안 이야기를 압도해 버리는 경우 액자소설이 아니라 에피소드를 갖는 일반 소설로 간주될 수 있다.(김천혜, 『소설구조의 이론』, 한국학술정보, 2010. 233~238쪽)

하거나 전달하는 방식의 액자 구조는 허구와 진실의 경계를 허물고, 여기에 객관적 시선을 가지는 해설자의 존재는 이야기의 균형을 보증한다. 그리고 보다 긴 역사적 사건을 배경으로 하는 소설의 경우 역사적 사실이 삽입되는 양상을 보인다.[145] 삽입 구성을 가진 소설에는 「매화나무의 인과」, 「마술사」, 「수선화를 닮은 여인」, 「정학준」, 『꽃의 이름을 물었더니』, 『歷城의 풍, 華山의 月』, 『코스모스 時帖』, 「세르게이 홍」, 『무지개 연구』, 「어느 낙일」 등이 있고, 병렬 구성을 가진 소설에는 「소설·알렉산드리아」, 『관부연락선』, 「서울은 천국」, 『산하』, 『그해 5월』, 『'그'를 버린 여인』 등이 있다.

「매화나무의 인과」[146]의 바깥 이야기는 청진동 뒷골목의 어느 한산한 대포술집에서 시작된다. 출판사 편집장, 신문사 논설위원, 대학 교수, '나'는 술을 마시다가 지옥에 관한 이야기를 나눈다. 술에 취해 각각의 방식으로 온갖 문헌들을 주워섬기며 지옥의 유무를 논쟁하고 있을 때, 옆 자리에 앉아 있던 음산한 기운의 낯선 남자가 단호한 목소리로 "지옥은 있습니다. 분명히 있습니다."(132쪽)라고 말한다. 그리고 '나'가 그 사나이에게 들은 내용을 재구성하여 기록함을 알리는 것을 끝으로 서사는 안 이야기로 진입하게 된다.(ⓔ)

안 이야기는 성 참봉 집에 핀 매화나무를 중심으로 한다. 매화나무가 없어진 지 십여 년이 지났지만 여전히 마을 사람들은 성 참봉집 매화꽃을 이야기한다. "피 빛깔과 조금도 다름없었다"는 사람이 있는가 하면 "연분홍 바탕에 핏줄이 무늬처럼 새겨져 있었다"(133쪽)라고 말하는 사람

---

145) H. Poter Abbott은 서사성이 조금 부족하긴 해도 과거의 편린, 미래의 계획 등 작은 서사를 '삽입서사(embedded narrative)'로 명명할 수 있다고 설명한다.(우찬제 외 역, 『서사학 강의』, 문학과 지성사, 2010. 69쪽)

146) 1966년 『신동아』에 수록되었다. 이 글은 한길사에서 간행된 전집에 포함된 것을 대상으로 한다.

도 있었다. 그러나 성 참봉의 매화나무가 이야기되는 까닭은 매화나무에 얽힌 사건 때문이다.(ⓓ)

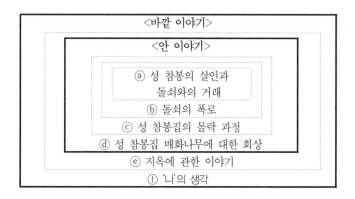

어느 밤 성 참봉이 매화나무를 옮겨 심고 난 이후 성 참봉의 성격이 달라지고 가세가 기울기 시작한다. 또 하나의 큰 변화는 스무 살 남짓한 돌쇠라는 총각 머슴이 상전처럼 행세하기 시작했다는 것이다. 그러던 어느 날 성 참봉의 큰 아들이 매화나무의 매실을 따자 성 참봉은 아들에게 가혹한 매질을 가하고 그 일로 아들은 불구의 몸이 된다. 그 덕에 성 참봉 집에서 돌쇠의 영향력은 더욱 커져만 간다. 그리고 이듬해 매화꽃이 질 무렵 '매화나무 때문에 집안에 분란이 일어난다'는 점술가의 말을 믿은 참봉 부인이 작은 아들로 하여금 매화나무를 베게 하는데, 이를 말리던 참봉이 작은 아들을 죽이게 된다. 이 일로 성 참봉의 집은 흉가처럼 변해 간다. 그러던 중 성 참봉의 큰며느리마저 매화나무를 두고 한 치의 양보도 없는 시아버지의 태도에 절망해 매화나무를 없애 달라는 유서를 써놓고 자빌린다. 참봉의 딸 창숙까지 넘보던 돈서는 성 참봉을 협박해 결혼 승낙을 받지만 창숙은 서울로 도망을 가 한 청년을 만난다. 그로부터 몇

년 후 성 참봉의 큰아들과 성 참봉이 차례로 죽는다. 장례를 치르러 간 창숙에게서 연락이 없자 청년은 창숙의 고향을 찾아 성 참봉집 사연을 듣는다.(ⓒ)

돌아온 창숙을 본 돌쇠는 창숙과의 결혼을 고집하지만 집안사람들은 돌쇠를 무시한다. 이에 화가 난 돌쇠는 매화나무를 파는데 그 밑에서 서익태의 두개골과 서류 뭉치, 쇠망치가 발견된다.(ⓑ)

서익태의 부친이 돈을 빌려 쓰고 갚지 못하자 성 참봉은 서익태 부친의 논을 빼앗는다. 이에 화병에 걸린 서익태의 부친은 논을 다시 찾으라는 유언을 남기고 죽는다. 일본으로 건너가 돈을 번 서익태는 아무에게도 알리지 않고 성 참봉의 집으로 논을 찾으러 갔다. 그러나 성참봉은 일등 호답인 논과 돈, 모두를 가지고 싶은 마음에 서익태를 죽이고 뜰에다 시체를 묻으려 한다. 그것이 돌쇠에게 발각되자 둘은 거래를 하고, 같이 서익태의 시체를 묻고 위에 매화나무를 옮겨 심는다.(ⓐ)

그 이야기를 들은 창숙의 약혼자인 청년이 성 참봉의 집에 갔을 때, 참봉 부인은 백발의 노파가 되어 있었고 창숙은 정신을 놓고 있었다.(ⓒ)

사나이는 이 이야기를 남기고 사라졌다.(ⓔ)

'나'는 지옥이라는 말을 들으면 탐스럽고 요염한 꽃을 피운 매화나무가 떠오른다.(ⓕ)

「매화나무의 인과」의 서사는 'ⓔ-ⓓ-ⓒ-ⓑ-ⓐ-ⓒ-ⓔ-ⓕ' 순서로 다소 복잡하게 구성된다. 지옥에 관해 논쟁을 벌이다 우연히 만난 "음침한 눈빛을 가진 사나이"(154쪽)의 이야기가 바깥 이야기를 구성하고, 성 참봉과 매화나무에 얽힌 사연이 안 이야기를 이룬다. 특히 안 이야기가 역행적 시간 구성을 가지기 때문에 요염하게 핀 매화나무와 성 참봉이라는 인물이 가진 욕망의 인과관계의 매듭이 서사의 말미에 가서 풀어지게 된다. 또한 시간을 넘나드는 중층적인 서사 구조를 통해 「매화나무의 인과」에서 보여주는 욕망의 문제는 더욱 부각되어 나타난다.

「매화나무의 인과」에서 핵심을 이루는 것은 성 참봉의 욕망이다. ⓒ에서 보이는 성 참봉의 욕망은 '매화나무'를 향해 있는 것처럼 보인다. 매화를 딴 아들에게 가혹한 매질을 가하고, 매화나무를 베려하는 아들을 도끼로 내려치는 성 참봉은 무언가에 홀린 것처럼 한시도 매화나무 곁을 벗어나지 않는다. 그러나 매화나무를 향한 성 참봉의 욕망이 밝혀지는 것은 ⓐ에 이르러서다.

> 방 한구석에 쌓인 매력적인 지폐뭉치, 아까움이 와락 심해진 일등 호답 열 마지기, 오는 도중 암도 만나지 않았다고 했겠다. 사전에 집에 알리지도 않았다고 했겠다, 성 참봉의 의식이 전광석화처럼 탐욕을 중핵으로 눈부시게 회전하는 판인데 꾸부리고 앉은 서익태의 뒤통수…… 의식에 앞서 쇠망치가 그 뒤통수를 내리쳤다.(「매화나무의 인과」, 151~152쪽)

아버지의 유언대로 논을 찾으러 온 서익태에게 순순히 논문서를 건네주려는 성 참봉의 눈에 '쇠망치'가 들어온다. 쇠망치를 손에 쥐자 성 참봉의 "탐욕이 강력하게 발동"하게 되고 결국 성 참봉은 자신의 탐욕에 굴복하여 쇠망치를 휘두른다. 즉 ⓐ에 이르러서야 성 참봉이 매화나무에 집착했던 이유가 자신의 살인 행위가 발각될 것을 두려워하는 마음 때문이라는 사실이 드러나는 구조인 것이다. 그러나 독자가 일차적으로 마주하는 것은 요염한 꽃을 피우는 매화나무에 대한 성 참봉의 집착이고, 이후에 성 참봉이 가졌던 탐욕의 실체를 마주하게 되는 구성이기 때문에 독자는 성 참봉의 욕망을 중층적으로 인식하게 된다.

또 하나 「매화나무의 인과」에서 뚜렷하게 드러나는 욕망의 주인공은 돌쇠이다. 돌쇠는 성 참봉집 머슴으로 우연히 성 참봉의 살인 사실을 알게 되고 성 참봉의 죄를 은닉해주는 대가로 "꾀죄죄 때 묻은 삼베 삼방이

를 입고 다니던 것이 한산 모시의 고의 적삼을 날씬하게 차려 입고 머리
엔 기름깨나 바르고 낮부터 마을 앞 주막집에 나타나 술을 마시게까지
되었다".(134쪽) 해가 갈수록 요염해지는 매화꽃처럼 돌쇠의 욕망 역시 점
차 커지고 갈수록 노골화된다. 자신의 처지로는 입기 어려운 좋은 의복을
갖춰 입고, 좋은 음식을 먹는 것에 만족하던 돌쇠는 성 참봉의 재산을 두
고 "내 것이나 다를 게 없다"(138쪽)라고 말하는가 하면, 급기야 집에 다니
러 온 성 참봉의 딸 창숙까지 넘겨다본다. 성 참봉이 죽고 나자 재산과
창숙 모두를 차지하려는 돌쇠의 욕망이 일시에 폭발하지만 집안사람들의
강한 저지로 인해 좌절된다. 욕망이 좌절되는 순간 돌쇠의 욕망은 광기로
변하고 광기에 사로잡힌 돌쇠가 매화나무를 파낸 탓에 성 참봉이 그토록
숨기고자 했던 비밀이 만천하에 공개된다. 그리고 성 참봉과 거래를 한
그날 이후로 욕망에 굴종하며 살았던 돌쇠는 구속 조치되어 서사에서 사
라진다.

　이처럼 「매화나무의 인과」의 서사는 매화나무를 둘러싼 두 인물의 욕
망을 축으로 구성된다. 여기에 역행적 시간 구성에 의해 성 참봉과 돌쇠
라는 두 인물의 욕망은 중층적으로 읽히게 되고, 두 인물이 가진 욕망의
근원이 차츰차츰 드러나게 된다. 여기서 삽입 구성으로 조직된 액자 구성
에 의해 「매화나무의 인과」의 안 이야기에 대한 독자의 인식은 조절된다.
즉, 독자와 인물 간의 거리가 가까운 1인칭 시점으로 바깥 이야기가 시작
되기 때문에 독자는 서술자가 기록한 안 이야기를 사실로 받아들일 수
있게 된다. 그러나 바깥 이야기의 서술자인 '나'에게 매화나무에 얽힌 비
극적인 이야기를 들려준 '사나이'가 "그림자처럼" 사라졌다는 서술ⓒ을
통해 독자가 사실이라고 믿었던 안 이야기가 허구일 수도 있겠다는 의구
심을 가지게 되는 것이다. 요컨대 액자 구성에 의해 안 이야기의 사실성
이 더욱 강조되지만, 반대로 소설의 말미에 가서 허구와 사실의 모호한

경계가 생겨 사나이가 들려준 성 참봉 일가의 비극적 사건이 가진 참혹함이 다소 약화된다.

한편 이병주가 과거의 사건을 다루는 경우 역시 서사가 단일하게 꾸려지는 예는 흔하지 않다. 대개 자전적 체험의 대리인인 서사의 핵심 인물과는 별도로 서사에서 한걸음 물러나 서사를 관망하거나 논평하는 또 하나의 인물을 등장시킨다. 『관부연락선』은 크게 두 개의 서사가 교차 기술된다. 첫 번째는 일본인 E의 요청에 의해 유태림의 행적을 더듬어 기록하는 현재 '나'인 이형식의 서사이다. 유태림의 고향 후배로 일본의 대학에서 같이 학창 시절을 보내고 해방 직후 고향의 C고등학교에서 같이 근무했던 이형식에 의해 유태림은 말해진다. 여기에 E가 보낸 유태림의 수기가 보태져 일제 말기부터 6·25전쟁까지 격랑의 시대에 희생당할 수밖에 없던 지식인 유태림의 서사가 완성된다. 『관부연락선』의 서사를 표로 정리해 나타내면 아래와 같다.

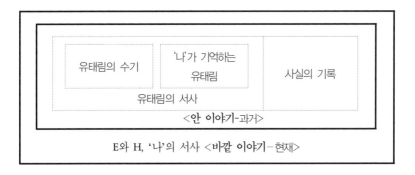

『관부연락선』은 과거와 현재의 이중적 서사로 구성된다. 표에서 보듯 현재의 서사가 바깥 이야기를 이루며 이는 '나'가 일본인 E와 H의 요청으로 유태림을 떠올려 기록하고, 유태림의 수기를 바탕으로 원주신이라

는 인물의 행적을 찾는 내용이 주를 이룬다. 반면 과거의 서사가 안 이야기를 이루는데 '나'에 의해 기술되는 유태림의 서사와 유태림의 수기가 그것이다. 여기에 적지 않은 사실 기록이 파편화되어 나타난다. 위의 표에서 확인할 수 있듯이 『관부연락선』에서 과거는 사실의 기록이 파편화되어 나타나기도 하고, 유태림의 수기와 바깥 이야기의 서술자인 '나'가 기억하는 유태림의 이야기의 세 층위로 재현된다.

더욱 주목할 것은 앞서 밝힌 바대로 『관부연락선』 중 유태림의 서사가 이병주 자신의 전기적 사실과 거의 일치한다는 점이다.[147] 자신의 체험을 소설화함에 있어 온전히 자신의 분신인 인물 이외에 또 다른 인물을 개입시켜 설명하게 함으로써 자신의 서사를 완성해 가는 형태라고 하겠다.

자신의 분신이라 할 수 있는 유태림에 의해 유태림을 말하는 것이 아니라 '나'로 하여금 유태림을 말하게 하는 까닭은 무엇인가. 자전적 서사를 단 하나의 서술자를 통해 기술할 경우 그것은 소설 장르가 기본적으로 가지는 허구성 내지는 작가의 주관에 의한 사건의 재구성이라는 인식에서 자유로울 수 없다. 이병주는 이를 극복하기 위한 전략으로 이중 화자[148]를 설정한 것이라 볼 수 있다. 유태림이 수기를 통해 미처 기록하지 않은 시기의 사건, 유태림의 시선이 미치지 못하는 사건을 바깥 이야기의 화자이자 일부 안 이야기의 화자인 이형식을 통해 말하게 함으로써 유태림의 서사 속 공백이 메워지는 동시에 유태림이라는 인물의 행적이 보다 객관적으로 인식되어 신빙성 있는 사실로 읽힐 수 있는 가능성이 생기는 것이다.

---

147) <이병주가 본 이후락>(송우혜, 앞의 글, 58~59쪽)이라는 인터뷰에서 이병주는 '학병 출전 중에 맞은 해방', '6·25로 겪은 시련'등 자신의 체험을 상세히 이야기하고 있으며, 『虛妄과 眞實』(기린원, 1979. 90쪽)에서는 자신의 체험을 『관부연락선』에 직접 다루었다고 밝히기도 했다.
148) 김천혜, 앞의 책, 143~145쪽.

즉 『관부연락선』에서 바깥 이야기의 서술자인 '나'는 자신의 글쓰기를 당초 '기록'으로 인지하고 있으며, 그것을 감추려고 하지 않는다. 실재 인물의 서사를 다룰 경우 특별히 주석을 통해 그것을 표시하기도 하며, 편집자적인 논평도 마다하지 않는다.

> ① 이왕 유태림에 관한 기록을 쓸 바에는 학병 시절의 유태림, 상해 시절의 유태림에 관한 기록을 빼놓을 수 없다. 그렇다면 그 기록을 이 자리에 써두는 것이 적당하지 않을까 한다. 그런데 다음의 기록은 유태림에게서 직접 들은 이야기, 당시의 유태림을 잘 아는 사람들이 들려준 이야기들을 나 자신의 체험을 통한 추측을 토대로 종합한 것이다.(『관부연락선』 1, 73쪽)

> ② 나는 일본 식민지시대를 살았을 때의 한국 지식인의 하나의 '패턴'을 제시하는 의미로서 유태림의 수기를 직역한 그대로 옮겨볼 작정이다. 수기의 제목은 '관부연락선'이라고 되어 있지만 이는 이미 대제목으로 붙였기 때문에 '유태림의 수기'란 표제를 달기로 했다.(『관부연락선』 1, 135쪽)

> ③ 주: 이만갑은 본명이다. 일제 말기 관부연락선을 이용한 사람은 이 이름을 들으면 대강 기억할 것이다. 이만갑은 한국이 독립하기 직전, 고향인 경남 창원군 진동면에서 살 수가 없어 밀선을 타고 일본으로 건너갔다고 들었다. 지금 버젓한 교포 노릇을 하고 있을는지 모른다. 소설에 본명을 기입하는 것은 사도(邪道)인 줄 알지만 그 자에게 화를 입은 많은 동포를 위해서 관부연락선의 필자로선 그렇게 하지 않을 수 없는 심정이 된 것이다.(『관부연락선』 2, 77쪽)

인용글 ①은 『관부연락선』의 서술자인 '나', 이형식이 기록의 대상인 유태림의 상해 시절을 정리하면서 그 상황을 설명하는 부분이다. 자신이 기술하는 것이 '기록'이라고 분명히 인지하고 있고, 1인칭 서술자가 자신의 사건이 아닌 타인의 행적을 서술한다고 할 때, 기록이 가져야 할 사실성이 의심 받을 여지를 가지기에 서술되는 내용에 대해 "유태림에게서 직접 들은 이야기, 당시의 유태림을 잘 아는 사람들이 들려준 이야기들을 나 자신의 체험을 통한 추측을 토대로 종합한 것"이라고 그 범위와 한계를 직접 명시하고 있다. 그리고 인용글 ②에서 보듯 '유태림의 수기' 형태를 직접 옮겨 독자에게 보여줄 것임을 설명한다. 인용글 ③은 『관부연락선』에 포함되어 있는 주석 중 하나이다. 『관부연락선』에는 전체 5개의 주석이 삽입되어 있는데, 모두 앞서 다룬 사건과 인물에 관한 것으로 그 것이 실재 인물에 관한 것임을 밝히는 것들이다. 이 주석은 독자로 하여금 『관부연락선』이라는 허구적 서사를 '사실'로 인식하게 만든다. 뿐만 아니라 이병주가 픽션인 소설을 통해 사실을 어떻게 다루고 있는지를 보여주는 역할까지 하게 된다.

이병주는 소설 창작에 있어 사실과 허구의 경계를 명확하게 설정하지 않고 있다. 소설이라는 허구적 서사를 통해 자신이 경험했던 실재의 사건을 기술하면서도 그것의 소설적 변형을 위해 크게 고심하지 않는다. 그리고 가급적이면 사실 그대로를 허구적 서사 속에 재현하고자 노력한 것처럼 보인다. 아울러 소설의 독자 역시 그것을 허구가 아닌 사실로 받아들이기를 바라는 듯하다. 퍼트리샤 워에 따르면 독자는 읽고 있는 이야기가 '실재'가 아니라는 사실을 알고 있지만 독서의 즐거움을 증가시키기 위해 그러한 인식을 억제하며, 독자는 소설을 마치 역사인 것처럼 읽는 경향이 있다.[149] 그리고 『관부연락선』에서 보듯 이병주가 서술자로 하여금 소설에 대해 직접 설명하게 함으로써 독자가 소설을 허구가 아닌 사실의 기록으로 인지하게 한다.

이병주는 『관부연락선』에서 다양한 담론을 소설적 변형을 거치지 않은 상태로 서사 내로 유입시켜 사실을 기록하고자 했는데, 이는 소설이라는

---

149) Patricia Waugh, 김상구 역, 『메타픽션』, 열음사, 1989. 18쪽.

허구적 장르를 사실로 인식하게 하려는 의도의 반영이라 할 수 있다. 그
런 측면에서 보자면『관부연락선』의 액자 구성 역시 자신이 몸소 겪은
학병 체험과 6·25전쟁, 이데올로기의 대립의 문제 등을 보다 객관적·사
실적으로 기록하고자 하는 의도에서 기획된 것이라 하겠다.

　이런 이병주의 의도를 보다 확연하게 파악할 수 있는 지점은 유태림의
서사를 전달하는 이형식이 유태림의 내면 의식까지를 서술하는 경우이다.
이것은 단순한 형식상의 모순이라기보다 오히려 서사 내에서 이형식이
가지는 의미를 유추하게 한다. 정확하게 말해『관부연락선』에서 이형식
은 유태림의 서사를 전달하는 것 이상의 의미를 갖지 않는 것처럼 보인
다. 현재 시점에 이형식이 어떤 상황에 놓여 있는지 등에 대한 서술이 전
혀 이루어지지 않고 있으며 핵심 사건이나 인물에 대한 단편적인 감상이
나 시대 정황에 대한 판단만이 파편적으로 제시된다는 것이 그것을 증명
한다.150) 반면 1인칭 서술자인 '나'에 의해 재구성되는 유태림의 서사는
더할 나위 없이 세밀한 것이다. '유태림의 수기' 형태로 처리할 수 있는
학병 생활에 대한 기록을 굳이 1인칭 '나'로 하여금 말하게 하는 것,151)
그러면서 과거에 유태림으로부터 듣고 기록된 부분 역시 기억에 의한 것
이라 하기 어려울 정도로 세밀하다는 것을 통해서도 알 수 있다. 특히 유
태림의 학병 시절의 기억은 "유태림에게서 직접 들은 이야기, 당시의 유
태림을 잘 아는 사람들이 들려준 이야기들을 나 자신의 체험을 통한 추
측을 토대로 종합한 것"(1권, 73쪽)임에도 불구하고 치밀하고 조밀하기 이

---

150) 조갑상, 「이병주의 '관부연락선' 연구」,『현대소설연구』11, 한국현대소설학회, 1999.
　　271~272쪽 참고.
151) 서지문(「이병주소설의 통속성에 관한 고찰」,『이병주문학 학술 세미나자료집』, 2015.
　　57쪽)은 작가 이병주가『관부연락신』에서 이 신생이라는 회기를 캐택한 것은 매우 혹
　　륭한 전략적 선택이었다고 평가하며, 이 선생이라는 화자를 선택했기 때문에 유태림
　　을 행동하는 자아와 관찰하는 자아로 분화하지 않고, 유태림의 내적 방황, 망설임, 자
　　기 불신과 자기 합리화와 같은 것을 생략할 수 있었다고 설명한 바 있다.

를 데 없다. 그리고 이 부분에서 바깥 이야기의 서술자인 '나' 이형식의 위상은 전지적으로 바뀌고 유태림의 서사는 기록의 형식으로 전달된다.

유태림의 서사에서 핵심을 이루는 것이 학병에 대한 것이고, 상대적으로 그간의 역사에서 잘 다루어지지 않았던 시기이니만큼 '기록자로서의 소설 쓰기'를 추구했던 이병주는 가급적이면 면밀한 기록을 위해 고심했을 것이다. 자신이 목도한 현실, 식민지를 살고 있는 지식인의 삶을 사실적으로 재현하기 위해서는 자신의 분신인 유태림의 행적을 보다 객관적으로 제시해야 할 필요가 있었고, 때문에 유태림의 서사를 단일한 화자가 아닌 액자 구성을 통한 이중화자라는 설정으로 기술한 것으로 보인다.

# Ⅲ. 원한의 인식과 '정감'의 기록

## 1. 우연적 역사와 원한의 현실

### 1) 우연과 욕망으로 성립되는 역사

『산하』[152)]는 이승만을 중심으로 혼란과 격랑의 시대였던 해방과 제1공화국에 이르기까지의 역사를 여실하게 다루고 있다. 1945년 8월 15일 일본은 연합군에 항복했고 조선은 일제의 오랜 통치로부터 해방되었다. 그러나 식민지 기간 내내 다양한 방법으로 독립투쟁이 전개되었음에도 불구하고 그 해방은 우리 민족의 자력에 의한 것이 아니라 연합군의 2차대전 승전에 의해 주어진 해방이었고, 예기치 못했던 방식으로 이루어짐으로써 해방의 기쁨과 동시에 혼란한 시기를 맞게 된다. 해방과 함께 한반도는 미국과 소련에 의해 남북으로 분할 점령되었고, 해방 직후의 정국은

---

152) 『산하』는 연재당시인 1978년 TBC를 통해 라디오 소설로 전파를 타는가 하면, 1987년 MBC에서 8부작 미니시리즈로 제작 · 방영되기도 했다. 또 연재 당시에도 그렇지만 1978년 3월 동아일보사에 의해 단행본으로 출간된 이후에도 꾸준히 인기를 누렸던 것으로 보인다. 『산하』가 발간된 즈음 베스트셀러 소설부문 1위에 이름을 올렸고 그 이후에도 수순히 베스트셀러 목록에 흰 지리를 치기한 것을 어렵지 않게 확인할 수 있다. 『산하』가 꾸준히 읽혔다는 것, 연재가 종료되기도 전에 단행본으로 출간되어 많은 독자를 확보했다는 것, 더 나아가 드라마로 제작되었다는 것은 『산하』에 대한 당대의 관심을 방증한다.

건국준비위원회, 조선인민공화국 등 좌파와 막 활동을 시작한 한국민주
당이 중심인 우파의 대립이 본격화되는 추세였다. 『산하』에서는 이러한
역사의 한가운데서 이승만이 초대 대통령으로 정권을 잡고 1960년 4·19
를 계기로 자진 사퇴할 때까지의 서사가 빼곡하게 제시되고 있다. 사실을
재현하고자 하는 이병주의 신념은 『산하』에서도 격랑의 시기에 발생한
역사적 사건을 고스란히 재현하는 것으로 동일하게 유지되고 있다.153)

『산하』에서 이병주가 역사적 사실을 서술하는 전략은 크게 두 가지로
나타난다. 우선 다양한 담론이 그 형식을 유지한 채 서사 내로 유입되고
있다.154) 이들은 필요에 따라 여러 가지 형식으로 제시되는데, 그것은 실
제 인물의 사건 기록이나 증언, 신문 기사인 경우도 있고 허구적 인물의
일기나 메모 형식을 갖기도 한다.

> 여기서 소설의 흐름을 잠깐 중단하고 여순반란사건의 개요를 적어둘 필
> 요를 느낀다.(『산하』 4, 172쪽)

---

153) 손혜숙은 「이병주 소설의 역사인식 연구」(앞의 글)를 통해 『산하』에 등장하는 인물들
　　과 실재인물을 비교하여, 역사가 어떤 방식으로 기술되는지를 밝히고 있다. 『산하』에
　　대해 "역사적 현장을 배경으로, 실존 인물의 서사를 중심으로 하고 있기 때문에 인물
　　들의 목소리가 (작가의 해석과 상상력에 의한) 허구적 서사임에도 불구하고 (실제인
　　듯한) 착각을 하게 되는 것"이라고 설명한다.(괄호는 글쓴이)

154) 이와 관련하여 손혜숙은 「이병주 소설의 역사서술 전략 연구」(『비평문학』 52호, 한국
　　비평문학회, 2011.)에서 5·16을 소재로 삼은 이병주 소설을 대상으로 역사 서술 전략
　　을 밝힌다. 특히 『그해 5월』에 포함된 곁텍스트가 역사적 사건과 평가에 '사실성'을
　　부여한다고 평가하는 동시에 기득권층에 의해 기록된 공적 역사의 허구성을 증명하는
　　영웅 중심의 기존 역사를 비판하고 전복시키기 위한 서사전략으로 작동한다고 분석하
　　고 있다.
　　'곁텍스트'란 제라르 주네트에 의해 만들어낸 용어로 서사와 함께 동반되는 일련의
　　자료들을 지칭한다. 글로 된 서사에 덧붙여진 언어를 총칭하는 것으로, 각 장의 제목,
　　난외 표제, 목차, 서문, 후기, 삽화, 표지와 같이 텍스트에 곁가지로 뻗어 있는 모든
　　자료들을 말한다. 이렇게 곁가지로 뻗어 있는 모든 자료들은 서사를 경험하는 일에
　　크고 작은 영향을 미칠 수 있기 때문에 이들 자료 모두는 서사의 일부라고 할 수 있
　　다.(H. Porter Abbott, 앞의 책, 69~72쪽)

육당 최남선은 3·1운동 30주년을 즈음해서 30년 전 자기가 기초한 독립
선언문이 실린 신문에 아래와 같은 글을 썼다.(『산하』 4, 29쪽)

거창사건은 그야말로 처참한 민족사의 한 대목이라고 할 수 있다. 우선
그 사건의 진상을 김재형 씨의 기록을 통해 살펴보기로 한다.(『산하』7, 10쪽)

소설의 서사가 사실을 고스란히 기록한다하더라도 소설 장르가 근본적
으로 갖게 되는 허구성은 독자의 독서 행위에 영향을 미친다. 따라서 허
구적 인물의 행동이나 대화를 통해 제시되는 사건의 경우, 독자는 그것이
사실의 기록이라 하더라도 사실이라기보다 허구로 인식하는 경향을 보이
게 되는 것이다. 그러나 작가가 직접 표면에 등장해 서사를 요약 제시할
경우, 서사는 중단되지만 작품을 읽어가는 독자는 서사의 배경이 되는 사
건을 보다 정확하게 이해할 수 있는 기회를 얻게 된다. 또한 역사적 사건
에 대한 작가의 직접 서술은 독자에게 신뢰감을 주기 때문에, 실제가 아
닌 순전히 작가의 상상력에 의해 재구성된 역사적 인물의 행위나 대사까
지를 사실로 인식하게 하는 효과를 얻게 된다.155)

『산하』에서 형상화되는 이승만의 행적이 전기적 사실과 일치한다고 해
도 당대를 배경으로 기술된 이승만의 내면 의식이 사실이 아니라는 것은
자명하다. 그러나 독자가, 『산하』가 다루는 역사에 대한 기술을 사실이라
고 인식했다면 그것은 신문 기사, 사건에 대한 실제 인물의 증언, 메모 등
의 삽입과 작가의 직접 서술에 의한 사건의 요약 제시라는 서술 책략에
의한 것이라 할 수 있다. 이들은 역사와 맞물려 진행되는 인물의 서사를

---

155) Wayne C. Booth(최상규 역,『소설의 수사학』, 예림기획, 1999. 238~241쪽 참고)에 따
르면 작중인물에 의해 제공되는 사실이나 요약을 그 인물이니 기권을 해서하는 단서
로 삼아야할 경우, 그것들은 사실이나 요약이나 묘사로서의 신빙성의 일부를 잃게 된
다고 설명한다. 때문에 사실이나 요약의 제시는 작가에 의한 것일 때에 사실을 존속
하게 하고 신빙성 있는 판단을 가능하게 한다.

이해시키기 위한 장치로 기능하는 한편 역사가 기록하지 않은 역사를 기록하겠다는 이병주 자신의 문학적 소명과도 직접 관련을 맺게 된다.

다시 말해 『산하』에서 역사적 사실을 기반으로 하는 서사는 중심인물인 이종문의 서사를 가능하게 하는 배경으로서의 역할만을 하는 것이 아니라 그것 자체로 하나의 서사를 형성하고 있다. 중심인물을 바탕으로 이루어지는 서사를 중단해 가면서도 기사나 기록을 활용하여 당시의 시대상을 세밀하게 제시하려는 노력은 이병주의 소설적 기획의 연장이라 할 수 있다. 그리고 이런 노력이 독자로 하여금 이병주가 제시하는 허구인 소설로 들어온 역사적 사건을 사실로 인식하게 하는 장치로 작용하는 것이다.

이병주 소설의 중심인물은 남성 지식인인 경우가 많다.156) 특징적인 것은 단일한 퍼소나의 입을 빌려 역사를 기술하는 것이 아니라 핵심 서사를 이끌고 있는 인물과 그 주변 인물을 통해 역사적 사실을 전달하거나 그에 대한 판단과 인식을 드러낸다는 것이다. 이에 대해 김종회157)는 이병주의 소설 세계에서 주목해야 할 요체로 해설자의 존재를 꼽으면서, 해설자는 이병주의 여러 소설에 등장하여 보다 더 직접적으로 작가 자신의 체험과 세계 인식을 반영하며 작가는 이 해설자에게 시대와 사회를 바라보고 판단하고 평가하는 자기 자신의 시각을 투영하고 있다고 분석한다.

이병주의 소설에서 해설자는 작가 이병주의 분신이고, 따라서 이병주의 역사인식을 고스란히 반영하고 있다고 하겠다. 잘 알려진 바대로 이병주는 철저한 자유주의자였고, 그것을 소설 속 인물을 통해 구현해냈다. 그러나 이런 이병주의 노력은 회색주의자 내지는 패배주의자라는 오명을 낳기도 하였다. 자신이 한 대담에서 밝힌 것처럼 이병주는 역사가 흑백의

---

156) 이병주의 소설에서 초점자로 등장하는 지식인 인물의 유형과 의미에 대해서는 Ⅳ장에서 더 자세하게 다루려고 한다.

157) 김종회, 「이병주의 「소설·알렉산드리아」 고찰」, 『비교한국학』 16, 국제비교한국학회, 2008. 175쪽.

논리에 의한 승리와 패배의 기록으로만 점철되어 가는 상황에서 그 이면을 추구하기 위해 아무도 찾지 않는 '회색의 군상'으로 눈을 돌렸고, 그것이 인간성과 직결되는 문제라고 여겼다.158) 흑백논리에 의한 승패의 결과에 따라 이루어지는 것이 역사라고 한다면 흑백논리에 의해 생동하는 인물이 아닌 회색의 사상을 가진 인물을 창조해냄으로써 "보다 건강하고 선명한 어떤 바탕에 이를 수 있지 않을까 하는 소망159)"을 드러내고자 한 것이다. 그리고 그런 인물의 시야를 통해 역사를 논평하게 하고 다시 기록하게 함으로써 독자로 하여금 기존의 역사에 대한 재인식의 기회를 제공한다.

『산하』에서 이런 역할을 하는 인물이 이동식이다. 이동식은 이종문의 친구의 아들인 설창규와 같이 학병을 지낸 연유로 이종문의 집에서 하숙을 하며 인연을 맺는다. 이동식의 서사는 이종문과의 관련 속에서 진행되지만 이종문을 객관적인 견지에서 서술하는 역할을 할 뿐만 아니라 제1공화국의 상황을 지식인의 입장에서 해설하기도 한다.

> 마르크스주의가 아니면 모조리 사이비철학으로 모는 공산주의자들의 독선도 물론 견딜 수 없었지만, 반공주의를 내세우기만 하면 경제적으로나 사회적으로 안전한 신분을 보장 받을 수 있는 풍조에 편승해 있는 교육계의 실정도 그로선 견디어낼 수가 없었다.
> 응당 공산주의, 아니 마르크스의 학설을 비판해야 할 대목에 이르러선 절대적인 관권이 탄압하고 있는 시국에 아첨하는 것 같아서 말끝을 흐리지 않을 수가 없었고, 응당 마르크스의 학설을 옳다고 해야 할 대목에서는 신체적인 불안을 느껴 흐지부지해야만 하는, 그런 어색한 상황을 매일매일 겪어야 한다는 것은 그야말로 고통이었던 것이다.(『산하』 5, 49~50쪽)

이동식은 서울대학교에서 철학을 전공한 엘리트로 공산당선언을 읽고

---

158) 남재희 · 이병주, 앞의 글, 242쪽.
159) 위의 글.

도 "흥분은커녕 조그마한 감동도 얻지 못"하며, "우익들에겐 생각을 미쳐 보기도 싫"은 감정을 가지고 있다. "일본군의 쇠사슬에서 풀려나온 학병 동맹의 친구들이 우익의 테러에 처참하게 죽어간 것을 생각"하면 "간이 떨려 견딜 수가 없었"던 때문이다. 지난한 역사의 틈바구니에서 특정 이데올로기를 선택하는 것도, 적절한 포즈를 취하지 않는 것도 고통이었기 때문에 "세상사에 관한 관심은 포기하고" 있는 인물이 이동식이다. 앞서 설명한 바와 같이 이병주는 자신의 학병체험을 작품 곳곳에 녹여내어 그 것이 우리 민족뿐 아니라 그 자신에게도 뼈아픈 과거였음을 감추지 않는 다. 학병에 갈 당시 자신의 민족의식, 세계관, 역사관이 빈약했음을 스스로 인정하며 자기비판을 서슴지 않기도 한다.160) 또 자신과 비슷한 세대의 경우 불완전한 사회 분위기와 체제 속에 명확한 태도를 정하지 못했으며 일정한 태도를 취하지도 못했다고 고백한다.161) 이병주 자신이 말한 바처럼 올바른 세계관과 역사관이 채 싹트기도 전에 급작스럽게 해방을 맞이하고 이데올로기의 갈등과 전쟁의 소용돌이에 휩쓸려야 했던 학병세대가 어떤 사상을 쉽게 선택할 수도, 그 선택을 온전히 유지하기도 힘들었을 것임은 충분히 짐작 가능하다.

> 생명이란 것이 그것을 유지하기 위해서는 갖가지의 형태를 취하지 않을 수 없다는 사상, 얼마든지 추하고 비참하게 될 수 있다는 사상, **역사의 수레바퀴에 치여 죽어야 할 운명**이란 것, 전쟁을 일으키려고 작정한 사람들의 두뇌 속에 있는 불가사의라고밖에 말할 수 없는 그 사고의 메커니즘!
> (『산하』 6, 104쪽)

한편 6·25가 발발하자 이동식은 이종문이 마련한 자동차를 타고 피난

---

160) 송우혜, 앞의 글, 58쪽.
161) 남재희·이병주, 앞의 글, 239쪽.

을 가는 도중 길거리를 걷고 있는 피난민을 바라보며 복잡한 심경을 토로한다. 이동식은 오로지 생명을 유지하기 위해 추함과 비참함을 감수하고 피난을 떠나는 것은 전쟁을 일으키려 작정한 사람들의 사고와 그리 다르지 않다고 생각한다. 이것은 다시 자신의 욕망을 이뤄줄 힘을 가진 이승만을 종교와 같이 숭배하고 있는 이종문과, 불순한 야심으로 전쟁을 시작한 김일성이 의식의 차원에서 같을지도 모른다는 생각으로 이어진다. 그렇다고 하더라도 결국은 모두가 "역사의 수레바퀴에 치여 죽어야 할 운명"에 놓여 있을 뿐이라는 것이 이동식의 인식이며, 이러한 인식을 바탕으로 이동식은 시대를 증언하거나 비판한다.

　한편 『산하』는 무식한 노름꾼이었던 이종문이 정치권력의 핵심에 서기까지의 과정을 세밀하게 그리고 있는 만큼 해방과 6·25전쟁 과정 안에서 펼쳐지는 이종문의 부침이 서사의 중심에 놓인다. 여기서 이종문은 이병주의 다른 인물들이 그런 것처럼 온전히 허구적인 인물은 아니다. 이광훈이 밝혔듯 "자유당 시절 이승만 대통령의 총애를 업고 건설업계를 좌지우지하며 자유당 국회의원까지 지낸 실재 인물"162)인 이용범을 모델로 하고 있음을 확인할 수 있다.163) 그렇지만 실재 인물 이용범을 서사에 그대로 끌어들인 것이 아니라 이승만이라는 거대 권력을 배경으로 펼쳐진 정치적 행보와 일부 정황들만을 선별적으로 가져오고 있을 뿐이다.

---

162) 이광훈, 앞의 글, 297쪽.

163) 이용범은 어린 나이에 부모를 잃고 불우한 환경에서 학교도 다니지 못한 채 성장하다가 20세부터 토건업에 뛰어들었고, 1946년 6월경 마산시에서 대동공업주식회사를 창설해 사장으로 취임한다. 토건업을 운영하던 중 1955년 12월경에는 서울 소재 극동연료주식회사를 인수하여 사장으로 취임하여 경제적 기반을 구축하는 한편 정계에 투신하여 1954년 1월경 당시 집권당이던 자유당에 입당하고 경남 위원장 및 창원군당 위원장을 겸임하면서 1957년 제3대, 1958년 제4대 민의원 의원으로 당선되어 재임하다가 1960년 4·19혁명 이후 전시 자유당 간부 및 민의원 의원직을 사임한다. 국회의원 재임당시 창원군 및 마산시 일원이 '이용범 왕국'으로, 그가 거주하던 오동동 거주지는 '오동동경무대'라 불릴 정도로 막강한 권력을 휘둘러 3·15마산의거의 원인을 제공했으며 정경유착의 원조라는 비판을 받았다.(김주완, 『토호세력의 뿌리』, 불휘, 2005. 137~148쪽 참고)

시간이 거듭될수록 심화되는 이념의 갈등으로 해방 이후 한반도의 정세는 그야말로 혼란 그 자체였다. 그러나 『산하』의 중심인물 이종문은 해방이라거나 한반도를 뜨겁게 달구고 있는 정치 혹은 이념 문제와는 거리가 멀었다. 한반도가 억압에서 놓여난 벅찬 환희의 순간에도 돼지 판 돈을 밑천으로 투전에 열중하고 있었다. "해방이고 달방이고" 이종문에게 중요한 것은 노름판에서 돈을 잃지 않는 것이고, 자신이 딴 돈을 지키는 일이다. 해방이 이종문에게 의미를 갖는다면 그것은 일본 순사 사사키를 의식하지 않고 "외고 펴고 노름을 할 수 있"다는 데 있을 뿐이다. 그런 이종문은 해방이 된 그날 그 시간부터 자기 노름의 끗발이 나기 시작했다는 사실을 상기하고 그것을 운명이라고 생각한다. 막연히 "서울에 가기만 하면 기막힌 운수가 기다리고 있을지" 모른다는 데까지 생각이 이어진 이종문은 그 길로 즉시 아내와 두 아들을 뒤로 한 채 서울로 향한다.

이후 서울에서 펼쳐지는 이종문의 서사는 욕망과 운이 교묘하게 맞물리며 펼쳐진다. 상경하는 기차 안에서 이종문은 차진희라는 여자를 만나 해방 정세에 대해 상세히 알게 된다. 이종문의 운명을 결정지은 '이승만'이라는 이름을 처음으로 듣게 된 것도 기차 안이다. 기차 안의 우연은 또 다른 운명으로 이어지는데, 남성적 욕망으로 차진희에게 치근대던 이종문은 이로 인해 독립투사 양근환[164]을 만나게 된다. 양근환과의 만남은 국내 정세와 시대감각을 익히는 계기가 되었을 뿐만 아니라 훗날 자신의 사업과 정치 인생에 멘토 역할을 하는 문창곡과 성철주와의 관계를 유지하는 근거가 되기도 한다.

특히 이승만과의 만남이 성사된 데에도 이런 반복적인 우연이 작용한다. 차진희의 뒤를 쫓던 중 식당에서 우연히 만난 양근환을 욕보였다는

---

164) 양근환(1894~1950)은 실제 인물로 1921년 친일단체 국민협회의 회장인 민원식을 처단한 것으로 잘 알려진 독립운동가이다.

이유로 매를 맞고, 공산당 본부나 다름없는 정판사 정문에 나붙은 이승만 비방 벽보를 찢어 공산당원들에게 매를 맞는다. 이런 이종문의 시련은 곧 운으로 뒤바뀌는데 매를 맞은 덕분에 양근환을 만나고, 이승만에게 자신의 존재를 알리게 되었기 때문이다. 그런 까닭에 그는 "두들겨 맞기만 하면 운이 트인다."라는 믿음을 가지기에 이른다. 스스로 자신의 삶을 결정지은 것을 운이라 자각하고 있는 것이다.

이종문은 오로지 두 가지 신념을 바탕으로 행동하는데, 그 하나는 '이승만'이고 나머지 하나는 '돈'이다. 막연히 사람들의 입에 오르내리는 이승만이라는 이름을 들으며 "이승만과 자기와는 언제 어디서고 깊은 인연이 맺어질 것이란 믿음 같은 것이 가슴 밑바닥에 고이는 것을 느"낀 이종문은 서울에 와 노름을 해서 처음 번 돈과 아편을 판 돈으로 이승만에게 정치자금-쌀값이라는 명목으로-을 꼬박꼬박 보내고, 이승만을 '아부지'라고 부르며 성심을 다한다. 운명에 대한 막연한 희망과 그에 대한 충실성 덕분에 이종문은 사업가로 승승장구하게 된다.

> "비야, 올라몬 석 달 열흘만 쏟아져라. 방천이란 방천, 다리란 다리는 모조리 떠내려가라. 이종문이 방천을 만들고 다리를 놓아줄끼다. 이종문이 살판난다……."(『산하』 2, 123쪽)

> 대구에서 난리가 나고 고향인 경남에서도 난리가 났다고 들어도
> "제기랄, 빨갱이들 어지간히 지랄하는구나."
> 하고 배짱을 부렸을 뿐 거의 무관심했다. 세상이야 어떻게 되든 말든 자기가 벌여놓은 공사가 잘돼서 돈이 벌리기만 하면 그만이었다.
> (『산하』 2, 227~228쪽)

> '가만 봉께 이 전쟁은 이종문을 부자 맹글아줄라꼬 일어난 전쟁인가.'
> 이런 생각을 하고 있었던 판이니 그의 입 언저리에서 웃음이 떠날 겨를

이 없는 것은 당연했다.(『산하』6, 88쪽)

이종문이 성공할 수 있었던 것은 자신의 욕망을 부끄러워하거나 숨기려고 하지 않고 오히려 욕망의 성취를 위해 최선을 다했기 때문이다. 이종문에게 관심의 대상이 되는 것은 그것이 돈을 벌 수 있는 일인가 아닌가 하는 것이다. 위의 인용문들을 통해 확인할 수 있듯이 사람들이 집을 잃고 길을 잃어도, 서로에게 총칼을 겨누고 있어도 이종문은 관심을 두지 않는다. 이종문은 서사의 처음부터 끝까지 자신의 욕망에만 충실한 인물이기 때문이다.

이처럼 이종문의 서사는 순전히 개인적인 욕망에 의해 이루어지는 행위들이 우연에 의해 정치적 것과 관련을 맺게 되고, 결국에는 운으로 작용하게 되는 구조라고 할 수 있다. 그런 과정에서 이종문은 이병주 소설의 주요 인물과 다른 면모를 보이게 된다. 여타 작품에서 이병주의 인물이 역사의 파고 속에서 희생당하는 무력한 개인을 표상한다면, 이종문이라는 인물은 오히려 자신의 욕망을 성취하기 위해 암울한 시대 상황을 적절하게 활용하는 영민함을 보인다. 그러나 이종문의 성공 이면에는 매관매직, 부정축재, 부정선거라는 비판적 요소들이 내재되어 있다. 이승만을 등에 업은 이종문의 성공은 온갖 비리들로 얼룩진 것이었기에 이승만 정권이 쇠락함에 따라 이종문의 시대 역시 막을 내리게 된다.

『산하』는 곁텍스트를 활용하여 역사 기술의 사실성에 무게를 두는 한편 불합리한 시대를 객관적으로 바라보고자 하는 지식인 이동식의 서사를 통해 역사에 대한 재인식의 기회를 제공하고 있다. 이를 통해 독자는 근대사의 파고를 보다 사실적으로 인식할 수 있게 된 셈이다. 여기에 욕망과 운명으로 혼란한 시대를 살았던 인물의 서사를 핵심에 놓는 구성을 가지고 있다. 앞서 살펴본 것처럼 '이종문'은 이병주 소설의 다른 인물과는 확연한 차이를 가지는 인물이다. 『관부연락선』의 유태림과 『지리산』
의 박태영이 역사라는 거창한 이름에 짓눌려 소리 없이 사라지고, 이형식
과 이규, 이동식이 끔찍한 역사를 오롯이 지켜보면서도 행동하지 못하고
절망한 것과 다르게 폭압적인 역사 속에서 적극적으로 자신만의 또 다른
역사를 만들어 낸 것이 바로 이종문이다. 그러므로 이종문이라는 인물이
함의하고 있는 것을 어두운 역사가 만들어낸 부정적 인간 유형에 대한
비판으로 해석하는 것은 지나치게 단순한 결론일 것이다.

　무식한 노름꾼에 불과했던 이종문은 시대를 읽어내는 일견 예리한 감
각을 가지고 있었고[165], 그것은 작가 이병주가 갖는 시대 인식과 종종 겹
치기도 한다.

　　"국치일 기념대회에 안 나갔다고 꾸지람이신디 선생님 절 좀 봐주이소.
　국치일은 한일합방한 날이람서요. 일본놈에서 욕 먹은 날이라꼬 그래 국치
　일이라꼬 한담서요. 생각해보이소. 지금 국치일 들먹이게 됐습니꺼. 어느 놈
　은 젠장, 미국놈 똥을 못 빨아묵어서 야단이고, 빨갱이는 나라를 아라사에
　팔아묵을 라꼬 야단이고, 그래갖고 매일 부끄러운 짓만 하고 있는디 그런
　것 말리지 못하고. 젠장, 서울 한구석에 모여 국치일 기념이니 뭐니 하는
　건 웃기는 일 아닙니꺼. (…) 한일합방을 반대하고 40여 년을 항일을 하면서
　독립운동을 하신 이승만 박사를 몰라보는 것만도 뭣한디 악질반동이란 욕
　까지 예사로 퍼붓는 놈들이 우굴우굴하는 판에 국치일 기념을 하몬 우찌
　된다는깁니꺼."(『산하』 2, 191쪽)

　양근환이 '국치일 기념대회'에 참석하지 않은 이종문을 질책하자 이종

---

165) 여순반란사건으로 골치를 썩고 있는 이승만에게 이종문은 싱글거리는 얼굴로 나타나
　　"여순반란사건은 대한민국의 복"이며, "철저하게 빨갱이를 없애버리라는 옥황상제의
　　지시"이며 그것이 우리나라의 '운'이라고 말한다 익견 터슈해 보이지만, 반공에 대한
　　의지가 철저했던 이승만에게는 적절한 조언이다.(여순반란사건 이후 이승만은 좌익
　　세력 색출을 위한 국가보안법을 마련하고 대대적인 좌익 탄압을 시작하고 반공체제
　　를 강화했다.)

문은 문창곡에게 전화로 변명을 한다. "어느 놈은 미국놈 똥을 못 빨아묵어서 야단이고, 빨갱이는 나라를 아라사에 팔아묵을라꼬 야단"인 상황에 국치일 기념 대회는 "웃기는 일"이라는 것이다. 해방 직후 이데올로기의 대립으로 인해 심각한 갈등 국면에 있었던 국내 상황을 짧고 강렬하게 표현한 이종문의 대사는 이병주로 하여금 옥고를 치르게 했던 논설의 핵심과 맞닿아 있다.

> 무장을 엄하게 한 장정이 한편은 북으로 한편은 남으로 경계의 눈을 부릅뜨고 있다.
> 누가 누구를 경계하는 것이냐?
> 어디로 향한 총부리냐?
> 무엇을 하자는 무장이냐?(…)
> 혜산진에서 제주도에 이르기까지 이 아담한 강토가 판도로서 스칸디나 아반도의 나라들처럼 복된 민주주의를 키워 그 속에서 행복하게 살고 싶다. 이렇게 되기 위한 준비의 시간으로서 1961년의 해를 활용해야만 한다. 통일을 위해서 민족의 전 역량을 집결하자!
> 이 비원 성취를 위해서 민족의 정열을 집결하자!166)

이승만 정권이 권력의 유지를 위해 비민주적인 부정선거를 저지르자 이에 반발하던 학생과 시민들은 마침내 거리로 뛰쳐나온다. 4·19로 인해 이승만 정권이 자진 사퇴하고 마침내 독재체제에서 해방되자 국내 정세는 잠시나마 안정되어 갔다. 이런 상황에서 통일에 대한 논의가 적극적으로 이루어지기 시작하는데『국제신보』주필로 근무하던 이병주는 1961년『국제신보』연두사를 통해 '통일'의 중요성과 의지를 강조한다. 흔히 알려진 것처럼 이병주는 반공주의자도 아니고 사회주의자도 아니다. 앞서 살펴본 바와 같이 이병주는 해방과 6·25를 거치는 동안 인민군과 국군에게 각각 고

---

166) 이병주, '통일에 민족역량을 총집결하자', 『국제신보』年頭辭, 1961.1.1.

초를 겪는 등167) 극단적인 상황에 처한 경험이 있는데 이런 경험들은 그로 하여금 이데올로기에 대한 거부감을 불러일으켰고, 이는 이데올로기에 앞서는 것이 인간이라는 인식의 근간이 되었다. 그리고 이것은 비단 이병주만이 가진 독특성이 아니라 당시 지식인의 일반적인 경향에 다름 아니며,168) 이는 곧 『산하』에서 이병주의 분신인 이동식에게서도 드러난다.

> 이동식의 생각으론 당면한 민족의 최대 문제는 38선이고 남북관계인 것이다. 38선 문제 이상으로 무슨 절실한 문제가 있단 말인가. 38선을 두고 어떻게 자주독립이 가능하단 말인가. 38선을 두고 어떻게 민주주의를 생각할 수 있단 말인가. 진정으로 민족의 문제를 생각한다면 첫째 38선에 대한 소신을 밝혔어야 옳았다.(『산하』 5, 95~96쪽)

이동식은 김구의 죽음으로 비통함에 빠진다. 김구의 죽음을 목도한 이동식은 김구가 쓴 '사랑하는 삼천만 동포에게'라는 호소문을 읽으며 "민족, 민족 하고 염불하듯 들먹인 선생인만큼 그분을 통해 민족지도자로서의 민족적인 한계를 느껴야 했다는 것이 유감스러운 일"이라고 생각한다. 왜냐하면 이동식은 우리 민족에게 가장 중요하고 시급한 문제는 남과 북으로 나뉜 민족을 통일하는 것이라고 생각했기 때문이다. 통일이 최우선 과제이며 따라서 통일이 된 후에야 자주독립도, 민주주의도 가능하다는

---

167) 이병주는 6·25 당시 진주가 함락됨에 따라 인민군에 의해 '경남 문화 단체 총연맹 위원장' 등의 감투를 써야했고, 이는 진주 수복 이후 부역했다는 빌미로 제공되어 고초를 겪어야 했다.(송우혜, 앞의 글, 58~59쪽)

168) 『대통령들의 초상』(서당, 1991. 52쪽)에서 이병주는 "대부분 인텔리들은 극우도 극좌도 싫어하는 마음의 경향을 가지고 있다. 좌우 합작으로 인한 온건한 정부가 소원일 때 이승만의 완고함은 솔직한 얘기로 거부반응을 일으키기도 했다. 설혹 공산당과의 합작까지는 불가능하다고 해도 김구·김규식을 포용한 채 여운형의 세력과 합작할 수 있지 않았을까 하는 아쉬움이 미련처럼 지식인의 뇌리에 도사리고 있었던 것이다. 그런데 그것이 설익은 정치인식이 빚은 환상이었다는 것을 정세의 변화에 따라 나는 깨닫게 되었다."고 기술한다.

이동식의 인식은 곧 이병주의 인식이기도 하다.

한편 이병주는 이종문과 이승만의 공통점을 송남수의 입을 빌려 직접 밝히며 두 인물을 연관 짓는다. 송남수는 이종문과 이승만이 철저한 마키아벨리스트라는 점에서 닮았다고 평하는데,[169] 송남수가 이종문과 이승만의 공통점으로 꼽은 것은 목적을 위해서는 수단과 방법을 가리지 않는 적극성과 실천력이다. 이런 적극성과 실천력이 없었다면 이종문과 이승만의 관계는 맺어지지 않았을 것이고, 이종문의 운명이 그처럼 바뀌는 일은 일어나지 않았을 것이다. 이종문의 운명은 해방을 시작으로 변화하기 시작해 독립운동가로 미국에 머무르던 이승만이 한국으로 돌아와 정권을 잡고 득세하면서 확연히 달라진다. 노름꾼이었던 이종문은 돈에 대한 충실한 욕망과 이승만이라는 권력을 배경으로 제1공화국을 지나는 동안 성공한 사업가이자 정치인으로 절정을 맞게 된다. 그러나 이승만과 함께 시작된 운은 이승만의 쇠락과 함께 끝을 맞게 된다. 이렇듯 나란히 병치된 이종문과 이승만의 서사는 삶에 대한 그들의 태도와 운명이 결코 다르지 않음을 보여주는 동시에 그것이 개인의 문제에 국한되는 것이 아니라 시대의 문제로까지 연결된다.

이러한 개인의 욕망과 우연, 역사의 문제에 관한 이병주의 인식은 『산하』의 서두 부분을 통해 보다 확연하게 드러난다. 『산하』는 일본 천황 히로히토의 항복 선언에 대한 트루먼, 스탈린, 처칠, 드골, 모택동의 심경을 서술하는 것으로 시작된다. 그들은 국내외 정세와 관련해 각기 다른 생각에 사로잡혀 있지만 그 생각의 근저에 있는 것은 '자국'으로 포장된 '자신'의 이익이거나 자신의 명예를 지켜내는 방편에 관한 것이다. 반면 제

---

169) 이병주(『대통령들의 초상』, 앞의 책, 31~43쪽)는 이승만 대통령을 이해하는 데 중요한 것으로 카리스마와 마키아벨리즘을 꼽으면서, 이승만은 카리스마와 마키아벨리즘이 조화를 이루는 인물이라고 평가한다.

국주의의 식민지였던 나라의 수장인 네루, 호치민, 우누 등은 각기 조국의 독립을 위해 고민하고 있는 것처럼 보인다. 그러나 이병주는 "김구와 이승만이 가장 순수한 심정으로 겨레와 조국을 사랑한 것도 바로 이 순간이 아니었을까 한다."(『산하』 1, 12쪽)라고 서술함으로써 민족의 이데올로기 싸움 앞에서 허망하게 죽임을 당한 김구도, 그 싸움에서 승기를 잡아한 나라의 대통령이 되었던 이승만도 결국 순수하게 겨레와 조국에 대한 사랑만을 가지지는 않았을 것이라는 인식을 감추지 않는다.

이는 다시 '무식쟁이에 노름꾼'이었던 이종문이 자신의 부귀와 영달을 좇는 장면과 교차될 수밖에 없다. 결과적으로 놓인 자리가 어떠하든 개인은 그저 자신의 욕망과 신념을 지키려고 애쓸 뿐이라는 것이 이병주의 결론이 아닐까 한다.[170] 이병주는 이종문과 이승만이라는 인물이 빚어내는 서사를 병치시킴으로써 개인적인 욕망과 신념을 이루기 위한 노력의 과정이 역사가 이루어지는 방식임을 보여주려 했던 것이라 할 수 있다.

즉 이병주는 『산하』에서 역사 자체에 대한 비판이나 기록을 넘어서 역사가 이루어지는 방식에 관한 문제를 다루고 있다 하겠다. 역사를 역사이게 하는 것 역시 어떤 특별하고 거대한 어떤 힘이 아닌 일상을 사는 개인의 욕망일 수 있음을 이종문과 이승만의 서사를 병치하여 드러내고, 개인의 욕망에 의해 이루어진 역사는 허망하다는 결론을 이끌어낸다. 이

---

[170] 이러한 인식은 사업가로 정치에 뛰어든 부산 출신 사업가 장도근의 입을 통해 직접 기술되기도 한다.
"선거연설은 어떻게 합니까?"
이동식이 흥미가 없지도 않아 이렇게 물어보았다.
"연설? 마구 털어놓지, 별수 있습니꺼. 아무리 좋은 소리 해싸도 국회의원이 될라쿠는 건 제 잘 도리 라꼬 될라쿠는깁니다. 나라를 위한다꼬? 천만의 말씀. 민족을 위한다꼬? 천만의 말씀. 국회가 아무리 벼든나꼬 징지끼 길딥니끼? 이승만 대통령 고집 꺾을 수 있습니까? 하기야 자기도 잘되고 나라가 잘되몬 그 이상 바랄 것이 없을깁니다. 나름대로 나라 잘되게 안 할 사람 없습니다. 그러나 자기가 잘될라꼬, 우선 그 욕심으로 국회의원 할라쿠는기지 별수 있소?(『산하』 7권, 118쪽)

는『산하』의 결말이 무소불위의 권력을 누리던 독재자 이승만은 타국에
서 죽고, 하늘을 찌를 정도의 세도를 누리던 이종문 또한 쓸쓸한 죽음을
맞는 것으로 드러난다. 그리고 이종문이 생명의 위험을 무릅쓰고 평양에
서 가져온 수십억 원어치의 금괴 역시 세월의 흐름 속에 영원히 묻히게
되는데, 이병주는 이런 역사를 "아아, 이 산하! 이 땅에 생을 받은 사람이
면 좋거나 나쁘거나, 잘났거나 못났거나 모두 이 산하로 화하는 것이다.
이미 이종문은 산하로 되어버렸다. 살아 있는 사람은 일단 산을 내려가야
하는 것이다."(『산하』7, 289쪽)라고 기술한다. 욕망의 크기나 시대에 미친
영향력과는 상관없이 한 사람의 인생은 결국 죽음으로 끝이 나고 종내는
기록으로 남을 뿐이라는 인식. 훗날 역사로 기록되는 이승만도, 소리 없
이 사라진 이종문도 그저 산하로 화할 수밖에 없다는 인식을 통해 이병
주가 말하는 역사는 허망한 것임을 알 수 있다.

> 사실 소설이라고 하는 것이 여러 가지 복합적인 요소가 많고 또 많은 사
> 명을 지니고 있겠지만 그중 가장 큰 것인 흔히 쓰이는 오소독스한 역사의
> 식이 반드시 역사 그 자체를 옳게 전하지는 못하는 면이 많다는 겁니다. 말
> 하자면 지도자 중심이거나 혹은 정권 중심으로 내려간다든지 또는 영웅주
> 의적인 것으로 나타난다고 해도 그 사이에 여러 가지 배치되는 요소가 있
> 고, 지식인의 고민이 있고, 서민의 애환이 있고, 하는 게 아닙니까? 우리가
> 역사 그 자체를 배경으로 볼 때 그것은 유형화된, 정리된 일종의 문서로서
> 생생한 민족의 슬픔이라든지 인간의 애환이나 기쁨 등등을 알뜰하게 표현
> 할 수 없는 것입니다. 그런데 소설은 그런 역사의 뒤에서 생략되어버린 인
> 간의 슬픔, 인생의 실상, 민족의 애환 등을 그려서 나타내주는 것이 그것의
> 큰 역할이라 하겠습니다.[171]

이병주는 소설을 통해 역사라는 거대 담론 뒤에 가려진 '인간'의 삶을

---

171) 남재희·이병주, 앞의 글, 237쪽.

다루려고 했으며, 그것이 문학의 역할이라고 믿었다. 그것은 이병주가 역사가 가지고 있는 한계를 분명히 인식하고 있기 때문이기도 하다. 『산하』에서 보는 바와 같이 역사란 필연적인 인과관계나 거대한 신념에 의해 이루어지는 것이 아니라 우연적인 힘과 개인의 욕망에 의해서 이루어지기도 하며, 따라서 "악을 선화(善化)"172)하는 등의 오류를 사실인 것처럼 기록하기도 한다. 그러다보니 정작 그 과정에서 신음하는 인간의 삶은 기록에서 배제되기 일쑤였다. 그래서 이병주는 생략될 수밖에 없었던 '인간'의 삶 그 자체를 기록하는 것이 문학의 역할이라 여겼던 것이다.

## 2) 운명과 원한이 작용하는 현실

인간은 과거와 '연루(implication)'173)되어 있다. 현재적 관점에서 우리가 영유하고 있는 구조와 제도, 개념 등은 과거의 선조들이 형성해 놓은 역사적 산물이다. 그런 행위들이 오늘의 우리의 의지와는 관계없이 이루어졌다 하더라도 그러한 행위 덕분에 현재의 우리가 존재한다는 측면에서 '연루' 자체는 피할 수도, 거부할 수도 없는 것이다. 그리고 과거와 연루된 사람들은 제거되지 않는 과거의 상흔으로 인해 현재의 일상을 온전히 영위하지 못하는 어려움을 겪기도 한다. 소설 문학의 많은 경우, 특히 한국

---

172) 이병주, 「인간에의 길」, 『불러보고 싶은 노래』, 정암, 1986. 80쪽.("로오마의 성벽, 그 대가람(大加藍)등은 혹독한 노예노동으로 이루어졌다. 비인간적인 혹사가 만들어낸 로마의 성벽을 인간문화의 성과로서 찬양하기는 하되, 오늘날 그 인간 혹사의 탓으로 비난하는 사람은 없다. 중국의 만리장성도 마찬가지다. 노동자의 권익을 옹호하는 것을 제일의적인 사명으로 한다는 중공이 백성의 고혈로써 된 그 만리장성을 그들의 문화적 유산으로서 과시하고 있다.")

173) Tessa Morris-Suzuki(김경원 역, 『우리 안의 과거』, 휴머니스트, 2006. 44~46쪽)는 우리가 과거와 맺는 관계를 '역사적 책임'보다 폭넓은 의미로 '연루'라는 개념을 고안한다. 역사상 저질러진 폭력이나 탄압 행위에 직접 가담하지 않은 후손들 역시 과거의 사건의 결과가 만들어낸 혜택을 누리고 있으므로 온전히 그 과거와 단절되어 있다고 보기 어렵다. 따라서 그 역사적 책임에서 온전히 자유로울 수 없으며 어떤 방식으로든 과거와 결부되어 있다는 것이다.

소설에서 과거와 연루되어 역사적 사건의 상흔을 껴안고 살아가는 사람들의 삶은 빈번하게 다루어지는 소재이다. 식민지, 전쟁, 독재 정권의 폭압 등 짧은 기간 동안 한 민족이 겪을 수 있는 수난을 모조리 겪었던 만큼 인간의 삶에 뿌리를 두고 있는 소설 문학이 그것을 외면하지 못했을 것임은 충분히 짐작할 수 있다. 따라서 소설을 통해 그 사건들의 당사자인 인물과 과거와 연루되어 여전히 신음하는 인물들을 제시하는 방식으로 우리 민족의 과거를 되짚는 것은 불가피한 선택이었음이 분명하다. 과거와 만나는 일은 어떤 경우든 순수한 지식과 함께 감정과 상상력을 동반하게 되는데 과거에 관한 지식은 개인적인 아이덴티티를 이끌어낼 뿐 아니라, 이 세계에서 어떻게 행동할까를 결정하는 실마리가 되기도 하기 때문이다.174)175)

『운명의 덫』176)은 범죄 사건에 휘말려 삶을 훼손당했던 인물이 자신의 인생을 회복하는 과정을 보여준다. 소설은 살인 혐의로 사형을 선고받고 20년 복역 후 석방된 남상두가 자신이 교사로 일했던 S읍으로 돌아오는 장면에서 시작된다. 그가 다시 S읍으로 돌아오는 것은 제자를 임신시키고 살해한 혐의로 억울하게 누명을 썼던 23살, 과거 자신의 무죄를 입증하기

---

174) 위의 책, 42~43쪽.
175) 손혜숙은 그의 학위논문에서 「예낭풍물지」의 '예낭'이라는 가상의 공간을 살고 있는 인물들이 모두 "지난한 과거의 역사와 연루된 삶을 살고 있"으며, "청산되지 않은 과거 역사로 인한 피해가 끊임없이 반복되어 상처가 봉합될 틈도 없이 덧나고만 있다"고 설명하였다. 이밖에 『행복어사전』의 윤두명과 윤소영, 『여인의 백야』의 여성 인물들과 『낙엽』의 주인공들을 통해 과거에 연루되어 살아가는 현재적 인물들의 의미를 보여준다. 이 글의 논의도 이와 맞닿아 있지만 여기에서는 운명으로밖에 설명될 수 없는 과거와 현실의 관계, 역사적 사건에 의해 여전히 과거를 살고 있는 인물에 초점을 맞추어 논의를 진행하려고 한다.
176) 1979~1980. 「별과 꽃의 향연」이라는 제목으로 영남일보, 대전일보, 제주신문에 연재되었고, 1981년 문음사에서 『풍설』이라는 제목으로 단행본이 발간된다. 이후 1987년 문예출판사에서는 『운명의 덫』이라는 제목으로 출간되었다. 이 글은 문예출판사 간행본을 대상으로 한다.

위해서이다.

"그러나 이십 년 간의 징역살이가 끝나긴 해도 사건은 끝나지 않았다는 것을 알았어. 나는 기어이 그 사건을 종결지어야 한다고 마음을 먹은 거지. 그걸 종결짓지 않곤 한 걸음도 앞으로 나갈 수가 없어. 그런 이유 때문에 나는 S읍을 찾아온 거야. 반년 동안이나 망설인 끝에 찾아온 거야. 내가 이곳을 찾아온 까닭을 나도 확실히 알 수가 없어. S읍에 왔다고 해서 그 사건을 종결지을 수 있을 것인지, 없을 것인지도 몰라. 그저 여기 와 보면 무슨 작정이 서지 않을까 하는 막연한 생각뿐이야. 과연 그 사건의 진상을 알 수 있을 것인지 또는 내가 내 마음을 납득시킬 계기를 찾을 수 있을 것인지 그것도 몰라. 하여간 나는 어떠한 수단, 어떠한 형태로건 그 사건의 결말을 보지 않곤 아무 일도 못하겠어!"(『운명의 덫』 上, 43쪽)

억울한 누명을 쓴 남상두는 과거를 과거로 흘려보낼 수가 없다. 새로이 삶을 시작하기 위해서는 과거가 남긴 상처를 확인하고 치유해야 한다고 생각한 탓이다. 제자를 살해했다는 혐의로 복역해야 했던 남상두의 지난 20년도 물론 그렇거니와 출소 이후 현재 남상두의 삶을 지배하는 것 또한 과거의 사건이다. 그래서 남상두는 사건이 일어났던 마을로 돌아와 "20년 전의 어느 날과 지금의 시간과의 이중의 시간대가 묘하게 얽히고 설켜 환각과 현실 사이를 오락가락하는 기분"(上, 68쪽)을 느끼며 제자를 살해한 진범을 찾기 위해 고군분투하는 것이다. 그리고 이 모든 것은 제목에서도 유추 가능한 바 '운명'으로 설명된다. 이병주는 『운명의 덫』의 기획에 대해 "4·19, 5·16, 10·26을 겪는 동안에 우리는 많은 운명적 사건을 목격하고, 자칫 만사를 운명적, 숙명적으로 보아 넘기고 싶은 심성(心性)의 위험에 놓이게" 되고 그 와중에 "많은 사람이 스스로는 책임질 아무 짓도 하지 않았으면서도 운명의 작회(作戱)라고밖엔 할 수 없는 함성에 빠져들어 유위(有爲)한 장래를 망치고 심지어는 비명(非命)에 쓰러"진 현실을 목도하고 "억울한 운명에 함께 눈물을 흘리며 그 재생(再生)의 기록을 이 소설(小說)에서 시도"177)한 것이라고 설명한다. 즉 운명 이외의 것으로는 설명하기 어려운 삶의 실상과 가혹한 운명으로 인해 원한을 가진 인간이 인간을 복원하는 과정을 소설로 재현하고자 했다는 것이다.

이런 의도는 남상두가 과거 사건을 해결해 가는 과정에서도 동일한 방식으로 적용된다. 남상두가 빠진 '운명의 덫'의 정체가 밝혀지는 데 결정적인 계기로 작용하는 것은 논리적인 인과 관계가 아니라 남상두의 "직관"이다. 지난 사건에 대한 명확한 단서가 드러나지 않았음에도 불구하고 자신과 함께 근무했던 체조교사 선창수가 주는 음흉하고 불길한 느낌, 선창수가 죽은 윤신애의 이복언니와 재혼한 사실 등을 근거로 살인 사건을 '상상'하게 되는데 이후 남상두의 이러한 상상은 점차 사실인 것으로 확인된다.

운명으로밖에는 설명할 수 없는 과거와 현재의 영향 관계는 『꽃의 이름을 물었더니』에서도 강조되는데 특히 액자 구조의 서사가 그것을 극적으로 드러내는 데 일조하고 있다. 현재를 배경으로 하는 바깥 이야기는 장검사가 박태열이라는 남자의 자살을 방조한 죄로 백정선이라는 여자를 조사하는 내용이다. 그러나 장검사는 백정선의 태도와 분위기에서 그녀가 범죄와 관련이 없을 것이라는 느낌을 받는다. 그리고 서사는 과거, 즉 독립운동가의 자손인 박태열과 일제시대 친일인사의 자손인 백정선이라는 청춘남녀의 사랑을 다룬 안 이야기로 진입한다.

> ① "(…) 아버지의 얼굴에 분노가 솟았읍니다. 그리고는 나직했으나 거칠은 목소리로 이 뼈다귀도 없는 낙지같은 놈을 어디다 써먹겠면서 통신부를 집어 던졌읍니다. 그리고 또 묻는 말이 학교에서 선생이나 친구들이 말

---

177) 『운명의 덫』, 위의 책, 작가의 말, 531쪽.

하는 것이나, 행하는 것이 일일이 네 마음에 드느냐는 겁니다. 마음에 안들
바도 아니란 답을 했죠. 그랬더니 아버지는 정말 화를 냈습니다. 마음에 안
드는 일이 있어도 참는다면 또 모르되 도통 마음에 안드는 일이 없다는 것
은 내가 뱃이 없는 증거라는 겁니다. 뱃이 없는 놈은 남의 종놈이 되기에
알맞다나요. 이러다간 일본놈 종을 만드는 꼴이 되겠다면서 학교엘 가지 못
하게 했습니다……"(『꽃의 이름을 물었더니』, 43쪽)

② "나는 일본인과 한국인은 일체가 되어야만 한다는 신념을 갖고 사는
사람이다. 두고 봐라, 일본은 앞으로 세계를 지배할 것이다. 만주도 이미 일
본의 수중에 들어갔다. 지나(支那)도 그 3분의 2는 일본의 수중에 있다. 장
개석은 오지에 몰려 그 잔병은 얼마를 남기지 않았다. 우리 조선인은 일본
과 일체가 됨으로써 장차 세계에 큰 소리를 할 수 있는 거다. 그런데 조선
독립을 해야겠다는 잠꼬대 같은 소리를 지껄이고 있는 놈이 있으니 그게
사람이냐? 어림도 없는 일! 일본에 반역하는 놈은 곧 우리를 반역하는 놈이
며, 나를 적대시하는 놈이다. 즉 나를 적대시 하는 놈은 일본에 반역하는
놈이다. 일본에 반역하지 않는 놈이 나를 무시할 까닭이 없다. 나는 그런
놈을 용서하지 않는다……"

백정선은 언젠가 사랑에다 손님들을 모셔놓고 아버지가 이런 기염을 토
하는 것을 들은 적이 있었다. 그리고 백정선은 아버지의 말을 그저 당연한
것으로 알고 있었다.

백정선이 다니고 있는 원산고등여학교는 일본 여학생을 위해 만들어진
학교였는데 자기가 왜 하필이면 그런 학교에 다니고 있는가에 관해서 이상
하게 생각한 적도 없었다. 그러니 독립운동을 하는 사람이 있다고는 들었지
만, 아버지의 말따라 그들은 지각이 모자라는 사람이 아니면 특별히 나쁜
사람들일 것이라고만 알고 있었던 것이다.

(『꽃의 이름을 물었더니』, 34~35쪽)

인용된 글 ①에서 보듯 박태열은 1등인 성적표를 받고도 "뱃이 없는
놈"이라는 말을 들어야했다. 철저한 독립투사였던 박태열의 아버지는 "뱃
이 없는 놈은 남의 종놈이 되기에 알맞다"며 학교 제도에 순응하여 최고

의 성적을 받는 것에 대해 "일본놈 종을 만드는 꼴"이라고 분노하면서 박태열을 학교에 가지 못하게 한다. 독립운동을 하는 아버지 밑에서 자란 탓에 "순사가 나타날지 모른다는 본능적인 공포"를 가져야 했고 "집안을 둘러싸고 있는 공기가 너무나 무거웠기 때문"(42쪽)에 장난 한번 치지 못할 정도로 어둡고 수동적인 삶을 살았던 박태열은 매사 조심하는 성격을 가질 수밖에 없었다. 박태열은 아버지 박치우가 독립운동을 하는 때문에 아이다움보다는 조심성을 먼저 익혀야 했던 것이다.

반면 인용된 글 ②는 상공회의소 부회두이자 원산의 유지이며 "일본인과 한국인은 일체가 되어야만 한다는 신념을 갖고" 살 정도로 철저하게 친일 사상에 빠져 있는 백재성의 발언이다. 혹독한 일제 식민지의 국민으로 살면서도 백정선은 단 한 번도 아버지 백재성의 말이나 태도에 의심을 품지 않았다. "아버지의 말을 그저 당연한 것"으로 받아들이며 일본 여학생을 위해 설립한 '원산고등여학교'를 다니면서도 한 번도 그 사실에 의문을 품지 않은 것은 물론이고, 나라를 잃었다는 것, 제국주의의 식민지가 된 나라에 산다는 것이 어떤 의미인지 전혀 모른 채 살아왔다. 독립운동하는 사람들에 대해서도 평소 아버지가 말했듯 "지각이 모자라는 사람이 아니면 특별히 나쁜 사람들일 것"이라고 생각한 것이 전부이다. 백정선은 아버지의 뜻과 상반되는 성향을 가진 박태열을 사랑함으로써 아버지의 그늘에서 벗어나는 것처럼 보인다. 하지만 한 인간이 쌓아온 인식은 한순간에 쉽사리 바뀌지 않는다. 일본의 패망을 조용히 점치는 박태열을 보며 "위험 인물"이라 생각하기 때문이다. 물론 그런 백정선의 생각은 사랑으로 극복되지만 그것은 박태열을 이해하고 인정하는 것이 아니라 "위험한 인물이라고 해도" 그를 사랑하겠다는 식으로 표현된다. 즉 박태열의 사상이 위험한 것이라는 인식에는 변화가 없다는 것이다.

박태열과 백정선의 대조되는 상황은 비단 독립투사와 친일인사의 대비를 통해 선과 악의 대비를 여실히 보여주기 위한 것이 아니다. 친일파인 백재성에 대한 박태열의 "싸늘한 시선"도, 아버지의 친일 언동에 대한 백정선의 무지도 결국은 아버지로부터 물려받은 유산일 뿐이다. 시대적 상황에 대한 가치판단을 할 겨를도 없이 각각 아버지에 의해 마주하게 되는 상황들이 박태열과 백정선의 현재를 지배하고 있는 것이다. 사회적 상황과 공동체가 마련한 질서가 개인에 미치는 영향 관계에 대해서는 새삼 설명할 필요도 없을 것이다. 특히 가장 작은 공동체인 가정은 개인의 정체성 형성에 결정적인 역할을 한다. 그러나 분명한 것은 박태열과 백정선이 과거의 어떤 것도 스스로 '선택'하지 않았음을 강조하고 있다는 사실이다. 박태열은 "친일파의 딸이라고 해서 절 경멸하시진 않겠어요?"라고 묻는 백정선에게 "독립파라고 해서 자랑스러울 것도, 친일파라고 해서 부끄러워할 것도 없다고 생각해요 난."(46쪽)이라고 대답한다. 박태열이 독립파의 아들로 태어난 것이 그의 선택이 아니었듯, 백정선이 친일파의 딸인 사실 스스로 역시 선택할 수 있는 것이 아니라는 인식이 있었던 것이다. 그들은 일제의 폭압이나 그에 대한 삶의 태도 등을 선택할 권리를 애초에 부여받지 못했다. 다만 과거의 사건이 현재의 시점까지 지속되고 있고 과거의 사건에 연루된 채 과거의 지배를 받고 있다는 측면에서 그들은 '타자'(他者)에 불과하다. 그리고 이런 인식은 '운명'[178]에 대한 체관(諦觀)으로 바뀐다.

　① 만일 그때 박태열이 이 편지를 쓰는 대신 백정선을 만나기만 했더라면 백정선은 어떠한 수단을 써서라도 박태열을 따라갔을 것이었다. 백정선

---

178) 노현주는 '운명'에 관련 이병주의 인식을 "시대적 상황과 시대적 이념 등이 이미 개인 존재의 영역과 떼려야 뗄 수 없는 공동적인 것이라는 사실을 말하기 위해 선택된 것"이라고 보고, 이것이 고바야시 히데오의 영향이라고 설명한다.(「정치의식의 소설화와 뉴저널리즘」, 앞의 글, 349~352쪽)

은 언제이건, 어디에서건 태열이 있는 곳을 알리는 소식을 듣기만 하면 부
모형제 몰래 빠져나가기 위해서 만반의 준비를 다 해놓고 있었던 것이다.
　그렇게만 되었던들 박태열과 백정선은 전연 다른 운명의 길을 걷게 되었
을지도 모를 일이다. 그러나 이런 말은 하나마나한 소릴 뿐이다.
(『꽃의 이름을 물었더니』, 183쪽)

　② 이젠 아무 것도 없소, 지금부턴 목숨이 있으니까 숨을 쉰다는 그 의미
로서 살아갈 밖에 없소. 그러나 나는 아무 것도, 누구도 탓하지 않겠소. 운
명이니까요. 운명은 얼마든지 가혹할 수 있는 거니까요. 사람은 스스로의
운명에 충실해야 하는 겁니다.(『꽃의 이름을 물었더니』, 228~229쪽)

'꽃의 이름을 물었더니'라는 제목처럼 금강산에서 우연히 만나 꽃의 이
름을 물은 것을 인연으로 하는 두 사람의 사랑을 통해 암울한 시대 상황
속에서 극명하게 대조적인 가치관을 가진 집안이라는 현실적인 조건은
극복되는 것처럼 보인다. 그러나 불안정한 국내 정세로 인해 둘은 이별을
맞게 된다. 고모의 집에 숨어지내며 간신히 학도병 입대일을 피한 박태열
은 곧 조부와 재회하게 되는데, 박태열의 조부는 학병을 기피한 사람들에
게 닥칠 징용이나 징역을 걱정해 박태열에게 집을 떠나있으라 명령한다.
집을 떠나면서 박태열은 사랑의 맹세와 결혼 승낙 소식을 담은 편지를
백정선에게 남긴다. 이런 상황에 대해 서술자는 인용문 ①과 같이 "편지
를 쓰는 대신 백정선을 만나기만 했더라면"이라는 가정을 하고 그렇게
되었더라면 "전연 다른 운명의 길을 걷게 되었을지도 모를 일"이라고 아
쉬워한다.
　박태열과 백정선의 만남과 사랑은 번번이 좌절을 겪는다. 학병제를 피
해 갑산에서 숨어 살았기 때문에 해방된 사실을 한참 후에야 알게 된 박
태열은 뒤늦게 원산으로 돌아온다. 그러나 그를 기다리는 것은 소련군에
게 점령당한 고향이었고, 백정선 역시 소련군을 피해 가족과 함께 서울로

떠난 뒤였다. 그러던 중 박태열은 동경제국대학을 다닌 부르주아라는 죄목으로 유치장 신세를 지게 되고, "일제시대에도 해보지 못한 자기 왜곡(歪曲)"(202쪽)을 해야 하는 상황에 직면한다. 고귀하고 순수하게 살고자 다짐했던 박태열은 "조국이 해방되어 새 출발이 가능하게 된 바로 그 출발점에서 가장 비굴한 놈으로 전락했다는 사실을 스스로 용납할 수 없"었기에 철저한 염세주의자가 되어 술을 배우고 정신에 이상이 생길 정도로 타락한 삶을 살게 된다. 이후에도 학교 교사로 근무하게 되지만 공산주의를 받아들일 수 없던 박태열은 사상이 불온한 반공주의자라는 죄를 뒤집어쓰고 "흥남의 철공장"에 끌려가게 된다.

그 사이 백정선은 박태열을 마음에 두고 있으면서도 아버지의 강권을 못 이겨 결혼을 해 아이를 낳고 부산에서 살아간다. 겉으로는 좋은 아내이자 어머니로 살고 있는 듯 행세하지만 백정선은 오로지 박태열을 만날 것이라는 희망만으로 살고 있다. 결국 그 희망은 한국전쟁의 발발로 이루어진다. 전쟁이 시작되고 38선을 넘어 피난 온 사람들 틈에서 백정선은 박태열을 찾게 되지만 이미 다른 남자의 아내가 된 백정선을 만난 박태열은 크게 좌절하고 절망에 휩싸인다. 그리고 인용문 ②에서처럼 이 모든 것을 '누구도 탓할 수 없는 운명' 때문이라고 체념한다. 백정선은 절망에 빠진 박태열을 헌신적으로 보살피지만 "정신적 쇼크에 너무나 민감한" "델리케이트한 심성"(147쪽)의 소유자인 박태열은 결국 "일체의 의욕을 잃고 산송장이 되"(237쪽)고 만다. 누구보다 "강직하고 순수"해서 "웬만한 사람 같으면 잊을 수도 있고 적당하게 타협할 수 있는 것을" 용납하지 않던 박태열이 그렇게 허망하게 스스로 생을 마감하게 된 것은 모두 "세상이 세상 같"(223쪽)지 않았기 때문이며, 이는 운명이란 말로밖에 설명될 수 없는 비극이기도 하다.

박태열과 백정선의 사랑은 끝끝내 이루어지지 않는다. 인생 대부분의 시간을 서로 그리워하고 애달파하며 보낸 두 사람이지만 역사의 파고는 두 사람을 각기 다른 방향으로 떠밀어다 놓았다. 역사라고 불리는 과거의 사건들이 두 사람이 재회한 현재까지도 피폐하게 만들어 놓았기 때문이다. 과거가 현재와 단절되는 것이 아니라 지속되는 것임을 스스로 목숨을 끊은 박태열과 그런 박태열에게 속죄하며 살고 싶다고 말하는 백정선의 사랑을 통해 증명해 보이고 있는 셈이다.

> 「꽃이 이름을 물었더니」의 주인공들은 역사의 비극, 민족의 비극이 엮어 낸 숱한 불운 가운데의 하나의 불운이다. 너무나 순수하기에 그들은 타협도 못하고 체관도 못한다. 너무나 정직하기에 스스로의 감정을 속이지도 못하고 남을 속이지도 못한다. 운명과의 거래에 있어서 에누리를 할 줄도 모른다. 그렇게 해서 이윽고 좌절하고 마는 것이다.
>
> (…)
>
> 그러나 이러한 비극에서 외면할 수 없는 것은 그것이 우리의 삶의 일부이기 때문이다. 그러한 한(恨)에서 벗어날 수 없기 때문이다. 그러한 운명에 눈물지을 수 있다는 것이 우리의 생에 대한 인식이며, 겨레의 공감이며, 그 인식과 공감의 토대 위에서 우리는 서로의 운명을 슬퍼하고 서로의 용기를 북돋우며 살아가야 하기 때문이다.
>
> 이 소설에 적힌 이야기는 태반이 픽션에 속하지만 인물들에겐 각각 모델이 있다. 나는 그 사람들을 만나 얘기를 듣고, 만일 내가 그런 운명이 되었더라면 어떻게 했을까 하고 전율한 적이 있다.
>
> 그런데 그것이 곧 남의 운명이 아니라는 것을 곧 깨닫게 되었다. 그리고 그것이 또 특수한 운명이 아닌 것도 알았다. 그들이 겪은 운명 가운데의 얼마쯤은 바로 나의 운명이기도 했던 것이다. 그래서 이 소설을 썼다.[179]

이병주는 『꽃이 이름을 물었더니』의 작가 후기에서 박태열과 백정선을 '너무도 순수하기에 타협도 체관도 못하고, 운명과의 거래에 있어서 에누

---

179) 『꽃의 이름을 물었더니』, 앞의 책, 작가의 말.

리를 할 줄도 모르는' 인물이라고 설명한다. 정해진 운명을 그저 받아들였기에 좌절해야 했고, 그들의 사랑 역시 비극으로 끝을 맺었다는 것이다. 그리고 이병주가 이러한 비극을 외면할 수 없는 이유는 비극이 역시 "우리 삶의 일부이기 때문"이다. 일찍이 우연과 운명은 서술의 개연성을 떨어뜨리고 무의미해 보인다는 이유로 역사 서술이나 문학에서 추방된 것이 사실이다.[180] 즉 우연이나 운명으로 사건이나 삶을 설명하려는 방식을 완전히 봉쇄해 버린 것이다. 그러나 일상의 삶 자체가 잘 짜여진 인과관계나 논리에 의해 흐르지 않는다는 사실은 이제 잘 알려진 바이기도 하다.[181] 이병주가 인식하는 역사라는 것은 삶의 일부이며, 그렇기에 소수의 누군가에게만 적용되는 것이 아니라 모두가 공감할 수밖에 없는 것이기도 하다.[182] 그리고 그 삶이 유지되는 방식이 운명이라고 하는 우연적 성질의 것이기에 일상의 총화이자 대표성을 갖는 역사[183] 역시 운명으로 설명할 수밖에 없다는 것이 이병주의 인식이라 할 수 있다.

한편, 중편소설 「그 테러리스트를 위한 輓詞」[184]의 동정람은 '고요한

---

180) Reinhart Koselleck, 한철 역, 『지나간 미래』, 문학동네, 1998. 194쪽.

181) 레이몽 아롱은 『역사철학 입문』에서 "역사적 사실을 규칙으로 환원시킬 수는 없다. 우연이 역사의 원천이다."라고 서술한다.(위의 책, 175쪽)

182) 일상과 역사의 관계에 대해서 정영훈(앞의 글, 68쪽)은 "일상이 역사와 대립되지 않듯이 역사도 일상 없이는 존재할 수 없다. 일상성이 극도로 무의미하고 무가치한 것으로 이해되고 그 맞은편에 역사가 놓여 있는 것으로 이해될 때, 이런 관점에서 긍정적인 가치를 부여받는 역사는 언제나 일상 앞에서 허물어질 수밖에 없다. 무의미하고 무가치한 것으로서의 일상성은 다만 은폐될 수는 있어도 완전히 사라질 수는 없기 때문이다."라고 설명하고 있다.

183) 카렐 코지크에 따르면 일상과 역사는 서로 대척점에 놓인 것이 아니라 일상은 역사의 원료가 되며, 반대로 역사적 사건에 의해 일상이 가진 공허함은 제거된다.(Karel Kosik, 박정호 역, 『구체성의 변증법』, 지식을만드는지식, 2014. 97~108쪽 참조.) 즉, 흔히 일상은 매일 되풀이되기 때문에 진기하고 특별한 사건과는 거리가 멀고 따라서 피상적이고 진부한 것으로 인식되지만 사실 모든 사건은 일상을 바탕으로 일어난다고 할 수 있다.(박재환, 「일상생활에 대한 사회학적 조명」, 『일상생활의 사회학』, 한울아카데미, 1994. 25쪽)

184) 『한국문학』, 1983.1. 이 글에서는 한길사 간행본을 대상으로 한다.

샛바람(精嵐)'이라는 이름과는 모순적인 일생을 산 인물이며, 과거의 짙은 그늘에서 벗어나지 못한 인물이기도 하다. 정람은 부모에게 버려져 하얼빈에서 러시아인의 손에 자랐고, 이후 독립 운동에 적극적으로 가담했다. 칠십 세의 노인이 된 이 테러리스트는 "공산주의자와 전혀 반대의 극에 있는 사람"(28쪽)이며, "유라시아 대륙을 휩쓸고 돌아다닌 노혁명가, 피리의 명수, 박람강기한 로맨티스트"(78쪽)이다. 작품 속에서 정람은 "오랜 세월을 두고 쌓이고 쌓인 회상이 한 줄기의 가락이 되어 서서히 흘러나오는 느낌"(22~23쪽)을 주는 연주가 가능한 뛰어난 퉁소 실력을 가지고 있는 예술가이기도 하다.

서술자인 '나'는 소설가로서 이웃에 사는 경산을 통해 경산의 친구이자 동생인 정람을 소개받아 정람이 테러리스트로 활동하던 시절의 이야기―레닌에 대한 정람의 존경심을 담은 일화 등―를 들으며 정람과의 관계를 이어간다.

> "놀라지 마우."
> 정람은 장난스러운 얼굴이 되더니 뚜벅 말했다.
> "나의 퉁소."
> 나는 그 말에 하마터면 눈물을 쏟을 뻔했다.
> "솔직하게 말하면 나는 나의 퉁소 이외의 것을 사랑해본 적이 없어. 정의, 나는 정의를 몰라. 하두 많은 정의를 보아왔기 때문에. 정의는 묘하거든. 그걸 실현하려고 들면 그 순간 악으로 변하는 거야. 사람을 죽이든 속이든 해야 하는 거더만. 진리도 마찬가지지. 저 세상에서의 진리는 이 세상에선 독이고. 이 세상에서의 진리는 저 세상에선 독이구. 사랑도 그래. 마음대로 안 되는 사랑을 소중하게 하면 뭘 해. 나라·민족? 나는 나라를 마음으로 소중하게 여길 만큼 나라의 혜택을 받은 적이 없어. 나는 나라 때문에 몇 번이고 그 죽음의 위협을 받긴 했지. 민족도 마찬가지야. 러시아의 혁명은 민족끼리의 혈투였어. 만주나 시베리아에서의 우리 독립군은 우리 독립을 방해한 적에 대한 투쟁이기에 앞서 동족끼리의 투쟁만을 일삼고 있었어. 오

늘날 이 나라가 독립이 된 것은 독립지사들의 덕택만은 아니거든. 독립지사
로서의 그들의 투쟁이 오늘날의 독립에 얼마만한 보탬이 되었을까 하고 생
각하면……."(「그 테러리스트를 위한 輓詞」, 36~37쪽)

세상에서 가장 중요한 것이 무어라고 생각하느냐는 '나'의 질문에 정람
은 "나의 퉁소"라고 대답한다. 만주와 시베리아를 무대로 한 독립군의 독
립활동[185]을 직접 본 정람의 눈에 독립군은 일본군을 상대로 투쟁하기
이전에 "동족끼리의 투쟁만을 일삼고" 있는 것으로 비쳤으며, 각기 자신
이 추구하는 정의를 실현하기 위해 악을 자행하고, 진리의 상대성은 무시
한 채 상대에게는 '독'일 수도 있는 진리만을 무조건적으로 추종하고 있
었다. 그러한 상황 속에서 국가의 보살핌 한번 받은 적 없는 정람은 나라
를 위해 싸우다가 도리어 죽음의 위협을 받았다고 말한다. 일제의 노예가
된 나라, 그런 나라의 독립을 되찾기 위해 제 나라를 떠나 모인 독립군들
이 나라의 독립을 위해 일본 제국주의와 싸우는 것이 아니라 같은 민족
끼리 싸우는 현실에서 그 무엇보다 소중한 것은 시시때때로 변하는 정의
나 진리가 아니라 결코 변하지 않는 것, 바로 '퉁소'[186]였던 것이다. 정람

---

185) 1860년대 초 두만강을 건너 러시아 연해주로 이주하기 시작한 한인들은 1930년대에
는 20만 명에 이를 정도로 많은 수로 증가하였다. 이들 재러동포들은 1905년 을사조
약으로 조선의 외교권이 일본에 의하여 강탈당하자 국권의 회복을 위하여 활발한 투
쟁을 전개하였다. 또한 1910년 일제에 의하여 조국이 강점당하자 러시아 전역에서 더
욱 적극적인 항일투쟁을 전개하였다. 구한말부터 1922년까지 재러동포들이 전개한
이러한 항일투쟁은 1945년 8월 광복의 밑거름이 되었다.(박환, 「러시아 한인사회와
항일독립운동」, 『러시아지역 한인의 삶과 기억의 공간』, 민속원, 2013.) 그러나 1921
년 6월 28일 발생한 '자유시 참변'의 경우 일제의 총칼에 의해서도 아닌, 조국의 해방
이라는 같은 목표를 가지고 싸우던 '우리'가 한 편을 제거한 어이없는 사건이었다. 사
욕에 물든 조선공산당이 러시아혁명군에 가담하여 조선독립군의 무장해제에 앞장서
고 결국 그들에게 총을 겨눈 것이다.("'내 안의 적' 자유시 참변… 항일독립운동을 할
퀴디", 『중도일보』, 2016.6.20.)
186) 이병주의 소설에서 예술 특히 음악은 주요한 소재로 등장한다. 노현주(「이병주 소설의
엑조티즘과 내중의 욕망」, 『한국문학이론과비평』 55, 한국문학이론과비평학회, 2012.)
는 "철학, 과학, 생활 등 인간의 모든 영역이 예술적 인식으로 수렴되어야 한다는 이

은 자신의 퉁소에 대해 "나를 속이지 않으니까. 나는 퉁소를 통해 비로소 나라를 사랑할 수가 있"다라고 말한다. 정람이 퉁소를 통해 나라를 사랑할 수 있다고 말하는 것은 1차적으로는 사욕을 채우기 위해 이데올로기라는 명목으로 민족과 독립이라는 가치마저 외면해버리는 상황을 목도하면서 느낀 인간에 대한 배신과 이데올로기에 대한 회의일 것이다. 그리고 그 불신을 치유하게 하는 것이 예술로서의 음악이었다. 즉 정람은 변하지 않는 가치로서 음악이 가진 힘에 대해 깊이 신뢰하고 있음을 표현하고 있는 것이다.

> "정람의 피리는 음악적인 기량으로 된 게 아니다. 그건 풍상이여. 오랜 풍상이란 말여. 하룻밤쯤 눈이 오면 산이 하얗게 눈에 덮이질 않겠나. 그러나 그 하얀 눈빛이 에베레스트나 곤륜산 상봉에 있는 만년설의 눈빛하고 같을 수가 있겠는가. 내가 말하고자 하는 건 랑팔의 오십 세 쌓은 기량이 정람 칠십 세의 풍상이 만들어낸 소리에 어찌 겨룰 수가 있겠는가 말이다. 랑팔의 피리는 음악일진대 정람의 피리는 한이다. 예술이 한을 표현한다고 하더라만 한이 한을 표현하는 것에 당할 수가 있겠는가."
>
> (「그 테러리스트를 위한 輓詞」, 68쪽)

위의 인용글은 정람의 피리 연주를 랑팔이라는 최고의 플루트 연주와 비교하는 임영숙에 대한 경산의 말이다. 현재 "신의 그것"(67쪽)에 비교될 만한 정람의 피리 연주를 가능하게 하는 것은 다름 아닌 정람 자신의 과거이고, 시간이 빚어놓은 '한'이다. 정람의 피리 소리는 한 마디로 모진 세월을 견디는 동안 쌓인 '한의 예술적 승화'[187]라고 할 수 있다. "고통의

---

병주의 신앙이 니체로부터 비롯된 것"이며, 그러한 예술철학의 중심에 자리 잡고 있는 작품으로 「그 테러리스트를 위한 만사」를 꼽는다. 테러리스트인 정람이 뛰어난 예술가라는 사실은 "그의 테러리즘을 휴머니즘의 다른 표현으로 형상화하는 바탕이 되고 있다"고 설명한다.

187) 「쥘부채」(『세대』, 1969.12.)에서도 한은 예술로 승화된다. 신명숙은 1950년 비상조치

조건, 가난의 조건, 박해의 조건"(125쪽)만을 주었던 조국, "가냘픈 육신"만 주고 자신을 버렸던 조국임에도 불구하고 그런 조국이 일본의 노예 상태에 있다는 걸 알게 된 정람은 오로지 조국의 독립을 위해 싸우는 투사가 된 것이다. 그리고 조국 해방을 위해 싸우면서도 "검은 공포"를 극복하고 "피나는 노력"으로 "청순하고 감미롭고 고상하고 박력 있는 생명력이 횡일한 음악을 창조해낸 것"(125쪽)이기에 정람의 피리 소리는 그 누구의 것과도 비교될 수가 없는 것이다.

정람이 테러리스트가 된 것은 자신이 밝히듯 "보다 큰 사랑을 위해서"(107쪽)이다. 이에 대한 믿음이 없었다고 한다면 정람은 목적을 위해 사람을 죽이는 테러리스트가 될 수 없었을 것이다. 일본 제국주의의 식민지가 된 민족의 일상은 "신은 이미 죽었다"(109쪽)라고 말할 수밖에 없을 정도로 참혹한 것이었으며, 신이 죽은 시대에 "신을 대리한 섭리의 진행자"가 필요하다는 인식이 정람으로 하여금 테러리스트로 활동하게 했던 것이다. 이것 이외에도 정람은 무수히 많은 수식어를 동원해 테러리스트에 대해 설명한다. 정람이 설명하는 테러리스트는 "죽길 준비했는데도 죽지 못하는 놈에게 죽음의 형식을 주"기에 자비를 베푸는 사람이고, "죽어야 하는 자를 죽인다는 섭리의 진행자일 뿐 아무런 보상도 바라질 않"기 때문에 욕심이 없는 사람이며, "우주의 원한을 스스로의 가슴속 용광로에 집어넣어 섭리의 영롱한 구슬을 주조해내는 언어 없는" 시인, 강력한 역사의 추진자, 한마디로 '원한에 사무친 인간들을 대표하는 엘리트'이다.

정람이 테러리스트를 설명하는 것은 테러리스트였던 자신의 과거에 대

---

법 위반으로 무기형을 선고 받았으나 민주당 정권에 의해 20년으로 감형된다. 그러나 17년이 지난 현재 차가운 감옥에서 병사한다. '신명숙'이 쇠약한 상태로 차가운 감옥에서 17년이나마 견딜 수 있었던 것은 갑덕기라는 청년에 대한 사랑의 힘 덕분일 것이다. 그리고 그 사랑은 사랑하는 사람을 단 한 번도 만날 수 없게 만든 시대 상황에 대한 원한을 동반한다. 그렇기에 '너무나 심세하고 징교해서 음습한 요기미저 감도는' 칠부채는 신명숙의 사랑과 원한이 만든 결과물이라 할 수 있다.

한 설명이기도 하다. 그래서인지 정람은 테러리스트에 대해 상찬을 늘어
놓은 이후 눈물을 흘린다. 그리고 "북극의 빙산 위에 테러리스트의 탑을
세웠으면"하고 바란다. '얼음장처럼 미치지도' 않았고 천재가 부족한 탓
에 테러리스트가 되지 못하고 "흉내를 내려고는 했지만 철저하진 못했"
다고 자평하는 정람이지만 그 눈물에는 원한에 사무친 사람들을 대표할
수밖에 없는 테러리스트의 운명과 정람의 운명을 결정했던 참혹한 시대
에 대한 슬픔이 담겨 있다. 그래서 정람은 테러리스트가 되고자 했던 동
기를 묻는 '나'에게 "동기는 아무에게나 있어. 일상생활에 깔려 있어. 똑
바로 말하면 일제시대엔 조선인 전부가 테러리스트가 될 동기를 가지고
있었던 거야."(112쪽)라고 대답한다. 정람이 테러리스트가 된 데에는 어떤
거창한 이유나 목적이 있었던 것이 아니다. 정람에 따르면 시대의 비극은
일상을 살고 있는 사람들 모두에게 원한을 안겼고, 그 원한이 정람으로
하여금 테러리스트로서의 운명을 짊어지게 한 것일 뿐이다.

　　① "그놈의 손에 걸려 죽은 한국인의 수는 직접 간접으로 수십 명은 될
걸세. 그놈의 밀고 때문에 백 명 가깝게 모인 집이 폭파되어 몇 사람 제외
하곤 몰살한 경우도 있으니까. 그러나 나는 그런 불특정 다수까지 들먹일
생각은 없어. 다만."
하고 정람은 술로 목을 축였다.
　나는 다음 말을 기다릴 뿐이다.
　"한 가지만을 문제로 하겠어. 경산의 부인이 바로 그놈에게 붙들려 죽은
거야. 그저 죽기나 했으면 또 몰라. 그놈이 욕을 보인 바람에 자살을 했어.
경산이 허무주의자가 된 까닭이 그 사건에 있지. 자긴 말하지 않아도 나는
알고 있어. 그 무렵만 해도 경산은 세상을 희망적으로 보았지. (…) 그런 짓
을 한 놈이 해방된 조국에 돌아와서 한 말은 나는 빨갱이를 잡기 위해 일본
군과 협력한 일이 있을 뿐이라는 거였어. 그리고 또 한다는 소리가 대한민
국의 적이 공산당이면 나는 대한민국을 위한 공로자라고 했겠다. 좌우의 투
쟁 속에 미꾸라지처럼 용케 살아남은 거야. 그놈을 내가 발견했다. 나는 기

뻤다. 내 마지막 가는 길에 소원 성취를 할 수 있구나 하구……."

(「그 테러리스트를 위한 輓詞」, 100~101쪽)

② "그러니까 임두생을 어떻게 한다는 건 포기하시죠. 그래야만 우선 선생님의 마음의 평정을 되찾을 수 있을 겁니다."

"마음의 평정?"

"그렇습니다. 중요한 건 마음의 평정입니다."

"이 세상엔 불의와 원한이 득실거리고 있는데 이 정람의 마음이 평정하다는 게 그렇게 대단한 문젠가?"

"대단한 문제죠."

"어떻게?"

"적어도 하나의 박물관이 온전하다는 건 좋은 일이 아닙니까."

"박물관이 또 뭔가."

"전 선생님을 박물관이라고 생각하고 있습니다. 속되게 표현하면 살아 있는 박물관. 선생님이 지닌 갖가지 의미를 전부 추려버려도 살아 있는 박물관이란 뜻만은 또렷이 남을 것 같애요. 그러니 선생님의 마음이 평정을 되찾는다는 건 하나의 살아 있는 박물관이 온전하다는 뜻으로 되는 겁니다."(「그 테러리스트를 위한 輓詞」, 115~116쪽)

과거로부터 온 "불의와 원한"이 정람의 현재를 구성하고 있다. 정람이 걱정하고 생각하는 것은 오늘의 문제가 아닌 지난 사람들과 사건들이 빚어낸 불의와 원한이다. 그리고 그것을 깔끔하게 해결하지 못하게 되자 깊은 고민에 사로잡히게 되는 것이다. 인용문 ①에서 정람은 우연히 마주친 일본 관동군의 밀정 임두생을 죽이려고 마음먹는다. 임두생은 재러동포의 죽음에 직·간접적으로 가담하고 경산의 부인을 능욕한 인물이다. 아무리 노쇠했더라도 테러리스트였던 정람이 과거 임두생에게 가지는 분노는 지극히 당연한 것이기도 하다. 그러나 신념을 같이 했던 부인을 임두생에 의해 잃은 경산은 오히려 임두생을 벌하겠다는 정람을 한사코 만류

한다. 거기에는 "세상을 희망적으로 보"던 경산이 부인의 죽음으로 인해 허무주의자가 된 까닭도 있겠지만, 경산에게 부인의 죽음은 이미 지나간 과거인 탓이다. 그러나 정람에게는 그것이 지나간 과거이기 때문에 잊을 수 있는, 잊어야 하는 것이 아니다. 왜냐하면 여전히 정람은 과거를 살고 있기 때문이다. 이것은 '나'가 정람을 "살아 있는 박물관"[188]이라고 말하는 데서도 알 수 있다. 박물관은 고고학적 자료나 역사적 유물 및 예술품을 수집하여 전시하는 곳이다. 정람이 살아 있는 박물관이라면 그 속에 담겨 있는 것은 다름 아닌 "불의와 원한"이다. 개인적으로나 시대적으로 불운의 삶을 살았던 정람은 원한을 해소하고 불의를 제거하기 위해 테러리스트가 되었다. 테러리스트가 되어 목도한 무수히 많은 삶의 형태와 그 속에 내재된 원한이 오늘의 정람 속에 차곡차곡 쌓여 있다는 사실을 '나'는 간파했던 것이다. 그리고 그 불의와 원한의 굴레는 여전히 정람을 강하게 옭아매고 있다. '나'는 과거에서 벗어나지 못한 정람에게 "임두생을 처치한다는 건 과거의 행적에 대한 보복 아닙니까. 이미 지나긴 일을 결착(決着)내겠다는 것이 아닙니까. 그러니 정람 선생이 그자를 처지해도 현실적으론 플러스도 마이너스도 되질 않습니다. 사태에 하등의 변동도 주지 못한다는 말입니다."(104~105쪽)라고 충고한다. 인용문 ②에서처럼 '나'가 정람을 "살아 있는 박물관"이라고 말하면서 "마음의 평정"을 되찾으라고 말하는 것 역시 동일한 맥락이다. 과거의 원한으로 가득 찬 정람이 평정심을 놓치고 마음의 폭풍우를 일으켰을 때, 과거는 현재의 삶을 불행으로 바꾸어 놓을 수밖에 없음은 자명하다.

---

188) 이광호(「이병주 소설에 나타난 테러리즘의 문제」, 앞의 글, 240쪽)는 「그 테러리스트를 위한 만사」를 "정람이라는 인물을 통해 '테러리스트란 무엇인가?'에 대해 끊임없이 呼名하는 소설"이라고 설명하면서, 정람에 대해 "'사자'처럼 '속을 알 수 없는 사람'으로 암시되며, '욕심 없이 살아가는 사람'으로 命名된다. 그는 피리를 불거나 동물 구경을 하거나 '아무 짝에도 못 쓸 신화, 전설, 곤충기, 동물기 아니면 소설, 그런 따위'를 읽는 사람이다. 그는 '살아있는 박물관' 같은 존재"라고 설명한다.

과거 임두생에게 죽임을 당했던 동포들의 원한을 담지하고 있던 정람은 임두생을 죽임으로써 그 원한을 해소하고 싶어한다. 그러나 현재의 임두생이 과거의 임두생과 다르다는 것이 정람의 발목을 잡고 만다. 현재의 임두생은 서른 살이나 어린 아내에게 온갖 구박을 받으면서 어린 딸아이를 기르고 있었다. 그리고 그 딸아이는 자신의 아이가 아니라 이웃의 부부가 죽으면서 홀로 남겨진 아이였는데 임두생이 그 아이를 성심으로 키우고 있었던 것이다. 정람은 처음에는 임두생의 행동을 의심한다. 한때 포주 노릇까지 한 자가 남의 아이를 기른다는 것은 "미끼를 키우고 있는 요량"이라거나 "곱게 키워 그애를 팔아먹을 작정"(106쪽)이라고 생각해서 선뜻 어떤 결단도 내리지 못한다. 과거의 무수히 많은 원한과 현재 한 아이의 행복 사이에서 갈등하고 있는 동안에도 여전히 정람에게 임두생은 과거형일 수밖에 없었다.

결국 임두생의 현재가 진심이라는 것을 확인하는 순간, 정람은 과거의 원한을 묻어두기로 한다. "죄는 죄대로 남지만 늘그막에 그 정도로 인간 회복을 할 수 있다는 건 진정 다행한 일"이기에 "그 다행을 축하하기 위해 그놈을 용서"(127쪽)하기로 한 것이다. 여전히 임두생의 죄는 남아 있지만 그보다 "비인간적인 행동"을 서슴지 않던, "죽었어야 할 자"(110쪽)였던 임두생이 최소한의 인간을 회복했다는 것이 정람으로 하여금 임두생을 용서하게 하는 원인으로 작용한 것이다.

그러나 과거를 사는 사람이었던 정람이 현재로 진입했을 때 현재는 파국으로 치닫게 된다. 정람은 동네에서 새로 장사를 시작한 목로주점의 진주댁과 친밀한 관계를 맺고 있었으나 선뜻 진주댁과 인연을 맺지 못했다. 그러던 것이 정람의 천재적인 음악적 재능에 반해 정람의 그림자처럼 생활하고 있던 임영숙이 '떼 아닌 떼'를 쓴 덕분에 진주댁과 정람은 결혼을 약속한다. 그러나 진주댁과 정람의 결혼이 구체화되어 갈 무렵, 결혼을 못마땅해 하던 진주댁의 아들이 휘두른 칼에 진주댁이 절명하는 사건이 벌어지고 정람은 진주댁의 장례를 치른 직후 행방을 감춘다.

'나'는 십수 년이 흐른 뒤, 임영숙으로부터 "동정람 선생이 어젯밤(4월 21일) 돌아가셨습니다."(170쪽)라는 부고를 받는다. 하얼빈에서 고아로 자라 민족의 원한을 대표하기 위해 테러리스트가 되었다던 정람의 과거와 칠십 세에 새로운 사랑을 만나 가정이라는 울타리를 꾸리고자 한 정람의 현재는 직접적인 연관을 맺지 않는 것처럼 보인다. 그러나 서사의 흐름이 보여주는 바 과거를 살고 있던 정람이 과거를 버리고 현재를 살고자 했을 때, 현재는 과거의 정람을 단호하게 거부한다. 그리고 사랑하는 사람의 죽음을 눈앞에서 목격해야 했던 정람은 다시 또 하나의 원한과 비애를 품은 채 과거도 현재도 아닌 시간을 살다 조용히 죽음에 이르게 된 것이다.

이렇듯 이병주의 소설에서 현재는 온전히 현재로서의 의미를 가지지 못하고 과거와 연루되어 있다. 그리고 그것은 곧잘 운명으로 설명되거나, 과거의 원한으로 인해 파국을 맞게 된다. 이병주는 이 원한을 담을 수 있는 기록이야말로 진정한 의미의 기록이라고 생각했으며, 그것은 소설적 실천으로 이어진다.

## 2. 정감의 기록과 성찰의 글쓰기

이병주는 자신의 글쓰기 행위를 '소설'이라고 분명히 인지하고 그것을 독자에게 숨기려 하지 않는다. 전통적인 소설이 작가의 의도에 따라 작품에 집중하는 환영적(illusionity) 서사 만들기에 골몰했다면, 이병주의 경우 '기록'이라는 자신의 의도를 소설 전면에 부각시키고 공소장, 판결문, 편지, 대화, 일기 등의 다양한 담론 형식을 소설화하지 않은 형태로 서사 내에 유입[189])시키기도 하는데, 이는 독자가 작가에 의해 직조된 가공의 세계에 몰입하는 것을 방해하는 동시에 이병주의 서사를 사실로 인식하게하는 역할을 한다. 이런 측면에서 이병주의 소설은 반환영적인 '기록'의의미를 지니는 한편, 소설 문학의 전통이 추구해온 리얼리즘적 재현의 의미와는 별개로 자신의 소설이 가지는 무게와 목적에 대해 다분히 자의식적이라는 것을 입증하기도 한다.

흔히들 소설을 가장 자유스러운 형식이라고 한다. 그런데 그 자유스럽다는 것이 비자유 이상으로 어렵다는 것을 써보지 않는 사람으로선 상상도 못할 것이다.

그 많은 자유 속에서 하나의 자유를 선택했다는 것이 '내다내다 죽을 꾀를 냈다'는 격일 수도 있는 것이다.

'누보 로망'이니 '앙티 로망'이니 하는 말과 움직임이 예사로운 데서 생겨났을까.

나는 뉴욕을 소재로 한 몇 개의 단편을 앞으로 쓸 작정인데 이 <제四막>은 그 첫 작품이 된다. 그런데 나로선 부득불 이른바 '뉴저널리즘'의 방법을 빌리지 않을 수 없었다. 시사성과 보고성, 그리고 객관성으로서 이루어진 몇 개의 에피소우드가 엮어내는 일종의 분위기를 나타냄으로써 소설의 영역을 좀더 넓혀보고 싶었던 것이다.

이것이 무슨 소설이냐고 반문한다면 반소설도 결국은 소설일 수밖에 없다고 대답할 밖엔 없고, 소설이라면 여하간 로만네스크한 부분이 있어야 하

---

189) 체험적 서사를 다루고 있는 『관부연락선』, 『지리산』, 『산하』, 『그해 5월』과 같은 작품의 경우 소설 이외의 담론 유입이 더욱 빈번하게 이루어진다. 린다 허천은 역사기록 메타픽션에 사용된 각주는 독자들에게 목격자나 권위자가 제공하는 역사적 신빙성에 대한 확신을 주는 자기반영적 기호의 역할을 하는 동시에 일관성 있고 전체성을 지닌 허구적 서사를 창조해내는 과정을 중단시키기도 한다고 설명한다. 다시 말해 각주들은 중심을 향해 나설 뿐 아니라 중심을 필중심화시키기도 한다, 즉 각주는 권위를 재현하는 동시에 그것에 저항하며, 바로 이러한 역설로 인해 메타픽션적 자기반영성이 생겨나게 된다는 것이다.(Linda Hutcheon, 장성희 역, 『포스드모더니즘의 이론과 전략』, 현대미학사, 1998. 142쪽)

지 않느냐고 지적하면 설혹 본문에선 찾아볼 수 없더라도 제목 <第四막>
만은 로마네스크하지 않느냐고 변명할 참이다.
　굳이 변명을 해야만 소설로서 통하는 소설을 쓴다는 것은 슬픈 일이지만
도리가 없다. 소설도 나 자신도 어떻건 성장해야 한다.[190)

　위의 글은 1975년 『주간조선』에 수록된 단편 「제四막」의 서두 부분으
로, 여기에서 이병주는 자신이 소설을 기술하는 방식에 대해 독자에게 미
리 선언을 하고 있다. 자신의 체험을 바탕으로 하는 소설을 쓰고자 하며,
그 체험에 사실성을 보태기 위해 이병주는 자신의 소설을 '뉴저널리즘'의
방식으로 쓰겠다고 직접 밝힌다.[191) 자신의 체험을 기반으로 하는 글쓰기
라고 하더라도 구태여 자신의 소설 쓰기가 가지는 의미를 직접 드러내어
밝히는 것은 이병주의 소설 쓰기가 소설 쓰기라는 행위 자체에 대한 강
한 인식을 바탕으로 행해졌음을 증명하는 것이자, 소설이 어떤 의도를 내
포하고 있음을 증명하는 것이기도 하다.

## 1) 정감의 기록으로서의 소설

　분명 소설이 현실을 그대로 재현해내는 것이 가능하리라 믿었던 시대
가 있었지만 현실을 '리얼(real)'하게 재구성하는 것 자체에 대한 회의 역
시 분명 존재했다. 소설적 재현에 관한 반성과 회의는 픽션 창작을 통해
픽션의 이론을 탐색하는 소설을 탄생시키기에 이르렀다. '소설을 어떻게

---

190) 이병주, 「제四막」, 『현대한국문학전집』, 서음출판사, 1980.
191) 노현주(「정치의식의 소설화와 뉴저널리즘」, 『우리어문연구』 42, 우리어문학회, 2012.)
　　는 뉴저널리즘 문학이 1960년대 미국의 혼란한 사회현실에 대하여 저널리즘의 한계
　　를 극복하고 진실성과 객관성을 픽션의 구조하에서 드러내려 했던 참여 문학적 운동
　　이며, 이 뉴저널리즘 문학의 창작원리는 참여자와 목격자로서의 체험, 역사와 개인의
　　진실을 객관성을 담보하는 방식으로 형상화하는 것에 있다고 보고 있다. 이병주의 저
　　널리스트로서의 정치지향적 특성과 대중지향적 특성이 개인의 체험과 역사를 통한
　　내러티브로 형상화되고 있으며, 이것이 대중들의 동일시와 감정이입을 이끌어내고 정
　　치해석의 욕망을 충족시켰다고 분석한다.

쓰는가에 대한 소설'로 일컬어지는 '메타픽션(metafiction)'이라는 용어는 1971년에 미국의 소설가인 윌리엄 개스에 의해 처음 사용되었다. 1960년 대에 들어서면서부터 리얼리티나 진실 그 자체가 사실은 추상적인 허구 이기 때문에 픽션은 더 이상 리얼리티를 반영하거나 진실을 말할 수 없 다는 인식이 생겨나기 시작했다. 즉 픽션과 리얼리티 사이의 구별모호, 문학의 재현 기능에 대한 회의, 언어의 위기의식, 그리고 쓴다는 행위에 대한 자의식적 성찰 등의 새로운 인식이 싹트기 시작한 것이다. 이런 인 식을 바탕으로 메타픽션은 끊임없는 자아반영을 통해 스스로의 저술행위 와 픽션 창작의 의미를 점검하고, 또 형식적인 불안정을 통해 끊임없이 새로운 실험을 시도하는 과정에서 생성되는 창작의 의미를 탐색하고 창 출해낸다.192)

　메타픽션 작가가 '어떤 것을 '묘사한다'는 것이 어떻게 가능한가?'라는 근본적인 딜레마에 큰 관심을 두고 있다193)고 한다면 이병주의 경우, 재 현한다는 것뿐만 아니라 픽션을 통한 재현이라는 자신의 의도 혹은 욕망 의 근원을 직접 드러내는 데에도 큰 관심을 두고 있는 것처럼 보인다. 새 삼 설명할 필요도 없이 이병주는 픽션과 논픽션을 가로지르며 왕성한 글 쓰기를 해왔던 작가인데 픽션과 논픽션을 막론하고 글을 통해 글쓰기에 대한 자신의 방법이나 신념에 대해 밝히기를 꺼려하지 않는 작가이기도

---

192) 김성곤, 『포스트모던 소설과 비평』, 열음사, 1993. 41~54쪽 참조.
　　메타픽션이란 픽션과 리얼리티와의 관계에 의문을 제기하기 위해 가공물로서의 그 위상에 자의식적이고 체계적으로 관심을 갖는 허구적인 글쓰기를 가리키는 말이다. 이러한 글쓰기들은 구성을 이루어나가는 자신의 방법들을 비판하면서, 소설의 근본적 인 구조들을 검토할 뿐만 아니라 허구적인 문학텍스트 외부에 존재하는 세계의 있을 수 있는 허구성도 탐구한다.(Patricia Waugh, 앞의 책, 16쪽)
　　바흐친 역시 소설이란 소설 사신의 뎡식을 느느고 비평히는 자게성이나 구조저 특징 을 가진 장르라고 생각했다.(Linda Hutcheon, 김상구·윤여복 역, 『패로디 이론』, 문예 출판사, 1992. 118쪽)
193) Patricia Waugh, 앞의 책, 18쪽.

하다. 그렇다하더라도 이병주의 소설을 메타픽션으로 단정지을 수 없음
은 물론이다. 다만 소설에서 부분적으로 소설에 대한 인식을 끊임없이 드
러내고 있으며, 이를 통해 이병주가 소설에서 다루고자 하는 것이 무엇인
지를 명확히 알 수 있다.

『그해 5월』에서는 사마천에서 이름을 딴 '이사마'라는 중심인물이 소
설가로 입신하는 과정이 5·16을 중심으로 한 국내의 정세와 함께 소설의
핵심을 이룬다. 앞서 설명한 바 있듯 여기에서 이사마는 소설가 이병주의
분신이라 볼 수 있고 그런 시각에서 보자면 『그해 5월』은 이병주 자신이
소설을 쓰게 된 계기와 그 과정에 대한 소설이라고 할 수 있을 것이다.
때문에 『그해 5월』에는 이병주 자신이 썼던 여러 텍스트에 대한 설명뿐
아니라 소설을 창작하는 방식 혹은 과정이 기술되는 경우가 많다.

> 이사마는 이 무렵 울적한 심정을 달래기 위해 단편소설 하나를 썼다. 주
> 인공은 폐결핵 중증으로 병보석이 된 사나이다. 그의 기분으로선 자기 자신
> 은 아직 교도소에 있고 결핵균이 석방된 것이다. 결핵균이 자리를 잡고 있
> 는 몸뚱어리를 내보내지 않을 수 없었다는 얘기다.
>
> (『그해 5월』 6, 200쪽)

위의 인용글에서 '이사마'가 쓴 소설은 줄거리의 설명으로 짐작할 수
있듯 이병주가 쓴 「예낭풍물지」[194]이다. 그러나 현실의 이병주가 「예낭
풍물지」를 썼고, 그 「예낭풍물지」의 내용을 이사마가 쓴 소설로 설명한
다고 하더라도 그것이 『그해 5월』이라는 허구적 소설 속으로 들어오는
순간 그것은 사실도 허구도 아닌 것이 된다. 다만 짐작할 수 있는 것은 「예

---

194) 이병주가 쓴 「예낭풍물지」는 1972년 5월 『세대』지에 발표되었고, 『그해 5월』에서 「예
　　낭풍물지」는 1974년 1월 박 대통령이 긴급조치 1호와 2호를 선포할 무렵에 쓴 것으
　　로 설정된다.

낭풍물지」를 썼을 당시의 국내분위기와 그에 대한 이병주의 심경이다. 이
병주는 "긴급조치로 김경락 목사 등 11명이 구속되었다"는 소식을 듣고
"온유해야 하고 겸손해야 하고 세속적인 싸움엔 말려들지 말아야 한다는
신조를 가진 크리스찬도 이 나라에선 반체제로 되지 않을 수 없"(6권, 200
쪽)는 현실에 절망한다. 따라서 『그해 5월』에서 이사마가 쓴 단편소설과
현실의 「예낭풍물지」가 발표된 시기와는 낙차가 있지만 "권력의 망자(亡
者)들에 의해 지배를 받는 세상", "사형의 함정이 도처에 파여 있"(6권, 201
쪽)는 현실에 대한 인식은 다르지 않다고 할 수 있다.

또한 1959년 7월 9일 국회를 통과한 '사회안전법'과 관련하여 이병주
는 또 다른 소설 「내 마음은 돌이 아니다」의 창작 배경을 설명하는가 하
면, 「내 마음은 돌이 아니다」의 일부를 직접 인용하기도 한다. 여기서 더
나아가 「내 마음은 돌이 아니다」를 읽은 독자의 편지를 직접 등장시킨다.

> 자기의 신념을 지켜 20년동안 감옥살이를 한 사람이 어찌 호락호락 유신
> 체제를 수긍할 수 있겠는가. 소설가가 상황을 꾸미는 것은 자유다. 그러나
> 있을 수 없는 일을 꾸며서까지 만인이 지옥이라고 느끼고 있는 체제를 정
> 당화하려는 것은 소설가의 자유를 권력의 노예가 되기 위해 팔아먹은 비겁
> 하고 비굴한 노릇이라고 규탄하지 않을 수 없다. 반성을 촉구한다.
>
> (『그해 5월』 6, 242쪽)

위 편지에서 익명의 독자는 유신체제를 정당화하는 듯한 소설을 쓴 이
사마에게 "소설가의 자유를 권력의 노예가 되기 위해 팔아먹은 비겁하고
비굴한 노릇"이라고 강하게 비판하는데, 이에 대해 서술자는 "사실 이사
마는 '사회안전법'의 부당성에 중점을 두는 나머지, 그리고 그 작품이 발
표되었을 경우의 당국의 눈을 두려워한 나머지, 쓰지 않아도 될 몇 장면
을 첨가했던 것"이라고 해명한다. 소설에 자신이 쓴 소설을 직접 언급하

고 제시하며, 소설의 후일담까지를 설명하는 방식을 선택한 것은 자신이 창조한 텍스트에 대한 주석의 의미를 갖는 동시에 자신의 소설을 패러디(parody)하는 것이기도 하다. 소설을 쓴 자신과 자신의 소설을 다름 아닌 소설을 통해 패러디함으로써 허구와 사실은 모호하게 뒤엉키게 된다. 이러한 방식은 이병주가 사실을 이야기하는 것보다 자신이 사실을 이야기하고 있음을 말하는 데 큰 관심을 가지고 있다고 짐작하게 하는 요인이다.195) 여태까지 이병주의 소설을 단순히 사실을 기록하려는 노력으로 읽어왔지만 조금 다른 시각에서 보자면, 이병주는『그해 5월』을 통해 허구적 양식인 소설이 사실을 전달하는 한 방식을 보여주기 위해 자신의 소설과 소설 창작 배경 등을 패러디했을 가능성 역시 배제하기는 어렵다. 상황이 그러하다면『그해 5월』은 린다 허천의 표현대로 '역사기록 메타픽션 historio-graphic metafiction)'196)으로 읽을 수도 있을 것이다.

이것을 증명하듯『그해 5월』에서는 이사마가 쓴 또 다른 소설을 직접 제시하는 경우도 찾을 수 있다. 이사마는 혁명재판으로 수감 생활을 하고 출소한 이후 신문사를 그만두고 기록자를 자처하며 소설가로 입신하는 것으로 제시된다. 그리고 "1968년 1월 21일 밤. 북조선에서 파견한 무장 유격대가 청와대를 목표로 침입했다가 격퇴"된 사건을 "소설보다 기이한 현실"이라 평가하며, "사실을 그대로 썼다고 해서 소설이 되는 것이 아니고 그럴듯하게 이야기를 꾸며야만 소설이 된다는 것은 모파상 소설 이론의 핵심"(5권, 9쪽)이라고 설명하면서 이 사건을 다룬 소설을 완성한다. 실

---

195) Linda Heacheon, 『포스트모더니즘의 이론과 전략』, 앞의 책, 84쪽.
196) 린다 허천에 따르면 소설이란 항상 허구적인 동시에 현실적인 것이었다. 그런 의미에서 포스트모더니즘의 역사기록 메타픽션은 소설의 역사적, 사회-정치적 배경을 소설의 자기반영성과 불편하게 병치시킴으로써 소설이 원래 갖고 있던 본질적인 역설을 단지 전경화시킨 것이다. 역사기록 메타픽션은 사료의 증거들을 해석하여 사건들을 사실로 만들어 내는 과정을 과거의 흔적들을 역사적 재현물로 변화시키는 과정으로 묘사한다.(위의 책, 99쪽)

재 사건이 어떻게 소설로 형상화되었는지를 보여주는 대목이라 할 수 있을 것이다.

소설에 소설 창작에 관해 부연 설명하는 경우 뿐 아니라 이병주의 소설에는 소설에 관한 인식이 직접 드러나는 경우가 많다. 서술자의 입장과 작가의 글쓰기 입장을 동일시하거나 서술자와 작가를 동일시할 수 없음은 자명하다.197) 그러나 이병주의 경우 소설에 자기 자신을 직접 투영하거나 소설의 인물을 자신의 분신으로 읽게 하는 징표들을 직접 노출시킨다. 뿐만 아니라 작가가 창조한 세계라는 측면에서 소설을 통해 말해지는 많은 것들이 작가와 온전히 동떨어진 것이라 여기기는 어려울 것이다.198) 그렇다면 다른 것이 아닌 특히 소설에 대한 인식을 소설에서 드러내는 경우, 소설에 대한 소설가의 인식과 그 일치도가 클 것이라 생각된다.

> 내 생각으론 추리 소설에도 인생이 그려져야 한다는 겁니다. 주인공들이 일상 생활을 하고 있어야죠. 이 생각 저 생각하며, 또는 이런 일 저런 일을 하고 있는데 그 생활의 과정에서 문제나 사건이 생기는 겁니다. 그런데 그 사건이 어느 사람에겐 생활 전부를 차지하는 것으로 되고 어느 사람에겐 생활의 극히 일부분일 뿐입니다. 그런 사람이 등장해서 하나의 소설을 이루는 것, 뭐라고 할까요? 일종의 감상의 산책 같은 것이 있는 것, 참 그렇군요. 홍콩에 사건이 났는데 그 사건을 조사하러 서울에서 홍콩으로 간다고 칩시다. 크리스티의 소설은 등장 인물이 바로 홍콩으로 가 버립니다. 중간의 얘기가 없지요. 그런데 내가 만일 추리 소설을 쓴다면 그런 식으론 안 하겠다, 이겁니다. 소설의 줄거리와 전연 관계가 없더라도 우연히 한자리에 앉게 된 미녀의 인상, 그 미녀와 주고받는 말, 이런 것을 주워 담는 겁니다.
>
> (『未完의 劇』 2, 49쪽)

---

197) Gerard Genette, 권택영 역, 『시사담론』, 교보문고, 1992. 202·203쪽.
198) 정영훈, 앞의 논문, 8~10쪽.

인용된 글은 추리소설『未完의 劇』[199]의 서술자인 '나'(나림 선생)가 비행기 안에서 만난 여인에게 소설에 관해 자신의 생각을 밝히는 부분이다. 여기에서 '나'는 일반적인 추리소설처럼 오롯이 범죄 사건을 중심[200]으로 전개되어 사건의 해결과 관련이 없는 내용은 일절 허용되지 않는 도식적인 플롯은 '생활'이 결여되어 있는 것이라 비판한다. 그래서 자신이 추리소설을 쓴다면 추리소설의 핵심이 되는 사건과 관련이 없는 일상의 소소한 일들도 포함시킬 작정이라고 말한다. 그리고 실제로 추리소설을 쓰고 있는 이병주는 사라진 윤숙경을 찾으러 떠나는 '나림'이 비행기 안에서 만난 미녀와 주고받는 소소한 대화까지를 기록하는 것으로 자신의 추리소설에 대한 생각을 실천하고 있는 것이다.

뿐만 아니라『행복어사전』[201]의 경우, 주인공 서재필이 신문사 교정부원에서 소설가가 되기 위해 습작을 시작하는 중반 이후부터 소설 혹은 소설 쓰기에 대한 인식이 직·간접적으로 노출되고 있다. 서재필은 차성희와의 결혼에 실패하고, 자신에 대한 김소영의 집착 때문에 정명욱과의

---

199) '배우 최은희 실종 사건'과 사건을 해결하는 과정이 서사의 핵심을 이룬다. '나'는 뉴욕에서 우연히 자신의 수업을 들은 적 있는 유한일과 우연히 만나게 되고 이후 유한일이 자신과 평소 친분이 있던 배우 윤숙경과 친밀하다는 것을 알게 된다. 한편 윤숙경은 유한일의 돈을 받아 땅을 사는 등의 행적을 보이는 동시에 남편 구용택과의 이혼을 원한다. 그러던 중 홍콩으로 떠났던 윤숙경이 사라지고 그 주변의 인물들(구용택, 권수자 등)의 행적 역시 묘연해진다. 이 사건에 대한 궁금증으로 '나'는 홍콩으로 떠나고 그곳에서 유한일의 비서인 램스도프와 만나 모든 일에 유한일과 램스도프를 위시한 테러단체가 가담해 있음을 알게 된다. 윤숙경의 생사는 확인하지만 그녀와 어떤 방식으로도 연락할 수 없다는 유한일의 대답에 이 모든 사실을 믿을 수 없다고 생각한다.
200) 고전적 의미의 추리소설은 수수께끼를 중심으로 한 명의 탐정과 여러 명의 용의자, 그리고 수수께끼를 푸는 추리적 방법이 소설의 근간을 이룬다. 즉 추리소설의 중심에는 범행이 지닌 시·공간적 미스터리가 놓여 있으며, 그것을 푸는 추론적 과정이 소설의 중심 서사를 끌게 되는 것이다. 그리고 이 수수께끼의 해결은 항상 결말에 이르러서야 가능하다.(정희모, 앞의 책, 206쪽) 즉 추리소설은 '수수께끼의 제시-논리적 추리-수수께끼의 해결'의 형식적 틀을 갖추는 것이 일반적이다.(한용환, 앞의 책, 430쪽./ 김창식 외, 『대중문학의 이해』, 예림기획, 2005. 136쪽)
201) 한길사, 2006.(『문학사상』, 1976.4.~1982.10.)

관계 역시 뜻대로 되지 않자 충동적으로 소설을 써야겠다 결심하고 뚜렷한 계획이 없는 상태에서 신문사를 그만둔다. 서재필이 소설 쓰기를 결심한 가장 큰 이유는 "해명"과 "한풀이"를 위해서이다. 사실만을 열거해도 거짓이 되는 현실[202] 속에서 되려 "참말을 참말답게 만들려면 거짓을 필요로 하게 되는 인생의 기미는 소설로써밖엔 해명할 수 없"음을 깨달은 서재필은 "한 맺힌 내 마음을 풀어나가기 위해 이야기를 꾸며보자는 생각"(3권, 141쪽)에 빠져든다. 그러고는 "백 개, 천 개의 인생"(3권, 147쪽)을 소설로 살아보자는 결심을 하고 문방구에서 "만 장의 원고용지"를 사는가 하면, 소설을 쓰겠다고 결심한 다음날 북악산에 오르기도 한다. 산에 오른 서재필은 "이만한 높이, 이만한 거리를 두면 육백만 인구로 붐비는 도시가 무인의 도시처럼 되어버리는 것이로구나 하는 감상"으로 "소설가는 고소의 사상을 가르치는 역할"을 해야 한다고 생각하면서 니체, 예수, 장자를 떠올린다. 그러나 이내 자신의 생각을 철회한다.

> 고소의 사상엔 소설이 없다.
> 소설엔 흐느껴 우는 여인의 눈물이 있어야 한다.
> 소설엔 발랄한 청춘의 웃음소리도 있어야 한다.
> 소설엔 실직한 가장의 한숨도 있어야 한다.
> 소설엔 성난 정열의 외침도 있어야 한다.
> 그런데 높은 곳에선 흐느낌도 웃음소리도, 한숨소리도, 외치는 소리도 들을 수가 없다. 모든 소리와 움직임을 죽인 채 수채화의 소재처럼 깔려 있을

---

202) 현실을 상상을 통해 재구성하는 소설이 더욱 드라마틱할 것이라는 기대와 달리 사실, 실상 우리의 현실이 더욱 극적인 경우가 많다. 개연성을 위해 우연성을 제거하고 인물로 하여금 인과 관계에 맞도록 행동하기를 요구하는 소설적 현실과 달리 우리의 현실을 작동하는 원리는 비합리적인 우연이다. 이런 인식은 발자크에게서도 찾아볼 수 있다. "실제 삶은 지나치게 드라마틱하거나 아니면 충분히 문학적이지 않다. 진실은 자주 진실임직해 보이지 않을지 모른다. 이는 문학적 진실은 결코 자연의 진실을 상실하지 않는 것과 마찬가지이다."(「고미술품 진열실 Le Cabinet des antiques」(1939), 서문(한경희, 앞의 논문에서 재인용))

뿐이다.

상념은 다음 다음으로 이어지는데 고소에선 소설이 불가능하다는 사례만이 겹쳐졌다. 소설을 찾길 고소에서 시작하려는 의도는 이로써 좌절된 셈이다. 나는 너무 오래 이곳에 앉아 있었다간 소설을 쓰겠다는 의욕마저 시들까 겁을 먹었다.(『행복어사전』 3, 229쪽)

그 때문에 생각하게 된 것이지만 소설공부를 한답시고 직장을 포기한 것 자체가 틀려먹었어. 소설공부는 하나의 외국어를 마스터하기 위한 공부완 달라. 시험공부와도 다르구. 생활 속에서 헤매며 생활을 알고 인간을 알아야만 되는 게 소설공부인데, 생활의 현장을 떠나고, 그 현장에서의 인간과의 접촉을 피하며 무슨 소설공부가 가능하겠어. 좋은 숙부가 되어보겠다는 것은 소설을 포기한다는 뜻이 아냐. 터무니없는 계획을 변경한다는 건 좌절도 아냐. 인간의 고민이란 결단코 시가 될 수 없는 구질구질한 것이란 사실을 깨달았어. 나는 가능한 한 좋은 숙부가 되길 노력함으로써 이때까진 생각하지도 못했던 생활을 시작해볼 참이야.(『행복어사전』 3, 327쪽)

"연탄 값·버스 값에 신경을 쓰고 있는 삶"들을 상대로 크고 높은 이상적인 이야기가 통하지 않겠다고 생각한 때문이다. 그리고 높은 데서 아래를 내려다보는 사상 속에는 "웃음소리도, 한숨소리도, 외치는 소리도 들을 수가 없"음을 깨닫는다. 위에서 아래를 내려다보는 방식을 통해서는 생활을 살고 있는 사람들의 삶을 제대로 다룰 수 없다는 생각, 생활을 외면하고서는 올바른 소설을 쓸 수 없을 것이라는 생각이 서재필로 하여금 고소의 사상은 곤란하다는 결론에 가닿게 한 것이다. 이러한 생각으로 말미암아 서재필은 자신이 소설을 위해 직장을 포기했던 사실까지 후회하게 된다. 고소의 사상을 버린 서재필은 소설을 읽을 독자가 살고 있는 생활을 직접 사는 것이 필요하다는 것을 뒤늦게 깨우치고 이제 진짜 "생활"을 시작해야겠다고 결심한다. 생활과 유리되지 않은 문학에 대한 서재필의 인식은 점점 더 강해져 정명욱이 서민 아파트를 팔고 더 나은 곳으로 이사를 하자고 제안했을 때, "돈 걱정 없는 문학은 하고 싶지 않소. 돈 걱정이 곧 인간의 생활이고, 그런 생활을 바탕으로 한 문학이라야 문학일 것이라고 나는 믿고 있소."(4권, 283쪽)라며 단호하게 거절하기에 이른다. 그리고 생활에 밀접한 소설을 쓰겠다는 서재필의 소설론은 삶을 '기록'하는 것이 소설이라는 인식으로 나아간다.

> 소설가 Y씨는 소설이란 무엇이냐고 묻기에 앞서 소설적 인식이란 무엇이냐고 물어야 한다며, 그것은 첫째 사랑에 의한 인식이라고 했다.
> 사랑에 대한 인식! 좋은 말이다.
> 경제인들은 자기에게 이익을 줄 수 있는 사람인가 손해를 끼칠 사람인가 하고 사람들을 평가한다. 정치인들은 사람을 한 장의 표로 본다. 나에게 던져질 표인가, 남에게 던져질 표인가 하고. Y씨의 말에 의하면 문학은 인간을 인생적으로 보는 인식이라고 했다. 즉 슬픈 생명으로서의 인간, 사랑하고 미워하고 고민하고 후회하는 인간, 운명에 번롱당하는 인간, 무언가를 하려다가 혹은 성공하고 혹은 실패하는 사람들을 사랑의 렌즈를 통해 인식하는 것이라고 했다.
> 좋은 말이긴 하되 시들하다.
> 그런데 다음과 같은 Y씨의 말엔 들어둘 만한 것이 있었다.
> 역사로서도 부족하고, 신문기사적 기록으로서도 부족한 그 무언가가 있다. 예컨대 착한 악인이란 게 있고, 악한 선인이란 게 있을 수 있는 것인데 이러한 기미를 찾아 표현하려면 부득이 문학을 필요로 한다……
> (『행복어사전』 5, 306~307쪽)

서재필은 '소설가 Y씨'의 '사랑에 대한 인식'과 '인간을 인생적으로 보는 인식'으로서 소설적 인식을 "시들하다"고 평가한다. 그렇지만 '역사로서도, 신문기사적 기록으로도 부족한 그 무언가'를 찾기 위해 문학이 필요하다는 인식만은 들어둘 만한 것이라고 믿는다. 여기서 '소설가 Y'는 이병주라고 읽는 것이 마땅해 보인다. 이병주는 「문학이란 무엇인가」[203]

라는 에세이에서 이른바 문학적 인식에 대한 생각을 직접 밝힌다. 첫째, 사랑이 문학의 원천이며 그 원천으로서의 인식이 문학적 인식이라는 것이다. 둘째, 문학적 인식이란 심성의 질서에 의한 것으로 사랑이 문학으로서 가능하기 위해서는 그것이 심성의 질서에 따라 정치화해야 한다고 주장한다. 셋째, 문학적 인식은 진실의 탐구만을 유일 지상의 목적으로 하는 것이며, 세속적인 가치에 더불어 행복의 계기를 제공하는 것에 대한 탐구가 문학의 역할이 되기도 한다는 것이다. 넷째, 문학적 인식은 필연적으로 인간의 행복을 주축으로 한 비판적 인식일 수밖에 없다고 말한다. 다섯째, 문학적 인식이 극적인 인식이고 문학이 대중과 깊이 관계를 맺을 수 있었음도 역시 문학적 인식이 극적인 인식이기 때문이라고 주장한다. 여섯째, 문학적 인식은 기록과 묘사를 통한 인식이라는 것이다. 문학과 비문학을 결정짓는 것이 기록과 묘사에 의한 인식이며 문학은 만인이 느끼고 있으면서도 정착시키지 못하는 것을 기록과 묘사로 정착시키는 기능을 갖는다고 설명한다. 그럼에도 문학이 역사와 다른 점이 있는데 역사가 성공자와 승리자에게 중점을 둔다면 문학은 좌절하고 패배한 자를 잊지 않는다는 것에 있다는 것이다. 그리고 최후의 승리자는 바로 기록하는 자라는 것이 자신의 신앙이며 신념이라고 밝힌다. 이렇듯 서재필의 입을 통해 보인 '소설가 Y'와 이병주의 소설에 대한 인식은 일치한다.

삶의 기록으로서 문학에 대한 서재필의 인식은 다시 '정감을 통한 기록'으로 이어진다.

'(…)백 년 후엔 아무도 남을 사람이 없을 지금 이 거리의 인간들. 백 년 후에도 사람들로 붐빌 이 거리. 그 인간들과 지금 이 사람들과의 관계는 도대체 어떻게 되는 것입니까. 백 년 전 이 한강변에서 목 베여 죽은 천주교도들

---

203) 김윤식·김종회 엮음, 앞의 책, 127~135쪽.

의 원한은 또한 어떻게 되는 것입니까. 천주교도들뿐이겠습니까. 시간마다로 핏자국으로 물들이는 인간의 참극……. 이 모두를 해답할 순 없습니다. 다만 **정감으로써 기록할 뿐입니다.** 그래서 소설이 있어야 하는 것입니다…….'
　어느덧 나는 소설론의 서문을 엮고 있었다.(『행복어사전』 5, 230쪽)

　인용문에서 보듯 서재필은 원한 맺힌 삶을 정감으로 기록하는 것이 문학, 소설의 역할이라고 생각한다. 시대는 시대마다 부조리와 갈등으로 인한 비극을 떠안고 있다. 정치 이데올로기에 의해 희생당한 천주교도의 비극과 원한에 대해 해답을 제시할 수는 없지만 그것을 '기록'하는 행위를 통해 승리자의 기록이라 할 수 있는 역사에서는 지워져야만 했던 사실을 반추하게 한다는 것이 서재필의 논리이다. 그리고 이때 문학만이 가질 수 있는 것이 바로 '정감(情感)'이다.

　① "전 문학이란 얘기를 꾸며놓은 거로만 알았어요. 특히 소설은요."
　"얘기를 꾸며놓은 것이라고 할밖에 없는 소설도 많지요. 그러나 문학으로서의 소설은 왜 그런 얘기를 꾸미지 않을 수 없었던가 하는 정념(情念)과 사상(思想)이 표현되어 있는 얘기라야만 하는 겁니다."
　　　　　　　　　　　　　　　　　　　　　(『歷城의 風, 華山의 月』, 104쪽)

　② "그런데 이 선생, 난 요즘 묘한 것을 느끼기 시작했읍니다. 신문기자가 어느 특정인을 두고 기사를 쓰면 아무리 좋은 의도를 갖고 정확을 기한다고 해도 독소적으로 작용할 수밖에 없다는 느낌입니다. 만일 그 독소적인 부분을 의식적으로 없애 버리려고 하면 쓰나마나한 것으로 되구요. 신문기자의 눈은 어디까지나 타인의 눈이거든요. 타인의 눈은 무서운 겁니다. 그러나 소설가의 눈은 다르다고 생각해요. 근본에 사랑의 빛깔이 있는 이웃의 눈, 아니면 동포의 눈으로 되는 것이 아닐까 해요. 그러니 아무리 주인공을 가혹하게 나누어노 특소직인 직용은 없을 깃이디, 이겁니다. 나는 요즘에 와서야 비로소 직업적인 두려움을 느꼈읍니다. 신문기자란 무서운 직업입니다. 그 눈은 차갑습니다. 세상엔 물론 그런 눈이 있어야 하는 것이지만

두려워요. 어디까지나 타인의 눈이니까요."(『무지개사냥』 1, 42~43쪽)

③ 오늘날 우리나라의 문학이 일견 조촐해 뵈도 문학이 아니고서는 감당할 수 없는 인간의 기록, 인간의 진리를 담고, 어떤 정치연설, 어떤 통계숫자, 어떤 판결 이유보다도 짙은 密度와 호소력을 지니고 있다. 우리 생활의 인간화를 위해선 문학청년적 감상마저 아쉬운 계절인 것이다. 문학은 인생이 얼마나 존귀한가는 외우고 외치는 작업이다. 지구위에 四十數億種의 人生이 있다는 것, 그 하나 하나가 모두 안타까울이만큼 아름답다는 인식이며 표현이다.[204]

인용글 ①은 『歷城의 風, 華山의 月』은 일본 유학 시절 성유정이 기차 안에서 일본인 미네야마 후미꼬를 만나서 나누는 대화이다. 일본인 아가씨를 꾀어내기 위해 그녀가 읽고 있는 소설에 대해 질문을 하며 자신의 문학적 식견을 뽐내는 부분이지만 이병주는 성유정을 통해 문학에 대한 자신의 인식을 밝힌다. 소설은 단순히 이야기를 꾸며내는 것에 그치는 것이 아니라 "왜 그런 얘기를 꾸미지 않을 수 없었던가 하는 정념(情念)과 사상(思想)"이 드러나야 한다는 것이다. 쉽게 말해 한 편의 소설은 소설을 통해 말하고자 하는 무엇인가가 있어야 하며, 말할 수밖에 없게 만든 그 무엇에 대한 깊이 있는 사유와 격렬한 정서에 기반을 둔 것이어야 한다는 것이다. 이것은 『행복어사전』의 서재필이 "흥미 또는 재미를 노려 소설을 허구한다는 것은 완전히 무망한 짓"(3권, 245쪽)이라고 생각하는 것과 동일한 맥락이기도 하다. 즉 허구성이 소설 문학의 본질적인 속성이라 할지라도 허구를 위한 허구, 말초적인 흥미만을 추구하는 소설은 소설로서 가치를 갖지 못한다는 소설적 인식이라 할 수 있다.

인용글 ②는 소설 『무지개사냥』에서 K라고 하는 신문기자가 소설가인 '나(이선생)'에게 위한림을 모델로 하는 소설을 써보라고 권하는 장면이다.

---

204) 이병주, 「文學의 涸渴」, 『白紙의 誘惑』, 남강출판사, 1973.

K는 신문기자가 사실을 기록한다고 해도 그것은 차갑디 차가운 '타인의 눈'205)이 될 뿐이므로 근본에 사랑을 가지고 있는 '소설가의 눈'으로 위한 림이라는 인물의 일을 소설로써 기록해야 그 독소가 제거될 것이라고 말한다. 사실의 세밀한 기록을 통해 현실을 전달하는 신문기자가 "좋은 의도를 갖고 정확을 기한다고 해도 독소적으로 작용할 수밖에 없다"는 인식은 일찍이 『배신의 강』의 성유정의 입을 통해서도 드러난 바 있다. 작중 소설가 성유정은 "현실이 소설보다 더 재미가 나니까 소설 쓰기도 힘들어. 옛날엔 일상생활이 지루했거든. 별반 사건도 없구. 그러니까 웬만한 상상력만 동원해서 그럴 듯하게 사건을 꾸며놓으면 한 편의 소설이 됐거든. 그런데 요즘 세상엔 소설가의 상상력 따위는 뺨치는 사건이 다음다음으로 일어난단 말야. 소설가는 그러니 현실의 사건을 희석(稀釋)해서 쓸 수밖엔 없다는 거지. 현실의 밀도 그대로를 쓰면 <독>이 되니까 거기에다 물을 타야 한다는 얘기야."206)라고 말한다. "소설가의 상상력 따위는 뺨치는 사건이" 줄기차게 일어나는 현실에서는 상상력을 보태어 소설을 쓰는 것이 아니라 오히려 "현실의 사건을 희석해서" 써야 한다고 말한다. 있는 그대로의 현실을 소설로 옮겼을 경우, 오히려 그것이 현실을 살아가

---

205) 이병주는 칼럼을 통해서 '타인의 눈'에 대해 언급한 바 있다. "한국국민을 알려면 이 '한'을 이해해야만 한다. 그런데 잊어선 안될 문제가 있다. 그것은 '타인의 눈'이다. 개인으로나 집단으로나 우리는 우리의 눈으로 관찰하고 행동하는 것이지만 언제나 타인의 눈앞에 있다는 사실을 잊을 순 없다. 남이 우리를 어떻게 생각하는가에 대한 배려만으로 살아갈 순 물론 없지만 그것을 배제하고도 살지 못한다. 고독이란 것은 남의 눈이 내 눈 같지 않다는데 대한 의식적인 또는 무의식적인 반응이라고 하라 수 있다. 다시 말하면 나는 이처럼 기쁜데 남은 나의 기쁨에 동조하지 않는다. 나는 이처럼 슬픈데 남은 나의 슬픔을 이해하지 않는다고 느꼈을 사람의 고독은 짙은 빛깔을 띤다."(이병주, 「차가운 '타인의 눈'」, 『불러보고 싶은 노래』, 앞의 책, 232쪽.) 타지면에 실은 칼럼을 모은 칼럼집으로 위 글은 1984년 LA올림픽 직후 작성된 것으로 보인다. 이병주는 LA올림픽에서 금메달 10개의 성적을 올린 우리나라에 대해 미국의 유력 잡지들이 전혀 언급하지 않은 사실을 전하며 우리 민족의 한을 이해하지 못한 차가운 타인의 눈을 느꼈다고 기술한다.
206) 『배신의 강』 下권, 558쪽.

는 인간들에게 위해로 작용할 수 있기 때문이라는 것이다. 이때 '독'을 희석시키는 역할을 하는 것이 바로 '정감'이며, 바로 이 정감이 이병주의 소설에 대한 인식의 핵심이다.

또한 인용글 ③은 이병주의 에세이 「文學의 涸渴」의 일부이다. 이병주는 근본적으로 문학만이 감당할 수 있는 인간의 기록이 있으며, 문학이 보기 좋게 정돈된 숫자나 설득력을 가진 연설보다 더 "짙은 밀도와 호소력"을 지니고 있다고 믿는다. 그리고 "지구 위에 四十數億種의 인생"이 있다면 '그 四十數億種의 각각이 가진 인생의 아름다움을 보여줄 수 있는 것이 바로 문학이며, 문학의 역할'이라고 기술한다. 문학이 객관적이고 논리적인 여느 글보다 더 큰 설득력을 가진다고 한다면 그것을 가능하게 하는 것 역시 '정감'이라는 것이다.

그렇기에 이병주가 추구하는 문학은 단순히 어떤 사실을 있는 그대로 '기록'하는 것에 있지는 않은 듯하다. 이병주가 말하는 '정감'은 "솔직하게 내 기분과 감정을 표출"(『그해 5월』6, 245쪽)하는 것과 크게 다르지 않다. 있는 사실 그대로의 객관적이고 냉철한 기록은 일상을 영위하는 사람들의 삶에 대한 올바른 기록일 수는 없을 것이다. 삶에는 그 삶의 영위하는 사람들이 매순간 가지는 기분과 감정이 있을 것이며, 그것이 사회적으로 큰 의미를 가지는 사건일 경우에는 더욱 그러하다. '사건'을 입증하는 것은 증언이고, 분명 '사건'을 체험한 당사자가 아니면 말할 수 없는 것이 존재한다.[207] 충분한 사료를 통해 사건과 사건을 살아야했던 사람들을 객관적으로 충실히 재현해 낸다고 하더라도 필연적으로 생기게 되는 결여가 바로 사건 당사자의 기분과 감정이다. 이병주가 소설을 통해 전달하고자 하는 것은 객관적 사실의 기록이 아니라 사건과 함께 파묻힌 사람들의 "원한"이며, 그 원한을 전달하기 위해서는 "정감"으로서 기록할 수밖

---

207) Oka Mari, 앞의 책, 83쪽.

에 없다는 것이다.

정감으로서의 기록이 이병주가 가지고 있는 소설적 인식이라고 한다면 가장 먼저 다루게 되는 것이 사건의 당사자로 자신이 경험한 과거 사건에 대한 기록일 것이다. 그 어떤 신문기사 혹은 역사적 서사보다 사실을 효과적으로 전달할 수 있는 소재가 바로 자신이 '겪은 것'이며, 삶을 겪는 동안 '느낀 것'이겠기 때문이다. 따라서 이병주가 소설을 통해 지난 과거의 사건을 다루는 경우 부각되는 것은 소설이 본래적으로 가지는 허구적 속성보다 정감이라고 말하는 것이 옳을 것이다. 그런 맥락에서 이병주 소설에서 허구성이 강조되는 것은 서사의 뼈대가 아닌 서사적 세계를 살고 있는 인물의 내면이다. 일상을 배경으로 일어났던 실재 사건은 사실 그대로 기록하고, 그 사건을 살았던 인물들이 느꼈을 감정의 움직임들이 이병주의 상상력에 의해 보충되는 형태라고 할 수 있겠다. 그리고 소설에 대한 인식을 소설을 통해 강조함으로써 자신이 다루고자 하는 것이 무엇인지를 끊임없이 독자에게 알리고자 했는데 이것은 소설가로서 자신의 소설에서 중요한 지점이 무엇인지를 명확하게 하려는 의지의 발로인 것이다.

## 2) 자전적 글쓰기를 통한 반성과 해명

이병주 소설의 두드러진 특징 중 하나는 자전적 서사에 소설을 쓰는 주체인 자신을 소설 속에 직·간접적으로 노출시킨다는 것이다. 특히 작가의 분신이라 할 만한 인물이 거의 모든 소설에 등장한다. 이와 관련하여 언론인이자 정치가였던 남재희는 이병주와의 대담에서 이병주 소설의 등장인물들이 모두 작가의 분신 같다는 점을 지적한 바 있다. 각기 다른 성격을 가지는 인물임에도 불구하고 결국 모든 인물이 이병주의 목소리를 드러내는 듯하다는 것이 그 요지였다.

"잘 지적해 주셨습니다. 그런 점은 좀 더 공부를 해야겠지요. 사실 저도 그렇게 느끼고 있어요. 이 소설에서 저와 전혀 이질적인 성격을 가진 하준규를 그리는 경우, 그에 관해서는 국립도서관에 가서 해방 전후의 자료를 뽑아 등사까지 해서 정독을 했고 또 그 사람 주변의 다른 얘기들도 많이 듣고 했는데, 얘기를 전해주는 사람이 내 비위에 맞도록 전해주어서 그런지 몰라도 정작 그의 얘기를 쓰고 보면 전혀 나오는 판이한 사람인데도 비슷해지고 하니…(웃음) 안 그래도 하준규를 잘 아는 사람이 충고를 해요. 이 인물은 너지, 어떻게 하준규냐 하고요."[208]

위의 인용문에서 확인할 수 있듯이 이에 대해 이병주는 마땅한 반론을 제시하지 않았으며 남재희의 지적을 인정하고 또한 극복하기 위해 노력하고 있다고 대답했다. 그러나 이병주는 자신의 글쓰기 방식이 가지는 한계를 충분히 인지하고 있음에도 불구하고 이후의 많은 소설에서—특히 과거의 사실을 전면화하는—자신의 분신을 등장시켜 말하는 방식을 고수한다. 상황이 이러하다면 이병주의 소설에서 작가의 인물 투영은 과거의 경험적 사건을 사실적으로 전달하는 것 이상의 의미를 내포한다고 할 수 있다.

거듭 강조하는 바와 같이 학병 체험은 이병주에게 강한 트라우마를 남겼고 이병주는 여러 편의 소설에서 학병 체험과 그에 대한 인식을 빈번하게 다루고 있다. 그리고 학병 체험에 대해 그 스스로 긍정적으로 인식하고 있지 않음을 인터뷰를 통해서 직접 밝히기도 한다.

"내가 지금도 항상 고민하고 후회하고 있는 점은 그 당시 아무리 경찰서장이나 형사들이 압박을 가해 왔더라도 절대로 학병을 안 갔어야 하는 건데… 하는 것입니다. 그때는 민족 의식, 세계관, 역사관이 빈약했었다고 할 수밖에 없을 것 같아요.(…) 학병으로 간 것은 바로 우리를 독립시켜 준다는

208) 남재희 · 이병주, 앞의 글, 245쪽.

것에 반대를 한 것이니까 지각이 없었던 것이고 용서할 수 없는 역사적 과
오를 저지른 것 아니겠어요?"209)

이병주는 자신이 학병에 간 일을 두고 "용서할 수 없는 역사적 과오"
라고 못박는다. 빈약한 세계관과 역사관으로 인해 학병 노릇을 해야 했고
그것은 우리의 독립에 반하는 것이었기 때문이다. 그리고 이런 죄의식은
다시 단편 소설 「변명」210)에서 "나는 '카이로 선언'이 있고 난 후에 일본
군에 끌려 간 비굴한 놈이다."(87쪽)로 나타나며, 학병 시절 일제에 항거하
다 죽음을 맞은 탁인수에 관한 기록을 일본군의 군법회의 자료에서 보고
"내가 실감한 역사라는 것이 보잘것없는 감상이란 걸 알았다. 그 엄숙한
탁인수의 역사 속에 내가 기어들 자리는 없었다. 나는 한 마리의 버러지
에 불과했다."(94쪽)는 자신에 대한 자조로 표출된다.

이를 통해 이병주가 소설에서 끊임없이 학병 경험을 다루는 이유가 유
추 가능해진다. 이병주는 자신의 소설 쓰기를 통해 자신의 지난 과거 체
험을 꺼내어 기록하고 지난 과거를 반성하고 해명하고 싶어 한 것임을
알 수 있으며 특히 이것은 본인이 그토록 치욕스럽게 생각했던, 그래서
"노예의 사상"211)의 원인이기도 한 학병 시절에 대한 변명의 일환이기도
하다. 그러한 변명은 『관부연락선』에서 "나 아닌 나를 가립(假立)해 놓고
그렇게 가립된 나의 의견을 꾸미는 것"이라는 형태로 나타나며, 이를 바
탕으로 김윤식은 『관부연락선』의 핵심 서사인 유태림의 서사가 허구가
아니라 사실 그 자체라 할 수 있을 것이라 주장하기도 한다.212) 이병주는

---

209) 송우혜, 앞의 글, 58쪽.
210) 1972년 12월, 『문학사상』 발표. 이 글에서는 2006년 한길사에서 간행된 것을 대상으
　　로 한다.
211) 김윤식, 『한일 학병세대의 빛과 어둠』, 앞의 책, 187쪽.
212) 김윤식, 『이병주 연구』, 앞의 책, 52쪽.(그러나 이후 김윤식은 유태림의 서사가 이병주
　　자신의 서사와 일치하는 것이 아니라, 이병주가 되고 싶어 한 황용주에 대한 기록이

자신이 '비겁자'가 될 수밖에 없었던 이유를 밝히는 문학을 하고자 했고, 유태림과 이형식, 이동식, 이규, 이사마 등과 같은 자신의 분신을 통해 그에 대해 해명하려고 했음을 알 수 있다.

> 대의를 지키고 이데올로기에 고립하고 저항 행동을 하는 것은 혁명가나 정치가에게 맡겨버리고 문학자는 문학자에게 있어서 가능한 일만 하자는 것입니다. 왜 문학자이길 택했느냐, 내겐 정치가로서의 소질이 없습니다. 내겐 혁명가로서의 용기가 없습니다. 그래서 문학자가 되리라고 결심한 것입니다. (…) 정치가가 안 되고 혁명가가 안 된 패배한 인간군 속에 나의 문학의 원칙이 있을 것입니다. 나를 비겁자라고 해도 좋습니다. **왜 나는 비겁자가 되지 않을 수 없었던가를 밝히는 것만으로 나는 문학이 가능하다고 생각합니다.** (…) 문학자는 자기의 독자에게 봉사하면 그만입니다. 그리고 그 봉사는 조그마한 진실을 나눠갖는 것만으로도 족한 것입니다.
>
> (『행복어사전』4, 17~19쪽)

인용된 글은 소설을 쓰기로 결심한 『행복어사전』의 주인공 서재필이 박문혜에게 쓴 편지의 일부이다. 서재필은 단 한 번 마주쳐 서로에게 호감을 느끼게 된 여인 박문혜에게 보내는 첫 번째 편지에서 자신의 문학관을 장황하게 기술한다. 서재필은 문학가가 정치가나 혁명가의 역할까지 하려해서는 곤란하며, 대의를 위한 문학보다는 주위의 삶과 사람에 충실한 문학을 위해 노력해야 함을 주장한다. 그리고 무엇보다 자신이 비겁자가 될 수밖에 없었던 이유를 해명하는 것만으로도 문학이 가능하다고 판단한다. 험난한 역사의 틈바구니에서는 살아남았다는 사실 자체가 죄의식을 남기게 된다. 서재필은 "아직도 생명을 유지하고 있는 문학자로서 이태준이 있다고 하는데 그가 살아남은 결정적인 이유가 그는 남로당에 입당하지 않았"(4권, 17쪽)기 때문이라고 설명한다. 살아남기 위해서는 비

---

라고 주장한다.)

겹할 수밖에 없고, '비겁의 이유' 역시 역사의 기록이자 역사가 기록하지 못한 것의 기록일 수 있기에 그것이 소설이 될 수 있을 것이라 생각한 것이다.

이처럼 이병주는 소설 속의 인물에 자신을 투영시켜 과거 자신의 삶에 대해 해명하거나 자신의 문학적 신념을 드러내는 경우가 많다. 여기서 한 걸음 더 나아가 자신이 소설가 이병주인 채로 직접 서사의 핵심 인물로 나타나는 경우도 빈번하다.

> 『미완의 극』은 결국 완전히 수수께끼를 풀지 못한 채 끝날 수밖에 없는 숙명을 지니고 있다.
>
> 우리가 경애하던 여배우 최은희 씨의 운명이 그러했듯이. 그러나 나는 최은희씨가 어떠한 상황 속에서 살고 있다는 것을 믿어 의심하지 않는다. 그녀는 어떤 타의에 의해 영락없이 침묵해 있어야 할 환경에 빠져들어 있는 것이다. 그러나 한 가지 말해 둘 것은 그녀가 북한에 있지 않다는 사실이다. 물론 이것은 갖가지 정세로 보아 내가 추측한 것이지, 확인된 사실은 아니다.213)

"이병주가 쓴 최초의 추리소설"이라는 표제를 달고 있는 『未完의 劇』은 앞서 설명한 바 있듯 소설가인 이병주 자신이 소설에 직접 등장해 주인공 역할을 맡는다. 스스로 밝히듯 배우 최은희의 실종 사건을 바탕으로 하고 있는데, 실제 작가인 이병주 자신이 서사에 핵심 인물로 등장해 사라진 배우 윤숙경을 찾기 위해 고군분투한다는 점에서 이채롭다. 세부적인 설정들은 실재 사건을 바탕으로 하고 있지만 연재 당시의 시점에서는 밝혀진 사실이 아무 것도 없어 말 그대로 이병주 자신의 추측과 상상만

---

213) 이병주, 『未完의 劇』, 앞의 책, 蛇足.(연재 당시인 1982년에는 1978년 납북되었던 최은희의 행방이 알려지지 않았다. 최은희의 납북 사실은 북한에서 신상옥 감독과 함께 만든 영화들이 해외 영화제에 출품되고, 수상하게 된 이후인 1984년에야 비로소 알려진다.)

으로 서사가 진행되고 있다. 그러나 이병주가 작가인 자신을 소설의 핵심 인물로 등장시켜 사건에 직접 개입함으로써 서사가 갖는 허구와 현실의 경계는 허물어진다.

실제로 일어난 유명 배우의 실종 사건을 소설에 녹여내어 기록하고자 했던 이병주는 최은희의 실종 사건을 두고 '기록'할 수 없게 되자, 독자로 하여금 상상에 의해 만들어진 허구적 서사를 사실적 서사로 읽게 하기 위해 그 자신을 소설에 직접 등장시키는 방식을 선택한 것으로 볼 수 있다. 이는 연재 당시 행방을 알 수 없던 배우 최은희를 두고 온갖 억측이 난무하자 그녀가 타의에 의해 사라졌으나 어딘가에 살아있을 것이라는 자신의 믿음을 소설화한 결과라고 하겠다. "한국에서의 최후의 밤"[214]에 함께 술을 마실 정도로 남다른 친분 관계에 있던 최은희가 말도 안 되는 루머의 주인공이 된 현실을 바로 잡기 위한 시도인 것이다.

한편 이병주 소설에 나타난 계몽주의적 성향을 비판적으로 분석한 논문에서 용정훈[215]은 이병주의 자아도취적 성향을 지적하며 그것이 계몽의 주체로서 계몽의 대상에게 갖는 우월한 위치에 대한 자각이 은연중에 영향을 미친 탓이라고 보았다.

> "꼭 같은 사건이라도 주간지의 기자가 쓰면 스캔들이 되고 이병주 같은 작가가 쓰면 염문으로 되는 것 아닙니까?"
> 김달수가 한마디 했다.
> "멋진 표현이에요. 이병주란 작가의 손에 걸리면 어떤 추문도 미담처럼 되어버리는 걸요."
> 안민숙이 맞장구를 쳤다.
> "스캔들을 스캔들 그대로의 밀도로서 쓰지 못하는 소설가가 어디 작가라고 할 수 있나 뭐."

214) 송우혜, 앞의 글, 55쪽.
215) 용정훈, 앞의 논문.

계수명이 신랄하게 말했다.
"옳은 말씀이오."(『행복어사전』 1, 321쪽)

용정훈은 위의 인용문에서 강조체까지만을 인용하고 "병적으로까지 보이는 이러한 나르시시즘"이라고 비판하지만, 이를 "노골적인 찬사"만으로 보는 것은 얼마간의 오해라고 생각된다. 오히려 핵심은 "스캔들을 스캔들 그대로의 밀도로서 쓰지 못하는 소설가가 어디 작가"인가 하는 계수명의 말에 있다. 한낱 가십에 지나지 않는 스캔들을 아름다운 이야기처럼 꾸며버리는 것이 소설가로서의 역량이 아니라는 것, 평소 글쓰기에 대한 이병주의 신념에 비추어 보면 이는 사실을 사실 그대로 기록하지 못하는 소설가는 소설가가 아니라는 반성적 사고가 내재되어 있는 것으로 읽는 것이 더욱 적확할 것이라 생각한다.

또한 『산하』에서는 자신이 필화사건으로 복역하던 때의 에피소드를 이종문의 입을 통해 말하기도 한다.

5·16혁명 후의 감옥풍경을 다음과 같이 설명했다.
"자유당정권으로 말하몬 장관·차관·국장·과장·순경에 이르기까지 거게다 자유당 거물을 끼어 꼭 같은 감방에 있는기라. 자유당뿐인가. 민주당 정권의 거물도 있지, 혁신정당하는 사람들도 있지. 빨갱이가 있는가 하면, 그걸 잡을라꼬 돌아다닌 경찰관도 있지. 그런데 그 잡다한 계층과 분자들이 하나의 규율 밑에 꿈쩍도 못하고 있는기라. 그런데 갖다놓은께 내 같은 것 참말로 형편이 없드마. 그 장기 주머니 속에서도 빛나는 놈이 있거던. 그게 진짜 인물이 아닌가 싶어."
그때 이종문은 경남 경찰국장 최남규와 국제신보 주필이 같이 있었다는 얘기도 했다.
"최남규는 그 국제신보 주필을 감우에 처넣기가 소원이었는데 혁명 정부가 대신 그의 분풀이를 해준 셈이지. 그런데 자기도 그 꼴이 되었는데 세상 참 우스운기다. 그런데 최남규는 옥사했어. 평생을 큰 소리만 하고 살 놈

같더니만……."(『산하』 7, 283~284쪽)

이승만을 등에 업은 이종문은 자유당의 국회의원으로 권세를 누리며 온갖 비리와 부정부패를 저지르고 그 때문에 감옥살이를 하게 된다. 이병주는 『국제신보』 주필로 근무하다가 필화 사건에 휘말려 1961년부터 2년 7개월 간 복역한 바 있다. 이종문을 통해 보여지는 5·16 이후 감옥의 풍경은 기실 이병주 그 자신이 본 것이라 생각할 수 있다. 각자의 방식으로 시대를 영위했던 "잡다한 계층과 분자들이 하나의 규율 밑에 꿈쩍도 못 하고 있는" 풍경. 그 풍경 속에서도 이병주는 삶의 드라마를 발견하게 된다. 바로 '국제신보 주필'과 그 국제신보 주필을 감옥에 처넣고 싶어 하던 최남규가 한 방에 있었다는 사실이다. 여기서 최남규는 이승만 정권에 영합한 인물로 경상북도와 경상남도 경찰국장을 역임한 바 있으며 4·19 혁명 이후 3·15 부정 선거의 주범으로 체포된다. 그토록 감옥에 보내고 싶어 하던 사람과 같은 운명에 처하게 된 이 기막힌 우연은 최남규의 옥사로 마무리되는데 다른 이를 감옥에 보내는 일을 하며 "평생을 큰 소리만 하고 살 놈" 같던 최남규는 다른 곳도 아닌 감옥에서 죽고, '국제신보 주필'이던 이병주는 살아남게 된다. 평소 삶이 빚어내는 운명과 우연에 관심을 가지던 이병주는 자신이 직접 겪은 운명과 우연의 드라마를 효과적으로 전달하기 위해 직접 소설에 등장하는 방식을 선택한 것이라 할 수 있다.

한편 「소설·알렉산드리아」는 피리를 연주하는 프린스 김의 시점에서 서술된다. 부산에서 만난 선원 말셀에 의해 이집트의 알렉산드리아에 간 프린스 김에게는 필화 사건에 연루되어 감옥에 갇힌 '형'이 있다. '형'의 서사는 프린스 김과 '형'의 편지를 통해 전달되는데, 여기에서 '형'이 이병주의 분신임은 두 말할 필요가 없어 보인다. 두 편의 논설이 빌미가 되어 감옥에 갇혀야 했던 작가 자신의 체험이 '형'의 편지에서 세밀하게 제시되고 있는 것이다.

특징적인 것은 '나'와 형의 관계이다. '나'의 행동은 오로지 형과의 관련에 의해서만 이루어진다. '나'가 머나먼 타국의 땅 알렉산드리아에 가게 된 데에 '나'의 의지는 개입되지 않는다. 서대문형무소에 있으면서 알렉산드리아를 소망하는 형을 위한 일일 뿐이다. 또, 왜 알렉산드리아를 소망하느냐는 말셀의 물음에 말없이 형의 편지를 꺼내보이는 것을 통해서도 형의 말이 곧 나의 말임은 은연중에 드러난다. 그러나 서사는 형이 아닌 '나'를 통해 전달되고, 형의 말 역시 형이 쓴 편지를 꺼내 읽고, 꺼내 보이는 '나'에 의해서만 전달된다.

> 교양인, 또는 지식인은 난관에 부딪쳤을 때 두 개의 자기로 분화한다. 하나는 그 난관에 부딪쳐 고통을 느끼는 자기, 또 하나는 고통을 느끼고 있는 자기를 지켜보고, 그러한 자기를 스스로 위무하고 격려하는 자기로 분화된다. 그러니 웬만한 고통쯤은 스스로가 스스로를 위무하고 지탱하고 격려하면서 견디어 낸다.(「소설·알렉산드리아」, 33쪽)

또한 감옥에 갇힌 '형'은 스스로를 분화시켜 고통을 이겨내는 것이 지식인이 살아남는 방법이라고 말한다. 인정할 수 없고 그래서 더욱 견디기 힘든 현실을 '환각'을 통해 벗어나고자 한다는 것이다.[216] 때문에 알렉산드리아와 서대문형무소라는 이중적 공간도, 각기 다른 공간을 점유하고 있는 인물인 '형'과 '나' 역시 온전히 분리된 개성이라고 보기는 힘들다. '나'도 결국은 형무소라는 닫힌 공간에 있는 '형'이 만들어낸 환각이자 분

---

216) 고인환(「이병주 중·단편 소설에 나타난 서사적 자의식 연구」,『국제어문』48, 2010.)은 시대 현실에 응전하는 이병주의 서사적 자의식의 변모 양상을 살피면서 이병주가 '환각의 글쓰기'에서 출발해 반자전적 실록 대하소설에 이른다고 분석한 바 있다.

열이며 분신217)일 수도 있다는 가능성을 내비치고 있는 것이라 하겠다.

이처럼 「소설·알렉산드리아」에서 형의 공간인 서대문형무소와 '나'의 공간인 알렉산드리아는 선명하게 대비되어 나타난다. 형이 국가의 통일을 염원하는 글을 썼다는 이유로 소급법의 적용을 받아 10년형을 언도받고 서대문형무소에 갇혀 속절없이 지내는 것과는 달리, '나'는 우연히 만난 선원을 통해 알렉산드리아에 이르게 된다. 형의 공간인 한국의 서대문형무소에 비해 '나'가 속해 있는 이집트의 알렉산드리아는 이상적 공간으로 그려진다.

「소설·알렉산드리아」에서 알렉산드리아는 무정형의 공간이자 열려 있는 공간으로 나타난다. "고전적, 중세적, 현대적, 미래파적으로 음탕한 알렉산드리아. 아라비안나이트적인 교합과 할리우드적인 교합과 이집트적인 교합"이 이루어지며, "다섯 종류의 인종이 붐비고, 다섯 종류의 언어가 소음을 이루고, 몇 타스의 교리가 서로 반복하고 질시하고 있는 도시"이고, 그곳에서는 "남성과 여성만으로선 다할 수 없는 성의 형태, 자웅동종의 형태에 이르기까지 성은 분화하고 그로테스크하게 이지러져" 있기도 하다. 무엇 하나로 규정지을 수 없는 이러한 비확정적인 공간의 설정은 나치에 의해 동생을 잃은 한스 셀러와 역시 나치에 의해 가족과 고향 모두를 잃은 사라 안젤의 복수에 대한 공판 결과와도 관련을 맺는다. 한스 셀러와 사라 안젤은 개인적인 원한으로 나치의 게슈타포였던 엔드레드를 사전 모의를 통해 살해했지만 알렉산드리아의 법원은 이들에게 '알렉산드리아에서의 퇴거'를 명하고 판결을 보류한다. 형이 민족의 통일을 염원하며 쓴 논설 한 편 때문에 감옥에 갇혀 수감생활을 하는 것과는 극명하게 대조적이기도 하다.

---

217) 김병로, 「다성적 서사담론에 나타나는 현실인식의 확장성 연구」, 『한국언어문학』 36, 한국언어문학회, 1996. 108~109쪽.

"생각해봐. 말셀, 도대체 그러한 글을 쓸 수 있다는 정신상태가 틀려먹은
것 아냐. 조국이 없다가 뭐야. 또 이런 문구도 있지. '조국이 부재한 조국'이
란, 검찰관과 심판관이 펄펄 뛸 만하잖아? 정신병자가 아닌 담에야 그렇게
쓰지 못할 거야. 평범하게 분수나 지키며 살아야 할 인간이 뭐 잘났다고 어
수선한 글을 썼는가 말야. 그래 나는 변호사더러 정신감정의뢰를 내보았으
면 어떠냐는 제안을 해보기도 했지."(「소설·알렉산드리아」, 22쪽)

"조국이 부재한 조국"이라는 형의 글에 나타나 있는 표현은 그 자체로
형의 공간인 한국의 현실을 그대로 드러낸다고 할 수 있다. 조국을 위해
글을 썼다가 조국에 의해 감옥에 갇혔고, 그 조국은 형을 감옥에 집어넣
기 위해 소급법까지 제정했다. 그러나 '나'는 그런 형의 상황에 분개하는
것이 아니라 오히려 형에 대해 '정신감정의뢰'를 제안했다고 말한다. '나'
는 형의 수감이 당연한 것이며, 죄의 무게에 비해 벌이 과분하게 가볍다
고 말하기까지 하지만 이것이 형의 분열된 주체로서의 '나'에 의한 발화
라고 한다면 상황은 달라진다.

이병주는 박정희 군부 세력이 정권을 잡은 직후 필화사건으로 2년 7개
월동안 복역하고 석방되었지만, 그가 다시금 맞닥뜨린 현실은 달라지지
않았다. 박정희 군부 정권은 그 기틀을 마련하기 위해 반공 정책을 빌미
삼아 더 철저하게 국민들을 억압하고 통제해 나갔다. 이런 상황을 고려해
보자면 '나'의 형에 대한 비판은 언어의 아이러니[218]라고 할 수 있다.[219]
논설의 핵심조차 바로 보지 못하는 한국의 사회상과 소급법에 대한 비판

---

218) 아이러니는 근본적으로 언어의 아이러니와 상황(행위)의 아이러니로 나뉜다. 언어의
아이러니는 비유의 일종으로 말하는 사람이 뜻한 숨겨진 의미가 겉으로 주장되는 의
미와 다른 경우에 발생하는 것이다.(한용환, 앞의 책, 304쪽)
219) 이에 대해 손혜숙(「이병주 소설의 역사서술 전략 연구」, 앞의 글, 235쪽)은 두 개의 공
간에 따른 이중의 서사 구조, 그리고 '형'의 죄 찾기는 통제와 검열이 견고하던 시기
에 이를 피해 자신의 억울함과 체제의 폭력성을 고발하기 위한 '알레고리적 장치'로
분석하고 있다.

을 아이러니를 통해 드러내고 있는 것이다. 이병주가 이런 아이러니를 선택할 수밖에 없음은 또한 "감옥에서 편지가 나오려면 검열이란 게 있습니다. 그것을 고려에 넣으셔야죠."라는 '나'의 말에 의해 설명된다.

즉, 한국의 서대문형무소와 이집트의 알렉산드리아라는 이원화된 공간 설정은 자신이 경험한 현실을 '검열'로 대표되는 폭압적 현실 속에서 사실적으로 재현하기 위한 시도이자 그 현실을 살아야했던 자신의 삶에 대한 해명이기도 하다. 결국 현실과는 대조적인 이상적인 공간, 주체의 환각에 의해 성립되는 공간 설정은 현실의 사실적 기록이자, 객관적 기록만으로는 설명되기 어려운 사건의 당사자인 자신의 삶을 해명하는 하나의 수단인 것이다.

이병주는 여러 편의 소설에서 직접 체험한 사실을 자신의 분신이라 할 수 있는 인물을 내세워 사실에 가깝게 구성해내고, 목격자로서 자신이 보고 경험했던 역사를 면밀하게 기록하기 위해 소설 속에서 직접 행동하기도 했다. 그보다 더 중요한 것은 자신이 살아야했던 과거의 삶에 대한 반성과 해명을 분명히 하려는 의도이다. 그 의도를 효과적으로 이루기 위해서 소설에 자신과 자신의 삶을 투영해야 했던 것이다. 그리고 기록자로서 보다 객관적인 사실 전달을 위해 인물의 시선을 한 곳에 집중하지 않고 중심인물을 대상화할 수 있는 또 다른 서술자를 설정하는 등의 시도를 한 것으로 보인다.

이병주는 자신이 경험하고 인식한 현실을 가급적이면 사실적으로 기록하고자 했다. 현실을 사실에 가깝게 재현해 기록으로 남기는 것이 소설가로서 자신의 책무라고 여겼던 때문이다. 그러나 사실을 사실 그대로 기록하는 경우에도 불가피하게 발생하는 결여가 있음을 동시에 인식했다. 그것은 역사가 객관적이고 논리적인 인과관계에 의해 형성되는 것이 아니기에 설령 엄정한 사료(史料)를 근거로 하여 사실 그대로의 역사를 기록한다고 하더라도 그 배면에 놓인 진실에는 미치지 못하는 경우가 많고, '6·25의 전화는 30년 전에 멎었으나 다른 형태로 전쟁이 현재에도 계속되고 있다'[220]는 이병주의 탄식에서 짐작할 수 있듯이 과거의 역사적 사건으로 인해 상처받아야 했던 사람들의 일상적인 삶과 그 속에 내재한 원한은 역사만으로는 기록할 수 없다고 생각했던 탓이다. '원한'은 과거와 현재를 가로지르며 인간의 삶에 영향을 미친다. 과거를 사는 동안 생긴 상처의 흔적이 바로 원한이며, 원한은 해소되지 못한 상처이기에 기억이라는 형태로 응어리진 채 축적되어 있다. 이병주는 인간의 삶에 내재한 원한을 강하게 인식했고 이를 온전하게 기록하기 위해서는 '정감(情感)'으로 기록할 수밖에 없다고 판단했던 것이다.

이병주는 역사가 원한을 기록할 수 없다고 생각했기 때문에 허구로서의 소설을 선택했고 여기에서 허구는 "진실을 인간적으로 번역하기 위한"[221] 것이라 할 수 있다. 그리고 인간의 진실을 해치지 않으면서 기록을 가능하게 하는 것이 바로 정감이라는 것이 이병주의 낙착점이다. 어떤 사건의 주인공이 가지는 감정과 기분이 정감이라고 한다면, 이병주는 감정과 기분의 생생한 전달에 의해서 비로소 사건에 대한 기록이 완성될 수 있다고 인식했던 것이다.

---

220) 이병주, 「6·25가 남긴 이기주의」, 앞의 책, 171쪽.
221) 이병주, 『사랑을 爲한 獨白』, 앞의 책, 201~202쪽.

# Ⅳ. '반인간적' 상황과 비판적 대응

## 1. 폭압에 의한 지식인의 좌절과 선택

시대와 사회 문제에 대한 이병주의 인식은 대부분 지식인[222]을 통해 제시된다. 더 정확하게 말하자면 이병주는 "역사와 사회 속에서 고민하고 몸부림치는 지식인"[223]을 통해 요동하는 역사와 사회의 실상을 제시한다. 지식인이라는 용어를 엄격한 기준을 적용하여 확정적으로 설명하기는 어렵지만 19세기에 와서 "어떤 류의 정신활동에 종사하는 집단이나 개인들을 집합적으로 지칭하는 데 쓰일 용어"[224]로 처음 등장했다는 것이 일반적인 설명이다. 루이스 포이어에 따르면 "지식인은 문화적 상부구조로부터 소외되기를 스스로 선택한 자"이며 "개인적 및 심리적 이유로 해서 사회구조와 문화의 균형상태의 외곽에 서 있는 사람"[225]이다. 그리고 사회

---

222) 흔히 지식인이 주요인물로 등장하면서 지식인의 삶의 방법, 지식인 특유의 문제제기나 해결과정이 중심사건으로 다루어질 경우 '지식인 소설'이라 부른다. 조남현은 지식인을 등장시키는 이유를 작가의 자기성찰 욕구가 높아 삶·시대·사회·사상 등의 문제를 검토하는 것이 필요하다는 자각 때문이라고 밝힌다.(조남현, 『韓國知識人小說研究』, 일지사, 1984. 11~13쪽, 135쪽 참고.)

223) 이병주, 「「탈」과 黃順元의 作品 世界」, 『1979』, 앞의 책, 214쪽.

224) Tibor Huszar, 김영범, 지승종 역, 「지식인 개념의 변천」, 『인텔리겐차와 지식인』, 학민사, 1983. 65쪽.

구조의 외곽에서 합리적인 것과 비합리적인 것을 구별하는 역할을 하는 것이 바로 지식인이라는 것이 지식인의 사회적 기능에 대한 통상적인 설명이기도 하다. 지식인은 시대나 사회의 핵심에서 한 걸음 떨어진 높은 곳에 있지만 그 어떤 누구보다 시대와 사회의 문제에 본질적인 관심을 보이며 사회 체계와 도덕적 문제에도 민감한 반응을 보인다.226)

지식인들은 이데올로기를 준거로 시대와 사회의 문제를 조망하여 조언자나 지도자 역할을 일임해 왔다. 사회의 흐름에 끊임없이 관심을 기울이고 때로는 그 흐름을 주도해온 것이 바로 지식인이기에 지식인을 초점자로 내세웠을 경우 사회가 직면한 상황과 문제는 깊은 사유와 통찰로 전달될 수 있다. 그런데 지식인을 통해 시대의 현실을 다루었던 이병주이지만 지식인을 바라보는 시선이 전적으로 긍정적인 것만은 아니다.

> 특히 우리나라에 국한해서 식자의 공죄를 따져보면 아연할 수밖에 없는 결과에 이른다. 조선5백년을 통해 학문의 불길을 이어온 공적은 식자들의 것이라고 할 수 있으나 암흑기를 방불케 한 정치의 실상은 한마디로 말해 식자들의 농간에 그 원인이 있었다. 3·1운동을 비롯한 독립운동의 제창자들은 지식인들이었지만 재빨리 일제에 아부한 것도 지식인들이었다. 해방 후의 혼란을 적분한 것도 지식인들의 책임이며 자유당으로부터 이어진 정치의 병리는 지식인들의 병리와 직결되어 있다고 할 수 있다.227)

이병주는 혼란한 근현대사의 많은 부분에 지식인의 책임이 있다고 말한다. 그리고 그 자신이 지식인의 범주에 속해 있을 수밖에 없었던 바, 자신이 직면한 현실을 바탕으로 시대의 문제를 재구성해 낸다. 이병주라는 개인이 사회·문화적 상황 내에서 경험하고 인식한 것은 지식인인 남성인

---

225) Lewis S. Feuer, 「지식인이란 무엇인가」, 위의 책, 55쪽.
226) 조남현, 앞의 책, 8~9쪽.
227) 이병주, '독서론과 인생론', 『동아일보』, 1980.10.10.

물을 통해 재구성되어 전달되고 이것은 많은 경우 이병주 자신의 체험에 근거해서 설명되기 때문에 사실로 받아들여지기도 한다. 이병주의 소설에서 초점화되는 인물들은 대부분 그 나름의 신념과 열정으로 살아가더라도 부조리한 사회 상황에 의해 좌절을 겪는 것으로 설정되며, 폭압적인 현실에서 '인간'으로 살아남기 위해 중도를 선택하는 것으로 형상화된다.

## 1) 부조리한 현실에 좌절하는 지식인

『행복어사전』에서 교정부장 우동규는 자신들을 '사막에 불시착한 사람들'이라 지칭하는데, 이병주의 소설이 다루고 있는 것은 많은 경우 '사막에 불시착한 사람들'의 일상이며 이는 이병주 소설의 남성 주인공을 설명하는 대표적인 수사이기도 하다. 그런 인물로 『지리산』의 박태영과 『무지개 사냥』의 위한림, 『행복어사전』의 서재필을 꼽을 수 있다. 이들은 모두 지식인으로 영웅적인 면모까지 보이는데 나름의 신념과 열정으로 무장하고 있다는 공통점을 가진다.

『무지개 사냥』에서 이병주가 다루고자 하는 것은 1970년대의 현실이고, 1970년대를 무대로 야망을 펼쳤던 젊은 청년이다. 『무지개 사냥』은 '나'가 K기자로부터 위한림에 대한 기록을 건네받는 것에서 시작된다. 짧은 기간에 기업가로 큰 성공을 거둔 위한림은 명문으로 이름난 경기고등학교와 한국 최고의 대학인 서울대학교 공과대학 기계과를 졸업한 엘리트이다. 그러나 그의 고등학교 스승인 박희진은 위한림에 대해 "엉뚱한 데가 있는 놈"이라고 평하는데, 그것은 위한림의 남다른 면모 때문이다.

> "우리 교장 선생님은 후작의 아들을 사위로 삼았다고 대단히 자랑이시라는데 그게 참말입니까?"
> 그건 사실이었다. 박희진이 대답을 못했다.

"명문의 아들을 사위로 삼았다고 자랑을 하셨다는데, 일본에 나라 팔아 먹고 후작이란 높은 벼슬을 천황으로부터 받은 것이 명문으로 되는 겁니까? 그렇다면 삼일운동 때 만세 부르고 총맞아 죽은 사람들이 멍충이 머저리 지랄병한 사람들 아닙니까? 교장 선생님의 후작 아들 사위 삼았다는 자랑 과 삼일절에 하신 연설이 어떻게 되는 것인지 그걸 알고 싶습니다."

박희진은 어쩔 줄을 몰랐다.

위한림은 벌겋게 상기된 얼굴로 고함이라도 지를 듯하더니 가까스로 격 정을 참은 모양으로

"우리도 요령껏 나라 팔아먹을 궁리나 해갖고 명문 한번 돼봐야겠읍니다."

(『무지개 사냥』 1, 22~23쪽)

위한림은 학교 교장의 3·1절 기념 연설을 문제 삼아 교사에게 따지듯 묻는다. 일제에 부역한 집안의 자손을 가족으로 맞이한 사실을 자랑스럽 게 떠벌리는 교장의 태도에 일침을 가한 것이다. 여기에서 "우리도 요령 껏 나라 팔아먹을 궁리나 해갖고 명문 한번 돼봐야겠"다는 위한림의 비 아냥은 학생이 교사를 대하는 태도라고 하기에는 도를 넘는다. 그렇지만 그 태도가 불손해 보이지 않는 이유는 그것이 친일 잔재를 말끔히 정리 하지 못한 당대 한국 현실과 국민들의 심경을 대변하는 발언으로 여겨졌 기 때문이다. 그리고 이 에피소드를 통해 독자는 위한림이라는 인물에 대 한 공감과 신뢰를 형성하게 된다. 위한림이라는 인물에 대한 이해와 신뢰 는 이후 위한림이 "중하쯤" 되는 성적에도 불구하고 '컨닝'이라는 비윤리 적인 방법으로 서울대에 입학한 사실을 부정적으로 인식하지 않도록 하 는 데 일조한다. 위한림은 '컨닝'을 통해 중학 시험과 고등 시험, 그리고 대학 시험까지 치르는데 컨닝의 방법 역시 다른 사람의 시험지를 훔쳐보 는 것과 같은 단순한 것을 넘어서서 교무실에서 시험지를 빼내는 등 범 죄에 가까운 것이었다. 그렇지만 위한림의 그와 같은 행동은 경멸의 대상 이나 멸시의 대상이 되기는커녕 도리어 비범성을 드러내는 징표로 작용

한다.

소설 전체에서 위한림의 비범성은 다양한 모습으로 강조된다. 대학 졸업 후 처음 입사한 평자산업의 사장 딸 기명숙을 꾀어내기 위해 해병대 후임인 진또수의 힘, 더 정확히 말하면 "벤츠600"228)과 "신령"의 힘을 빌리는가 하면 기명숙에게 자신은 "슈퍼 맨"(1권 87쪽)이 되고 싶은 사람이라고 밝힌다. 얼핏 "과대망상증"을 앓는 것처럼 묘사되는 위한림은 결국 기명숙과 육체 관계를 맺게 되지만 그 과정이 상세히 기술되지는 않는다. 다만 "견인력과 방법적인 행동력"(89쪽)을 가진 인물로 위한림을 설명하는 것에 그친다. 평자산업을 그만 두고 난 이후에도 약간의 퇴직금을 가지고 여자를 사기 위해 들어간 호텔 바에서 홍마담이라는 인물을 만나고 그녀를 통해 카지노 출입까지 하게 된다. 도박이 주는 재미에 빠진 위한림은 몇 날 며칠을 호텔 숙소에 머물며 도박에 심취하고, 뜻하지 않은 관계에 얽혀 맨몸으로 호텔을 나온다. 그리고 그 직후 찾은 곳은 새로운 직장이 아니라 태권도장이다.

이처럼 위한림의 행적은 다소 기이하게 제시된다. 『무지개사냥』이 "무지개를 쫓는 청년", "무지개를 다리로 하여 어디엔가 이르러 보겠다고 시도한 사나이" 위한림을 중심으로 하는 "정치, 경제, 사회의 격변의 틈바구니에서 독버섯처럼 피어나 현란한 색깔과 독향(毒香)으로 세상을 놀라게 하다가 사라진 가상의 젊은 실업인의 이야기"229)라고 한다면 기업가로 뛰어들기 이전의 사건은 전체 서사에서 필수적인 역할을 한다기보다는

---

228) 손혜숙(「이병주 소설에 나타난 시대 풍속」, 앞의 글)은 이병주의 소설에서 벤츠, 볼보 등의 자동차는 자본가의 상징기호로 의미를 갖는다고 설명한다. '벤츠600'이라는 기표를 통해 사회적 지위와 성공의 정도까지는 가늠할 수 있게 되는 것이다. 이병주의 소설에는 이 외에도 까르띠에, 크리스찬 디오그 등이 특정 상품를 통해 인물의 부나 성향 등을 제시하는 경우가 많다. 이는 자본에 민감했던 이병주 성향이자 사용하는 상품이 인물을 대변하는 자본주의 사회의 단면이기도 하다.

229) 이병주, 『무지개사냥』, 앞의 책, 뒷표지.

위한림이라는 인물이 가진 비범성을 강조하는 구실을 한다고 볼 수 있다.

이같은 의도는 소설 속에서 주변인물이 위한림을 평가하는 대목을 통해서도 확연히 드러난다. 스위스계 회사인 '슈나이더'에 입사한 위한림은 막강한 자본력을 바탕으로 국내에 진출한 외국계 기업이 일삼는 갖은 횡포에 대항하여 사내 데모를 주도하다가 동료의 배신으로 실패하고 회사를 그만두게 된다. 이에 슈나이더 상회 한국 지점 여직원들이 위한림을 위해 특별하게 마련한 송별연에서 미스 강이라는 인물은 위한림을 '미꾸라지만 득실거리는 개울에 사는 고래'(1권, 278쪽)에 비유하는가 하면, 위한림의 동생 철림은 "형은 영웅이고, 천재고, 올 마이티"(2권, 216쪽)라 굳게 믿는다.

위한림이라는 인물의 비범성은 그가 개인의 부와 영달을 위해 골몰하지 않는다는 점을 통해서도 강조된다. 위한림은 가난한 집안에서 살고 있지만 생활의 문제로 고민하지 않는다. 오히려 감정적인 문제로 회사를 쉽게 그만 두고, 퇴직금 역시 앞날에 대한 고민 없이 술로 탕진한다. 그런 그가 사업을 시작하고 몇 차례 실패를 경험하게 되면서 "개인의 호주머니를 털면 도둑놈으로 몰려 감옥에 가야 하고 나라를 통째 뺏으면 영웅이 된다. 말하자면 노릴려면 큰 것을 노려라"(2권, 43쪽)라는 "철학"을 가지게 되고, 자신의 회사에 '통세(統世)산업'이라는 이름을 붙여 세계를 무대로 자신의 사업 영역을 확장하게 된다.

친구들에게 말은 안 했지만, 위 한림이 중동으로 가려는 마음 속엔 보통의 사업인들이 돈만을 벌려고 하는 것관 다른 일종의 포부가 있었다. 가능하다면 그 후진된 지역을 개발하는데 쓰로 참여하여 그들과의 우정을 가꾸는 동시에 그들과 우리가 유무상통함으로써 드디어는 우리 나라도 이롭게 하고, 그들 나라도 이롭게 하는데 하나의 인자(因子)가 되었으면 하는 포부였다.

그런 까닭에 비행기 트랩을 오를 때의 그의 마음엔
또 하나의 조국을 만들기 위해 간다는 다짐이 있었던 것이다.
또 하나의 조국을 만든다. 이 얼마나 감격스러운 정열이냐.
그런 만큼 위 한림의 출국은 기어이 '장도'라고 되어야만 했던 것이다.

(『무지개 사냥』 2, 94쪽)

　"아키미, 그리고 아말리아, 이란을 어떻게 하겠다는 걱정보다 세계 정부
를 만들 궁리를 합시다. 세계정부가 수립되지 않고선 인류의 평화는 없는거
요. 나는 그걸 목표로 하고 돈을 벌려고 하는 거요. 안되면 젠장, 태평양 한
가운데 섬을 하나 사서 우리의 나라를 만듭시다. 그렇게 되면 미스터 아키
미는 국민 제이호, 아말리아는 국민 제삼호요……"

(『무지개 사냥』 2, 243쪽)

　위한림이 자신의 실리(實利)를 위해 행동하는 인물로 그려졌다면 독자들
은 위한림의 생각과 행위에 공감을 하지 못했을 것이다. 자신이 가진 능
력을 사사로이 사용하지 않는다는 설정으로 위한림의 영웅적 면모가 더
욱 부각됨과 동시에 이미 성공의 가도에 올랐음에도 대의적인 의도 없이
사사로운 이윤 추구에 골몰하는 기업들은 이기적인 악으로 인식되게 하
는 이중적 효과를 얻게 된다. 이제 막 사업에 뛰어든 위한림은 무역업을
통해 '우리나라도 이롭게 하고, 그들 나라도 이롭게 하는 데 하나의 인자
(因子)'가 되고자 하며, '또 하나의 조국'을 건설하겠다는 심정으로 사업에
임하고, 이런 위한림의 의지는 사업이 본격 궤도에 이른 순간에도 달라지
지 않는다. 오히려 '인류의 평화'를 위해 '세계 정부'를 만들자는 포부로
확대되어 나타나 위한림의 비범성을 더욱 부각시킨다.
　시간이 지난 1979년, 위한림은 드디어 여덟 개의 지사를 관할하는 업
체를 운영하는 사업가로 대성공한다. 그러나 위한림이 중동에서 사업가
로 성공하기까지의 과정에서 강조되는 것은 위한림이라는 개인이 가지고

있는 빠른 판단력과 국내 최고의 대학이라는 학연, 정경유착, 불안정한 국제 정세 등이다. 이처럼 기반이 튼튼하지 않았던 위한림의 사업은 귀국 후 사기꾼의 계략에 휘말려 인수한 대미흥업이 부도를 맞으면서 추락한다. 결국 위한림이 청춘을 바쳐 일구었던 '세계 정부'라는 '무지개'는 순식간에 사라지게 된다.

위한림의 비범한 면모는 단기간에 엄청난 돈을 벌어들이는 젊은 실업가의 이야기에 개연성을 부여하는 동인 중 하나로 작용하지만, 위한림의 성공의 배면에 깔린 것이 1970년대 온당하지 못한 기업의 현실인 탓에 그것은 행복한 결말로 귀착될 수 없다.

> 역사 속의 나폴레옹은 하나이지만 세상엔 적잖은 나폴레옹이 있다. 나폴레옹이란 원래 거창한 야심(野心)의 좌절이다. 나는 결국 하나의 나폴레옹을 쓸 참인데, 물론 그의 야심은 원형(原型) 나폴레옹에 비할 바가 아니고 그 좌절도 워털루의 장절(壯絶)을 닮지 못한다.
>
> 하지만 원형 나폴레옹이 선악(善惡)의 피안(彼岸)에 있듯이 내가 그리려는 나폴레옹도 선악의 피안에 있다.
>
> 나의 나폴레옹의 이름은 위 한림, 그는 무지개를 쫓는 사람이며, 무지개를 다리로 하여 어디엔가에 이르러 보겠다고 시도한 사나이다. (…)
>
> 한 개 또는 두세 개의 유형으로 시대상을 검증해 보겠다는 것은 오만불손한 수작이겠지만, 나는 위 한림과 그를 둘러싼 사람들을 통해 한 시대 즉 70년대의 병리를 조명해 볼 수 있지 않을까 한다. 70년대의 병리가 70년대와 무관하지 않다면, 만일 이 작품이 성공했을 경우 뜻밖에 유익할 수도 있을 것이다. (…)
>
> 70년대 한국의 기업 풍토는 모두가 다 그런 것은 아니었지만, 돈을 번다는 것이 어느 경우 범죄 행위와 비슷한 사례가 있었을 만큼 치열하기 짝이 없었다. 성공하면 범죄성은 사라져 성공자의 면목이 빛나는데 일단 실패하면, 그 순수했던 포부마저 범죄의 시궁창에 빠져 드는 냉혹한 현실이기도 했다.[230]

---

230) 『무지개사냥』, 작가의 말.

　인용문에서 볼 수 있듯 이병주는 『무지개사냥』을 통해 "70년대의 치열한 기업전선에 불나방처럼 뛰어들었다가 사라진 어느 야심만만한 젊은이의 빛과 그늘을 조명하"[231]고자 했으며, 그 주인공 위한림은 나폴레옹과 같은 인물로 설정되었다. 코르시카 작은 섬마을의 가난한 집안에서 태어난 작디작은 소년 나폴레옹은 프랑스에 대한 적대감을 가지고 성장하지만 역설적이게도 프랑스 황제 자리에까지 오르게 된다. 그리고 국민들의 지지를 얻기 위해 끊임없이 전쟁을 치러 유럽 제패에 성공하게 되나 그 성공은 오래 가지 못하고, 결국 쓸쓸히 그 무대에서 퇴장하고 말았다. 그런 의미에서 이병주에게 나폴레옹은 "야심의 좌절"을 표상하며, 위한림의 야심은 1970년대라는 현실로 인해 좌절을 맞게 되는 것이다. 이병주가 진단하기에 1970년대를 무대로 한 기업들의 성공은 대개 "출중한 재능, 탁월한 노력, 하늘이 준 행운의 협동"으로 이루어졌지만 "대재벌을 만들어내는 결정적인 요인은 비정상적인 시대 사정"(2권, 291쪽)이다. 그런데 끊임없는 전쟁으로 유럽 전역을 병들게 만든 나폴레옹이 절대 악으로 간주되지 않는 것처럼, 위한림 역시 사업을 펼치는 동안 부정(不正)을 거듭할 수밖에 없었지만 범죄자나 악인으로만 치부되지는 않는다. 왜냐하면 그것이 위한림 개인의 성향에서 비롯된 것이 아니라 1970년대라는 시대의 병리적 상황에 의한 것이므로 섣부르게 선과 악의 문제로 단정지을 수 없기 때문이다. 따라서 나폴레옹과 위한림은 "선과 악의 피안"에 속한 인물이라 할 수 있다.

　『무지개사냥』의 나폴레옹이 위한림이라면 『행복어사전』의 나폴레옹은 서재필이다. 서재필 역시 위한림과 마찬가지로 한국 최고의 대학을 졸업했지만 뭇 여성들로부터 "잔뜩 경멸하는 감정"(1권, 134쪽)을 불러일으키는 신문사의 교정부원으로 입사한다. 그는 입사 시험에서 "오백여 명 가운데

---

231) '본보 새 연재소설 무지개연구 작가 이병주씨 구상', 『동아일보』, 1982.3.30.

서 제1번으로 뽑"힐 정도로 탁월한 능력을 갖췄음에도 불구하고 소시민의 삶을 의도적으로 선택한 인물이다. 이것으로 서재필의 비범성은 강조된다. 서재필이라는 출중한 인물은 신문사의 교정부원이란 삶을 선택함으로써 1970년대라는 일상으로 섞여들게 되고, 서재필의 눈에 비친 1970년대의 삶이 『행복어사전』의 서사를 이루게 된다.

서재필은 자신이 근무하는 신문사 사장에게 자신을 음해하는—서재필의 여성 관계를 그 내용으로 하는—편지를 보낸 하숙집 큰딸을 나름의 방법으로 응징하기 위해 술과 고기를 사서 하숙집 주인 가족과 술판을 벌인다. 그리고 그 편지 덕분에 자신이 신문사 사장의 조카와 결혼하게 되었다고 큰소리친다. 자신이 곧 거대 신문사의 조카사위가 될 것이며, 90평짜리 맨션아파트에 살게 될 것이라는 것이다. 그 말을 들은 하숙집 주인 가족은 그를 다른 눈으로 보기 시작하고, 하숙집 큰딸은 "생글생글 웃으며 술을 따랐다".(106쪽) 하숙집 딸을 응징하려던 계획을 성공적으로 수행한 후 자신의 방으로 돌아와 누운 서재필은 큰 소리로 웃어대다 돌연 구토를 일으킨다.

> '사장 조카딸을 들먹이다니, 맨션아파트를 들먹이다니⋯⋯. 아아, 얼마나 치사한 일인가.'
> 나는 결코 사장 조카딸, 그런 조카딸이 있는지 없는지 모르지만, 사장 조카딸과 결혼하게 되는 것을 바라는 사람도 아니고 맨션아파트에 살기를 원하는 사람도 아니다. 그런데 주인집 레벨을 끌어내리기 위한 꾸밈이었다고 하지만, 아니 그것이 꾸밈이니까 더욱 내 속에 그런 속물 근성이 숨어 있었다고 얘기가 되는 것이 아닌가.
> 실컷 토하고 찬물로 입을 씻고 나니 뱃속은 조금 후련한 것 같았지만 머릿속은 여전히 뒤숭숭했다.(『행복어사전』 2, 107쪽)

서재필이 신문사 교정부원인 자신을 한심하게 여기는 것도 모자라 급기야는 자신을 음해하려고 한 하숙집 딸에게 화를 내기보다는 거짓말로 상황을 모면하려고 한 자신에게 느낀 감정은 환멸이다. 상황을 모면하기 위해 한 자신의 거짓말 속에서 속물근성을 발견하고 구토증을 느끼게 되는 것이다. 이는 달리 말하면 한국 최고 대학을 나와 부르주아로 살 수 있는 기회가 얼마든지 있음에도 불구하고 소시민으로의 삶을 선택한 자신의 위선에 대한 환멸감의 표출이기도 하다.

> "서형은 자기의 생활태도를 너무나 안이하다고 생각하지는 않소? 이건 선배로서의 충곱니다."
> "오해하지 마십시오. 나는 원래 안이하게 살기로 작정한 사람입니다. 구체적으로 말하면 나는 서재필 선생의 행적을 닮지 않으려고 의식적으로 노력하고 있는 사람입니다. 그만큼 연구를 하셨다면 그 가족이 어떻게 죽었는지도 아시겠죠 내가 신문사 교정부원으로서 만족하고 있는 건 아시죠? 만일 교정부에서 쫓겨나면 나는 교도관 시험을 볼 작정을 하고 있습니다. 절대로 안이하게 살려구요."
> 나는 어줍잖은 충고는 딱 질색이란 말까지 덧붙일까 했으나 그만두었다. 그런데 윤두명의 말이 더욱 해괴했다.
> "닮고자 했건 닮지 않고자 했건 서재필 선생을 다소라도 의식하고 있다면 시민아파트 한 칸을 샀다고 자랑하고 돌아다니진 않을 텐데요. 그걸 소시민 근성이라고 하는 겁니다."
> 나는 덜컥 겁이 났다. 사장 조카딸과 결혼할 것이란 거짓말을 꾸민 일을 지적당할까봐서였다. 내 속의 소시민 근성을 척결하자면 그것이 으뜸이 되는 증거였다. 가장 악질적인 소시민 근성의 표현! 내 얼굴에서 핏기가 가신 것을 나 자신 느낄 수가 있었다. 그러나 윤두명은 어느새 표정을 바꾸고 있었다.(『무지개 사냥』 2, 150~151쪽)

윤두명은 시민아파트를 산 사실을 자랑삼아 말하며, 진지하지 못한 태도로 생활하는 서재필에게 애국지사 '서재필'의 삶을 거론하며 충고한다. 그러나 서재필은 이를 "어줍잖은 충고"로 여길 뿐이다. 이에 윤두명은 서재필의 '소시민 근성'을 꼬집는데 여기에서 서재필의 내면에 있는 소시민적 성격은 다시 발현된다. 생을 "안이하게" 살겠다는 태도와 진지한 삶을 살라는 충고에 대한 거부, 자신의 위기를 모면하기 위해 한 거짓말이 오히려 자신의 "악질적인 소시민 근성"을 드러내는 반증이되고 만 것이다. 서재필이 생각하는 소시민은 "좋은 것은 갖고 싶고 좋은 걸 가질 순 없고, 선을 행하고 싶지만 용기는 없고, 되도록이면 자기 키보다 낮게 움츠려 살면서도 뭔가 자기만족은 채워야"(4권, 224쪽) 하는 계급적 특징을 갖는다. 소시민으로 살겠다고 다짐하면서도 정명욱과의 결혼 반지에 삼 부짜리 다이아를 끼워줄 궁리를 하는 자신, 그리고 다이아 반지를 사기 위해 주머니 사정을 계산하는 자신을 의식하며 자신이 "전형적인 소시민"임을 인식하는 장면은 역설적이게도 그가 자신을 소시민으로 여기고 있지 않음을 드러낸다. 즉 서재필은 소설에서 "'이러고 보니 나는 속절없이 소시민 근성에 사로잡힌 놈이군!' 쑥스러운 웃음을 띠고 나오는 얼굴에 그러나 아침의 공기가 싱그러웠다"(4권, 240쪽)라고 말하는 등 끊임없이 자신의 소시민 근성을 인식하고 그런 자신의 모습에 쑥스러워하거나 자조하는데 이것이 오히려 서재필이 소시민이 아니라는 사실을 환기시킨다.

서재필의 이 같은 태도는 처음부터 끝까지 일관되게 유지된다. 생에 대한 진지성이나 목표 없이 살아가던 서재필은 신문사를 그만두고 소설을 쓰겠다는 계획을 세운다. 그리고 구체적인 계획도 없이 신문사에 사표를 제출하는데, 교정부장 우동규는 그런 서재필을 만류하기 위해 서재필의 대학시절 교수까지 대동한다. 재차 자신을 설득하는 C교수에게 서재필은 자신을 "비경쟁주의자이며 반출세주의자"라고 선언한다. 그러나 C교수는 그런 서재필의 논리를 "너무나 영리한 청년의 청년다운 객기"라고 일축하고 "대학 시절의 수재가 사회에 나가서 수재 노릇 못하게 되자 그 콤플렉스가 그러한 역설적인 태도로 나타난"(3, 212쪽) 것이라고 말한다. 서재

필의 비경쟁주의와 반출세주의는 그 스스로에 의해 "경쟁이 빚어내는 갖
가지의 추악"과 "출세한 인간들의 허망"에 의한 것이라고 부연되지만, 그
것은 일종의 변명처럼 들릴 뿐 그가 택한 삶의 방식은 허영으로 읽힐 가
능성이 있다. 왜냐하면 한국 최고의 대학을 다니면서 대학시절 내내 수석
을 차지했던 서재필이 군이 신문사의 교정부를 선택한 사실, 의도적으로
소시민의 삶을 선택했으면서도 결정적인 순간에 자신의 소시민 근성을
인식하면서 소시민을 타자화하는 모습을 보인다는 점, 김소영의 사건과
신문 기자들의 파업, 상제교 교주 윤두명의 입건 등의 일들을 겪으면서
갑자기 소설을 쓰겠다고 결심한 것 역시 그저 "영락에의 동경"(3권, 193쪽)
으로 설명되고 있기 때문이다.

그리고 신문사 일이 정리된 후 정명욱과 결혼을 준비하며 소설을 습작
하는 과정에서도 서재필의 태도는 달라지지 않는다. 서재필은 문학에 대
해 누구보다 큰 열정과 애정을 가진 인물이기에 작품 전반에 걸쳐 문학
과 소설에 대한 진지한 고민을 펼치기도 하지만 정작 그가 더 크게 고민
하는 것은 『행복어사전』의 큰 축이 되고 있는 로맨스의 문제이다. 그는
신문사 교정부원 시절에는 차성희와 안민숙 사이에서, 이후에는 결혼을
약속한 정명욱과 박문혜 사이에서 갈피를 잡지 못하고 갈등하는 모습을
보여준다. 서재필은 정명욱과 결혼식을 하는 도중에도 관철동 술집의 김
소영과 동료인 차성희와 안민숙, 단 한 번 만남으로 호감을 느낀 박문혜,
자신의 아이를 낳은 김소향을 차례로 떠올리고, 김소향에게 받은 아파트
에서 만난 양공주 임선희와 정기적으로 육체적 관계를 맺는가 하면, 둘의
관계를 알고 정리하기를 충고한 안민숙에게 협박을 하는 등 추태를 부리
기도, 하다. 즉 『행복어사전』 속 서재필은 육체적 욕망에 사로잡혀 사회‧
도덕적인 판단력까지 상실해 가고 있는 인물로 그려지고 있다.

종내 서재필이 가지고 있는 소시민적 근성은 화(禍)로 작용하게 되는데,

신문사 교정부 선배이자 상제교 교조인 윤두명에게 받은 생활 보조금을 서둘러 처리하고자 하는 마음과 구두닦이 소년 하준호에 대한 동정심으로 건넨 보조금 봉투가 빌미가 되어 간첩 혐의로 구속 수사를 받게 된 것이다. 40여 일 동안 심문을 받은 서재필을 구명하기 위해 미국의 김소향, 스웨덴의 박문혜, 돌연 종적을 감추어 서재필을 절망하게 했던 임선희까지 소환되었고 그녀들의 증언 덕택으로 서재필은 간신히 무혐의 처분을 받고 풀려난다. 결국 『행복어사전』은 서재필이 소설을 완성하지 못한 채 박문혜가 있는 스웨덴으로 떠나는 것으로 마무리된다. 그리고 소설의 마지막 부분에서 서재필을 서술자로 하는 1인칭 시점이 갑자기 3인칭으로 변화하여 "아무튼 서재필이 기도한 「행복어사전」은 이처럼 좌절한 셈이 되었지만 우리는 희망을 버릴 순 없다"(5권, 356쪽)라고 정리된다.

> 백 년 전 서재필은 용의 꿈을 꾸었다가 이무기로 끝나고 말았는데 백년 후의 서재필은 끝끝내 미꾸라지로 남으려고 했지만 추어탕으로 끓여질 운명에 이르렀다.
> 나는 그 운명에서 그를 간신히 구출하여 스웨덴으로 보냈지만, 스웨덴으로 갈 수 없는 수많은 미꾸라지를 생각하면 가슴이 아프다.[232]

이병주는 서재필을 "끝끝내 미꾸라지로 남으려고 했지만 추어탕으로 끓여질 운명"을 가진 인물이라 설명한다. 이는 이병주가 『행복어사전』을 통해 유능한 지식인의 열정을 억압하는 것이 무엇인가 하는 것에 대한 대답을 명확하게 보여주는 것이기도 하다. 서재필이 좇는 것은 눈에 보이지 않는 것이다. 서재필은 "뼈와 살이 센티멘텔리즘으로만 된 사람"(3권, 198쪽)으로 "부패가 유행처럼 되어 있는 사회"(4권, 220쪽)에서 소설로서 인간의 삶과 원한을 기록하고자 하는 야심을 가졌지만 그가 가지고 있는

---

232) 이병주, 「<행복어사전> "연재를 끝내고"」, 『문학사상』, 1982.9.

소시민 근성과 실천력이 결여된 유약한 태도, 불안한 사회의 폭압으로 인해 좌절에 이르고 만다. 사실 이병주가 소설을 통해 보여주고자 했던 것, 애정을 가지고 지켜보는 것은 "스웨덴으로 갈 수 없는 수많은 미꾸라지"이다. 소설 속의 서재필은 이병주에 의해 운명이 바뀌었지만 일상을 살고 있는 보통의 사람들은 끝끝내 구원되지 못하고 추어탕으로 끓여져 누군가의 배를 불릴 수밖에 없는 운명에 있는 것이다.

『지리산』의 박태영 역시 '야심의 좌절'로 지리산 기슭에 묻히는 인물이다. 박태영은 일본 제국주의의 그늘이 점점 더 짙어지던 1920년 무렵[233) 경남 함양에서 출생한다. 그는 "지리산의 흙과 물로 만들어진 소년"으로 "두뇌가 비상할 정도로 우수"했으며, "일본인 교사들이 혀를 내두를 정도의 수재"(1권, 58쪽)였다. 뿐만 아니라 "재주 있는 사람에게 있기 쉬운 경박함이 전혀 없는 조용하고 침착한 소년"이기도 했다. 한 마디로 말해 "어느 한 군데 나무랄 데 없는 학생"(1권, 59쪽)이 바로 박태영이다.

"태영 군은 다이너마이트와 같은 천재이다. 언제 뇌관에 불이 붙을지 모

---

233) 정확한 출생 일자가 제시되어 있지는 않지만, 작품에 제시된 여러 가지 정황과 사건과 함께 언급되는 시간의 제시를 통해 추론하면 박태영은 1923년생, 이규는 1924년생임을 수 있다.(이규가 열 살 되던 해, 지리산 할아버지의 무덤으로 성묘하러 간 것이 1933년이라고 명시되어 있으며, 프랑코 장군의 마드리드 입성에 대해 "지난(1939) 2월 27일"이라고 말하는 부분(1권, 116쪽)에 앞서 하영근이 이규에게 "이군이 금년 열여섯 살이랬지?"(1권, 114쪽)라고 말하는 부분이 있다. 한국식 나이 계산법에 따르면 이규는 1924년생이 된다.) 이병주는 남재희와의 인터뷰에서 "반자서전적이라고 하는 것은 사실 안 될 것도 없지만 그것이 너무 노출된다고 해도 곤란하겠지요. 그래서 이번엔 되도록 그런 점을 없애기 위해 작중인물의 세대를 다섯 살쯤 아래로 설정했어요. 박태영과 이규의 경우도 그랬지만 나중에 지리산 속에서 여러 가지 상황을 연출하는 다른 인물들의 연령도 그 정도이기 때문에 되도록 자전적인 것을 피하려고 했는데 그게 잘 안된 것 같습니다."(밑줄은 글쓴이)라고 밝힌 바 있지만, 이병주가 1921년 생이므로 주인공 박태영은 이병주보다 두 살 어린 것으로 설정된 셈이다.(그러나 글의 말미에 박태영이 죽은 시점은 1955년, 그때 박태영이 서른다섯이라고 설명되고 있어 1921년생으로 추성된다. 연재 기간이 다소 길었던 데다 연재가 중단된 이후 다시 이어진 탓에 오류가 발생한 것이라는 추측이 가능하다.)

른다. 불이 붙으면 폭발한다. 만일 내 입으로 우리나라가 독립될지 모른다
는 말을 태영에게 해봐. 태영은 당장 그때부터 독립 운동에 나설 사람이다.
천재는 대개의 경우 자기 자신의 재능을 위해서도 약은 구석이 있는데, 그
것이 또한 천재를 천재답게 길러내고 보호하는 역할을 하는데, 태영 군에겐
그런 게 없어. 언제든 폭발하려고만 하는 다이너마이트와 똑같단 말이다."

(『지리산』 1, 118쪽)

진주 지역 만석꾼의 외아들이며 딜레탕트를 자처하는 하영근은 박태영
에 대해 "다이너마이트와 같은 천재"라고 평가한다. 빼어난 역량을 가지
고 있으면서도 그 역량을 자신의 부귀와 영달을 위해 사용하려는 인물이
아니라 대의를 위해 희생할 수 있는 강력한 힘을 내재하고 있다고 판단
했기 때문이다. 박태영에 대한 하영근의 평가는 틀리지 않았다. 중학교를
졸업하고 이규가 일본에 있는 고등학교에 입학한 것과는 대조적으로 박
태영은 학업을 포기하고 "왜놈의 노예가 되지 않"기 위해 "철저하게 왜놈
과 싸울"(2권, 21쪽) 각오를 다진다. 조국의 독립을 위해 헌신할 작정을 하
고 일본으로 건너간 그는 조선 독립의 초석을 공고히 하겠다는 의미로
나름의 전략을 세워 결행한다.

"어때, 인생을 새 출발하는 내 모습이? 코르시카에서 프랑스로 떠나는 나
폴레옹의 모습을 닮은 데가 있지?"
하고 익살을 부렸다.
"나폴레옹이 때 묻은 등산모를 썼을까?"
규는 이렇게 빈정댔다.
"등산모를 썼는가 어쨌는가는 몰라도, 그때의 나폴레옹은 지금의 나만큼
이나 초라했을 끼다."
초라하다는 말을 쓰면서도 티끌만큼도 초라한 기색이 없는 태영을 보며
규는 '태영이야말로 때와 장소를 얻기만 하면 나폴레옹 이상의 인물이 될
지도 모른다.'라고 생각해보았다.(『지리산』 2, 30쪽)

"나는 결코 나폴레옹을 존경하는 사람도 아니고, 그런 사람이 되고 싶어
하지도 않는다. 그러나 나폴레옹적인 인물과 라스콜리니코프적인 인물로
나누어 어떤 인간이 될 거냐고 선택을 강요하면, 나는 불가불 나폴레옹이
되어야겠다고 할 수밖에 없다. 아니, 나폴레옹적 인물이 되어야겠다고 고집
은 못 할망정, 라스콜리니코프적인 인물이 될 수는 없지 않은가. 그러니까
나는 절대로 라스콜리니코프를 모방하지 않을 끼다. 우유 배달은 할망정,
노파의 침대 밑엔 기어들지 않겠단 말이다. 그런데 문제는 남는다. 나폴레
옹이 우유 배달을 할까 하는 문제다."(『지리산』 2, 32쪽)

노동자의 생활 속으로 들어가 "인생을 배우고, 나 자신을 단련시키고,
역경에 있는 우리 동포들에게 희망의 씨앗을 뿌"리겠다는 각오로 우유
배달을 하기로 결심한 박태영은 이규에게 자신은 '나폴레옹'이 되겠노라
선언한다. 우유 배달을 위해 숙소로 떠나는 자신의 모습을 "코르시카에서
프랑스로 떠나는 나폴레옹"에 비유하는가 하면, 막연한 유토피아를 꿈꾸
면서 사상도 목표도 없이 그저 "이(蝨)와 같은 존재밖에 안 되는 노파"를
죽인 라스콜리니코프를 비판하기도 한다. 박태영이 생각하기에 문제는
노파라는 개인이 아니라 그런 노파를 양산한 사회의 불합리성에 있기 때
문이다. 그럼에도 불구하고 "그런 노파를 있게끔 한 원인은 외면하고 나
타난 지엽말절(枝葉末節)만을 문제로 한 라스콜리니코프"는 "사람 구실을
못 하는" "병적인 인물의 표본"이 될 뿐이라는 것이다. 그리고 자신에게
는 "우리나라의 독립이란 이상이 있고 목표가 있다"고 선언하는데, 이 이
상과 목표를 달성하기 위해서 전장으로 뛰어들어 목숨을 내걸고 싸웠던
나폴레옹이 되어야겠다고 마음먹었다고 밝힌다.

그러나 박태영의 이런 각오는 식민지 조선의 학생들까지 일제의 야욕
을 채우기 위한 전쟁에 동원시키고자 마련한 '학병'제에 의해 또 다른 국
면을 맞이하게 된다. 학병에 동원되는 것을 "왜놈 용병으로 끌려가서 치
사스런 죽음을 당하는"(2권, 94쪽) 것이라 생각한 박태영은 학병을 피하고

일제에 항거하기 위해 지리산으로 갈 결심을 한다. 그리고 관부연락선을 타기 위해 간 시모노세키에서 우연히 중학교 시절 선배 하준규를 만나 함께 덕유산 은신골 생활을 시작한다. 하준규의 지도력을 바탕으로 은신골 생활이 순조롭고 평화롭게 지속되던 가운데, 1944년 9월 1일 하준규를 두령으로 하는 '보광당'이라는 조직을 구성하게 된다. 조국의 독립을 표방하는 단체인 보광당은 일본 경찰의 눈을 피해 덕유산 은신골에서 괘관산으로 이동하여 그곳에서 다른 조직과 세를 합하고 독립을 맞게 된다.

독립 후 하준규와 함께 공산당에 가입한 박태영은 점차 공산당의 생리를 몸과 마음으로 받아들이는 듯하다. 최남선을 만난 일을 자랑스레 이야기 하는 이규에게 "센티멘탈리즘을 청산"해야 한다고 충고하는가 하면, 하영근의 후원으로 프랑스 유학을 떠나게 된 이규가 박태영에게도 기회가 있다고 하자 "나는 갈 수 없어. 이 나라를 떠날 수가 없어. 나는 이 나라의 혁명을 해야겠어. 불쌍한 이 나라를 구해야겠어."(3권, 280쪽)라며 매몰차게 거절한다. 그리고 "인생의 시작을 혁명운동으로부터 시작"하겠다는 다짐을 이야기한다.

그러나 공산당원으로 교육을 받으면서[234] 오히려 공산주의를 통해 실천하고자 했던 조국 해방에 대한 이상은 점차 망가져간다. 중학 시절 급장

---

234) 미·소공동위원회가 결렬된 뒤 남로당이 지하로 들어가면서 당원교육 등 제반 정상 활동이 어렵게 되자 박헌영 등 당시 남로당 지도자들은 북한측에 후계 간부 등을 양성하기 위한 학원을 설립했다. 마르크스·레닌주의 교육을 목적으로 설립된 '강동정치학원'에서는 정치부문과 군사부문으로 나누어 공산주의 교육을 실시했는데 정치부문은 마르크스·레닌주의에 입각한 '조선의 공산주의 운동' '남로당 역사' '해방 이후의 조선' 등의 강좌가 있었으며, 군사부문은 유격전에 관한 것이 전부였다. 원생들은 주로 남한 출신들로 남로당에서 선발한 고등교육을 받은 진보적 지식인이었는데 남부군을 이끌었던 이현상 역시 강동정치학원에서 교육을 받았다.('"빨치산 대부" 박병률 씨가 밝힌 그 실상', 『경향신문』, 1990.6.23.) 남로당은 남한에서의 좌익세력의 재정비를 목표로 조직되었으며, 많은 지식인들이 여기에 가입해 활동했다.

이었던 김상태가 공산당 탈당을 권유하기 위해 수소문 끝에 찾아갔을 때 박태영은 '휑하게 싸늘해 온기 하나 없어 보이는 방, 벽지에 빈대 핏자국마저 낀 살풍경하기 짝이 없이 없는 방에서 조촐한 이불을 덮고 때가 낀 베개를 베고 자야 하는 삶을 살고 있었고, 그런 그는 앙상하게 늑골이 드러나 안타깝기 짝이 없는 모습'(4권 26쪽, 89쪽)이었다. 시들어가는 것은 육신만이 아니었다. 육체와 함께 박태영의 정신 역시 점차 망가지고 있었다.

> 박태영은 불기 없는 방에 앉아 덜덜 떨면서 매일 2천 자 이상의 반성문을 쓰고 있었다.
> 세계가, 또는 국내가 어떻게 돌아가는지 알 까닭이 없었다.
> 어느덧 공산당 없인 살아갈 방도가 없다는 의식을 익히게 된 박태영의 두뇌는 점점 녹이 슬어가고 있었던 것이다.
> 박태영은 자기 속의 인간을 죽이고 있었다. 허공의 일각에 걸린 이상 사회의 무지개 같은 다리를 모색하고 있는 그는, 당이 자기에게 내린 가혹한 처분에도 감사하는 심정을 기르고 있었다.
> 당시 그가 쓴 반성문엔 다음과 같은 것이 있었다.
> "……나는 내 속에 깊이 잠재해 있는 자유주의적 성향을 한시바삐 청산해야 한다. 그 성향을 열거하면 다음과 같다. 옛날 읽은 부르주아 소설 가운데 어느 것을 감동적으로 회상하는 버릇, 비당원인 친구에 대한 우정, 조그마한 타당성이 있어도 그것을 옳다고 생각하며 읽은 갖가지 학설에 대한 기억, 지배 계급이 효과적 지배를 위해 베푼 호의를 감사하다고 받아들이려는 마음의 경사. 이러한 것은 인민의 전위에 서서 일하겠다는 역군에겐 백해무익한 관념의 함정이다……."
> 이것은 정신병자가 쓴 기록이라고 해도 의심할 사람이 없을 것이다.
> 그런데 총명하다고 소문난 박태영이 이런 글을 쓰고 있었다.
> (『지리산』 4, 118~119쪽)

높은 이상과 강한 신념으로 조국을 독립으로 이끄는 나폴레옹이 되고자 했던 박태영은 자신의 이상이나 신념과는 무관하게 공산당이 원하는 강령을 그대로 외기만 하는 앵무새로 전락했고, 최소한의 인간도 상실한 채 무엇을 반성하고 무엇을 감사해야 하는지도 모르는 "정신병자" 같은 글을 쓰고 또 쓰고 있었다.

> '지식인을 배격해야 한다는 생각을 하고 있는 당의 상층부 인사들은 지식인으로서의 약점을 가지고 있지 않을까? 지식인의 가장 추잡한 근성, 이를테면 독선 의식 같은 것에 병들어 있는 족속이 바로 공산당의 간부가 아닐까?'
> 태영은 자기의 캡인 장이 누구보다도 지식인으로서의 괴팍한 냄새를 풍기고 있다는 사실에 생각이 미치자, 어떻게 해서라도 놈의 상위자가 되어 놈을 신랄하게 부려보고 싶은 야심이 부글부글 괴어오름을 느꼈다.
> '그렇게 될 방법은 없을까. 당의 상층부가 깜짝 놀랄 만한 그런 일이 없을까. 정치국의 간부가 되기만 하면? 그땐 놈을!'
> 이런 공상을 할 때의 박태영은 완전히 이성을 잃고 있었다. 출세욕에 사로잡힌 속물들을 비웃는 태영 자신이, 자기도 역시 그런 출세욕에 사로잡혀 있다는 사실을 깨닫지 못했다. 세속적인 출세욕은 규탄해야 하되, 공산당 내부에서의 출세욕은 긍정해야 한단 말인가. 이 정도의 반성도 태영에게 없었다는 것은 주목할 만한 일이었다.(『지리산』 4, 163~164쪽)

박태영의 피폐해진 정신은 급기야 혁명을 가능하게 해 줄 것이라 기대했던 공산당에 대해서도 반감을 갖게 한다. 숨 쉴 틈조차 주지 않는 강한 압박과 궤변, 당 지도부의 부패와 속물적 욕망에 배신감을 느끼고, 자신에게 모멸감을 주었던 '캡 장'에 분노한다. 그러나 그런 의식 속에 사로잡혀 "상위자가 되어 놈을 신랄하게 부려보고 싶은 야심" 자체가 평소 자신이 그렇게 경멸해 마지않던 소시민의 속물적 근성이라는 자각을 할 수 없을 뿐더러 소시민적 근성에 대한 자기반성의 여력조차 박태영에게는 남아 있지 않게 되었다. 박태영은 자신도 모르는 사이에 공산당으로부터 축출당해 '공중에 떠버린 존재'로 전락한다. 당으로부터 어떤 지령이나 과업이 하달되지 않자 박태영은 답답한 마음에 보광당 시절을 함께 했던 공산당 수뇌부 이현상을 만나 상황을 전달하지만 해답을 구하기는 고사하고 오히려 절망적인 현실에 직면하게 된다. 당을 위해 할 일이 없음은 물론 당으로부터 축출 당했다는 사실은 박태영을 절망에 빠지게 했다. 그렇게 이현상과 헤어진 박태영은 이현상이 준 용돈 봉투를 가지고 불개미를 산다. 그리고 작렬하는 여름 햇볕 아래 불개미를 풀어놓고 "입을 악물기까지 하면서 그 불개미들을 밟아 문질렀다. 그 유린 행위를 태영은 한동안 계속했다"(4권, 309쪽). 자신의 청춘과 영혼까지 모두 바쳤던 공산당과 공산주의에 버림받은 박태영의 분노는 불개미를 밟아 죽이는 것으로 표출된다. 일반적으로 불개미는 자신들만의 성을 만들고 적의 공격이 있을 때면 수십만이 함께 달려드는 습성을 지닌 곤충으로 공격적이며 집단적 성향의 공산당을 상징하는 것으로 볼 수 있다.

"보다 인간적인 사람을 만나기 위해", "보다 인간적인 사람이 되기 위해 공산주의자가 되었"(5권, 76쪽)던 박태영은 대구 10·1 사건, 제주 4·3 사건, 여수·순천사건 등[235]을 겪으면서 공산당이라는 조직의 비인간적인 생리에 실망하며, 자신의 지난 선택을 되돌아보고 죄의식을 느끼기 시작한다. "절대로 나는 나를 용서하지 못한다"는 의식에 사로잡힌 박태영은 공산당원으로의 정치적 활동을 대신하여 하영근의 도움으로 공부를 시작하지만 여전히 불합리한 현실에 대한 분노는 사그라들지 않는다. 그러한 분노는 한국전쟁의 발발로 인해 극대화되는데 공산당원이었던 박태영이 서울 이남까지 치고 내려온 인민군 정치 보위부에 끌려가 문초를 당하는

---

235) "10월 사건에서, 제주도에서, 여수와 순천에서, 지리산에서, 태백산에서, 이름도 없는 방방곡곡의 두메에서 한없이 많은 피가 흐르지 않았느냐. 그 피의 강에 내 피를 한 방울 보태는 셈으로노 묵을 수 있지 않을까.'(6권, 59쪽)
박태영은 대구 10·1 사건(1946.10.1.), 제주 4·3 사건(1948.4.3.), 여수·순천사건(1948.10.19.)을 통해 공산당이 민중을 선동하여 많은 민간인 희생자를 냈을 뿐 사태의 결과에 책임 지지 않으려는 모습을 발견하게 된다.

과정, 전쟁으로 폐허가 된 조선의 현실과 참혹한 사람들의 삶과 맞닥뜨리게 되면서 다시 좌절과 절망으로 바뀐다.

> 8월 25일은 음력으로 7월 15일이었다.
> 무더위도 밤중을 지나자 덜해졌다. 잠을 이루지 못한 태영은 들창에 걸린 만월을 누운 채 바라보며 문득 프랑스에 가 있는 이규를 생각했다. 혁명가 되기에 바빠 해외 유학을 거절한 자신이 얼마나 바보였던가를 새삼스럽게 후회해본들 무슨 소용이 있겠는가 싶어 눈물이 뺨을 적셨다.
> '조국을 위해 내가 할 일이 무엇인가. 아무것도 없다.'
> '인민을 위해 내가 할 일이 무엇인가. 아무것도 없다.'
> '양심이 마비되어야만 당원 노릇을 할 수 있는 공산당이 과연 인민을 위하는 당인가. 아니다. 절대로 아니다.'
> '나는 지금부터 어떻게 해야 민족을 위해, 나 자신을 위해 보람 있게 될 수 있을까. 모른다. 모르겠다.'(『지리산』 6, 217쪽)

조국의 독립과 평화를 위해 열정적으로 삶을 이어왔던 박태영에게 남은 것은 깊은 좌절과 절망이었다. 인민을 위해 투쟁을 했지만 오히려 수많은 인민들이 무고하게 죽어야 했고, 조국을 위해 헌신했지만 조국의 사정은 좀처럼 나아지지 않았다. 자신을 지탱해주던 이상과 신념은 도리어 자신을 겨냥하는 화살이 되어 돌아왔을 뿐이다. 그러나 좌절과 절망으로 고뇌에 빠진 박태영은 지난 삶을 후회하느냐 묻는 김숙자에게 후회하지 않을 뿐더러 지금도 조국을 위하고 싶은 정열은 여전하다고 말한다. 그러면서도 "자기 하나를 지탱하는 것 이외의 것은 허망"(6권, 225쪽)이라고 말한다.

공산당에 버림받고, 스스로 공산당을 버려야 했던 박태영은 운명의 파도에 휩쓸려 다시 지리산으로 가게 된다. 그리고 그곳에서 인민을 위한다고 선전하는 공산당이 생존을 위해 인민을 약탈하는 현실과 맞닥뜨린다.

박태영은 다시금 절망에 빠져 "조국과 인민을 위한 신념"이 아닌 "운명을 너무나 쉽게 선택"해 버린 경솔한 행동에 대한 벌로 빨치산으로서의 운명을 받아들인다. 박태영은 "'선택의 실패'라는 대죄를 보상하"기 위해 "내일 죽음이 있을지 모레 죽음이 있을지, 바로 다음 순간에 죽음이 있을지 모르는" 절체절명의 순간 공산당 복당을 제안하는 이현상에게 거절 의사를 분명히 밝힌다. 그리고 어떤 이데올로기나 사상, 대의명분이 아닌 "오직 나 자신만을 위한 파르티잔"으로 끝까지 최선을 다해 싸우다 숨을 거둔다. 박태영의 이런 생각 속에는 이념에 대한 맹목과 어긋난 신념으로 인해 희생되어야 했던 무수히 많은 사람들에 대한 죄의식과 사상에 경도되어 옳지 않은 선택을 했던 자신에 대한 깊은 반성이 내재되어 있다.

> 해방 직후부터 1955년까지 꽉 차게 10년 동안 지리산은 민족의 고민을 집중적으로 고민한 무대이다. 많은 청년들이 공비를 토벌한다면서 죽었고, 많은 청년들이 공비라는 누명을 쓰고 죽었다. 그들의 죽음이 의미하는 것은 무엇일까. 두고두고 민족사의 대과제가 될 것이다.
>
> 공산당이 범한 최대의 죄악은 순진무구한 청년들을 자기들의 야망을 달성하기 위한 그 목적만으로 민족의 적으로 만들었다는 바로 그 사실에 있다. 설혹 공산당의 주장이 옳았다 하더라도 실패한 결과만으로 그들은 준열한 역사의 심판을 받아야 한다. 그런 까닭에 다음과 같이 역산할 수 있다. 옳은 사상, 옳은 주장이 그런 무모한 짓을 할 까닭이 없다. 따라서 공산당은 악이라고.
>
> (…)
>
> 그러나저러나 이런 분자들의 선동과 조종을 받아 그 많은 청년들이 공비라는 누명을 쓰고 죽어야 했다고 생각하면 의분을 억제할 수가 없다. 말하자면 소설 「지리산」의 주제는 바로 이 '의분'이다.236)

위 인용문은 『지리산』의 작가후기로 이병주는 여기에서 『지리산』의

---

236) 이병주, 작가후기, 『지리산』, 한길사, 2006.

주제가 '의분'이라고 직접 밝힌다. "반공소설이라고 하기보다는 반인간적인 것에 대한 결사반대적인 그런 상황을 그런 것"[237])이라는 것이다. 이병주는 이러저러한 정치적인 상황을 배제하고서라도 유능하고 건실한 의식을 가진 많은 청년들이 공산당의 야망을 달성하기 위한 제물이 되고 말았다는 사실에 대한 분노를 박태영이라는 인물을 앞세워 보여주고 있는 것이다. "인류의 행복에 공헌하는 그런 일"(2권, 63쪽)을 하고 싶어 하던, "인류의 미래를 장식할 꽃송이가 될"(2권, 66쪽) 수 있을 정도로 유능하고 촉망받던 서른다섯의 청춘을 지리산 기슭에서 스러지게 만든 현실에 대한 분노가 『지리산』의 창작배경이 된 것이다. 조국 독립에 대한 염원과 제국주의의 병졸이 되지 않으려는 각오로 지리산으로 숨어들었던 청년들은 해방 후 온전한 국가의 재건을 위해 공산당에 가입하지만 자신들의 이상을 실현시켜 줄 훌륭한 밑거름이 될 것이라 기대했던 공산당에 의해 허망한 죽음을 맞게 된다.

위한림과 서재필, 박태영은 모두 이병주가 만들어낸 나폴레옹[238])이다. 인류의 평화를 지키는 방편으로 사업을 선택한 위한림, 문학을 통해 인간 삶의 원한을 기록하려 한 서재필, 인류의 행복에 공헌하는 일을 꿈꾸며 조국을 위해 헌신한 박태영은 각기 다른 빛깔의 야심을 가진 재능 넘치는 청년들이다. 그러나 이병주의 소설에서 이들의 야심은 암울한 시대 현실에 의해 좌절을 겪을 수밖에 없었으며, 그런 의미에서 이들은 폭압적 시대의 희생자이기도 한 것이다. 그리고 이들의 겪은 좌절은 특수한 상황

---

237) 남재희 · 이병주, 앞의 글, 241쪽.
238) 이병주의 나폴레옹에 대한 관심은 나폴레옹이 이데올로기를 비난했다는 것도 일정 부분 영향을 끼친 것이라 짐작할 수 있다. 이데올로기 문제로 인해 갖은 고초를 겪어야 했던 이병주 자신의 개인사를 감안한다면 충분히 납득 가능한 설정이라 생각한다. "이데올로기를 비난한 사람으로서 나폴레옹이 있다. 나폴레옹은 이른바 반체제사상사(反體制思想家)들을 '이데올로구'라는 말로서 일괄하여 경멸했던 것이다."(『사상의 빛과 그늘』, 신기원사, 1986. 240쪽)

이나 사건이 아닌 시대가 직면했던 문제였다. 다만 비범한 인물들의 좌절
이 범박한 인물의 좌절에 비해 더욱 크게 다가올 따름이다.

## 2) 인간성 유지를 위한 선택, '회색 군상'

『지리산』에서 학병 징집을 피해 지리산으로 가는 박태영이 이규에게
동행을 제안하지만 이규는 박태영의 제안에 대해 어떤 반응도 보이지 않
는다. 그러자 박태영은 이규에게 편지를 보낸다.

> 시모노세키의 소인이 찍힌 한 장의 엽서가 날아들었다. 서명은 없어도
> 태영의 필적임을 곧 알아차릴 수 있었다. 문면은 이러했다.
> **"규야, 너도 회색의 군상 속의 하나였구나.** 그러나 나는 너를 탓하지 않
> 겠다. 어느 곳에서 무엇을 하든 기다리는 자세만은 잊지 말아라. 기다리는
> 날을 위해 자중하고 자애하라. 서툴게 죽을 수야 없지 않은가. 나는 너를 그
> 럴 사람으로 보진 않는다. 너는 언젠가 행복할 수 있는 권리를 가진 사람이
> 라고 나는 믿는다. 그런데 내가 가는 곳엔 행복이 없다. 진리가 있을 뿐이고,
> 포부가 있을 뿐이다. 그 많은 회색의 군중들에게 나의 안부나 전해라."
> 규는 이 세상에 나서 처음으로 통곡을 터뜨렸다.(『지리산』 2, 96쪽)

박태영은 "왜놈 용병으로 끌려가서 치사스런 죽음"을 당하느니 지리산
에 들어가서 활로를 찾자는 자신의 제안을 침묵으로 거부한 이규를 "회
색의 군상 속의 하나"라고 칭한다. 박태영의 입장에서 자신이 추구하는
것이 '진리'와 '포부'라고 한다면 회색의 군상이 추구하는 것은 '행복'이
며, 자신들처럼 진리와 포부를 추구하는 사람이 죽음을 각오하고 찾은 행
복을 그 자리에서 기다리기만 하는 부류가 바로 '회색의 군상'이다. 박태
영의 편지를 받은 이규는 통곡을 하는데 이규의 통곡 속에 있는 것은 이
러지도 저러지도 못하는, 백색도 흑색도 아닌 회색일 수밖에 없는 자신에
대한 자책과 분노라고 할 수 있다. 일본 제국주의의 식민지라는 암울한

현실 상황은 무엇인가를 선택하도록 암묵적으로 요구했으며, 그렇지 않을 경우 미온적이라는 비판에서 놓여나기 어려웠다. 그런 상황에서 '어찌할 수 없음'을 느낀 자신을 향해 이규는 통곡을 터뜨릴 수밖에 없었던 것이다.

『지리산』의 첫머리, 이규가 초등학교 4학년, 열 살이던 해의 추석에 할머니는 지리산에 위치한 할아버지의 산소에 성묘를 보낸다. 어린 아이가 가기에는 먼 거리임에도 불구하고 할머니는 이규를 지리산에 보내면서 기쁨을 감추지 않는다. 할머니의 기대에 부응하듯 이규는 할아버지의 산소에 다녀온 후 의식의 전환을 겪게 되는데, "할아버지의 존재를 강하게 의식하게 되었다는 것, 할아버지가 살아온 시대가 있었다는 것을 의식함과 동시에, 자기를 둘러싼 집안일과 사회라는 것을 깨닫기 시작"(1권, 26쪽)하고 학문을 좋아한 할아버지와 가문의 족보에 관심을 가지게 된다. 그러나 "상민과 천민이 한 가구도 없는 것이 자랑"(33쪽)인 이규의 가문에 대해 자랑스레 가르치는 큰아버지에게 둘째 큰아버지는 "망해가는 놈의 나라에 족보가 다 뭐란 말입니꺼"(29쪽)라며 울분을 토한다. 둘째 큰아버지는 독립 운동을 하다 일본 헌병에 붙잡혀 모진 고문을 당했고, 그를 구제하기 위해 애쓰는 과정에서 이규 집안의 세(勢)는 더욱 기울었다. 가문과 족보에 자부심을 느끼기 시작했던 이규는 둘째 큰아버지의 울분을 이해하지 못한 채 큰아버지가 보여준 가문이라는 세계 내에서 자랑스러운 족보를 근거삼아 자신의 정체성을 확립해 나가게 된다.

그러나 중학교를 다니던 중 하영근의 집에서 박태영이 건네준 사진을 보고 견고했던 이규의 세계는 조금씩 흔들리기 시작한다.

앉은 채로 말뚝에 묶여진 사람의 모습이 보였다. 그것도 한 사람이 아니고 세 사람이며, 렌즈의 시야 저쪽에도 그렇게 묶여 있는 사람이 있는 것으로 짐작되는 사진이었다. 말뚝에 묶인 사람들은 모두 흰 수건으로 눈이 가려져 있었다. 흰 저고리와 바지로 봐서 모두 한국 사람들이었다. 그것이 사진의 오른쪽이고, 사진의 왼쪽엔 총을 겨누고 있는 일단의 군인들이 있었다. 차람으로 봐서 일본 군인이 틀림없었다.

(…)

그 사진의 정경은 더욱 잔인했다. 사람들을 목을 조른 채, 높다랗게 건너지른 장대에다 명태를 매달듯 조랑조랑 매달아놓은 사진이었다. 화면에 나타난 수만으로도 수십 명을 헤어릴 수 있었다. 헝클어진 머리카락 사이로 쭈뼛 튀어나온 상투의 앙상한 모양이 처량했고, 축 늘어진 바짓가랑이가 추악할 만큼 처참했다. 그리고 사진 한구석엔 지게를 받쳐놓고 몇 구의 시체를 그 위에 얹어놓은 것이 보였다. 규는 가슴이 와들와들 떨려옴을 느꼈다. 그 광경이 바로 지옥의 광경일지 모르겠다. 아니, 지옥보다도 더 흉측스런 정경이었다.(『지리산』1, 91쪽)

3·1운동 때 일본 군인들이 한국 사람들을 총살하는 장면을 담은 사진과 총살 당한 한국 사람들의 모습을 담은 사진 속의 광경은 너무나도 처참하고 흉측스러워 지옥과 다르지 않았다. 큰아버지가 군건하게 심고 다져놓은 '가문'이라는 자랑스러운 세계 내에서 그 인식을 확장하지 않았던 이규는 가문이며 족보 따위를 비웃는 둘째 큰아버지를 이해할 수 있을 것 같은 기분에 휩싸이기도 한다. 그렇지만 박태영이 일본인에 대한 증오를 노골적으로 표출하여 일본 경찰의 표적이 되고, 나라의 안위에 촉각을 모으는 것과 다르게 이규는 하영근의 딸 윤희에게 관심을 보이는 것으로 제시된다. 중학생이 된 남학생이 여성에게 가지는 관심을 가진다는 것이 지극히 자연스러운 것임에도 불구하고 박태영과 대조되는 자신의 모습에 이규는 기쁨보다는 죄스러움을 느끼고 "태영의 우울한 감정을 모방하려고 애쓰면서"(103쪽) 마음속으로 뉘우치기까지 한다.

한편 일본 유학길에 오른 이규는 "일본의 아름다운 산과 들, 그리고 마을을 보고 가슴이 뭉클할 만큼"(227쪽) 놀라는 한편 "반도의 슬픔을 뼈저

리게 느"낀다. 이규의 양가적 감정은 일본인 세쓰코와 함께 놀러간 대판
성에서 마주친 조선인 노파를 통해서 보다 구체적으로 드러난다.

> 순 한복, 한복 가운데도 재래식이라고 할 수 있는, 풀을 빳빳하게 먹여
> 치마가 풍선처럼 부풀어 있는 삼베옷을 입고 두 노파가 학생풍의 청년에
> 이끌려 팔자걸음으로 느릿느릿 다가오고 있었다. 규는 왠지 당황하면서도
> 자신을 지켜보는 또 하나의 자신이 그러한 자신을 힐난했다.
> '이곳에서 동족인 할머니를 만나는 것이 어째서 그처럼 너를 당황하게
> 하느냐? 그게 무슨 까닭이냐?'
> 규는 구두 끝으로 시선을 떨어뜨렸다.
> 규의 시선은 2, 3미터 앞을 지나가고 있는 노파들의 고무신을 따라 움직
> 였다. 검은 빛깔이 먼지를 써서 누렇게 보이는 고무신! 규는 가슴이 뭉클해
> 짐을 느꼈다. 고향에서 흔하게 보았을 땐 아무런 뜻도 없이 길바닥의 돌멩
> 이처럼 자연스러웠는데, 대판성에서 일본인들 틈에 섞인 고무신은 왜 그렇
> 게 초라하고 그로테스크하고 슬프기도 한지 알 수가 없었다.
>
> (『지리산』 1, 260~261쪽)

일본에 유학 중인 식민지 청년 이규가 일본에서 조선인 노파를 마주치
고 처음 느끼는 감정은 반가움이 아니라 당황스러움이며, 이 당황스러운
감정은 이내 자신에 대한 힐난으로 바뀐다. 노파들이 신고 있는 먼지 묻
은 고무신을 보면서 느낀 그로테스크하고 슬픈 감정은 사회·문화적으로
근대화된 국가에 대한 동경과 열망, 그러나 상대적으로 열악한 식민지 국
가의 국민이기 때문에 가지게 되는 서글픔에 의한 것이라 짐작할 수 있
다.[239] 하지만 이규는 지식인이 가지고 있는 강박증과 책임 의식으로 인

---

239) 이태준의 『思想의 月夜』(『매일신보』, 1941.3.4.~1942.7.5.)에는 일본 유학길에 오른 송
   빈이 조선인이 입은 흰옷을 보며 민망해하는 장면이 삽입되어 있다. "하곤에서부터
   벌써 이상스럽게 눈에 띄기 시작하는 것은 흰옷이다. 송빈이는 선뜩 윤주아저씨의
   말이 생각낫다. 저게 조선옷이엿나! 하리만치 처음처럼 조선옷부터가 새삼스럽게 보
   혓다. 차에서 배에서 석탄연기에 끄을고 꾸기고 말리고 한 베것 모시것들은 흰옷이

해 이 같은 감정을 올바로 받아들이지 못하고 끊임없이 자기검열을 행한
다. 이는 세쓰코와 밤을 보낸 다음 날 프랑스가 독일에 항복했다는 소식
을 전해 듣고 "세쓰코의 하얀 육체"와 "프랑스의 항복" 사이에서 프랑스
의 항복에 애써 정신을 집중하려는 모습을 통해서도 드러난다.

　이규는 비상한 두뇌의 소유자이며 수재 혹은 천재로 손꼽히는 박태영
을 선망의 대상으로 여기고 그에게서 적지 않은 영향을 받는다. 독립에
대한 강한 확신을 가진 박태영이 독립의 의지를 피력할 때에도 이규는
'너는 뭐냐. 조국 독립 사상에 불안을 느끼는 너는 일본놈의 노예로서 만
족하겠다는 말이냐.'(2권, 52쪽)라고 생각하는 등 자괴감에 빠진다. 그러나
박태영의 말은 독립에 대한 뚜렷한 확신과 열정만으로 채워졌기에 이규
의 입장에서는 구체적인 실천력이 결여된 것처럼 느껴지기 시작한다. 이
는 박태영의 이야기가 "하늘의 별을 따려는 것"(2권, 20쪽)처럼 공허하게
들린 탓이다. 식민지 지식인으로 정체성을 확립하지 못하고 번민에 시달
리던 이규 역시 어느덧 자신의 역할을 찾게 된다. 지리산 은신골에서 보
광당을 조직해 활동하고 있는 박태영에게 프랑스의 항복 소식을 전하며,
"나는 진실로 진실로 자네를 친구로 갖게 된 것을 자랑으로 생각한다(I am
proud of you, really, really.). 너는 위대한 사상가인 동시에 위대한 행동인이 되
고, 나는 빈약하나마 그 증인, 증언자가 되고 싶다.(2권, 231쪽)"라는 내용의
편지를 보낸다. 신념에 가득 찬 열정적 인물인 박태영은 학병을 피하고
조국의 독립을 이루기 위해 지리산에 들어가는 것을 '선택'하고, 혼란한
국내 정세의 안정화를 위해 공산당을 '선택'했지만, 그 선택으로 말미암
아 지리산에 묻히는 운명에 처한다. 그러나 박태영이 '회색의 군상 중 하

---

　흰옷다운 면복이라고는 옷고름 하나가 제대로 업섯다. "우선 기차와 기선생활을 못할
옷이다! 현대인의 옷일 수 업다!" 송빈이는 흰옷들을 보는 것이 민망스러워젓다." 이
외에도 식민지를 살고 있는 지식인이 근대화된 일본 제국주의를 경험하면서 가지는
패배감과 서글픔은 여러 소설에서 나타난다.

나'라고 칭했던 이규는 이분법적 선택을 강요받던 사회적 분위기 속에서 아무것도 하지 않음을 선택한 결과로 끝까지 살아남아 "박태영이 누비고 다닌 지리산을 두루 답파하며 그의 생과 사에 얽힌 의미를 살피려고 애"(7권, 374쪽)쓰고 박태영의 무덤에 나폴레옹의 그것과 같이 이름이 없는 비석을 세운다.

『관부연락선』의 이형식 역시 이규와 동일한 위치에 놓여 있다. 시대의 격랑을 넘지 못해 휩쓸려 사라진 유태림은 살아남은 자, 그래서 기록하는 자인 이형식에 의해 서술된다. 『관부연락선』에 대한 기존 논의는 대개 서사의 핵심에 놓인 유태림에 집중되어 있다.[240] 『관부연락선』의 서사가 유태림이라는 인물의 행적을 뒤좇는 데 초점을 두고 있으니 이는 당연한 결과일 것이다. 중도적 지식인인 유태림은 흔히 이병주의 분신으로 민족적 수난 앞에서 사그라진, 폭압적인 역사에서 희생당하는 개인으로서 의미를 갖는다. 이 글에서는 『관부연락선』의 중심인물인 유태림이 아니라 서술자인 '나' 역시 『지리산』의 박태영이 말한 '회색의 군상' 중 하나라고 보고 논의를 진행하려 한다.

'나'는 H촌의 "궁한 편은 아닌" 집안에서 나고 자라 일본 A대학 전문부 문학과를 졸업하고, 학병에 동원된다. 해방 후에는 C고등학교에서 영어교사로 재직한다.

> ① 무덥고 무거운 회의는 끝냈으나 나의 마음은 여전히 무거웠다. 유태림을 데리고 오는 데 책임을 진다고 하면서도 내 가슴의 한구석에서는 그

---

240) 김외곤(앞의 글, 375~376쪽)은 『관부연락선』에 대해 "격동기를 살아가는 지식인의 모습"을 특징으로 꼽으며, 유태림에 대해서는 극단적인 이데올로기의 대립으로 혼란한 시대에 중도적인 길을 걸으며 "합리적이고 이성적인 태도로 현실을 살아가려는" 인물로 평가한다. 이밖에도 곽상인(앞의 글), 조갑상(앞의 글), 류동규(「'65년 체제 성립기의 학병 서사」, 『어문학』 130, 한국어문학회, 2015.) 등은 학병세대로서 유태림이라는 인물이 가지는 특징에 집중하고 있다.

렇게 되길 원하지 않는 마음이 도사리고 있었기 때문이다. (…) 솔직하게 말
해서 유태림이 C고등학교에 나타난다는 것은 학교를 위하고 학생을 위해서
는 유익할는지 몰라도 내 개인으로 봐선 탐탐한 일이 못 되었다. 밤새워 사
전과 씨름을 하는 처지이긴 했은 그때 그 학교에선 나는 실력이 있는 교사
로서 인정되어 있었는데 유태림이 등장하기만 하면 실력파인 척하는 나의
가면이 벗겨질 것은 빤한 사실이었다. 게다가 교장의 스파이니 회색분자니
반동이니 하는 욕을 들으면서도 4류이긴 하나 도쿄에서 대학엘 다녔다는
후광과 적당하게 얼버무려 넘기는 재간으로 해서 좌익계열 선생이나 학생
들 사이에 그럭저럭 치대어온 것인데, 유태림이 나타나기만 하면 그따위 후
광쯤은 아침 해에 이슬 녹듯 사라질 것이고 얼버무리는 재간을 피울 수도
없게 될 것이니 나의 입장은 그야말로 난처하게 될 것이었다.

(『관부연락선』 1, 43~44쪽)

② 여운형 씨가 암살당했다. 범인은 19세 소년 한지근이라고 했다. 이 사
건의 전모를 내가 알게 된 것은 범행이 있은 이튿날의 신문을 통해서였다.
　"정치란 무서운 것이다."
　며칠 전 고맹수가 한 말이 새삼스러운 빛깔을 띠고 나의 가슴을 뭉클하
게 했다. 나는 한동안 넋을 잃고 건성으로 그 사건을 알린 신문기사를 더듬
고 있었다. 여운형 선생의 정치노선에 대해선 나는 반대적 입장에 서 있었
다. 그러나 나는 정치와는 관계없이 여운형 선생에게 대한 경모의 감정을
마음속 깊이 가꾸고 있었던 것이다. 정치가 여운형 선생의 전부가 아니라는
믿음이 있었다. 우익으로부턴 좌익으로서 적대시당하고 공산당으로부턴 반
동시당한 그 어렵고 복잡한 처지는 여운형 선생 자신의 책임이 아니란 생
각마저 있었다. 여운형 선생의 진의는 겹겹이 둘러싸인 오해의 더미 속에
고민의 빛깔로서 빛나고 있으리란 마음마저 가져본 일이 있었다.
　'어떤 명분이, 어떤 흉악함이 감히 그 어른의 가슴에 탄환을 쏘아 넣을
수 있단 말인가!'(『관부연락선』 2, 134~135쪽)

　전술했다시피 '나'는 비어 있는 부분이 많은 유태림의 서사를 채우는
역할을 하는 서술자이자 해설자의 역할을 맡고 있기 때문에 유태림과 관
련된 것 이외에 시대나 사회의 문제에 대해서는 자신의 입장을 직접 드

러내지 않는다. 그러나 '유태림의 수기'를 제외한 부분에서 1인칭 서술자 역할을 하는 '나'의 인식을 부분적이나마 확인할 수 있는 부분이 있다. 인용된 글 ①은 유태림을 C고등학교의 교사로 모셔오는 책임을 지게 된 '나'의 속마음이다. '나'는 유태림이 같은 교사로 근무하는 것을 탐탁하게 생각하지 않는다. 그것은 유태림으로 인해 자신의 위치가 흔들릴까 걱정한 탓이다. 해방 후 한반도를 둘러싼 심각한 이데올로기의 대립 국면[241]은 학교에서도 예외가 될 수 없었다. C학교는 표면적으로는 미군정청의 관리 아래에 있었지만 학교의 교사나 학생들 대부분은 좌익 단체에 속해 있었기 때문에 실질적으로 학교의 주도권을 쥔 것은 좌익세력이었다. 이렇듯 혼란한 정황을 배경으로 '나'는 "미국인을 만나도 영어 한마디 시원스럽게 건네지 못하고 내일의 수업을 위해서 밤새워 사전과 씨름을 해야 하는 이른바 엉터리 교사"(1권, 31쪽)로 자조하며, 좌익계열의 동료교사와 학생들로부터 반동 내지는 회색분자라는 욕을 들으면서 '근근이' 버티고 있는 것이다. 상황이 그러함에도 불구하고 '나'는 좌익에 동조하거나 가담하지 않는데 이를 통해 '나'의 성격을 가늠할 수 있다. 인용된 글 ②는 여운형[242]의 죽음을 목도한 '나'의 심경이 드러난 부분이다. '나'는 여운형에

---

241) 당시 상황에 대해 이병주는 "1946년은 세계적으론 제2차 세계대전의 전후 처리 문제를 둘러싸고 그 방향과 내용에 있어서 미국과 소련의 대립이 점차 예각적(銳角的으)로 부각되기 시작한 시기다. 동구라파에 있어서의 구질서의 분해, 중국에 있어서의 국공내전의 발전, 동남아 제국에서의 독립 기운, 승리자의 처단만을 기다리는 패전국의 초조, 이러한 사상들이 얽히고 설켜 격심한 동요를 겪고 있는 가운데 서서히 새로운 역관계(力關係)가 구축되어 갔다. 이와 같은 세계의 동요를 한국은 한국의 생리와 한국의 규모로서 동요하고 혼란하고 있다. 해방의 벅찬 환희가 감격의 혼란으로 바뀌고 이 감격의 혼란이 분열과 대립의 적대관계로 응결하기 시작한 것이 1946년의 일이다. 일본군을 무장해제하기 위해서 편법적으로 그어진 38선이 항구적인 분단선으로 교착되지 않을까 했던 막연한 공포가 결정적이고 냉엄한 현실의 벽으로서 느껴지게 된 것도 1946년의 일이다. 모스크바에서의 삼국 외상회의가 결정한 한국 신탁통치안을 둘러싸고 국론이 찬반양론으로 갈라져 좌우익의 충돌이 바야흐로 치열화해서 전국적으로 번지기 시작한 것이다."(『관부연락선』 1권, 35쪽)라고 정리한다.

242) 여운형은 입장에 따라 공산주의자, 민족적 사회의주자, 회색적 기회주의자, 기회주의

대해 "키는 큰 편이 아니었지만 짜임새 있는 체구, 넓은 이마, 부리부리한 눈을 가진 여운형 선생은 많은 내빈 가운데서 월등하게 빛나는 존재"였으며, "앉아 있는 모습 그것만으로써 만좌를 위압하는 품위와 위엄이 나타나 있었다"라고 회상하고, 그의 연설을 통해 "너무나 심한 감동"을 받은 바 있다고 밝힌다. 그런 의미에서 '나'에게 정치는 더욱 "무서운 것"일 수밖에 없다. 흉악함을 그럴듯한 명분으로 포장하여 내세우고, 사람의 가슴에 흉탄을 겨누어 정치가이기 이전에 한 사람의 훌륭한 인간을 죽게 만드는 것이기 정치이기 때문이다. '나'가 교사로서의 위치에 불안을 느끼면서도 섣불리 좌익이나 우익에 동조하거나 가담하지 않는 것 역시 정치에 대한 불신과 반감 때문이라는 것을 알 수 있다.

또한 『산하』의 송남수는 "D사범학교를 졸업하고 한동안 국민학교 교사 노릇을 하다가 북경으로 가서 대학을 다"(2권, 82쪽)닌 지식인이다. 송남수는 특정한 사상에 편입되지 않은 자유롭고 순수한 인물로 그려진다. 그는 여운형에 대한 깊은 존경을 마음속에 가지고 있었기 때문에 여운형이 창당한 '근로인민당'에 가입하고자 하지만 "송 군은 정치를 하기엔 너무나 순수하다."(3권, 109쪽)라는 이유로 거절당한다. 여운형이 죽고 난 뒤 당

적 공산주의자 내지는 온건한 좌익 등으로 비춰졌다. 여운형의 노선은 "식민지시대를 경험한 지식인 혹은 정치가가 선택하게 되는 이념적 모호성을 대표"한다 할 수 있으며, 여운형은 "모든 사상·이념을 민족이익·민족해방이라는 관점에서 받아들이고 평가"했다고 정리할 수 있다.(정병준, 「해방 이후 여운형의 통일·독립운동과 사상적 지향」, 『한국민족운동사연구』 39, 2004. 99~101쪽) 이병주의 소설에서 여운형은 긍정적으로 그려지는 경우가 많다. 『관부연락선』의 중심인물 유태림은 여운형이 "은근하고 조용하고 진실성이 넘쳐 있는 말투"로 한 연설을 통해 "가슴이 뻐근해졌"고 "웅변 아닌 진실한 웅변이란 저런 것이로구나"하는 감동을 느꼈다고 말한다. 그러나 근로인민당 사람들로부터 여운형 선생 추도식에 참가하라는 연락에도 그들은 "근로인민당수로서의 몽양을 숭배한 것이 아니"기 때문에 정당과 관계없는 뜻있는 친구들끼리 추도회를 갖는다.
『산하』의 송남수 역시 여운형에 대해 "여운형 선생은 그 단점까지나 위대한 인물이었다"고 평가하는가 하면, 여운형의 죽음을 두고 "한민족에게 있어서의 위대한 가능(可能) 한 줄기가 사라졌다"(『산하』3, 112쪽)고 통탄해마지 않는다.

수뇌부의 만류에도 불구하고 고집을 굽히지 않던 송남수는 끝끝내 근민당에 가입한다. 그렇다고 해서 그것이 송남수가 어떤 사상을 지지한다거나 정치적 목적을 가지고 있음을 의미하는 것은 아니다. 단지 여운형의 유지를 받들기 위한 행동이라 할 수 있다. 이후 송남수는 우익으로 평가받던 인물인 김규식 밑에서 활동을 하게 되는데 이를 통해 송남수가 추구하는 것이 무엇인지가 드러난다. 송남수가 좌파로 불리던 여운형과 우파로 분류되던 김규식을 차례로 지지하며 그들을 보필한 것은 그가 가장 중요하게 여긴 것이 사상이나 정치적 태도가 아니라 분열된 민족을 하나의 국가로 통일하는 것이었기 때문이다. 송남수가 따르던 두 인물은 위치에 따라 다르게 평가받고 있기는 하지만 좌익도 우익도 아닌 중도에 가까웠고, 모두 남한만의 단독 정부 수립에 반대하던 인사들이다.

해방 이듬해인 1946년 6월 이승만은 이른바 '정읍(井邑) 발언'243)을 통해 남한 단독정부를 수립하자고 주장한다. 이에 남북분단을 우려한 여운형, 김규식, 김구와 같은 인사들은 좌우합작을 통해 통일정부를 세우려고 노력하지만 여운형과 김구가 차례로 암살당하면서 민족의 분열은 끝내 극복되지 못한 채 1948년 5월 남한 단독의 제헌 국회 구성, 7월 17일 헌법 제정 선포의 과정을 거쳐 8월 15일 이승만을 초대 대통령으로 하는 대한민국 정부 수립의 수순을 밟게 된다.

---

243) 반탁운동이 거세게 일어나는 가운데 미국과 소련은 서울 덕수궁에서 임시정부 수립을 위한 미·소 공동위원회를 연다. 그러나 처음부터 난항에 직면한 공동위원회는 결렬되고, 이로 인해 좌·우익 사이의 찬탁운동과 반탁운동의 대결이 더욱 극심해진다. 1946년 6월에 이승만은 지방 순시 중 이른바 정읍발언을 통해 남한의 단독 정부 수립을 주장한다. 그 내용은 아래와 같다.

"이제 우리는 무기 휴회된 (미소) 공위가 재개될 기색도 보이지 않으며 통일정부를 고대하나 여의케 되지 않으니 우리는 南方만이라도 임시정부 혹은 위원회 같은 것을 조직하여 38 이북에서 소련이 철퇴하도록 세계 공론에 호소하여야 될 것이니 여러분도 결심하여야 될 것이다."(『서울신문』, 1946.6.4.).

김규식 밑에서 일하던 송남수는 공산당원에게 불의의 습격을 당하게 된다. 그리고 이승만을 자신들의 적으로 여기던 인식은 장차 동맹관계를 맺을 수 있을 것이라고 생각해 왔던 공산당에 대해 "공산당이야말로 나의 적"이라는 인식으로 굳어지게 된다. 그리고 무자비한 폭력 앞에 "어떻게 그처럼 사람들이 잔인할 수가 있을까, 어떻게 그처럼 지각 없이 굴 수가 있을까, 어디서 사람을 함부로 고문할 수 있는 권능을 얻어온 것일까"(6권, 156쪽)라며 "악의와 공포로 가득차 있는" 거리를 걸으며 "도시에 미만해 있는 불행"에 슬픔을 느낀다. 송남수가 슬픔을 느낀 것은 자신이 폭행을 당했기 때문이 아니라 인간보다 이데올로기가 앞서는 현실, 이데올로기라는 미명 아래 자행되는 비인간적인 폭력 때문인 것이다.

그런 송남수의 인식은 1954년 3대 국회의원 선거에 출마한 송남수의 선거 포스터에서도 드러난다.

> 지금 우리에게 가장 중요한 문제는 국토의 통일, 민족의 통일이다. 통일을 성취하기 위해서 나는 나의 모든 노력을 쏟을 각오이다.
>
> (『산하』 7, 101쪽)

생존 자체를 위협하는 6·25전쟁이라는 극한의 비극과 분단된 민족이 일상에서 겪어야 하는 비인간적인 상황을 목도한 송남수는 무엇보다 "민족의 통일" 문제에 전력을 다하겠다 마음먹지만, 국회의원이 되어 민족의 통일 문제에 힘쓰고자 했던 송남수의 계획은 무산되고 만다. 선거에서 근소한 표 차이로 낙선한 것이다. 그럼에도 선거를 통해 희망을 가질 수 있었으며, "건강에 조심하고 책이나 읽으며 이승만이 죽길 기다릴 수밖에 없"(7권, 124쪽)다고 말한다. 그러나 운명은 송남수를 조용히 기다리게 그냥 두지 않았다. 민족의 통일을 위해 모든 노력을 쏟겠다는 각오를 가졌던 송남수는 5·16혁명 후 혁신정당에 가담했다는 죄목으로 수감된다.

이렇듯 이병주의 소설에 등장하는 대부분의 지식인은 특정한 이념에서
자유롭고자 한다. 일제의 식민지라는 암흑의 역사, 해방 이후 이념에 의
해 겪게 되는 대혼란의 상황을 몸소 겪은 이병주에게 있어 무엇보다 중
요한 것은 인간이고 인간들의 삶 그 자체였던 것이다.

> 1946년 2월 나는 중국 상해에서 돌아와 한때 모교의 교사노릇을 하다가
> 1948년 9월 진주농과대학에서 어학을 가르치는 교수가 되었다. 학자로서의
> 소지도 교육자로서의 결의도 없다는 자각이 그때엔들 왜 없었을까만 인재
> 가 부족한 상황에 편승해서 그 직을 맡고 있었던 것인데 30대에 들어서면
> 서부터 학자로서의 실력과 교육자로서의 결의를 가꾸려고 할 즈음에 6·25
> 동란이 터졌다.
> 나의 꿈 나의 희망은 산산조각이 났다. 뿐만 아니라 내게 있어서 가장 소
> 중한 친구를 잃었다.
> 역사도 믿을 것이 못되고 인생조차도 믿을 것이 안 되며 이 세상은 기를
> 쓰고 살아볼 만한 곳이 못 된다고도 느꼈다.[244]

이병주가 혼란한 시대를 살면서 겪어야 했던 사건들은 잘 알려져 있다.
그리고 그런 자신의 체험이 이병주의 소설에서 어떤 방식으로 형상화되
어 드러나는지에 관한 논의도 꾸준히 있어 왔다. 위의 기사에서도 알 수
있듯 이병주가 지난한 세월을 견디면서 느낀 것은 허무였으며, 그런 의미
에서 자신의 "30대는 황량한 회색의 계절"이라고 밝힌다. 이병주의 소설
에 반복적으로 나타나는 회색 군상으로서의 지식인은 자신의 체험에 기
반한 허무의식이 그 출발이라고 할 수 있을 것이다.[245] 일상의 중요한 순

---

244) "'암울시대' 고뇌 속 보람을 엮다.', 『동아일보』, 1984.3.17.
245) 손혜숙(앞의 학위논문, 29쪽)은 이에 대해 "명치대학 시절 스승이었던 고바야시 히데
　　오의 영향으로 좌익에 대한 근본적인 회의 또한 갖고 있었다. 때문에 그는 어떠한 사
　　상에도 동조하지 않는 중립적인 위치에 서려 했고, 이것은 이른바 '회색의 사상'으로
　　고착된다. 해방 이후 극심한 이념대립 속에서 그가 취한 행동과 여러 작품들에 빠짐
　　없이 등장하는 '중립적 지식인'이라는 인물 유형은 이런 맥락에서 기인한 것이라 볼

간이면 어김없이 발목을 잡는 현실의 상황에 거듭 절망해야 했던 청년이
느꼈던 좌절과 허무가 이병주로 하여금 '회색의 사상'을 키우게 했다고
짐작할 수 있다.

　　우리의 역사나 생활은 꼭 흑백의 논리만 갖고 그 값어치가 정해진 것 같
고 또한 역사는 그 논리에 있어 승리와 패배의 기록만으로 점철되어 가는
것입니다. 그래서 나는 그 이면을 추구해야겠다는 뜻에서 아무도 찾아주지
않는 회색의 군상으로 눈을 돌렸습니다. 사실 그것처럼 우리의 인간성과 바
로 직결되어 있는 것도 없습니다.
　　만약 우리가 이 회색을 추구해 나가면서 이때까지 갖고 있던 '흑백의 논
리'가 지닌 그 속에서 인간성과 관련된 사상, 환경, 가치체계를 또 다르게
얻어 낼 수 있다면 그 보람이 크리라 생각됩니다.
　　사상이라고 하는 그 자체는 뭔가를 추상화하고 뭔가를 생략하는데 그 강
점이 있는 것이고 또 인간이란 그렇게 쉽게 말할 수 없는 것이므로 회색이
라고 해서 타기를 당한다면 좀 어떨까 하는 생각이 듭니다. 해서 흑백을 구
분하지 않고 이러한 상황을 잘 다뤄 나가면 보다 건강하고 선명한 어떤 바
탕에 이를 수 있지 않을까 하는 그런 소망을 가지고 저는 창작에 임하고 있
습니다. 그리고 현 시점으로 볼 때 우리 생활 전체를 흑백의 논리로 꼭 나
눠버릴 것이 아니라 어떤 면 즉 정치적인 면이나 국가안보적인 문제에 대
해서는 그러한 논리를 명확하게 대입시키고 나머지 일상생활에는 그러지
않는 것이 좋지 않겠는가 하는 생각입니다. 그런 의도에서 나는 내가 추구
하는 '회색의 군상'에 대한 결론을 이렇게 내리고 있어요.
　　회색의 사상을 가진 사람이 어떤 행위를 하여 그 결과가 처참한 것이 되
거나 또는 보람된 결과가 되거나 하는 측면을 구체적인 관점에서 파악하여
나는 그것을 '지리산'을 통해 꼭 표현하여야 되겠다는 마음을 굳혔다는 겁
니다. 이를테면 항복하거나 생포된 적을 적이라고 해서 반드시 죽여버려야
한다는 것은 분명히 흑백의 논리를 고수한다는 것이고, 반면 그들의 성분
등을 파악해서 되도록 죽이지 않는 방향으로 나가는 것은 이 흑백의 논리
에 비수어 볼 때 소금 비약 같시만 회색의 논리라고도 일 수 있겠지요. 득

───────────

수 있다.”고 설명한다.

회색의 사상이란 융통성 있는 사고방식이라고도 할 수 있는 겁니다.

(…)

사실 이데올로기만으로 우리 사회 전체를 말할 수는 없지 않습니까? 예를 들어 사회를 하나의 지도라고 설정한다면 이데올로기라는 어떤 형상만 가지고는 그 구석구석의 지리를 완전히 파악하지 못하는 점이 있기 때문이지요. 그런 면에 대해서 폴 발레리가 아주 좋은 말을 했어요. 그는 '어떤 이데올로기가 너무 명백한 논리의 확보만 주장하면 그럴수록 그것은 흠이 된다'라고 했습니다.

그런 뜻에서 우리는 누가 뭐라하건 인생에 있어 진리를 알아야 하고, 또 사람을 분류하는 해부학적인 지식이 아니라 바로 뜨거운 피가 흐르고 있는 인간의 마음을 알아야 하고, 그리고 생활의 여러 가지 패턴이나 종류 등의 분류를 알 것이 아니라 인간 생활 그 자체를 알아야 하는 것이니까 그런 의미에서도 문학이라는 것은 흑백의 논리를 말하는 것보다 그리고 그것이 범하는 너무나 밝고 치밀한 논리적인 과오 등을 배제하면서 그것을 이겨내는 자세, 그러한 노력으로 이루어져야 한다고 생각합니다.[246]

'회색 군상'에 담긴 이병주의 인식 저변에 놓여 있는 것은 다름 아닌 인간이다. 시대의 현실이 주는 좌절과 절망을 경험하고 허무의식을 지나 회색의 사상에 이르렀을 때 그가 생각한 것은 모든 이념과 사상 위에 인간이 있어야 한다는 점이었음이 틀림없다. 열정적인 청년으로 꿈과 희망을 가꾸려고 한 자신의 삶을 송두리째 뒤흔들었던 것이 형체도 뚜렷하지 않은 이념이었다는 것을, 그리고 각각의 이념과 사상에 매몰되어 치러야 했던 끔찍한 대가를 눈앞에서 보고 겪었던 이병주는 '인간'을 떠올릴 수밖에 없었음이 분명하다. 흑과 백이라는 이분법적 이데올로기가 가져온 비극을 너무도 잘 알고 있는 이병주는 흑도 백도 아닌 회색이 되어 최소한으로나마 인간을 지키고 싶었던 것이다.[247]

---

246) 남재희·이병주 대담, 앞의 글, 242~243쪽.
247) 이병주가 극단적으로 양분되는 이데올로기의 한계를 느낀 데에는 루쉰의 영향 역시 간과할 수 없을 것이다. 이병주는 1941년 12월 8일, 20세 때 「루우신선집」이라는 문

또 이병주는 소설을 통해 시대적 상황 내에서 지식인이 보여준 삶의 태도에 대해 말하고 있는 듯하다. 박태영과 이규, 유태림과 이형식, 위한림, 서재필, 이동식, 송남수 등은 혼란한 시대를 살아간 지식인으로 삶의 결이 조금씩 다를 뿐 그들의 삶을 통해 얻을 수 있는 결론은 동일한 것이었다. 이병주는 이데올로기에 경도 되어 종내는 그것을 신념으로 삼아 살았던 지식인이 겪어야 했던 비극과 아슬아슬한 양극단 속에서 쉽사리 삶의 방식을 선택할 수도 없었던 그들의 혼란을 형상화하고 있다.[248] 이것은 특별한 어떤 삶에 관한 이병주의 해설이라기보다는 이제는 역사라는 이름으로 희석되어 버린 시대의 비극을 몸소 살아내야 했던 사람들의 삶과 삶의 방식에 대한 기록임은 두말할 나위 없을 것이다.

어느 평자는 나의 문학을 회색의 군상(群像)을 대변하는 문학이라고 했다. 나는 반공이 직업이 될 수 있고 훈장에 통할 수 있는 풍토에서 너무나 안이한 반공주의에 반발한 나머지 진정한 휴머니즘에 입각한 대결을 시도

---

고본을 손에 넣는다. 그리고 "해방 후의 혼란은 루우신과 같은 스승을 가장 필요로 하는 시기이기도 했다. 나는 그의 눈을 통해 이른바 우익(右翼)을 보았다. 인습과 사감(私感)에 사로잡힌 반동들의 무리도 보았다. 민주주의에 대한 지향이 없다고는 할 수 없었으나 불순한 권모술수가 너무나 두드러지게 나타나 있었다. 나는 또한 루우신의 눈을 통해 좌익(左翼)을 보았다. 그것은 인민의 이익에 빙자에서 인민을 노예화하려는 인면수심(人面獸心)의 집단으로 보였다. 그곳에서의 권모술수는 우익을 훨씬 상회하는 것이었다. 인민을 선도하는 데 목적이 있는 것이 아니고 모스크바의 상전에 보이기 위한 연극에 열중해 있는 꼬락서니였다. 이러한 관찰을 익히고 보니 나는 어느덧 우익으로부턴 용공분자(容共分子)로 몰리고, 좌익으로부턴 악질적인 반공분자로 몰렸다. 가장 너그러운 평가란 것이 회색분자란 낙인이었다."(이병주, 『虛妄과 眞實-나의 文學的 遍歷』, 기린원, 1979. 13~14쪽)라고 기술한다. 이후 이데올로기의 분열로 인한 전쟁을 경험하면서 이데올로기에 대한 자신의 인식을 더욱 확고히 한 것으로 보인다.

248) 이런 이병주의 인식은 「꽃의 이름을 물었더니」의 박태열을 통해서도 드러난다. 박태열은 광풍노도의 소리조차 듣지 않기 위해 바위 속에 굴을 파고 그 속에서 은거하는 할아버지가 광풍노도를 건네기는커녕 그 광풍노도에 덤벼들어 대안(對岸)에 이르려고 노력하는 아버지를 "대단한 용기"를 가졌다고 평가하면서, 자신은 할아버지의 근기도, 아버지의 용기도 없고 다만 "청량한 세계의 동경이 있을 뿐"이라고 말한다. 그리고 인간이란 보다 고귀하고 아름다워야 한다고 말한다.(앞의 책, 97쪽)

했고, 앞으로도 그럴 작정인데 보다 진실한 것에의 몸부림이 회색을 빚게
했다는 뜻으로 그 평자의 회색 이론을 감수한다. 그러나 회색은 진실의 빛
깔일 순 있어도 행복의 빛깔은 아니다.[249]

이병주가 절대로 행복이 될 수 없는 회색 군상을 선택한 것은 진실을
지키기 위함이었고, 그 같은 이병주의 의도는 반인간적인 상황을 거부하
는 소설적 시도들을 통해 지속적으로 형상화된다.

## 2. 우회적 글쓰기를 통한 현실 비판

### 1) 국외 정세의 활용과 이국에의 동경

이병주 소설의 특징으로 광활한 공간 감각을 손꼽을 수 있다. 일제 말
일본 유학 경험이 있는 탓에 이병주의 작품 중에는 일본이 공간적 배경
으로 설정되는 경우는 물론, 그 외에 동시대를 재현하는 경우에도 미국을
위시한 서양의 여러 나라의 상황이 직·간접적으로 제시되는 작품을 어
렵지 않게 찾을 수 있다. 여기에도 이병주의 사적 체험이 주요하게 작용
한다. 메이지대학 재학 시절 독서와 독서록 작성에 열중했던 이병주는 니
체와 도스토예프스키 등을 탐독하는가 하면 대학 2학년 때부터 불어 강
좌를 수강할 정도로 프랑스 문학에 심취하기도 했다.[250] 일본 유학 시절
부터 구축된 세계 인식이 구체화된 것은 이병주의 소설 창작이 본격적으
로 이루어진 1970년대 초반 무렵이다. 1944년 1월에 학병이 되었고, 학병
신분으로 해방을 맞이하고 중국 상해에서 돌아온 지 26년 만인 1972년에
긴 해외여행을 떠나게 된 이병주는 이후 매년 두세 달씩 여행을 갔다.[251]

---

249) 이병주, 「불행에 물든 세월」, 『사랑을 爲한 獨白』, 앞의 책, 207~208쪽.
250) 정범준, 앞의 책, 83~102쪽.
251) 이병주, 「책머리에」, 『바람소리 발소리 목소리』, 한진출판사, 1979.

그렇게 "관념으로서만의 세계가 구체적인 세계로 변하는 轉機"를 맞은 이병주는 이후부터 타국의 상황과 공간을 꾸준히 소설화한다. 물론 외국을 소설의 공간적 배경으로 설정하는 것 자체가 특별한 의미를 갖는 것은 아니다. 그러나 해외여행이 그다지 자유롭지 않았던 시절252) 이병주만큼 폭넓은 공간 감각을 가지고 국제 정세 및 상황을 예의 주시한 경우를 찾기는 쉽지 않을 것이다. 이병주의 소설에서는 서사의 주무대가 타국으로 설정되는가 하면, 지식인 초점자가 외국의 정세에 관심을 가지고 신문을 통해 접하는 내용이 직접 소설로 옮겨지기도 한다.

소설에서 이국의 공간은 작가가 가지는 현실에 대한 불만족을 이국에 대한 환상과 동경으로 바꾸어 드러내는 방식인 엑조티즘(Exoticism)253)으로 읽는 것이 일반적이다. 이병주의 소설에 형상화되는 이국 경험과 공간에 대해 노현주254)는 일제 말 일본의 교양주의 교육이 이병주의 엑조티즘과 세계감각의 기원이 되었으며, 이 엑조티즘과 세계감각이 교양에 대한 열망이 가득했던 1960~1970년대 대중의 욕망과 합치되는 부분이 있어 독자의 수용성 증대에 기여했다고 분석한 바 있다. 분명 이병주의 소설에서 타국은 이상적인 공간이자 동경의 대상으로 그려지고 있다. 그러나 막연한 동경이나 환상을 넘어서는 이면의 숨은 의미도 함께 읽을 수 있다.

『행복어사전』의 초점자인 서재필이 신문사의 교정부원이기 때문에 주

---

252) 정부 수립 후 해외여행은 6·25 전쟁, 어려운 경제 사정 등으로 매우 어려운 일이었다. 여권의 발급 또한 공무, 상용, 문화, 기술 훈련 등의 목적에 한하여 관계부처의 엄격한 심사하에 제한적으로 허용되었다. 이후 수출주도형 경제정책이 등장한 1960년대 이후 해외여행자 수가 증가하기 시작하자, 증가하는 해외여행으로 인한 낭비를 막기 위하여 해외여행 제한 또는 통제방안들이 지속적으로 검토되었다. 이후 1980년대까지 해외여행은 개인의 선택에 의해 자유롭게 행해진 것이 아니라 국가의 철저한 계획과 통제에 의해 관리되었다(『금기와 자율-해외여행』, 국가기록원)

253) 한국문학평론가협회, 『문학비평용어사전』 하, 국학자료원, 2006, 637~638쪽.

254) 노현주, 「이병주 소설의 엑조티즘과 대중의 욕망」, 『한국문학이론과비평』 55, 한국문학이론과비평학회, 2012.

요 서사의 흐름과는 관계없이 서재필이 교정을 담당한 기사가 직접 옮겨지는 경우가 있다.

> ① 캄보디아는 전설 속의 왕자 같은 시아누크가 군림하고 있었던 곳인데 그 사람이 외유 중 론놀이란 장군이 쿠데타를 일으켰다. 캄보디아의 낙일은 그때부터 시작했다.
> 내가 손질을 하고 있는 해설기사의 필자는 프랑스인이었는데 그는 원래 캄보디아는 시아누크와 같은 곡예사적인 처신으로만이 통치가 가능하고 국제적인 밸런스를 유지할 수 있는 상황이었다는 데 역점을 두고 있었다. 론놀의 반공정책이 도리어 공산세력에의 항복을 결과했다는 것은 아이러니가 아닐 수 없다는 익살도 있었다.(『행복어사전』 2, 94쪽)

> ② '……프랑코가 모로코 주둔 사령관을 하고 있었을 무렵의 이야기다. 식사가 나쁘다고 해서 군대 내에 소동이 있었다. 그때 어느 군인이 음식이 담겨진 그릇을 프랑코의 면상을 향해 던졌다. 프랑코는 즉시 취사 책임의 장교를 불러 식사를 개선하도록 일렀다. 그러고는 한 가닥 감정의 흔적을 보이지 않고 아까 밥그릇을 던진 군인을 가리키며 명령을 내렸다. 저 놈을 끌어내어 당장 총살하라…….'(『행복어사전』 2, 262쪽)

인용문 ①은 캄보디아의 초대 대통령인 론놀 정권이 공산세력과의 내전에서 패배했다는 기사이고, 인용문 ②는 스페인의 독재자 프랑코에 얽힌 일화이다. 론놀은 미국의 도움을 받아 쿠데타에 성공한 덕분에 실권을 잡았지만 공산세력을 축출한다는 명목으로 많은 국민을 희생시켰고, 결국 공산주의자 크메르 루주에 의해 망명자 신세가 된 인물이다. 또한 프랑코는 스페인의 독재자로 스페인의 경제성장을 이루어냈지만 공포정치·독재정치로 일관했던 인물이다. 1975년은 론놀이 공산세력에 패배한 해이자, 독재자 프랑코가 사망한 해이기도 하다. 신문사의 교정부원인 서재필이 당대 사회 상황을 내용으로 하는 기사를 교정하는 것은 당연한 설정이다. 그러나 이들, 특히 프랑코에 관한 내용은 여러 페이지에 걸쳐 상세히 설명되어 있다. 그렇다면 프랑코가 가지는 의미는 무엇인가.

1961년 5월 16일 군사 쿠데타로 정권을 잡은 박정희 정부는 반공 정책에 꾸준히 힘을 쏟으며, '간첩'이란 존재를 정권 안정의 도구로 삼는다. 이른바 빨갱이를 색출하거나 혹은 조작하기 위해 동창, 친구, 가족, 친척, 심지어 안면 있는 사람 등을 엮었고, 혐의가 발견되거나 만들어지면 가차 없이 처형했다. 안과 밖을 철저하게 분리하여 체제를 유지하고 관리하기 위해 체제 바깥의 사람들을 처단했고, 그 경계에 위치한 경우에도 문제의 여지를 남기지 않기 위해 국가보안법, 반공법이라는 명목으로 처형을 서슴지 않았던 것이다.[255] 더구나 소설의 배경이 되고 있는 1970년대 중반 무렵 박정희는 자신의 세력을 더욱 굳건히 하기 위해 마련한 유신헌법을 무기로 긴급조치를 발동하였고, 유신을 반대하는 목소리를 내는 국민들을 철저하게 탄압하였다.

따라서 인용문 ①이 보여주는 것은 단순히 캄보디아의 정세가 아니라 박정희 정권의 반공정책에 대한 우회적인 경고라고 할 수 있다. 또한 인용문 ②에서 "자기를 향해 밥그릇을 던졌다고 부하를 즉석에서 총살할 수 있는" 몇 안 되는 인간을 보여주는 프랑코의 모습은 박정희 독재 정권의 실상과 오버랩된다. 현실적 모순에 대해 직접 말할 수도 없고 말해서도 안 되는 절대적인 상황에서 "공포의 수단밖엔 믿지 않는 철저한 인간 불신으로 일관한 독재자를 고발"(2권, 263쪽)하기 위해 이병주는 동시대, 나라의 바깥에서 벌어지고 있는 사건을 가급적이면 상세하고 구체적으로 보여줌으로써 지식인 초점자로 하여금 독재자에 의해 벌어지는 사건에 논평을 하도록 한다.

---

255) 김동춘, 「간첩 만들기의 전쟁정치: 지배질서로서 유신체제」, 『민주사회와 정책연구』 21, 2012. 155~161쪽 참고.

단편 「琉璃빛 牧場에서 별을 삼키다」256)에서 '나'는 비엔나를 떠나기 전날 아침, 스페인의 독재자 프랑코의 사망 소식을 신문으로 접한다. 프랑코의 사망 소식을 본 '나'는 일전에 마드리드를 방문했을 때 만난 한 통신사의 주필이 프랑코는 독재자이지만 히틀러와 무솔리니와는 다르며, 내란의 폐허를 잘 극복했다는 측면에서 그의 가치를 인정한다257)는 말을 들었던 기억을 떠올린다. 그리고 '나'는 불현듯 다시 스페인에 가고 싶다는 생각에 사로잡혀 여행 일정을 조정해 스페인을 방문한다. 스페인으로 간 '나'는 한 술집에서 우연히 리카도르라는 인물을 만나게 되는데 그는 파리에서 37년간 망명 생활을 하다가 얼마 전 스페인으로 돌아온 사람이었다. 그는 '나'에게 시집 한 권을 선사하고 떠나서는 돌아오지 않았는데 그가 건넨 시집은 다름 아닌 프랑코에 의해 처형을 당한 자기 친구의 작품이었다. 그리고 '나'는 리카도르가 자살했음을 직감한다.

독재자 프랑코의 죽음을 계기로 프랑코의 업적을 높이 평가하고 인정하는 인물을 내세운 탓에 이 소설은 자칫 독재자의 죽음을 기리는 것처럼 비친다. 그러나 소설의 말미에 냉혹한 독재의 틈바구니에서 친구를 잃고, 30여 년이나 되는 세월을 망명자로 지낸 리카도르를 등장시킴으로써 이병주가 말하고자 하는 것이 무엇인지 보다 분명해진다. 그것은 역사를 호령하던 독재자의 존재가 죽음으로 지워지고, 역사적 인물에 대한 평가는 처한 상황에 따라 다를 수 있다하더라도 독재의 상황과 업적의 배면

---

256) 1977년 『동아문화』에 수록되었다. 이 글은 1984년 금성출판사에서 발간한 『한국단편문학전집』에 수록된 것을 대상으로 한다.

257) "프랑코에 대한 찬양은 주로 그의 경제정책에 대한 것이다. 어쩌면 박정희 대통령을 찬양하는 사람들의 의견과 그 내용이 그렇게 닮았을까 하고 나는 놀람을 금할 수 없었다. 아무튼 프랑코가 살아 있을 동안엔 스페인에서 그를 나쁘게 말하는 사람들을 발견할 수 없었다. 그런데 뒤에 알고 보니 그때만 하더라도 스페인 시민의 대부분은 프랑코의 퇴장을 바라고 있었던 것 같다."(이병주, 「아무래도 프랑코는 악이 아니다」, 『잃어버린 시간을 위한 문학적 紀行』, 앞의 책, 119쪽)

에 놓인 수많은 사람들의 희생과 고통은 여전히 계속되고 있다는 사실이
다. 리카도르도, 독재자 프랑코에게 죽임을 당한 시인도 "역사의 수레바
퀴에 깔려 죽"어야 했던 사람인 것이다.

이렇듯 이병주가 스페인 내란에 큰 관심을 가지고 있었던 것은 스페인
의 상황이 우리와 다르지 않다는 인식 때문이었던 것으로 보인다.

> 프랑코는 악이고 인민전선파는 선이었다. 그런데 1939년 3월 27일, 프랑
> 코 장군의 반란군은 마드리드에 입성하고 4월 1일 스페인의 인민전선 정부
> 는 붕괴되고 말았다. 악이 선을 압도한 것이다.
> 나는 우리 나라의 3·1 운동에 결부시켜보았다. 독립을 외친 우리는 선이
> 었고 그것을 탄압한 일본은 악이었다. 중국을 침략하는 일본은 악이고, 항
> 거하는 중국인은 선이다. 그런데 이제 악이 선에 대해 연전연승하고 있는
> 것이다.258)

> "닮았다고 할 수도 있고, 닮지 않았다고도 할 수가 있다. 닮았다고 할 수
> 있는 것은 좌익과 우익의 투쟁이었다는 점, 비참한 동족상잔이었다는 점,
> 무의미하게 많은 피를 흘렸다는 점, 민족으로서의 동질성을 잃게 되었다는
> 점 등이고, 닮지 않았다고 할 수 있는 것은 스페인 내란은 우익의 반란으로
> 서 시작한 것이지만 6·25동란은 소련의 침략성에 편승한 김일성의 야심이
> 저지른 범죄 행동에서 비롯되었기 때문이다. 그리고 스페인 내란은 완전히
> 끝나버렸는데 6·25동란은 끝나지 않았다는 사실이 결정적으로 다르다."259)

역사가 정의의 편이 아니라는 이병주의 인식은 비단 자신이 겪은 비극
적 상황에서만 기인한 것이 아니라 스페인 내전의 경우처럼 악이 선을
탄압하고 승리하는 사건들이 연이어 계속되는 세계사의 흐름을 지켜본
결과에서 나온 듯하다. 스페인도, 한국도 이데올로기 대립으로 서로에게

---

258) 「스페인 내전의 비극」, 위의 책, 99쪽.
259) 위의 책, 128~129쪽.

총칼을 겨눈 "비참한 동족상잔"을 겪었기에 스페인에서 한국과 같은 비극을 읽었던 것이다. 그리고 종결된 스페인 내전이 기억되는 방식을 통해 우리가 어떻게 역사를 기억해야 하는지를 당부하고자 한다. 스페인 내전의 뼈아픈 기억을 간직한 사람들이 죽어버리고 나면 역사의 기록으로 남는 것은 겉으로 드러나는 일반적인 사항일 뿐이므로 그 과정에서 거짓이 진실이 되고 진실이 거짓이 될 수도 있는 것이다. 그러니 "역사가 부정화한 편향(偏向)을 가지고 있다"고 말할 수밖에 없게 된다. 즉 '史家로서의 소설가'가 되고자 한 이병주는 스페인 내전을 통해 한국과 비슷한 역사적 아픔이 기억되는 방식과 그 기록의 정당성을 확인하고 지켜보려 했던 것이라 짐작할 수 있다.

한편 『강물은 내 가슴을 쳐도』260)의 배경이 되는 공간은 "세계의 중심이며, 세계 제일의 메트로 폴리스"(147쪽)인 미국 뉴욕이다. 신상일은 신문사의 기자와 편집위원으로 일한 적이 있는 인물로 미국의 김계택과 사업상 거래를 한다. 그러나 김계택이 자취를 감추는 바람에 빚더미에 앉게 되자 절망감에 아내와 딸을 죽이고 자살을 하려다가 사라진 김계택을 찾는다는 핑계로 지인들에게 편도 비행기 값을 빌려 "절망을 확인하기 위해"(17쪽) 뉴욕에 왔다. 뉴욕에 도착한 첫날 우연히 만나 인연을 맺어오던 흑인 거지 헬렌의 도움으로 뉴욕의 빈민이 살아가는 방식을 익히면서 김계택을 찾으려 한다. 그러나 김계택의 행방은 묘연하고 도움을 주던 영사관으로부터도 김계택을 찾을 수 없다는 연락을 받게 된다. 뉴욕 할렘에 위치한 "파라다이스"와 "엔젤" 같은 아이러니한 이름의 호텔을 전전하는 동안 신상일은 불법체류자의 신세가 되지만 김계택을 찾지 못해 빚을 갚을

---

260) 1982년 출판사 국문에서 『허드슨강이 말하는 강변이야기』라는 제목으로 간행되었다가 이후 제목을 바꾸어 재출간되었다. 이 글은 1985년 출판사 심지에서 간행된 것을 대상으로 한다.

수 없는 처지로 인해 한국으로 돌아가지 못하고 뉴욕에 남기로 한다. 그러던 중 잡지사 편집 책임을 맡았던 시절 인연이 있었던 디자이너 낸시 성에 대한 이야기를 듣고 그녀를 찾아가지만 낸시 성은 가난한 화가의 아내로 살다가 남편이 자살하는 바람에 그 그늘에서 벗어나지 못하고 그림자처럼 살고 있었다. 신상일과 헬렌, 낸시는 낸시의 아파트에서 함께 지내게 된다.

　① "아름답지 않아? 우리의 만남이. 회오리 바람에 휩쓸려 여기에 이렇게 모인 먼지 같은 인생 셋. 세상 사람들은 우리를 먼지로 알거야, 쓰레기로 알거야. 그러나 우리는 이 가을 밤의 아름다움을 알아. 뉴욕의 가을 밤, 가을 밤의 뉴욕. 뿐만 아니라 헬렌의 이 맑고 신비스러운 눈. 나의 간절한 이 마음. 봐, 저기 별이 보이지 않아? 저처럼 별이 아름다운데 울긴 왜 울어. 신비롭지 않아? 우리의 만남이? 헬렌은 먼 옛날 아프리카를 통치하던 황제의 후손이고, 나는 아시아를 지배하던 제왕의 후손일지 몰라. 그 왕녀들이 운명의 파도에 휩쓸려 여기 이렇게 만난거라. 얼마나 좋아? 내일 우리는 굶어서 죽을망정 슬퍼하지 말자구. 이 밤이, 이 만남이 이렇게 호사스럽고 안타깝고 아름다운데 눈물을 흘리다니…… 헬렌!"

　　　　　　　　　　　　　　　　　(『강물이 내 가슴을 쳐도』, 154쪽)

　② 신상일은 서재로 돌아와 열 권의 책을 끄나풀로 묶었다. 탁상 위의 돈은 그를 괴롭혔다. 그러나 신상일은 그 책을 얻을 수만 있으면 그 돈은 내 돈이란 억지 합리화(合理化)를 고집했다.

　'책 갈피에 100달러 짜리 지폐를 꽂아 놓은 사람의 로맨티시즘에 보람을 주기 위해서라도…….'

　이것이 얼마나 옹색하고 추악한 자기 변명인가를 잘 알면서도 신상일은 이윽고 그 돈을 집어 바지 포켓에 쑤셔 넣었다.

　　　　　　　　　　　　　　　　　(『강물이 내 가슴을 쳐도』, 192쪽)

처음 만난 낸시와 헬렌은 운명이었다는 듯 서로를 환대한다. 인용문 ①

은 낸시를 만난 감격에 눈물을 흘리는 헬렌에게 낸시가 건네는 말이다. 신상일이라는 한 남자를 사이에 둔 두 여자, 예전 신상일의 호의를 입고 신상일을 '神'과 같이 여기는 한국인 여자 낸시와 신상일의 뉴욕 생활의 시작을 함께 하고 처음부터 그에게 호감을 가졌던 흑인 여자 헬렌은 처음 만나는 사이임에도 불구하고 조금도 경계하거나 질투하는 기색 없이 만남 자체에 감동하며 서로에게 축복을 보낸다. 소설에서는 이를 가능하게 하는 것은 "뉴욕"이라는 공간적 배경 때문인 것처럼 설명된다. 즉 뉴욕의 할렘을 중심으로 서사가 진행됨에도 불구하고 그들의 궁핍이 구체적으로 읽히지 않는 것 역시 그들의 생활이 다름 아닌 '하루 1달러로 3인의 식탁을 성찬으로 만들 수 있게 하는 은총의 도시'(157쪽)이자, "먼 옛날 아프리카를 통치하던 황제의 후손"과 "아시아를 지배하던 제왕의 후손"의 만남을 가능하게 하는 도시 "뉴욕"을 배경으로 하기 때문이다.

또 신상일은 센트럴 파크에서 우연히 알게 된 부잣집 미망인 메아리 빈센트의 집에서 메아리의 남편이 남긴 서재를 정리하는 일을 시작하게 된다. 그러나 70세가 넘은 메아리는 신상일이 자신의 성적 욕구를 채워주기를 바랐고, 이를 알게 된 신상일은 일을 그만두려고 한다. 그런데 바로 그날 서재를 정리하던 신상일은 희랍어 전집 사이에서 100달러짜리 지폐 10장을 발견하고는 그 사실을 모르는 메아리에게 그 책을 선물로 요구하여 받게 된다. 곤궁한 생활을 하고 있는 신상일에게 1,000달러는 생활의 무게를 잠시 잊게 할 수 있는 큰돈이었기에 못 본 척 넘길 수만은 없었다. 자신의 행위가 절도라는 사실을 인식하는 순간 심리적 갈등과 괴로움을 겪기도 하지만 가난의 슬픔과 공포를 알고 있는 신상일은 결국 인용문 ②에서처럼 희랍어 전집에 돈을 꽂아 놓는 행위를 부자였던 책 주인의 '로맨티시즘'으로 상상하며 그 돈을 주머니에 챙겨 넣는다. 이렇듯 뉴욕은 각각 사회 밑바닥에서 재기 불능의 상태로 자포자기하며 살고 있던 세 사람이 한데 모여 재기를 이루는 공간이자, 가난한 사람을 살아갈 수 있게 '로맨티시즘'을 간직한 이상적 공간으로 표현된다.

"뉴욕"이라는 공간이 가지는 의미는 『강물이 내 가슴을 쳐도』의 결말 부분을 통해서도 확연히 드러난다. 한국에서 사기로 인해 인생의 많은 것을 잃고 절망과 죽음을 떠올리며 자포자기의 심정으로 뉴욕에 왔던 신상일에게 한국은 사람의 구실조차 제대로 하기 어려운 절망과 죽음의 공간이었다. 그러나 자포자기의 심정으로 찾은 뉴욕은 헬렌과 낸시를 만나게 했고 그들을 통해 새로운 삶을 살게 했으며, "사람 구실"(286쪽)을 하게 했다. 뿐만 아니라 알려지지 않았던 천재적 예술가를 세상에 알리게 한 희망과 가능성의 공간이다.

또한 단편 「제四막」 역시 뉴욕을 배경으로 서사가 진행된다. 소설은 뉴욕에 대한 저명인사들의 기록을 직접 보여주는 것으로 시작된다. 그리고 '나'는 뉴욕을 "여행 안내서는 지상의 낙원이라고 칭송하고, 학자들은 저주하고…… 수월하게 풀수 없는 아폴리아"(329쪽)라고 설명한다. 닉슨의 워터 게이트 사건[261]이 이슈가 되고 있는 시기를 배경으로 '나'는 뉴욕의 거리를 걷는 도중 동성애자 시위대와 마주친다. 그리고 "망측하다고 말해버리면 그만이지만 그런 망측함을 감당하고 초월할 수 있는 곳이 뉴욕이란 곳일지 모른다"(337쪽)는 생각을 하며 시위대를 따라 가다가 동성애자들의 시위를 "천사들의 행진"이라 부르는 중년신사를 만나기도 한다. 위

---

261) 1972년 6월 대통령 닉슨의 재선을 획책하는 비밀공작반이 워싱턴의 워터게이트빌딩에 있는 민주당 전국위원회 본부에 침입하여 도청장치를 설치하려다 발각·체포된 미국의 정치적 사건이다. 이 사건으로 인하여 닉슨정권의 선거방해, 정치헌금의 부정·수뢰·탈세 등이 드러났으며, 1974년 닉슨은 대통령직을 사임하게 되었다. 당초 닉슨은 도청사건과 백악관과의 관계를 부인하였으나 진상이 규명됨에 따라 대통령보좌관 등이 관계하고 있었음이 밝혀졌고, 대통령 자신도 무마공작에 나섰던 사실이 폭로되어 국민 사이에 불신의 여론이 높아져 갔다. 1974년 8월 하원 사법위원회에서 대통령탄핵결의가 가결됨에 따라 닉슨은 대통령직을 사임할 수밖에 없었다(인터넷 두산백과)

싱턴의 한복판에서 워터게이트의 음모가 벌어질 정도로 도의를 잃은 세상에서 자신들의 사랑이 정당함을 주장하는 시위는 천사들의 행진일 수밖에 없다는 것이다. 그리고 그날 밤 '나'는 '제四막'이라는 술집에서 한 사내와 만나 각기 자기 나라 말로 서로 알아들을 수 없는 대화를 끊임없이 나누며 새벽 늦은 시간까지 술을 마신다. 정신없는 상태로 잠을 깬 다음날 "워싱턴 스퀘어. 개선문옆. 오후 다섯시"(344쪽)라는 말이 불현듯 떠오른 '나'는 이상한 기분에 이끌려 약속 장소에 나간다. 그리고 그곳에서 아내를 대동하고 기다리는 세르기 프라토를 발견한다. 둘의 만남에는 묘한 운명이 작용한다. 말이 통하지 않은 '나'와 어떻게 약속을 했냐는 물음에, 세르기 프라토는 '나'에게 말이 아닌 마음으로 약속을 한 것이라 설명한 것이다. 세르기 프라토 부부는 에스토니아인으로 러시아 점령 당시 뉴욕으로 피난을 왔다. 화가인 세르기 프라토는 오랜 시간 뉴욕에 살면서도 자신의 조국인 에스토니아만 그림으로 그리고, 에스토니아 말만 한다. 세르기 프라토 부부는 뉴욕을 '하나님이 점지한 피난처'(346쪽)로 여긴다. 나라를 떠나온 힘없는 망명자들이 정체성을 유지하면서도 생명을 부지하며 살아갈 수 있는 공간이 바로 뉴욕인 까닭이다.

이병주의 세계기행문 『바람소리 발소리 목소리』에는 소설 「제四막」과 동일한 제목의 글이 한 편 실려 있다. 에세이와 소설 「제四막」의 내용을 비교했을 때, '제四막'이라는 술집을 발견하기까지의 내용은 에세이와 동일하다. 즉 술집 '제四막' 이전 부분은 사실을, 이후 부분은 상상력을 통해 만든 허구인 것이다. 그러나 소설을 통해 세르기 프라토와의 만남—마음으로 대화를 나눈다는 환상적인 요소까지를 포함시킨—을 창조할 수 있는 배경에는 뉴욕이라는 도시가 놓여 있고, 뉴욕이라는 도시에 대한 이병주의 동경과 이상이 투여되었음은 두말할 필요가 없어 보인다.

「소설·알렉산드리아」에서 동생의 공간인 '알렉산드리아'가 무정형의 공간이자 열린 공간으로 의미를 가지는 것처럼, '뉴욕' 역시 열린 공간으로 의미를 가진다.[262] 앞서 살펴본 바와 같이 이병주는 「제四막」의 서두에서 이 소설이 자신의 개인적 경험에서 비롯된 것임을 분명히 밝히고 있으며, 에세이를 통해 『강물이 내 가슴을 쳐도』의 기획을 독자에게 설명하기도 한다. 이를 통해 유추할 수 있는 것은 이병주가 뉴욕을 '가능의 공간'으로 인식했다는 점이다. "흑인은 흑인대로 황인은 황인대로 활개를 펴고 사는 곳", "분수를 넘는 욕망만 갖지 않으면 얼마간의 돈으로 왕후처럼 살 수 있"[263]는 곳인 뉴욕은 국가 권력의 통제하에서 자유로울 수 없었던 시절을 살았던 작가의 시선에 무엇이든 가능한 자유의 공간으로 인식되었던 것이다. 도의가 훼손된 부패한 사회의 단면을 보여주는 워터게이트 사건과 사랑에 있어서도 상대성을 인정하라고 당당히 주장하는 동성애자들의 시위가 동시에 벌어지는 도시, 다양성이 인정되는 도시인 뉴욕에서 이병주가 느낀 가능성과 구체적인 자유의 형태가 소설로 형상화된 것이라 할 수 있다.

뿐만 아니라 『무지개사냥』의 위한림은 세계 곳곳에 대한 관심과 국내외 정세에 비상한 감각을 가지고 있는 인물로 형상화되어 있다.

그리고 보니 미국인으로 태어난다는 것이 세계에서 가장 중요한 인물로 될 수 있는 필수조건으로 되는데 그렇다면 우리 한국에서 태어났다는 것은

---

262) 이병주는 『강물이 내 가슴을 쳐도』의 '작가의 말'에서 '뉴욕'에 대한 자신의 생각을 직접 밝힌 바 있다. "뉴욕은 참으로 이상한 도시이다. 어느 사이엔가 세계의 메트로폴리스로 되어버린 뉴욕은 비극을 희극으로 만들고, 희극을 또한 만화로 만들어버리는 마력을 지니고 있다. 그 거대한 도시조차 만들어낼 수 있는 인간의 위력을 과시하는 의미가 분명히 있을 것인데도 이 고장에 들어서기만 하면 인간은 한 마리의 곤충이 되고 만다. 그래서 나는 뉴욕을 안심하고 절망할 수 있는 유일하게 호사스러운 장소라고 보았다. 그런 까닭에 비극마저 호사스러울 수 있는 곳이 이곳이고, 어떠한 호사도 희극을 닮은 비극일 수밖에 없는 곳이리고 보았다."

263) 이병주, 『바람소리 발소리 목소리』, 앞의 책, 67쪽.

무엇일까.

　위 한림의 기억 속에 어떤 작가가 쓴 다음과 같은 글이 떠올랐다. 그 대
의는 처칠이 한국에 태어났더라면 조 병옥만큼도 못되고 끝났을 것이고, 모
택동이 한국에 태어났더라면 조 봉암만도 못되고 끝났을 것이고, 간디와 네
루는 옥사의 운명을 면하지 못했을 것이며, 케네디는 국회의원도 채 못되고
말았을지 모른다.(『무지개사냥』 2, 36쪽)

　위한림은 『타임』지에 실린 "지상에서 가장 중요한 인물"인 미국 대통
령의 기사를 읽으며 제아무리 위대한 사람이라 하더라도 한국에서 태어
났다면 위대한 인물이 될 수 없었을 거라는 어느 작가의 글을 떠올린다.
이는 한국의 위상과 현실이 적나라하게 드러나는 표현이다. 국내에서 사
업적 고전을 면치 못하던 위한림은 해외 여러 나라를 상대로 한 무역업
에서 성공을 거둔다. 세계의 곳곳을 넘나드는 위한림의 활약상은 구체적
인 사업 아이템, 진행 과정과 더불어 상세히 그려진다. 그러나 그것도 잠
시, 탄탄대로를 달리던 위한림의 사업은 국내로 돌아와 본격적으로 사업
을 펼치는 순간 무너지기 시작한다. 사기 사건과 공권력의 횡포에, 언론
까지 가세하여 죄어오는 압박으로 인해 해외에서는 잘 나가는 사업가이
던 위한림이 국내에서 순식간에 빈털터리로 전락하게 된 것이다.

　『무지개 사냥』에서 위한림이라는 인물을 통해 보이고자 하는 것이 야
심에 찬 청년의 좌절만이 아니라는 것은 외국과 한국이라는 공간의 대비
를 통해 더욱 선명하게 드러난다고 하겠다. 열정과 의지를 가지고 사업을
펼쳐 성공으로 이끈 타국의 공간과 대비되는 공간으로서의 한국은 청년
의 순수한 열정을 인정하기는커녕 사기와 권력 남용이 기승을 부리는 부
정적인 공간으로 형상화된다. 개인의 자유가 봉쇄당하고 부패가 만연한
개발독재시대 한국 사회에 대한 부정적인 인식은 『행복어사전』에서 간첩
으로 오해를 받은 서재필이 체포되어 갖은 고초를 겪는 상황에서도 엿볼

수 있다. 그것이 당시 한국 사회의 단면임은 분명할 터이지만 한국에서 받은 상처를 극복하지 못한 서재필이 스웨덴으로 떠나는 결말을 통해 그 의미는 더욱 분명해진다.

이처럼 이병주의 소설에서 그려지는 타국의 상황은 한국 사회가 안고 있는 부조리와 병폐를 고스란히 담고 있는 동질적 의미를 가진 양상으로 나타나는가 하면, 개인의 자유가 보장되는 이상적인 공간이자 가능성의 공간으로서 한국의 상황과는 대조적인 의미를 가진 공간으로 형상화되기도 한다. 그러나 어느 경우이건 한국 사회가 직면한 문제를 객관적으로 되돌아보게 하는 장치로 읽을 수 있으며, 한 걸음 더 나아가 한국 사회가 나아가야 할 방향과 지향해야 할 가치를 제시하는 역할을 하기도 한다.

## 2) 종교의 맹목성과 정치성 비판

이병주 소설의 몇몇 인물들은 종교에 헌신하고 집착하거나 아니면 지나치게 냉소적이다. 종교를 둘러싼 갈등 관계가 핵심 서사로 부각되어 나타나지 않음에도 불구하고 종교에 관한 문제는 이병주의 소설에서 빈번하게 표출되고 있다. 주목할 것은 이병주가 바라보는 종교에 대한 인식이 비단 종교 그 자체의 문제에만 국한되는 것이 아니라는 점이다. 특정 소재가 여러 작품에서 일관된 의미를 갖고 등장한다면 작가가 그 소재를 통해 드러내고자 하는 본래적인 의미가 있을 것임이 분명하다.

이병주의 작품에서 특정 인물들은 지나치게 종교 편향적인 성향을 보인다는 점에서 특징적이다. 서사의 흐름에 큰 영향을 미치지 않는 범위 내에서 몇몇 인물들, 특히 여성 인물들의 경우 종교를 믿음의 대상으로 받아들이는 것이 아니라 종교에 예속되어 있음을 발견할 수 있다.

『내일 없는 그날』의 경숙은 남편 형수를 구하기 위해 윤철에게 정설을 유린당하고 집을 나와 친구 미야의 양재점을 도우며 지내고 있다. 미야의

문란한 성생활은 그녀에게 괴로움을 선사하는데 그런 괴로움은 "지옥 이
상의 고통"이었기 때문에 미야의 방에 미야의 애인인 문호가 와 있는 날
밤이면 죽음의 유혹을 이기기 위해 성서에 매달린다. 옆방에서 들려오는
젊은 남녀가 속살거리는 소리가 사랑하는 남편을 떠나온 젊은 여인에게
는 죽음만큼이나 강한 고통을 안겨 준 것이다.

> 경숙은 틈만 있으면 성서를 읽었다. 성서를 읽는다고 해서 절망의 심정
> 이 메워지는 것은 아니었으나 그건 물에 빠진 자가 잡는 지푸라기와도 같
> 은 것이었다. 그것이 경숙의 유일한 위안이었다.
> 예수 그리스도의 생애를 알게 되면서부터 스스로의 고민을 인생 전반의
> 고민에까지 결부시켜 이 고통을 견디면서라도 살아갈 보람을 찾아야겠다는
> 아련한 의욕도 생겼다. 부활의 신비도 알 수 있었다. 선한 마음을 가진 죄
> 밖에 없는 예수, 가난한 자와 고민하는 자를 사랑하고 박해와 혼탁의 세상
> 에서 인생의 참된 행복을 목마르게 갈망한 죄밖엔 없는 그였다.
>
> (『내일 없는 그날』, 161쪽)

> "아버지여, 아버지는 무소불능하시거늘 이 잔을 내게서 떼어주옵소서.
> 그러나 저의 뜻대로가 아니라 당신의 뜻대로 하옵소서."
> 종용(從容)히 운명을 받아들이려는 이 마음의 천분의 일이라고 배우고 싶
> 은 경숙이었다. 그러나 남편의 생각, 영근이와 영미의 생각이 나기만 하면
> 마음의 평정은 단번에 깨지고 말았다. 사소한 자극만으로도 꿈틀거리는 육
> 체를 어찌할 수가 없었다.(『내일 없는 그날』, 162쪽)

그 목적과는 상관없이 아내로서의 정절을 지키지 못했다는 죄책감에
남편과 아이들을 떠나는 것으로 스스로를 벌하고 절망 속에 휩싸였던 경
숙에게 생에의 의지를 가져다 준 것이 바로 성서이며 종교였다. 그저 행
복만을 꿈꾸며 십자가에 못 박히는 고난을 겪었던 예수의 삶을 보면서
위안을 얻고, 예수가 그랬던 것처럼 자신의 운명을 받아들이고자 했던 것

이다. 그러나 어미로서의 그리움, 본능적이라 할 수 있는 육체의 욕망 앞에서 경숙은 무너질 수밖에 없었다. 종교의 힘을 빌려 자신의 불행을 극복하고자 노력하나 종교는 수단에 지나지 않았고 그 믿음이 공고한 형태가 아니었음은 형식과 비연의 관계를 오해한 경숙이 자살로 생을 마감하는 결말을 통해 드러난다.

한편 『悲愴』264)의 고진숙 역시 독실한 가톨릭 신자로 등장한다. 서울발 대구행 버스 안에서 우연히 구인상과 마주친 고진숙은 옛 연인의 결혼식에 다녀오는 길이었다. 고진숙이 버스 안에 버린 꽃다발을 구인상이 챙겨준 것을 인연으로 구인상은 고진숙의 집에서 하숙을 하게 된다. 여기서 고진숙뿐 아니라 그녀의 모친 역시 독실한 가톨릭 신자로 등장한다. 그들은 천주를 인정하지 않는 남편이자 아버지인 고제봉을 철저하게 부정한다. 고제봉은 아내가 독실하게 믿는 천주를 향해 저주와 비난을 퍼붓고, 거기에 발끈한 아내는 고제봉을 심하게 구박한다. 겨울밤임에도 술에 취한 고제봉을 집에 들이지 않으려 하는데 고진숙 역시 어머니의 의사에 전적으로 따르는 한편 아버지에 대한 비난을 숨기지 않는다.

> "어머닌 아버지가 직장을 얻지 못한대서 나무라는 게 아녜요. 돈을 못 번다고 탓하는 것도 아녜요. 직장이 없고 돈을 벌지 못해도 좋으니 천주님께 대한 신앙만 돈독하면 받들어 모시겠다는 게 어머니의 진정이에요. 그런데 아버진 신앙을 가지질 않아요. 뿐만 아니라 가끔 천주님의 신성을 모독하는 말을 함부로 하는 거예요. 어머닌 그 점에 질색하고 계시는 겁니다. 저만 해도 그래요. 아버지가 천주님에게 대한 신앙만 똑똑히 가지고 계신다면 전 정성을 다해 아버지를 모시겠어요. 그런데 걸핏하면 천주님을 모독하는 사람을 전들 어떻게 하겠어요. 그런 아버지를 존대하여 모신다면 천주님을 배신하는 것이 되지 않겠어요? 우리 아버진 딱해요. 참으로 딱해요."
>
> (『비창』, 57~58쪽)

---

264) 『悲愴』, 문예출판사, 1984.(「和의 의미」, 『매일신문』, 1983.1.1.~12.30.)

고진숙의 모친과 고진숙에게 제일 우선시 되는 가치는 천륜이나 윤리가 아니라 '천주님'이다. 그들이 남편과 아버지를 홀대하는 이유는 가장으로서의 책무를 불이행했기 때문이 아니라 자신들과 같이 천주님을 모시지 않기 때문이다. 그러나 아버지를 부정할 정도로 천주에 대해 강한 믿음을 보였던 고진숙은 구인상에 대한 사랑이 좌절되자 구인상에게 "천주님의 뜻에 어긋나는 노릇이지만 제 형편을 누구보다도 잘 알고 계시는 천주님은 결국 용서해주실 것으로 믿습니다."라는 편지를 남기고 자살을 시도한다.265)

경숙과 고진숙의 자살 시도는 일반적인 도덕률로도 인정받을 수 없는 행위이지만 그들이 신봉하고 있는 종교의 교리에도 어긋난다. 흔히 교회에서 자살은 그 행위 자체가 본질적인 악으로 인식되며, 어떤 이유에서든 정당화될 수 없는 행위로 간주된다. 자살은 '살인하지 말라'는 가톨릭의 계명을 직접적으로 거스르는 행위이며, 이 계명에서 살인은 자신을 죽이는 행위까지 포함하기 때문이다. 또한 교회에서 인간의 생명에 대한 결정권은 오로지 하느님만이 가지고 있기 때문에 인간에게는 자신에게 주어진 생명을 잘 보존해야 하는 관리자의 의무가 주어진다. 따라서 자살한다는 것은 하느님을 부정하는 동시에 하느님이 부여한 의무를 저버리는 행위인 것이다.266) 이처럼 자신들의 삶을 지탱하는 원동력이며, 그래서 천륜까지 부정하게 만들었던 종교라는 가치가 엄격하게 금하고 있는 행위를 스스로 깨뜨린다는 것은 그들의 믿음이 신실하지 못하다는 사실에 대한 반증이기도 하다.

또한 『산하』의 송남희는 철학도 이동식과 우연한 계기로 만나 연인 관

---

265) 고진숙의 이후 행방은 더 이상 제시되지 않는다. 다만 고진숙의 아버지인 고제봉이 구인상으로 하여금 자신의 뿌리를 찾을 수 있는 곳으로 이끄는 역할을 할 뿐이다.

266) 우재명, 「한국 사회의 자살 실태 분석과 가톨릭 교회의 대처 방안」, 『사목정보』 5, 2012. 75쪽 참고.

계로 발전한다. 그녀는 독실한 가톨릭 신자로 말끝마다 '천주님'을 내세우고 세상의 모든 일이 천주의 뜻대로 움직인다고 생각하는 인물이다. 송남희와 이동식은 서로의 마음을 확인하지만 이동식이 천주의 부름을 거부한다는 것을 이유로 송남희는 번번이 결혼을 거부하고 이동식을 성당으로 이끌기 위해 노력한다. 이동식이 송남희의 집에서 하숙을 하며 같이 지내기까지 하지만 서로의 고집을 꺾지 못해 둘의 결혼은 지지부진한 상황에 놓인다. 그러던 것이 백범 김구의 장례식날 돌연 송남희가 결혼을 승낙하고 이에 이동식이 세례를 받기로 하면서 결혼이 성사된다.

그러나 자신의 종교를 이동식에게 강요하던 송남희의 태도는 결혼 이후까지 계속되지 않는다. 사랑하는 사람과의 결혼보다 천주님을 중요하게 생각하던 송남희가 막상 결혼이 성사되자 "부부는 일신"이므로 자신이 성당에 가면 이동식도 함께 가는 것이라는, 다소 납득하기 힘든 이유를 들어 종교를 강요했던 지난날의 태도를 급작스레 철회한 것이다.

앞서 살펴본 것처럼 『내일 없는 그날』, 『비창』, 『산하』에 등장하는 종교의 문제는 여성 인물과 관련되어 있다. 종교에 대해 강한 신념을 가지고 있는 것으로 그려지고 있는 이 여성 인물들은 정결하고 순정적이며 사랑을 위해 헌신하는 인물들이다. 그러나 그들에게 종교는 그 자체로서 의미를 갖지 않는 것처럼 보인다. 맹목적이라 할 만큼 종교에 의지하고 강한 믿음을 가진 그들이 스스로 종교의 교리를 저버리거나 주위의 상황을 합리화하는 것으로 설정되기 때문이다. 결국 그들에게 종교는 그저 하나의 명목에 불과했던 것이라 판단할 수 있다.

반면 종교에 맹목적인 인물들의 주위에 있는 남성 인물들은 하나 같이 종교에 대해 냉소적이다. 이병주 소설에서 흔히 볼 수 있는 지식인이기도 한 이들은 여성의 맹목적인 믿음에 거부감을 표시하는가 하면 냉소하기도 한다. 『비창』의 구인상은 역사철학을 전공한 교수로 고진숙의 집에서 하숙을 하는 동안 종교를 둘러싼 집안의 갈등을 지켜보며 "지옥"을 떠올린다.

> "그런데 영감님의 말씀엔 너무나 무리가 많습니다. 전쟁은 인간의 책임
> 이지 천주님의 책임이 아닙니다. 전쟁을 비롯한 일체의 악은 취약한 인간성
> 에 의해 생겨나는 것으로 보고 그 취약한 인간성을 구제하기 위해 천주님
> 이 있다고 하는 것이 곧 신앙 아니겠습니까?"(『비창』, 68쪽)

> 세상에 굳이 남에게 권할 수 있는 신앙이란 게 있을 수 있을까. 주의와
> 사상이 있을 수 있을까. 어째서 사람들은 자기가 좋다고 생각한다는 주관만
> 으로 남의 정신세계를 비집고 들어서려고 하는 것일까.
> 구인상은 진숙의 성의를 의심할 수 없는 그만큼 진숙의 태도를 안타깝게
> 여겼다. 세상은 호의가 마구 통할 수 있는 곳도 아니며 호의라고 해서 마구
> 휘둘러도 좋은 것도 아니다.(『비창』, 75쪽)

그러나 위의 인용문에서 알 수 있는 것처럼 구인상은 종교 자체를 부
정하지 않는다. 오히려 모든 것을 천주의 탓이라고 생각하고 사사건건 가
족과 부딪치는 고영감에게 신앙은 "취약한 인간성을 구제하기 위해" 필
요한 것이라고 말한다. 종교의 필요성은 인정하지만 신앙과 사상은 기본
적으로 누군가에게 권할 수 있는 성질의 것이 아니라는 것이다. 따라서
종교를 타인에게 강요하는 것은 "남의 정신세계를 비집고 들어서"는 것
과 같은 행위로 여긴다. 그렇기 때문에 구인상은 꾸준히 자신을 찾아와
종교를 권하는 고진숙을 보며 종교에 맹목적인 자세로 일관하는 것도 모
자라 타인에게까지 그것을 강요하는 태도에 거부감을 숨기지 않는다.

『산하』의 이동식은 우연히 만난 송남희가 한눈에 자신의 여자가 될 것
을 직감하지만 세상사를 판단하는 모든 준거로 천주님을 내세우는 송남
희에게 적잖은 반감을 가진다. 그래서 자신에게 만나자는 청을 하고서 만
나자마자 죄의식 때문에 곧바로 집으로 돌아가자는 송남희를 보며 "어이

없음"을 느낀다.

> 영문학을 공부한 지식여성이 저처럼 천주에의 신앙에 몰두할 수 있을까.
> 동식은 아무래도 이해할 수가 없다. 동식은 그 언젠가 비원에서 만난 미술
> 동맹원이라고 자칭하던 여자 화학생을 상기하고 송남희와 대비해보았다.
> 그 여학생은 공산주의 사상을 맹신하고 있었다. 송남희는 천주님을 맹신하
> 고 있다. 둘 다 순수하고 헌신적이고 정열적이다.
> '그런데 두 사람 사이의 차이란 무엇일까?'
> 조그마한 우연? 조그마한 계기? 조그마한 씨앗? 혹은 선천적인 성격의
> 차이? 교육의 탓?
> 동식의 눈으로선 두 여성 다 미망迷妄의 소산이었다. 그렇게 판단할 수
> 있는 능력이 자신에게 있다고 자부하고 있지는 않았지만, 그 신앙이나 신념
> 이 모두 미망의 산물이란 것은 단정할 수 있을 것 같았다.
>
> (『산하』 2, 219~220쪽)

이동식은 종교를 맹신하는 송남희를 보며 과거에 만난 미술동맹원 여
학생을 떠올리기에 이른다. 둘은 그 대상이 다를 뿐 각각 "순수하고, 헌신
적이고, 정열적"으로 신앙과 사상에 몰두하고 있다. 그러나 이동식은 그
들이 맹신하는 대상인 신앙과 신념을 "미망의 소산"이라고 단정한다. 이
동식은 지난한 역사의 틈바구니에서 특정 이데올로기를 선택하는 것도,
적절한 포즈를 취하지 않는 것도 고통이라고 여겨 "세상사에 관한 관심
은 포기하고" 관망하는 인물이다. 그래서 그는 맹목적인 것이라면 그것이
신앙이든 신념이든 거부감을 가지는 것이다.

한국의 근현대사 속에서 소위 토착종교는 주류에 편입되지 못한 것이
사실이다. 조선총독부는 한국의 종교를 신도, 불교, 기독교로 한정하고 그
외에는 모두 '유사종교'로 규정하고 탄압한다. 통치의 원활함을 위해 한
국의 자생 신종교를 모두 유사종교로 규정함으로써 탄압하고 해체시켰던

것이다.267) 반면 일제에 의해 정통 종교로 인정을 받은 기독교는 해방 이후 소련과 미군정에 의해 지배받는 신탁통치 기간 동안에 세를 공고히 하게 된다. 미군정은 소련과 대치하는 상황에서 친미·반공이데올로기를 내세웠고, 이러한 통치전략에 동조하느냐 않느냐에 따라 종교에 대한 판단이 달라졌다. 이때 미군정이 적극적으로 손잡고자 하였던 것이 반공의 논리에 엄격하였던 기독교였다. 일제강점기에도 근근이 맥을 이어오던 소위 유사종교는 미군정 이후 제도적으로 정착되지 못한 상황에서 정부와 정치적인 유대관계를 형성하지 못하면서 세력이 약해지는 수순을 밟고 있었다. 일제강점기로부터 이어온 '유사종교'에 대한 부정적인 관념은 특별한 반성이나 검토 없이 고착화되고 있는 상황이었다.268)

『행복어사전』의 서재필이 신문사 교정부에서 만난 윤두명은 여러 가지로 베일에 싸여 있는 인물이다. 그는 "관직에 들어선 안 된다"는 것과 "옥황상제를 믿고 그 믿음을 널리 전파하라"는 할머니의 유언에 의해 옥황상제교를 믿고 상제교의 교조로서 그 믿음을 포교하기 위해 헌신한다.

"옥황상제교가 우리나라 고유의 샤머니즘에 뿌리를 두고 있는 건 사실입니다. 그런데 샤머니즘이라고 해서 미신 취급을 하는 건 대단한 잘못입니다. 신앙은 원래 토속적인 겁니다. 자기가 살고 있는 풍토와 정신적 환경에 대한 조경과 외포와 사랑의 발현이 곧 기본적인 신앙이 아니겠소. 인도의 불교나 유대의 예수교만이 정통적인 신앙이고 옥황상제교가 우리의 토속에서 자라났다고 해서 미신으로 생각하는 건 대단한 잘못입니다. 신앙 없이 살아갈 수 있는 사람도 있지만 신앙 없인 살아갈 수 없는 사람도 있습니다. 나면서부터 고통을 짊어지고 게다가 원수를 갚아야 할 의무까지 곁들인 사람이 신앙 없이 살아갈 수 있겠어요? 이 땅에 사는 사람에게 가장 강한 은

---

267) 권동우, 「해방 이후 한국 종교계의 변화와 신종교」, 『신종교연구』 28, 한국신종교학회, 2013. 112~113쪽 참고(이 글에서 '유사종교'라는 용어는 가치판단이 배제된 것이며 대상 텍스트인 『행복어사전』에서 사용하고 있는 용어를 그대로 가져온 것임을 밝힌다.)
268) 위의 글, 113~115쪽 참고.

총을 주는 신은 옥황상제를 두곤 없습니다."(『행복어사전』 1, 311쪽)

"풍토도 풍습도 취향도 다른 나라에서 자라난 종교를 믿어 광신하는 사
람도 있는데 우리나라의 토속적 종교라면 우리의 생리나 병리에 잘 맞을
것 아뇨. 어떤 종교라도 종교에 관한 한 문외한이 왈가왈부할 성질이 아닌
것 아닐까?"(『행복어사전』 1, 313쪽)

『행복어사전』의 배경이 되고 있는 것은 1970년 중반 무렵이며, 앞서
말한 바와 같이 이 시기는 한국사회에서 종교에 대한 관심이 부각되고
종교의 사회적 역할에 대한 요청이 증가되던 시기이기도 하다. 특히 기독
교의 사회적 영향력이 증대되어 한국 종교계의 주도적 종교로 급부상하
게 되었다.[269] 일제가 식민지 조선을 효과적으로 탄압하기 위해 일방적으
로 선택한 종교가 해방 이후에도 정치적·사회적으로 절대적인 영향력을
가진 채 군림하고 있었던 것이다. 반면 일제와 미군정, 6·25, 이승만의 친
미 정권의 격동기를 거치면서 한국의 신흥종교는 해산, 위축, 분열 등의
과정을 거쳐 은둔과 폐쇄의 길로 접어들게 되었다. 그러던 것이 1970년대
에 들어와 서양 문화에 대한 비판 의식과 민족 문화에 대한 자각을 계기
로 신흥종교가 새롭게 주목받는 동시에 여러 가지 사회 문제를 야기하기
도 했다.[270] 이런 상황에서 신문사 교정부원이자 옥황상제교라는 신흥종
교의 교조로 등장하는 윤두명의 존재는 당대 사회 분위기의 적극적인 반

---

269) 윤승용, 앞의 책, 153쪽.
270) 이재헌, 「1970년대 이후 한국신종교의 현황과 전망」, 『신종교연구』 3, 한국신종교학
회, 2000. 13~15쪽.
　　1974년 4월 있었던 소위 '동방교(東方敎) 사건'도 그 중 하나일 것이다. 신흥종교문제
연구소장 탁명환이 '동방교'에서 기독교대한개혁장로회란 이름을 내걸고 살인·린
치·감금·재산탈취 등의 범죄 행위를 저질렀다고 폭로했는데 이는 당시 큰 이슈가
되었다.('신흥종교 문제 연구소장 탁명환 씨 폭로 "동방교(東方敎)는 비밀 범죄집단"',
『동아일보』, 1974.4.24.)

영으로 읽을 수 있을 것이다. 옥황상제교 교조 윤두명은 신앙이 필요하다면 자신이 살고 있는 풍토와 정신적 환경에서 생겨난 토착종교여야 한다고 주장한다. 여기에는 "풍토도 풍습도 취향도 다른 나라에서 자라난 종교를 믿어 광신하는" 사회 분위기에 대한 비판이 내재되어 있으며, 이는 "우리나라의 토속적 종교라면 우리의 생리나 병리에 잘 맞을 것"이라는 토착종교에 대해 긍정적인 반응으로 귀착된다.

그러나 토착종교 역시 당대 사회가 안고 있는 모순에 대한 해결책은 아니다. 신문사의 교정 부원이자 옥황상제교의 교조로 활동했던 윤두명은 정부의 승인 절차를 밟지 않은 종교 단체의 장이라는 것, 교도 가운데 간첩이 포함되었다는 것, 교도들로부터 막대한 금품을 거두어들인 것을 명목으로 입건되기에 이른다. 이에 도움을 주고자 상제교 본부인 윤두명의 집으로 찾아간 서재필은 윤두명의 서재에서 라인홀드 니버271)의 『도덕적 인간과 부도덕한 사회』라는 책 속에 쓰인 메모를 발견한다.

'아무리 나쁜 놈이라도 개인이 사람을 연거푸 서넛만 죽이면 숨과 마음이 가빠져 그 이상의 행동은 도저히 하지 못하게 될 것이 뻔하다. 그런데 당의 이름, 국가의 이름으로는 한꺼번에 수만 명을 죽여도 눈썹 한 번 깜빡하지 않을 만큼 태연할 수가 있다. 결국 죽이는 행위는 개인의 행위로서밖

---

271) 1892~1971. 프로테스탄트 신학자로, 미국의 변증법 신학의 대표자. 1929~33년의 세계적 대공황의 시기에 '위기의 신학'이라고 일컬어지는 신학의 입장을 세웠는데, 그후 유럽에 있어서 이 파의 신학자들이 조직신학을 설교한 것과는 달리, 그는 인간, 윤리, 역사 등 현실문제에 대해 얘기했다.
그에 의하면, 인간은 신의 사자(使者)임과 동시에 피조물로서 제약을 받고 있는 존재라고 하는 이면성(二面性)을 갖는다. 이것을 잊게 되면 인간은 교만해지고 거기에서 죄악이 생긴다는 것이다. 역사는 인간의 이기적이고 비합리적인 자유의지와 신의 의지가 충돌하는 무대이며, 인간은 이것을 인식을 통해 꿰뚫어볼 수도 인간의 힘으로 통제할 수도 없다고 보았다. 따라서 근본적인 사회개조 등은 단념해야 하고 '모든 역사란 타협이다'라고 생각했다.(철학사편찬위원회, 『철학사전』, 중원문화, 2012.)

에 할 수 없는데 말이다…….'

(…)

　'그러니 조직의 힘은 산술적인 집합이 아니다. 조직이 크면 클수록 사람
은 양심의 부담에서 해방된다. 조직에의 복종에 최고선을 볼 수 있기 때문
이다. 니버는 조직의 악을 가르친 것이 아니라 강자가 되는 방법을 가르치
고 있는 것이다…….'(『행복어사전』 3, 160~161쪽)

　옥황상제교의 교조인 윤두명은 일견 니버의 사상에 동의하고 있는 것
처럼 보이지만 그 해석은 전혀 다르다. 니버는 『도덕적 인간과 부도덕한
사회』에서 개인적으로는 도덕적인 사람들도 사회 내의 어느 집단에 속하
면 집단적 이기주의자로 변한다고 주장한다. 개인적으로는 자신의 이익
을 희생하면서 타인의 이익을 배려할 수 있지만, 사회는 종종 민족적·계
급적·인종적 충동이나 집단적 이기심을 생생하게 보여준다는 것이
다.[272] 윤두명은 개인으로서의 인간과 조직원으로서의 인간이 달라질 수
있음에 대한 니버의 인식을 "강자가 되는 방법을 가르치는" 것이라고 판
단하고, 강자가 되기 위해서 무엇보다 중요한 것은 조직의 힘을 기르는
것이라고 생각한다. 개인의 원한을 잘 가꾸고, 그것이 옥황상제라는 신의
이름으로 모인 많은 사람들에 의해 분출되면 커다란 위력을 발휘할 것이
라 믿으며 니버의 사상을 옥황상제교의 교세 확보를 위한 방법론으로 삼
는다. 개인으로서는 이뤄내지 못할 원한의 극복도 옥황상제라는 신의 이
름으로 모인 조직에 의해서라면 가능할 것이라고 해석한 때문이다. 그러
한 목적으로 윤두명은 포교에 힘썼고 완벽한 조직을 구성하기 위해 돈을
모아 세력을 다지려고 한 것이다.

　　"부분적으로 부패하고 파괴되어도 전체론 온전하다고? 그럼 자네나 우리

---

272) Reinhold Niebuhr, 이한우 역, 『도덕적 인간과 비도덕적 사회』, 문예출판사, 2013.

가 그 부분 속에 포함되어 있다면 치면 우리는 죽어도 전체는 온전하다고
좋아할 수 있겠나? 섭리가 하는 일이니 만족하다고 할 수 있겠나?"

(『행복어사전』 4, 272쪽)

윤두명의 이런 생각에 서재필은 강하게 반발한다. 개인의 존재도 전체
의 유지·발전이라는 틀 안에서만 인정하는 전체주의에 맞서, 조직과 전
체에 앞서는 개인의 자유로움이 강조되는 자유주의 사상의 중요성을 강
조한다. 서재필의 입을 빌린 이병주의 전체주의에 대한 비판은, 조직의
힘을 길러 세상을 바꾸고자 했던 윤두명의 의지가 그가 스스로 힘이라고
생각했던 조직과 힘의 근원인 돈에 의해 좌절되는 것으로 구현된다. 옥황
상제교의 교조로서 절대적이었던 윤두명의 위령이 "돈이 많이 모이고부
턴" 약해지고, 교조에 대한 믿음 역시 금전적 문제로 인해 균열이 가기
시작하다가 급기가 교단 내의 큰 싸움으로 번지는 지경에 이른 것이다.

한편 이병주는 『니르바나의 꽃』[273]에서 위림이라는 인물을 통해 "종교
건 종교적인 것이건, 그것이 현실에 영향을 미치려면 정치화된다."는 비
판 의식을 직접 드러낸다. '금교'라는 종교를 둘러싸고 서사가 진행되는『
니르바나의 꽃』에서 위림은 '상제교'를 창시해 세계 국가를 건설하겠다는
제자 한동진을 보며 중요한 것은 종교의 종류나 질이 아니라 자기 자신
의 신념이라고 말한다. '섭리'를 믿는 "그 마음이 진실하고 순수하다면 구
원에 이를 수가 있"는데, 꼭 종교를 만들려 하는 데에 무리가 있고 오만
이 따른다는 것이다. 위림은 '집단→신도→질서→위계→권위→돈→계략
→사기'로 이어지는 것이 종교의 정치화 과정이고, 그 무리와 오만이 정
치를 필요로 하여 종내는 종교의 본위를 잃게 된다고 설명한다.[274]

---

273) 『니르바나의 꽃』, 행림출판, 1987.(『문학사상』, 1985.1.~1987.2.)
274) 『니르바나의 꽃』 2, 322~323쪽.("(…) 그 무리와 오만이 결국에 가서 정치를 필요로
    한다. 왜? 신도를 모아야 하니까. 집단을 이뤄야 하니까. 집단이 있는 곳엔 질서가 있

이와 관련하여 이병주는 「사상과 정치와의 사이」275)라는 칼럼에서 공산당을 예로 들며 힘이 강한 조직일수록 배타성이 강하고 이기적이며 종내는 악을 낳게 된다는 인식을 드러내기도 했다. 그럼에도 불구하고 어떤 사상이나 주장이 실제에 있어서 보람을 갖기 위해서는 조직이 필요할 수밖에 없다는 것이 우리 사회의 모순이자 딜레마이며, 그것이 우리가 살고 있는 사회적 생의 실상이라고 설명한다.

『행복어사전』의 옥황상제교가 집단의 힘을 키우려다 해산의 위기에 놓이게 되었다면, 『니르바나의 꽃』에서 금교는 애초부터 계략과 사기로 인해 힘(돈)을 모았고 그 힘이 사리사욕을 채우기 위한 수단으로 이용되었음이 밝혀진다. 옥황상제교와 금교가 와해된 원인은 조직화의 과정에서의 정치화이며, 정치적으로 변질된 종교 집단이 갖는 이기적이고 배타적인 속성 때문인 것이다. 이는 종교가 자신의 세력을 이용해 세상을 움직이려 해서는 안 된다는 이병주의 인식을 여실하게 드러내는 자연스러운 결론이기도 하다.

그렇다면 이병주의 소설에 빈번하게 나타나고 있는 '종교'가 함의하는 것은 무엇인가. 앞서 이병주의 소설에서 종교, 특히 맹목적이고 전체주의적인 일면을 가진 종교가 부정적인 견지에서 제시되고 있음을 확인할 수 있었다. 또한 종교의 정치화가 오히려 종교 자체가 갖는 의미를 퇴색시킨다는 비판도 제시되었다. 그러나 이병주 소설에서 '종교'가 단지 종교 자체에 대한 비판으로 기능한다고 읽는 것은 그 의미를 축소시키는 것이다. 『행복어사전』에서 김소영을 면회하러 간 교도소에서 서재필은 상제교

---

어야 하고, 질서를 세우려면 위계가 있어야 하고 위계를 만들려면 그것을 뒷받침하는 권위가 있어야 하고, 그 권위를 권위로서 자용케 하려면 돈이 있어야 하고, 돈을 만들려면 뭔가 계략이 있어야 하고, 그 계략이 지나치면 사기가 되어야 하고, 이래저래 그 종교는 급기야 정치적인 집단이 되고 만다, 이거야.")
275) 이병주, 『1979』, 앞의 책, 34쪽 참고.

도이자 후배인 정진동을 우연히 만난다. 윤두명을 면회하러 온 정진동은 서재필에게 "자기 이외의 뭔가를 믿는다는 건 좋은 일"이라며 뜻대로 되지 않는 부분에 대해서는 신을 믿어야 한다고 주장한다. 그러면서 "모두가 섭리의 작용"이므로 "열심히 기도하여 섭리를 우리에게 유리한 방향으로 이끌어야 되지 않겠"냐는 논리로 상제 믿기를 권한다. 이에 서재필은 다음과 같이 대답한다.

> ① "인류에 엄청난 해독을 끼친 게 뭔 줄 아나? 신앙이야, 믿음이야. 인정만 하면 될 일을 믿는다고 고집하는 바람에 불행한 사건이 생긴 거다. 유럽 중세의 종교재판이란 것도 천주님을 지나치게 믿었기 때문에 생긴 일이고, 이씨왕조의 천주교도 학살도 유교를 너무 믿은 탓이다. 자본주의의 탈은 돈의 힘을 너무 믿는 데서 비롯된 것이고 다시 말해 인류의 불행은 사실을 인정하고 사실에 따라 유연성 있게 대처해나가면 될 것을 뭣 한 가지를 믿겠다고 고집하는 사람들이 있는 통에 빚어진 거야. 태양은 강렬하다. 태양 없인 지구가 사멸한다. 그 사실을 인정하고만 있으면 되는 거지, 태양이 강력한 존재라고 해서 꼭 그걸 믿어야 되나? 가령 섭리가 있다고 하면 그것이 정군의 말마따나 옥황상제라고 하면, 그리고 만일 그가 생각이 있다고 하면 자기를 믿는 것을 원하지 않을 걸……"
>
> (『행복어사전』 3, 273~274쪽)

② 어떤 사상이라도 사상의 형태로 있는 한 무해하다. 그런데 아무리 좋은 사상이라도 그것이 정치적인 목표를 갖는 조직으로서 행동화될 때는 자연 악을 포함하게 된다. 심지어는 원래의 목적에서 이탈하여 악의 작용만 남는다.

유교도 공자와 맹자의 사상 형태로서만 있을 때 진리와 지혜의 광휘를 가진다. 그런데 이것이 어떤 정치 체제의 이데올로기로서 그 발언권을 주장하게 되면 악으로 타락한다는 예를 우리는 이조의 정치사에서 뚜렷이 보았다.

불교도 석가와 그 불제자의 사상 형태로만 있을 때는 다시 없이 거룩한 진리이며 지혜의 원천이다. 그런데 이것이 어떤 정치성 체제의 이데올로기로서 세위를 떨치게 되면 어떻게 타락하는가는 인지(印支)의 불교국들의 운명을 통해서 알 수가 있다. 가까운 예로선 우리나라 불교 교단이 휩쓸려 있는 그 내분과 대립상을 통해서도 조직화되기만 하면 어떤 사상도 타락하게 마련이란 실증을 들 수가 있다.

그리스도교도 그 예외가 아니다. 평화의 복음인 기독교가 정치적으로 조직화되었을 때 중세 유럽이 보인 바와 같은 참혹한 암흑상을 빚어 낸 것이다. 이른바 공상적 사회주의자들이 그려 보인 유토피아 사상도 관념 형태로만은 아름답다고 할 수 있지만, 일단 정치적으로 조직화되기만 하면 타락했다. 마르크스의 교설이 그러했다. 마르크스주의에 진리가 없는 바는 아니었지만 마르크스주의가 인류에 공헌한 양의 수천 배 수만 배 되는 악을 저질렀다는 것을 부인할 사람은 경화된 마르크스 환자를 두곤 아마 없을 것이 아닌가. 최근 프랑스에 나타난 신철학파는 결국 이와 같은 결론을 각각 다르게 표현하고 있을 뿐이다.276)

인용문 ①에서 보듯 여타의 소설에서 종교에 냉소로 일관하던 이병주의 인물들은 『행복어사전』의 서재필의 입을 통해 종교 문제를 사상의 문제와 연결시켜 강하게 비판한다. 역사의 해(害)로 기록된 많은 사건들이 종교에 대한 지나친 믿음에서 비롯되었다277)는 것이 서재필의 기본적인 입장이다. 그러한 서재필의 논리는 종교 자체에만 한정되지 않는다. 어긋난 믿음이 불러온 비극적 역사의 예시들은 "자본주의의 탈은 돈의 힘을

---

276) 이병주, 『虛妄과 眞實』上, 기린원, 1979. 70~71쪽.
277) 이병주는 종교적 신념이 빚은 수많은 악행에 부정적인 인식을 칼럼을 통해 드러내기도 한다. "악인의 악(惡), 특히 자기를 악인이라고 생각하고 있는 사람의 악행(惡行)엔 한도가 있다. 그는 곧 숨이 가빠진다. 기껏 물건을 훔친다거나, 한 사람의 애정을 노린다든가, 사람을 몇 죽일 뿐이다. 그런데 선인이 선행이라고 믿고 행하는 악엔 한도가 없다. 예를 들어 종교적 신념으로 신의 이름으로 얼마나 많은 피를 흘렸는가를 살펴보면 알 일이다. 로오마제국의 초기, 예수교 신자들은 질서를 수호하는 선인들에 의해 가장 처참하게 살해되었다. 그런데 이런 쓰라린 과거를 지닌 예수교가 중세에 이르러서는 신의 이름으로 피비린내 나는 종교 재판을 통해 무수히 이교도를 살해했다. 인간의 선, 인간의 행복, 인간의 구원을 목적으로 하는 종교적 집단이 어떠한 강도집단, 살인집단보다노 낳은 살인과 많은 악을 행했다는 사실은 인간과 역사를 이해하는데 있어서 상징적이다."(이병주, 「인간(人間)에의 길」, 『불러보고 싶은 노래』, 앞의 책, 80쪽)

너무 믿는 데서 비롯"된다는 것으로 치환되며, '인류의 불행은 뭣 한 가지를 믿겠다고 고집하는 사람들이 있는 통에 빚어'진 것이라는 것으로 확장된다. 마르크스주의가 우리의 삶을 풍요롭게 한대서 그것만을 최고로 여기는 태도는 이데올로기의 노예가 되는 길이라[278]는 이병주의 인식이 서재필이라는 인물에 의해 강조되고 있는 것이다. 또한 인용문 ②에서와 같이 모든 사상이 사상의 형태를 버리고 조직화되고 정치화되는 순간 타락하게 된다는 사실을 불교와 그리스도교의 경우를 들어 설명하고 있다. 그리고 이것은 다시 마르크스주의 폐단으로 이어진다. 사회주의 사상이 관념의 형태로 존재할 때는 아름답지만 그것이 정치화되고 조직화되는 순간 타락하고 만다는 것이다.

주지하다시피 이병주는 근현대사의 격랑을 몸소 겪어내었고 그것을 소설을 통해 기록하고자 했다. 해방 이후 한반도의 정세는 그야말로 혼란 그 자체였다. 민족주의 진영과 사회주의 진영으로 나뉜 이념의 갈등은 새로운 국가를 건설해야 하는 중대한 문제 앞에 시간이 거듭될수록 심화되어 갔다. 이병주는 이에 대한 원인을 사상에 대한 맹목에서 찾은 것이라 추론할 수 있다. 사상에 대한 맹목은 집단을 형성하려고하고 그를 바탕으로 힘을 행사하고자 했으며 세력을 키우기 위해서는 계략과 음모를 꾸밀 수밖에 없다. 그런 맥락에서 6·25전쟁은 사상에 대한 맹목이 극단적 형태로 발현된 비극인 것이다.

또한 4·19로 인해 이승만 정권이 물러나고 독재에서 놓여나자 국내 정세는 다소 안정되어 갔다. 이런 가운데 통일에 대한 논의가 대내외적으로 활발하게 이루어진다. 거듭 언급한 것처럼 이 무렵 이병주는 「조국의 부재」라는 논설과 '통일'의 중요성과 의지를 강조하는 논설을 쓰는데, 5·16 이후 이 두 편의 논설이 문제가 되어 2년 7개월 간 복역한다. 사상에 대

---

278) 이병주, 김윤식·김종회 편, 「사상과 이데올로기」, 앞의 책, 88~89쪽.

한 맹목으로 일궈진 역사 속에서 생사를 뒤흔드는 경험을 했던 이병주가 이데올로기 자체에 대해 거부를 가지게 된 것은 어쩌면 당연한 결과일 것이다.

이병주를 포함한 학병세대는 3·1운동을 전후해서 태어났고 그 후의 반동기 속에서 확연한 태도를 정하지 못하고 어중간한 태도를 가지고 성장했다. 이들보다 한 세대 앞의 사람들은 친일이면 친일, 반일이면 반일로 어떤 뚜렷한 자신의 입장을 가졌지만, 이들은 그렇지 못했다.[279] 이병주 자신이 말한 바처럼 그들은 '일본 민족과 일제 통치에 대한 감정의 폭이 굉장히 넓고 델리케이트한 면'[280]이 많았던 세대이기 때문이다. 이런 감각을 바탕으로 보자면 이병주는 신앙이나 신념 그 자체에 대해 반감을 드러내고자 한 것이 아니라 맹목적인 신앙과 신념이 낳은 비극을 드러내고자 했던 것이라 할 수 있다. 그러한 이병주의 결론이 허망하게 읽히지 않는 것은 그것이 추상적인 관념의 산물이 아닌 그가 살았고, 그래서 견뎌야 했던 많은 사건들이 신념에 대한 맹목이 빚어낸 과오의 산물이었으며, 이병주는 그러한 역사 안에서 개인이 감당해야 할 희생의 몫을 그 누구보다 잘 알고 있었기 때문이라 짐작할 수 있다.

그리고 이병주는 소설 속 인물의 입을 빌려 종교를 이데올로기, 도덕, 과학과 병치시키고 동일한 평가를 내리는 것으로 신앙과 이데올로기에 대한 자신의 인식을 직접 밝히기도 한다.

"내가 틀렸는지 몰라도 요즘 돼가는 꼴이 모두 극단인 것 같애요. 좌익은 좌익대로 과격하고, 우익은 우익대로 과격하고……. 과격하지 않은 사람의 설 자리란 있을 것 같지 않아요. 내가 계속 철학을 한다고 해도 그 철학을 세울 자리가 없습니다. 사랑하는 여자와 가족의 평화, 극히 소시민적인

---

279) 강심호, 앞의 글, 195쪽.
280) 남재희·이병주 대담, 앞의 글, 239쪽 참고.

의식을 가꾸어 고독하게 살아가는 길밖엔 있을 것 같지 않습니다.

(…)

　그 신앙 또한 과격하니 야단입니다.

(…)

　허망 아닌 게 뭐가 있습니까? 신앙뿐만이 아니라 모든 이데올로기가 전부 허망이라고 나는 생각합니다. 도덕도 허망, 과학도 허망, 그럴 바에야 조그마하나마 사랑만이라도 가꾸기 위해서 그 방향의 허망만이라도 허망이 아닌 것처럼 꾸며야죠."(『산하』 2, 280쪽)

　이병주는 『산하』의 이동식은 해방 이후 이데올로기와 신앙이 모두 극단적인 형태로 치닫는 상황에 탄식을 금치 못한다. 인간의 필요에 의해 생겨났고 인간의 삶을 윤택하게 만드는 도덕이나 과학도 그것이 지나쳐 인간의 삶을 해치고 피폐하게 만든다면 결국 모든 것이 허망한 것이며, 그런 관점에서 신앙과 이데올로기도 결국은 '미망의 산물'이며 '허망'일 수밖에 없다는 것이다. 따라서 삶의 중심부에 놓여야 하는 것은 신앙이나 이데올로기가 아니라 '사랑'이며, 이는 이병주가 자신의 작품들을 통해 줄곧 지향해 오던 바이기도 하다.

　여기에 덧붙여 이병주는 『思想의 빛과 그늘』에서 이한림이라는 인물을 통해 "무릇 어떤 사상 어떤 종교일지라도 그것이 정치적인 이데올로기가 되면 타락한다는 것은 역사가 우리에게 보여준 교훈"이라고 말하며 이데올로기의 종말을 확신한다. 그러면서 "자유롭고 활달한 정신에 대해 이데올로기는 독소(毒素)라는 것을 명념하고 언제까지나 자유인으로서의 스스로를 보전할 것을 당부"하기도 한다.

　이처럼 이병주는 종교와 관련된 일련의 서사를 통해 종교 자체가 가지는 맹목성과 자기모순, 종교의 정치화로 인한 폐단과 같은 한계를 드러낼 뿐만 아니라 그것을 한국의 근대사가 낳은 이데올로기의 문제를 드러내고 비판하기 위한 장치로 활용하고 있는 것으로 보인다. 이를 통해 이병주의 소설에서 종교가 알레고리적 장치로 기능하고 있음을 알 수 있다.
이병주는 미군정을 거치면서 득세하고 사회 문제에까지 관여하는 것으로
모자라 개인의 삶을 억압하고 강제하려 하는 종교의 습성에서 그 자신이
몸소 겪었던 폭압적인 이데올로기와의 공통점을 발견했고 그것을 비판하
려 했다고 볼 수 있다.

그리고 더 나아가 특정한 지점에 매몰되어 해를 끼치는 사상이나 신앙
에 대한 대안으로 '문학'을 선택했음을 밝힌다.

> "냉철한 이상적 분석을 견디어낼 만한 종교라는 것은 없는 것 아닙니까.
> 좋게 말하면 이성적인 분석을 넘은 어떤 성역을 설정해놓은 것이 종교이고,
> 나쁘게 말하면 인간의 미망을 이용한 애매한 박명지대를 신비화하려는 게
> 종교 아닙니까. 문학은 그러한 성역, 그러한 박명지대를 납득하지 못하고
> 인간을 때론 한없이 강하고 때론 한없이 약하며 때론 아름답고, 때론 추하
> 고, 때론 행복할 수도 있고, 때론 고독하기 짝이 없는 실상 그대로를 파악
> 하여, 가능하다면 그대로 살아볼 만한 것이 인생이란 증명을 해보려는 작업
> 이란 거죠. 종교처럼 사람의 정신에 마취를 걸지 않고 깨어 있는 그대로의
> 상태로써 같이 인생의 어느 국면을 직시해보자는 마음먹이기도 하구요. 하
> 느님이니 천주님이니 상제님이니 하는 부름을 앞세우지 않고 그저 허공을
> 향해 지성을 드리는 기도라고 할까요. 그걸 나는 문학이라고 생각하고 이에
> 충실하려는 겁니다."(『행복어사전』 4, 203쪽)

신문사에서 근무하던 서재필은 문학에 더 큰 의의를 둔다면서 "인생의
어느 국면을 직시"하기 위해 문학을 선택했다고 말한다.[281] '인생의 어느
국면을 직시한다'는 것은 특정한 사상이나 이데올로기에 편입되지 않은

---

281) 『니르바나의 꽃』의 위림 역시 종교에 대한 대안으로 문학을 선택했음을 알 수 있다.
("선생님(위림)은 문학으로 종교를 대신할 수 있다고 생각하고 기성종교가 과학적인
검증을 감당할 수 없어 현대인의 이성이 승인할 바 못 된다고 판단하고 계시다는 것
을 전 잘 알고 있습니다."(2권, 327쪽, 괄호 안은 글쓴이))

객관적이고 합리적인 시각을 가진다는 말에 다름 아니며, 이것이 이병주가 추구하는 문학일 것임은 자명하다. 이병주는 문학가가 정치나 혁명가의 역할까지 하려해서는 곤란하고, 대의를 위한 문학보다는 주위의 삶과 사람에 충실한 문학을 위해 노력해야 한다고 주장한다. 비록 이로 인해 시대와 사회가 가진 문제를 등한시하여 비겁자나 패배주의의 문학이라는 비판을 피해갈 수 없을지라도 문학은 오로지 문학의 역할에 충실해야만 진정한 문학이라는 것을 실천할 수 있다고 믿었던 것이다. 더 나아가 문학이 진정 문학다운 모습을 갖기 위해서는 이데올로기와는 결별해야 하고 특정 이데올로기를 강요해서도 안 된다고 주장한다. 이는 문학의 소명이 이데올로기의 전달이나 이데올로기의 시녀가 되는 것이 아니라 '인간'에 있다는 신념이기도 하다.282) 그리고 이 신념은 이병주의 작품 전체를 관통하는 하나의 글쓰기 방식으로 작동한다. 이병주의 많은 작품들이 이데올로기에 의해 희생되는 개인의 아픔을 다루는 것은 그 때문이다. 결국 이병주가 소설에서 다루고 있는 종교의 문제는 개인의 선택이 억압되고 강제될 수밖에 없던 역사의 허망함을 강조한다. 그리고 인간의 자유를 제압하는 것이면 그것이 무엇이든 용납할 수 없다는 강한 문학적 신념을 피력하고자 한 것이다.

종교는 유구한 세월 동안 인간의 삶 언저리 혹은 중심부에서 인간을

---

282) "어떤 이데올로기에 사로잡히면 문학은 필연적으로 비굴하게 된다. 문학이 바다이면 이데올로기는 강줄기다. 문학이 이데올로기를 재단할망정, 이데올로기의 재단을 받아선 안 된다. 문학이 이데올로기를 가르칠망정 이데올로기의 제자가 될 순 없다. 이데올로기는 정치이고, 문학은 정치까지를 포함한 인생을 상대로 하는, 어디까지나 활달해야 할 작업의 영역이다.
우리나라의 특수 사정이 이데올로기를 가진 문학을 존중하는 폐단을 낳기도 했는데, 그 책임이 비록 문학인에게 있는 것이 아니고 나라의 특수 사정에 있다고 하더라도 부끄러워해야 할 사람은 문학인이란 것을 알아야 한다.
문학이 봉사해야 할 곳이 있다면 그것은 프롤레타리아가 아니고, 오직 인간일 뿐이다."(이병주, 김윤식·김종회 편, 「이데올로기와 문학」, 앞의 책, 122~123쪽)

지탱하거나 휘두르는 형태로 유지되었으며 끊임없이 변화하고 발전해 왔다. 시대나 인종, 민족에 따라 나타나는 종교의 형태와 계율은 각기 다르지만 인간이 종교에 기대하고 부여하는 의미는 큰 차이를 보이지 않을 것이다. 그러나 이병주는 그것이 무엇이 되었건 개인의 자유를 억압하는 것이라면 반발하는 태도를 보인다. 이는 종교에 맹목적인 태도를 보이는 여성 인물에 비해 한결같이 종교에 냉소적이거나 부정적인『비창』의 구인상과『산하』의 이동식,『행복어사전』의 서재필과 같은 인물을 통해 잘 드러난다. 암흑과도 같았던 일제 식민지를 거치고, 이데올로기의 대립으로 잔인하게 서로를 할퀴었던 6·25를 지나, 반공을 빌미로 개인을 억압했던 군부 정권이 이병주에게 남긴 키워드는 '인간'과 '자유'일 것이다. 이것이 사회를 구성하고 반영하는 주요한 요소인 종교에 대해서도 일관되게 적용되어 나타남을 몇몇 소설을 통해 확인할 수 있었다. 결론적으로 이병주는 맹목적으로 강요하는 종교, 본질을 망각하고 정치적으로 변질되는 종교의 모습을 제시함으로써 그의 사상 전반에 내재된 자유와 휴머니즘의 중요성을 거듭 강조하고 있는 것이다.

# V. 결론

    이병주는 한국 근현대사의 질곡을 온몸으로 겪었으며, 자신의 경험에 근거해 일제시대부터 개발 독재 시대까지를 배경으로 하는 많은 양을 소설을 창작하였다. 이는 우리 민족이 겪었던 수난과도 밀접한 것이다. 그러나 이병주에 대한 문학사의 평가는 그리 호의적이지만은 않았는데, 특히 이병주가 창작한 작품의 양이 방대함에도 불구하고 역사를 소재로 하는 몇몇 소설에만 주목하여 연구가 이루어졌을 뿐 이병주가 소설을 창작했던 시대를 배경으로 한 다수의 소설들은 크게 주목받지 못했다. 이런 편중된 연구 경향은 소설가 이병주에 대한 이해의 폭을 좁게 만든 결과를 가져왔다. 작가와 작품 세계에 대한 폭넓고 깊이 있는 이해를 위해서는 다양한 작품을 대상으로 한 연구가 절실하다고 생각했다. 이에 이 글은 이병주의 소설이 일관된 소설적 인식을 바탕으로, 공통된 소설적 방법론에 입각해 창작되었기 때문에 소설적 방법론에 따라 심도 있게 고찰한다면 그 특성을 체계적으로 정리·분석할 수 있을 뿐만 아니라 전체를 아우를 수 있는 맥을 짚어낼 수 있을 것이라는 생각에서 출발하였다.

    이병주의 소설 창작은 인간이 영위하는 삶의 실상을 파헤친다는 목적으로 행해졌다. 이병주는 소설이 허구와 사실, 미시와 거시를 자유롭게 넘나들 수 있는 유연한 장르이며, 따라서 인간의 삶과 그 실상을 파악하여 다루기에 적합한 장르라고 인식했던 것이다. 또한 이병주는 소설이 초월적인 세계나 삶을 다루는 것이 아니라 인간의 실상을 다루는 것이기에 설령 그것이 비참하거나 추악한 것이라 해도 그 자체의 생동감을 '기록' 하는 것이 중요하다고 생각했다. 요컨대 소설은 가급적 인간의 실상에 가까운 형태로 창작되어서 인간 심부의 문제를 보여줄 수 있는 것이어야 한다는 것이다. 이 글에서는 이와 같은 이병주의 소설적 인식이 현실 인식과 어떠한 관련을 맺으며 구체화되는지 살펴보고자 했다.

소설에는 필연적으로 소설을 쓰는 작가의 경험이 관여할 수밖에 없다고 하지만 이병주의 경우 자신의 경험과 그 경험을 통해 획득된 인간과 사회 문제에 대한 인식이 작품 전체를 추동하는 지반으로 작용하고 있음은 부인할 수 없어 보인다. 그리고 그것은 자신이 겪었던 역사적 사건을 다루는 방식을 통해서도 잘 나타난다. 이병주가 소설을 통해 재현하는 과거는 자신이 경험한 것이고 경험을 재현함에 있어 무엇보다 기억에 의존하게 된다. 그런데 이 기억은 반인간적 상황으로 말미암아 생긴 원한의 형태로 자신을 엄습하기에 이병주는 '기록'할 수밖에 없었던 것이다. 기억에 의해 재생되는 이병주의 과거는 우리 민족이 겪어야 했던 수난의 역사이기도 하다.

이병주 소설에는 그가 소설을 창작하던 시대를 배경으로 쓰여진 작품들이 많다. 그러나 이런 소설들은 그 자체가 대중의 말초적인 흥미를 충족하기 위한 대중소설로 분류되어 논의의 대상에서 제외되어 왔다. 그러나 이병주 소설에서는 소설 창작의 목적이나 의도의 측면에서 통속성이 드러난다고 볼 수는 없다. 이병주가 그려내고자 하는 시대 자체의 통속성이 소설을 통해 형상화되고 있다고 보는 것이 정당할 것이다. 이를 증명하듯 이병주의 소설적 관심은 당대 기득권의 일상에 놓여 있었다. 최고 권력자였던 전 대통령의 사생활이 부정적으로 다루어지는 것은 물론이고 재벌기업을 중심으로 그들이 부를 축적하는 방식과 그 과정에서의 비윤

리성 또한 세밀하게 다루어진다. 이는 도시화와 산업화의 빠른 진행에 발
맞추어 확대된 자본에 대한 대중의 관심과 사업에 뛰어들었던 이병주 자
신의 경험을 바탕으로 한 것이다. 여기에 불륜의 문제 역시 심심치 않게
다루어진다. 이병주의 소설에서 불륜은 사회·도덕적인 약속과 책임을
저버리는 것이라 하더라도 그것이 한 인간의 행복을 지키기 위한 것이라
면 인정할 수 있지만, 단순히 육체적인 욕망을 해소하기 위한 것이라면
용인될 수 없는 것으로 제시된다. 그것이 다소 저급한 형태로 비춰진다고
하더라도 이병주의 입장에서 욕망은 '인생의 대문제'이기 때문에 이를 가
급적 사실적으로 다루고자 한 결과라고 할 수 있다.

자신이 경험한 현실을 사실적으로 재현하고자 하는 이병주의 의도는
인물 재등장과 액자 구성을 통해서도 구현된다. 일반적으로 소설이 끝나
면 소설 세계 내에서 존재하던 인물 역시 사라지게 된다. 그러나 이병주
의 소설에서 독자는 인물 재등장에 의해 이병주의 다른 소설에서 다시
그를 발견할 수 있게 된다. 쉽게 말해('이는' 삭제)소설이 끝났다고 해서 인
물들의 삶이 완전히 끝나는 것이 아니라 그저 독자의 시선에서 일시적으
로 벗어날 뿐임을 의미한다. 이를 통해 독자는 이미 사라졌다고 믿었던
인물을 다른 국면에서 계속해서 만나는 경험을 하게 되는데, 특정 상황에
서 만났던 인물을 뜻밖의 공간에서 다시 마주하는 일이 현실에서 흔하게
일어난다는 것을 감안한다면 이 역시 사실적인 삶의 표현이라 할 수 있
다. 삶이 완결되지 않은 상태로 열려 있고 지속되는 것이라면 소설은 어
떤 방식으로든 결말지어져야 한다는 점에서 삶과 소설은 다르다. 이때 인
물 재등장을 통해 여러 소설에 걸쳐 동일한 인물을 등장시켜서 한 인물
의 삶이 지속되고 있음을 보여줄 수 있게 되는 것이다.

또, 한 개인이 가지고 있는 성격이 삶의 특성 국면만으로는 세내도 드
러날 수 없듯이 이병주의 소설에 반복직으로 등깅하고 있는 인물들이 가

지는 성격 역시 그 인물들이 등장하는 소설 전체를 살펴야만 비로소 완성된다. 이렇듯 인물 재등장은 인물이 가지고 있는 성격을 보다 명확하게 구현하고자 하는 시도이자, 한 인물의 삶을 총체화하려는 노력이기도 하다. 한 편의 소설에서 단편적·개별적으로 드러날 수밖에 없는 인물의 특정적인 면모를 여러 편에 걸쳐 다시 보여줌으로써 지속되는 삶에 비해 일회적일 수밖에 없는 소설이 가지는 한계를 극복하고, 사실 그대로의 세계를 재현하기 위해 노력한 것이라 할 수 있다.

그리고 이병주의 소설 중에는 액자 구성을 취하고 있는 것이 유난히 많다. 그 중 「매화나무의 인과」의 서사는 성 참봉과 돌쇠라는 두 인물을 중심으로 하여 인간의 욕망이 빚어내는 비극과 그 비극의 원인을 찾는 방식으로 구조화된다. 이때 독자와 인물 간의 거리가 다소 가까운 1인칭 시점으로 바깥 이야기가 시작되기 때문에 독자는 서술자의 이야기를 허구보다는 사실로 인식할 가능성이 크다. 그러나 바깥 이야기의 서술자에게 그 이야기를 들려준 인물이 갑자기 사라지는데 이 때문에 허구와 사실의 경계는 다시 모호해지게 된다. 즉 삽입 구성으로 인해 안 이야기의 서사는 사실로 여겨질 수 있는 반면 사나이가 들려준 성 참봉 일가의 비극적인 사건은 사실에서 멀어지는데 이러한 구성은 안 이야기의 참혹함을 다소 희석시키는 기능을 한다고 볼 수 있다.

『관부연락선』의 액자 구성은 유태림으로 대표되는 학병세대 지식인의 내면을 효과적으로 재현하는 데 큰 몫을 하고 있다. 유태림이라는 인물의 서사는 유태림의 기록과 함께 바깥 이야기의 서술자인 이형식에 의해 이루어진다. 액자 구성을 통한 이중 화자의 설정으로 유태림의 서사는 객관화되는 동시에 제국주의의 지배하에서 식민으로 살다가 적국을 위해 학병으로 끌려나가야만 했던 유태림의 내면을 세밀하게 보여주는 효과를 얻게 된다.

현실을 사실에 가깝게 재현해 기록으로 남기는 것이 소설가로서 자신의 책무라고 여겼던 이병주이지만 사실을 기록할 때 어느 정도는 진실이 결여될 수밖에 없음을 인식했던 것으로 보인다. 그것은 역사가 객관적이고 논리적인 인과관계에 의해 형성되는 것이 아니라 개인의 욕망이나 우연에 의해 구축되기 때문에 설령 엄정한 사료(史料)를 근거로 하여 사실 그대로의 역사를 기록한다고 하더라도 그 배면에 놓인 진실에는 미치지 못하는 경우가 많다는 것을 바탕으로 한다. 역사에 대한 이러한 인식은『산하』에서 여실하게 드러난다. 이병주는 역사의 한 페이지를 장식한 이승만과, 그 시기를 욕망과 신념으로 살다가 흔적도 없이 사라진 이종문, 이들을 바라보고 균형 잡힌 시각을 보여준 이동식의 서사를 나란하게 진행시키면서 역사가 거창한 신념이나 사명감, 인과관계가 아니라 욕망과 우연에 의해 형성되는 것임을 보여준다.

그렇기에 과거의 역사적 사건 가운데 상처받아야 했던 사람들의 일상적인 삶과 그 속에 내재한 원한에 있어서는 사실 그대로의 기록만으로는 설명할 수 없는 결여가 발생하게 되는 것이다. '원한'은 과거와 현재를 가로지르며 인간의 삶에 영향을 미친다. 과거를 사는 동안 생긴 상처의 흔적이 바로 원한이며, 원한은 해소되지 못한 상처이기에 기억이라는 형태로 응어리진 채 축적되어 있기 마련이다. 이병주는 인간의 삶에 내재한 원한을 강하게 인식했고 이를 온전하게 담아내기 위해서는 '정감(情感)'으로 기록할 수밖에 없다고 판단했던 것이다.

이병주는 역사가 원한을 제대로 기록해낼 수 없다고 생각했기 때문에 허구로서의 소설을 선택했는데 여기에서 허구는 진실을 효과적으로 드러내기 위한 장치로서 의미를 가진다. 그리고 인간의 진실을 해치지 않으면서 기록을 가능하게 하는 것이 바로 '정감'이라는 것이 이병주의 낙착점인 것이다. 이병주가 말하는 정감이란 어떤 사건의 주인공이 가지는 감정과 기분이며, '감정과 기분'의 생생한 전달에 의해서 비로소 사건에 대한 기록은 완성될 수 있다는 것이 이병주의 소설적 인식이다. 소설이 정감의 기록이어야 한다는 인식을 바탕으로 이병주는 자전적 글쓰기를 시도하는데, 이것은 자신이 소설에서 보여주는 상황들에 대해 독자들이 사실의 재현으로 인지해 주기를 바라는 작가적 욕망과 자신의 삶에 대한 반성과 해명의 의도가 반영된 결과로 읽을 수 있다. 역사의 파고에 휩쓸릴 수밖에 없었던 자신의 지난 삶에 대해 반성하고 적절하게 해명하기 위한 가장 효율적인 방법은 소설에서 자신을 대신할 수 있는 대리인을 내세우는 것이다.

이병주를 기록할 수밖에 없게끔 만들었던 그 원한은 자신이 경험한 사건의 반인간적 조건이나 상황에서 연유한다. 이병주가 생각하는 휴머니즘은 "반인간적 조건이나 상황"에 대해서는 강하게 저항하고 투쟁하는 것이었기에, 이병주는 소설을 통해 시종일관 반인간적인 상황에 대한 강한 거부를 드러내고 있다. 반인간적 상황은 지식인을 중심으로 형상화되고 있는데 그들은 원대한 야심을 가진 인물이지만 암울한 시대적 상황에서 좌절하고 실패하는 '나폴레옹'형 인물이거나 심각한 이데올로기 대립 국면에서 오히려 선택하지 않음을 통해 최소한의 인간을 지키려고 한 '회색 군상'의 형태로 반복되어 형상화된다. 『무지개 사냥』의 위한림, 『지리산』의 박태영, 『행복어사전』의 서재필과 『지리산』의 이규, 『관부연락선』의 이형식, 『산하』의 송남수가 그런 인물 유형에 속한다.

또한 현실을 사실대로 기록했다가는 곤란을 겪어야 하는 엄혹한 시대에 소설 창작을 했던 이병주는 우회적인 글쓰기를 통해 현실을 비판하기도 한다. 이병주의 소설에서 이국은 주인공이 읽는 신문이나 잡지를 통해 상황적으로 전달되기도 하고 서사의 주요 배경으로 설정되어 나타나기도 한다. 특히 소설의 일부에서 스페인 내전 혹은 스페인의 독재자 프랑코를 언급하기도 하는데, 이는 스페인의 현실을 통해 국내 상황을 비판하려는 의도로 읽을 수 있다. 반면 무엇이든 가능한 이상적 공간으로 이국을 형상화하는 경우도 있지만 이 경우에도 인간이 가질 수 있는 최소한의 자유마저 박탈당한 현실, 적법한 절차로는 성공에 이르기 어려운 국내 현실에 대한 이병주의 비판적 견해가 엿보인다.

그리고 이병주는 맹목적으로 종교를 믿는 여성 인물과 그런 인물에 냉소하는 남성 지식인, 본질을 망각하고 정치적으로 변질되는 유사종교의 문제를 다룸으로써 한국의 근대사를 가로지르는 이데올로기의 문제를 부각시켜 비판한다. 이것은 개인의 선택이 억압되고 강제될 수밖에 없었던 지난 역사의 폭력성과 개인의 자유를 억압하는 현실에 대한 강한 부정이기도 하다. 이러한 인식은 소설의 주요 인물이 겪는 고난과 갈등을 통해 직접 드러나기도 하지만 종교 문제에 의해서도 동일하게 구현된다. 결국 이병주는 '종교'의 문제를 통해 문학의 핵심에 놓여야 할 것이 '인간'이라는 자신의 문학적 신념을 강조하는 것으로 읽을 수 있다.

이렇듯 이병주의 문학적 관심은 인간의 삶을 가급적이면 세밀하게 기록하고자 하는 데 있었으며 그것은 어떠한 소설적 경계를 가지지 않는다. 인간의 실상을 담고 있는 것이면 그것이 무엇이든 파헤쳐서 그 근원에 놓인 것을 찾으려는 것이 이병주의 소설적 목표라고 한다면 이 글에서는 이병주의 소설적 목표가 소설로 구현되는 방식과 그를 통해 형성되는 의미를 현실 인식과 관련지어 살펴보고자 하였다. 그 결과로 이병주의 소설을 관통하는 것이 '정감을 통한 사실의 기록'이며, 이것이 반인간적인 상황에 대한 반발로서의 '휴머니즘'에 입각하고 있음을 확인할 수 있었다.

이병주는 늦깎이로 문단에 데뷔하여 타계할 당시까지 왕성하게 소설을 써왔다. 한 작가의 모든 소설이 동일한 가치와 의미를 가진다고 할 수 없음은 분명하다. 그러나 한 작가에 대해 정당하게 평가하고 합당한 자리를 부여하기 위해서는 연구의 시각을 보다 확대할 필요가 있으리라 생각했다. 아쉽게도 이 글의 시도 역시 성공적이라 자부하기는 어려울 듯하다. 가급적 많은 소설을 대상으로 하고자 했으나 글의 주제와 관련하여 작품을 선별하는 과정에서 배제된 작품이 많고, 여러 작품을 동시에 다루다 보니 면밀한 분석을 하지 못한 것이 사실이다. 또 일정 부분은 이병주에 대한 기존 논의에 빚지고 있다. 이 같은 한계를 자인하며 이병주의 소설을 대상으로 하는 보다 진전된 논의가 이어질 것이라는 기대와 함께 글을 마친다.

# | 참고문헌 |

## 1. 자료

『내일없는 그날』, 문이당, 1989.(『부산일보』, 1957.8.1.~1958.2.25.)

「소설·알렉산드리아」, 한길사, 2006.(『세대』, 1965.6.)

「매화나무의 인과」, 한길사, 2006.(『신동아』, 1966.3.)

『돌아보지 말라』, 나남, 2014.(『경남매일신문』, 1968.7.2.~1969.1.22.)

「마술사」, 한길사, 2006.(『현대문학』, 1968.8.)

『관부연락선』, 한길사, 2006.(『월간중앙』, 1968.4.~1970.3.)

「쥘부채」, 한길사, 2006.(『세대』, 1969.12.)

『배신의 강』, 범우사, 1979.(『부산일보』, 1970.1.1.~1970.12.30.)

『虛像과 장미』, 범우사, 1979./『그대를 위한 종소리』, 서당, 1990.(『경향신문』, 1970.5.1.~1971.2.28.)

『望鄕』, 경미문화사, 1978.(『새농민』, 1970.5.~1971.12.)

『언제나 그 은하를』, 백제, 1978.(『주간여성』, 1972.1.5.~1972.2.27.)

「예낭풍물지」, 한길사, 2006.(『세대』, 1972.5.)

『지리산』, 한길사, 2006.(『세대』, 1972.9.~1977.8.)

「변명」, 한길사, 2006.(『문학사상』, 1972.12.)

『낙엽』, 태창문화사, 1978.(『한국문학』, 1974.1.~1975.12.)

『산하』, 한길사, 2006.(『신동아』, 1974.1.~1979.8.)

「겨울밤」, 한길사, 2006.(『문학사상』, 1974.2.)

「제4막」, 『현대한국문학전집』, 서음출판사, 1980.(『주간조선』. 1975.)

「내 마음은 돌이 아니다」, 서당, 1992.(『한국문학』, 1975.10.)

『서울버마재비』, 집현전, 1980.(「그림 속의 승자」, 『서울신문』, 1975.6.2.~1976.7.31.)

『행복어사전』, 한길사, 2006.(『문학사상』, 1976.4.~1982.9.)

「망명의 늪」, 한길사, 2006.(『한국문학』, 1976.9.)

「琉璃빛 牧場에서 별을 삼키다」, 금성출판사, 1984.(『동아문화』, 1977.)

『인과의 화원』, 형성사, 1980.(『법륜』, 1978.2.~1979.10.)

『운명의 덫』, 문예출판사, 1987.(「별과 꽃의 향연」, 『영남일보』, 1979.1.1.~1979.12.29.)

「서울은 천국」, 태창문화사, 1980.(『한국문학』, 1979.3.)

『꽃의 이름을 물었더니』, 심지, 1985.(『새시대』, 1979.9.~1979.10.28.)

『黃白의 門』, 동아일보사, 1981.(『신동아』, 1979.9.~1982.8.)

『歷城의 풍,華山의 월』, 신기원사, 1980.(「세우지 않은 비명(碑銘)」, 『한국문학』, 1980.6.)

「8월의 사상」, 한길사, 2006.(『한국문학』, 1980.11.)

『코스모스 時帖』, 어문각, 1980.

『당신의 星座』, 주우, 1981.

『未完의 劇』, 소설문학사, 1982.(『중앙일보』, 1981.3.2.~1982.3.31.)

「허망의 정열」, 『한국문학』, 1981.11.

『강물이 내 가슴을 쳐도』, 심지, 1985.(『허드슨 강이 말하는 강변이야기』, 국문, 1982.)

「빈영출」, 바이북스, 2009.(『현대문학』, 1982.2.)

『무지개사냥』, 문지사, 1985.(「무지개 연구」, 『동아일보』, 1982.4.1.~1983.7.30.)

『그해 5월』, 한길사, 2006.(『신동아』, 1982.9.~1988.8.)

「그 테러리스트를 위한 輓詞」, 한길사, 2006.(『한국문학』, 1983.1.)

『悲愴』, 문예출판사, 1984.(「화(和)의 의미」, 『매일신문』, 1983.1.1.~1983.12.30.)

「白鷺先生-어느 旅程에서」, 『한국문학』, 1983.11.

「藥과 毒」, 『재경춘추』, 한국재경사, 1984.10.~1985.3.

『니르바나의 꽃』, 행림출판, 1987.(『문학사상』, 1985.1.~1987.2.)

『지오콘다의 微笑』, 신기원사, 1985.

『'그'를 버린 여인』, 서당, 1990.(『매일경제신문』 1988.3.24.~1990.3.31.)

『그들의 饗宴』, 기린원, 1988.(『한국문학』, 1988.4.~1989.3.)


『白紙의一 誘惑』, 남강출판사, 1973.

『사랑받는 이브의 肖像』, 문학예술사, 1977.

『이병주 칼럼: 1979』, 세운문화사, 1978.

『虛妄과 眞實-나의 文學的 遍歷』, 기린원, 1979.

『사랑을 爲한 獨白』, 회현사, 1979.

『바람소리 발소리 목소리』, 한진출판사, 1979.

『아담과 이브의 合唱』, 지문사, 1980.

『共産主義의 虛像과 實相』, 신기원사, 1983.

『악녀를 위하여』, 창작예술사, 1985.

『思想의 빛과 그늘』, 신기원사, 1986.

『불러보고 싶은 노래』, 정암, 1986.

『잃어버린 시간을 위한 문학적 紀行』, 서당, 1988.

『대통령들의 초상』, 서당, 1991.

『이병주의 동서양 고전탐사 2』, 생각의 나무, 2002.

김윤식·김종회 엮음, 『문학을 위한 변명』, 바이북스, 2010.


「조국의 부재」, 『새벽』, 1960.12.

'통일에 민족역량을 총집결하자', 『국제신보』 年頭辭, 1961.1.1.

남재희·이병주, 「'회색군상'의 논리」, 『세대』, 1974.

'독서론과 인생론', 『동아일보』, 1980.10.10.

「<행복어사전> "연재를 끝내고"」, 『문학사상』, 1982.9.

''암울시대' 고뇌 속 보람을 엮다.', 『동아일보』, 1984.3.17.



2. 국내논저

강만길, 『고쳐 쓴 한국현대사』, 창비, 2006.

강심호, 「이병주 소설 연구」, 『관악어문연구』 27, 서울대학교 국어국문학과, 2002.

강준만, 「한국 간통의 역사, 한국은 어떻게 '간통의 천국'이 되었는가?」, 『인물과
　　　사상』 135, 인물과사상사, 2009.

고　은, 서광선 엮음, 「한의 극복을 위하여」, 『한의 이야기』, 보리, 1988.

고인환, 「이병주 중·단편 소설에 나타난 서사적 자의식 연구」, 『국제어문』 48,
　　　2010.

곽상인, 「이병주의 『관부연락선』에 나타난 인물의 내면의식 고찰」, 『인문연구』 60,
　　　영남대학교 인문과학연구소, 2010.

권명아, 『음란과 혁명』, 책세상, 2013.

권영민 엮음, 『한국현대 작가 연구』, 문학사상사, 1991.

_____, 『한국현대문학사』, 민음사, 2002.

김경민, 「이병주 소설의 법의식 연구」, 『현대문학이론연구』 58, 현대문학이론연구학회, 2014.

김동식, 「풍속·문화·문학사」 『민족문학사연구』 19, 민족문학사학회, 2001.

김병로, 「다성적 서사담론에 나타나는 현실인식의 확장성 연구」, 『한국언어문학』 36, 한국언어문학회, 1996.

김복순, 「'지식인 빨치산' 계보와 『지리산』」, 명지대학교 사설 인문과학연구소, 『인문과학연구논집』 22, 2000.

김성곤, 『포스트모던 소설과 비평』, 열음사, 1993.

김성환 외, 『1970 박정희 모더니즘』, 천년의 상상, 2015.

김성환, 「식민지를 가로지르는 1960년대 글쓰기의 한 양식」, 「한국현대문학연구」 46, 현대문학회, 2015.

김옥란, 「1970년대 희곡의 경향과 이데올로기」, 『민족문학사연구』 26, 민족문학사연구소, 2004.

김외곤, 「격동기 지식인의 초상 이병주의 『관부연락선』」, 『소설과사상』, 1995.9.

김윤식·정호웅, 『현대소설사』, 문학동네, 2000.

김윤식, 「작가 이병주의 작품세계—자유주의 지식인의 사상적 흐름을 대변한 거인 이병주를 애도하며」, 『문학사상』, 1992.5.

_____, 「「위신을 위한 투쟁」에서 「혁명적 열정」에로 이른 과정—이병주 문학 3부작론」, 『2007 이병주하동국제문학제』, 이병주기념사업회, 2007.

_____, 『이병주와 지리산』, 국학자료원, 2010.

_____, 『한일 학병세대의 빛과 어둠』, 소명출판, 2012.

_____, 『내가 읽고 만난 일본』, 그린비, 2012.

_____, 『6·25의 소설과 소설의 6·25』, 푸른사상, 2013.

_____, 「황용주의 학병세대-이병주≠황용주」, 『2014 이병주문학 학술세미나 발표집』, 이병주기념사업회, 2014.

_____, 『이병주 연구』, 국학자료원, 2015.

김인환, 「천재들의 합창」, 『그 테러리스트를 위한 만사』, 한길사, 2006.

김종회, 「근대사의 격랑을 읽는 문학의 시각」, 『관부연락선』, 동아출판사, 1995.

_____, 「이병주의 「소설·알렉산드리아」 고찰」, 『비교한국학』 16, 국제비교한국학

    회, 2008.

_____, 「이병주의 소설과 지역문화 활성화 방안」, 제8회 경남문학관 경남작고문인 심포지엄, 2008.11.

_____, 「이병주 문학의 역사의식 고찰」, 『한국문학논총』 57, 한국문학회, 2011.

김주완, 『토호세력의 뿌리』, 불휘, 2005.

김창식, 「한국 신문소설의 대중성과 그 즐거움에 대한 연구」, 『우암어문논집』 7, 부산외국어대학교 국어국문학과, 1997.

_____, 「문화 연구와 대중문학」, 『대중문학을 넘어서』, 청동거울, 2000.

김창식 외, 『대중문학의 이해』, 예림기획, 2005.

김천혜, 『소설구조의 이론』, 한국학술정보, 2010.

남재희, 『남재희가 만난 통 큰 사람들』, 리더하우스, 2014.

노현주, 「Force/Justice로서의 법, '법 앞에서' 분열하는 서사」, 『현대문학연구』 43, 한국현대문학회, 2014.

_____, 「이병주 소설의 정치의식과 대중성 연구」, 경희대학교 박사학위논문, 2012.

_____, 「정치 부재의 시대와 정치적 개인」, 『현대문학이론연구』 49, 현대문학이론학회, 2012.

_____, 「이병주 소설의 엑조티즘과 대중의 욕망」, 『한국문학이론과비평』 55, 한국문학이론과비평학회, 2012.

_____, 「정치의식의 소설화와 뉴저널리즘」, 『우리어문연구』 42, 우리어문학회, 2012.

_____, 「남성중심서사의 정치적 무의식」, 『국제한인문학연구』 14, 국제한인문학회, 2014.

류동규, 「65년 체제 성립기의 학병 서사」, 『어문학』 130, 한국어문학회, 2015.

리영희·임헌영 대담, 『한 지식인의 삶과 사상-대화』, 한길사, 2005.

문경화, 「이병주의 『지리산』 연구」, 서강대학교 석사학위논문, 2010.

민병욱, 「이병주의 희곡 텍스트 「유맹」 연구」, 『한국문학논총』 70, 한국문학회, 2015.

박명진, 「문화 연구-새로운 시각의 모색을 위하여」, 『문화, 일상, 대중』, 한나래, 1996.

박빙탁, 「이병주 역사소설의 유형과 의미 연구」, 경희대학교 석사학위논문, 2014.

박상준, 「문학사와 문학의 기억과 망각」, 『호모 메모리스』, 책세상, 2014.

박수현, 「1970년대 소설의 여대생 표상」, 『어문논집』 58, 중앙어문학회, 2014.

박성봉, 『대중예술의 이론들』, 동연, 1994.

박영근, 「발자크의 몇 가지 창작기법과 시대정신에 대한 연구」, 『인문학연구』 26, 1997.

박재환, 「일상생활에 대한 사회학적 조명」, 『일상생활의 사회학』, 한울아카데미, 1994.

박중렬, 「실록소설로서의 이병주의 『지리산』론」, 『현대문학이론연구』 29, 현대문학이론학회, 2006.

박 환, 「러시아 한인사회와 항일독립운동」, 『러시아지역 한인의 삶과 기억의 공간』, 민속원, 2013.

방민호, 「일제 말기 이태준 단편소설의 '사소설' 양상」, 『상허학보』 14, 상허학회, 2005.

배선애, 「1970년대 대중예술에 나타난 대중의 현실과 욕망」, 『민족문학사연구』 34, 민족문학사학회, 2007.

서지문, 「이병주소설의 통속성에 관한 고찰」, 『이병주문학 학술 세미나자료집』, 2015.

손혜숙, 「이병주 대중소설의 갈등구조 연구」, 『한민족문화연구』 26, 한민족문화학회, 2008.

_____, 「이병주 소설의 '역사인식' 연구」, 중앙대학교 박사학위논문, 2011.

_____, 「이병주 소설에 나타난 '식민지 기억'과 역사 다시 쓰기」, 『어문논집』 53, 중앙어문학회, 2013.

_____, 「이병주 소설의 역사서술 전략 연구」, 『비평문학』 52, 한국비평문학회, 2014.

_____, 「이병주 소설에 나타난 시대 풍속」, 『한국문학논총』 70, 한국문학회, 2015.

송우혜, 「이병주가 본 이후락」, 『마당』, 1984. 11.

송재영, 「이병주론—시대증언의 문학」, 『현대문학의 옹호』, 문학과 지성사, 1979.

송하섭, 「사회 의식의 소설적 반영—이병주론」, 『허구의 단상』, 단국대학교출판부, 2001.

심은진, 「Balzac의 욕망과 해체의 글쓰기」, 이화여대 박사학위논문, 1997, 1쪽.

안경환, 「이병주와 그의 시대」, 『2009 이병주 하동 국제 문학제 자료집』, 이병주기념사업회, 2009.

_____, 『황용주, 그와 박정희의 시대』, 까치, 2013.

염무웅, 「풍속소설은 가능한가-현대소설의 與件과 리얼리즘」, 『세대』, 1965.9.

_____, 「리얼리즘」, 『문예사조사』, 민음사, 1997.

용정훈, 「이병주론」, 중앙대학교 석사학위논문, 2001.

유기환, 「『발자크와 프랑스 리얼리즘』에 나타난 루카치의 자연주의 비판 연구」, 『프랑스어문교육』 42, 한국프랑스어문교육학회, 2013.

유현종, 『불만의 도시』, 문예출판사, 1968.

음영철, 「이병주 소설의 주체성 연구」, 건국대학교 박사학위논문, 2011.

_____, 「이병주 소설의 대중성 연구」, 『겨레어문학』 47, 겨레어문학회, 2011.

_____, 「이병주 중단편소설에 나타난 포함과 배제의 정치성」, 『한민족문화연구』 40, 한민족문화학회, 2013.

이광호, 「이병주 소설에 나타난 테러리즘의 문제」, 『어문연구』 41, 한국어문교육연구회, 2013.

이광훈, 「역사와 기록과 문학과……」, 『한국현대문학전집』 48, 삼성출판사, 1979.

_____, 「행간에 묻힌 해방공간의 조명」, 『산하』, 한길사, 2006.

이동재, 「분단시대의 휴머니즘과 문학론」, 『현대소설연구』 24, 현대소설연구학회, 2004.

이보영, 「역사적 상황과 윤리―이병주론」, 『현대문학』, 1977.

이성숙, 『여성, 섹슈얼리티, 국가』, 책세상, 2009.

이재복, 「딜레탕티즘의 유희로서의 문학―이병주의 중·단편 소설을 중심으로」, 나림 이병주 선생 13주기 추모식 및 문학강연회 강연, 2005.

이재선, 『현대한국소설사』, 민음사, 1991.

이정석, 「학병세대 작가 이병주를 통해 본 탈식민의 과제」, 『한중인문학연구』 33, 한중인문학회, 2011.

_____, 「이병주 소설의 역사성과 탈역사성」, 『한국문학이론과 비평』 15, 한국문학이론과비평학회, 2011.

이철의, 「역사에서 소설로: 발자크를 읽는 하나의 관점」, 서울대학교 박사학위논문,

2000.

이  태, 『남부군』, 두레, 2003.

이태준, 『思想의 月夜』, 깊은샘, 1996.(『매일신보』, 1941.3.4.~1942.7.5.)

이현주, 「해방직후 적산처리 논쟁과 대일배상 요구의 출발」, 『한국근현대사연구』 72, 2015.

이형기, 「지각 작가의 다섯 가지 기둥—이병주의 문학」, 『나림 이병주 선생 10주기 기념 추모선집』, 나림이병주선생기념사업회, 2002.

이호규, 「이병주 초기 소설의 자유주의적 성격 연구」, 『현대문학의 연구』 45, 한국문학연구학회, 2011.

임성래, 『신문소설이란 무엇인가』, 국학자료원, 1996.

임성래 외, 『대중문학의 이해』, 예림기획, 1999.

임헌영, 「현대소설과 이념문제—이병주의 『지리산』론」, 『민족의 상황과 문학사상』, 한길사, 1986.

_____, 「기전체 수법으로 접근한 박정희 정권 18년사」, 『그해 5월』, 한길사, 2006.

전봉관, 「욕망의 고현학」, 『민족문학사연구』 43, 민족문학사학회, 2010.

전해림, 「이병주 소설에 나타난 남성 육체 인식」, 『인문학연구』 50, 인문과학연구소, 2014.

정범준, 『작가의 탄생-나림 이병주 거인의 산하를 찾아서』, 실크캐슬, 2009.

정병준, 「해방 이후 여운형의 통일·독립운동과 사상적 지향」, 『한국민족운동사연구』 39, 2004.

정영훈, 「최인훈 소설에 나타난 주체성과 글쓰기의 상관성 연구」, 서울대학교 박사학위논문, 2005.

_____, 「최인훈 소설에 나타난 여성 인식」, 『한국근대문학연구』 13, 한국근대문학회, 2006.

_____, 「최인훈 문학에서의 기억의 의미」, 『현대문학이론연구』 48, 현대문학이론학회, 2012.

정재인, 「일본의 사소설」, 『明大』 13, 명지대학교 교지편집위원회, 1982.

정찬영, 「역사적 사실과 문학적 진실—『지리산』론」, 문창어문학회, 『문창어문논집』 36, 1999.

정호웅, 「지리산론」, 문학사와 비평연구회 편, 『1970년대 문학연구』, 예하, 1994.

_____, 「해방 전후 지식인의 행로와 그 의미」, 『현대소설연구』 24, 한국현대소설
　　　학회, 2004.

_____, 「망명의 사상」, 『마술사』, 한길사, 2006.

_____, 「이병주 문학과 학병 체험」, 『한중인문학연구』 41, 한중인문학회, 2013.

정홍섭, 「1970년대 초 농촌근대화 담론과 그 소설적 굴절」, 『민족문학사연구』 42,
　　　2010.

조강석, 「대중사회 담론에 잠재된 두 개의 간극이 드러내는 '담론의 욕망'」, 『한국
　　　학연구』 28, 인하대학교 한국학연구소, 2012.

조갑상, 「이병주의 <관부연락선> 연구」, 『현대소설연구』 11, 한국현대소설학회,
　　　1999.

조갑제, 『내 무덤에 침을 뱉어라』, 조선일보사, 1988.

조남현, 「이데올로그 비판과 담론확대 그리고 주체성」, 『소설·알렉산드리아』, 한
　　　길사, 2006.

조남현, 『韓國知識人小說硏究』, 일지사, 1984.

조문진, 『재벌의 문』, 백제, 1979.

조홍식, 「발자크의 생애와 문학에 대하여」, 『고리오 영감/절대의 탐구』, 동서문화
　　　사, 2012.

철학사편찬위원회, 『철학사전』, 중원문화, 2012.

추선진, 「이병주 소설의 원형으로서의 『내일 없는 그날』」, 『인문학연구』 21, 경희
　　　대학교인문학연구원, 2012.

_____, 「이병주 소설 연구」, 경희대학교 박사학위논문, 2012.

_____, 「이병주 소설에 나타난 법에 대한 성찰 연구」, 『한민족문화연구』 43, 한민
　　　족문화학회, 2013.

_____, 「이병주의 『별이 차가운 밤이면』에 나타난 전쟁 체험과 내셔널리티」, 『국
　　　제어문』 60, 국제어문학회, 2014.

최정표, 「한국재벌 흥망사」, 『경제발전연구』 15, 한국경제발전학회, 2009.

최현주, 「『관부연락선』의 탈식민성 연구」, 『배달말』 48, 배달말학회, 2011.

_____, 「국가로망스로서의 이병주의 『지리산』」, 『현대문학이론연구』 55, 현대문학
　　　이론학회, 2013.

한경희, 「발자크의 인물 묘사에 나타나는 사실주의적 기법」, 『불어불문학연구』 35,

한국불어불문학회, 1997.

한국사사전편찬회, 『한국근현대사사전』, 가람기획, 2005.

한국평론가협회, 『문학비평용어사전』, 국학자료원, 2006.

한용환, 『소설학사전』, 문예출판사, 2004.

홍성원, 『중역탄생』, 삶과 함께, 1987.

황호덕, 「끝나지 않는 전쟁의 산하, 끝낼 수 없는 겹쳐 읽기」, 『사이間SAI』 10, 국제한국문학문화학회, 2011.

인터넷 두산백과.

『경향신문』, 1990.4.13.

『동아일보』, 1974.4.24./1982.3.30./1984.3.17./87.7.13.

『경향신문』, 1990.6.23.

『여원』, 1976.8.

『매일경제』, 1978.5.30./1983.2.23.

『중도일보』, 2016.6.28.


3. 국외논저


中村光夫, 송현순 역, 『풍속소설론』, 불이문화사, 1998.

小林秀雄, 유은경 역, 『고바야시 히데오 평론집―문학이란 무엇인가』, 小花, 2003.

Aleksander Gella 엮음, 김영범, 지승종 역, 『인텔리겐챠와 지식인』, 학민사, 1983.

Alf Ludtke, 나종석 외 역, 『일상사란 무엇인가』, 청년사, 2002.

Alfred Adler, 라영균 역, 『인간이해』, 일빛, 2009.

Anthony Giddens, 배은미・황정미 역, 『현대사회의 성・사랑・에로티시즘』, 새물결, 1996.

Antonio Gramsci, 박상진 역, 『대중문학론』, 책세상, 2003.

Arnold Hauser, 백낙청・염무웅 역, 『문학과 예술의 사회사 4』, 창비, 2016.

Christiane Zschirnt, 조우호 역, 『책: 사람이 읽어야 할 모든 것』, 도서출판 들녘, 2003.

Edward Louis Bernays, 강미경 역, 『프로파간다』, 공존, 2009.

Eduard Fuchs, 이기웅·박종만 역, 『풍속의 역사 I - 풍속과 사회』, 까치, 2001.

Edward W. Said, 김성곤·정정호 역, 『문화와 제국주의』, 도서출판 창, 2011.

Eenest Mandel, 이동연 역, 『즐거운 살인, 범죄소설의 사회사』, 이후, 2001.

Erich Auerbach, 김우창·유종호 역, 『미메시스』, 민음사, 2012.

Georg Lukacs, 이영욱 역, 『역사소설론』, 거름, 1987.

_____, 김경식 역, 『소설의 이론』, 문예출판사, 2007.

Gerard Genette, 권택영 역, 『서사담론』, 교보문고, 1992.

H. Porter Abbott, 우찬제 외 역, 『서사학 강의』, 문학과 지성사, 2010.

Harry Hrrootunian, 윤영실·서정은 역, 『역사의 요동』, 휴머니스트, 2006.

Horst Steinmetz, 서정일 역, 『문학과 역사』, 예림기획, 2000.

Henri Lefebvre, 박정자 역, 『현대세계의 일상성』, 기파랑, 2005.

Jose Ortega y Gasset, 황보영조 역, 『대중의 반역』, 역사비평사, 2005.

Joseph Childers·Gary Hentzi, 황종연 역, 『현대 문학·문화 비평 용어사전』, 문학동
네, 1999.

Karel Kosik, 박정호 역, 『구체성의 변증법』, 지식을만드는지식, 2014.

Karl Simms, 김창환 역, 『해석의 영혼 폴 리쾨르』, 앨피, 2009.

Linda Hutcheon, 김상구·윤여복 역, 『패로디 이론』, 문예출판사, 1992.

_____, 장성희 역, 『포스트모더니즘의 이론과 전략』, 현대미학사, 1998.

Lita Felski, 『근대성의 젠더』, 자음과모음, 2010.

Luce Irigaray, 이은민 역, 『하나이지 않은 성』, 동문선, 2000.

Michel Foucault, 문경자·신은영 역, 『성의 역사』, 나남, 2004.

Oka Mari, 김병구 역, 『기억서사』, 소명출판, 2004.

Patricia Waugh, 김상구 역, 『메타픽션』, 열음사, 1989.

Paul Ricoeur, 김한식·이경래 역, 『시간과 이야기』, 문학과지성사, 1999.

Peter Brooks, 박혜란 역, 『플롯 찾아 읽기』, 강, 2011.

Pierre Bourdieu, 최종철 역, 『구별짓기』, 새물결, 2006.

Reinhart Koselleck, 한철 역, 『지나간 미래』, 문학동네, 1998.

Seymour Chatman, 한택영 역, 『이야기와 담론』, 푸른사상, 2008.

Simone de Beauvoir, 이희영 역, 『제2의 성』, 동서문화사, 2009.

Shlomith Rimmon-Keanan, 최상규 역, 『소설의 현대 시학』, 예림기획, 2003.

Tessa Morris-Suzuki, 김경원 역, 『우리 안의 과거』, 휴머니스트, 2006.

Tzvetan Todorov, 신동욱 역, 『산문의 시학』, 문예출판사, 1992.

Umberto Eco, 김운찬 역, 『대중문화의 이데올로기』, 열린책들, 1994.

_____, 김운찬 역, 『이야기 속의 독자』, 열린책들, 2009.

Ursula Tidd, 우수진 역, 『시몬 드 보부아르 익숙한 타자』, 앨피, 2007.

Wayne C. Booth, 최상규 역, 『소설의 수사학』, 예림기획, 1999.

Wolfgang Iser, 차봉희 편저, 『독자반응비평』, 고려원, 1993.

정미진

국립경상대학교 대학원 졸업. 문학박사.

국립경상대학교 연수연구원.

경상대학교, 한국방송통신대학교, 진주보건대학교 출강.

저서:『이병주 문학의 역사와 사회 인식』(바이북스, 2017, 공저)

　　『이병주』(새미 작가론 총서 22, 새미, 2017, 공저)

이병주의 현실 인식과 소설적 재현

**초판 1쇄 인쇄** 2018년 2월 12일
**초판 1쇄 발행** 2018년 2월 20일
**저　자** 정미진
**펴낸이** 이대현
**편　집** 홍혜정
**표지디자인** 홍성권

**펴낸곳** 도서출판 역락
**주　소** 서울시 서초구 동광로 46길 6-6 문창빌딩 2층
**전　화** 02-3409-2058, 2060
**팩　스** 02-3409-2059
**등　록** 1999년 4월 19일 제303-2002-000014호
**이메일** youkrack@hanmail.net
**역락블로그** http://blog.naver.com/youkrack3888

ISBN 979-11-6244-137-4 93810